【臺灣現當代作家
研究資料彙編】65

詹 冰

國立台灣文學館
出版

部長序

　　從歷史的角度檢視特定時代的文學表現，當代作家及作品往往是研究的重心；而完整的臺灣文學史之建構，更有賴全面與紮實的作家及作品研究。臺灣文學自荷蘭時代、明鄭、清領、日治、及至戰後，行過漫長的時光甬道，在諸多文學先輩和前行者的耕耘之下，其所累積的成果和能量實已相當可觀；而白話文學運動所造就的新文學萌芽，更讓現當代文學作品源源不絕地誕生，作家們的精彩表現有目共睹。相應於此，如何盤整研究資源、提升無論是專業學者或一般大眾資料查找的便利性，也就格外重要。

　　由國立臺灣文學館規畫、籌編的《臺灣現當代作家研究資料彙編》，即可說是對上述問題的最好回應。本計畫自 2010 年開始啟動，五年多來，已然為臺灣文學史及相關研究打下厚重扎實的基礎。臺文館不僅細心詳實地為作家編選創作生涯中的重要紀錄，在每一冊圖書中收錄豐富的作家照片、手稿影像，並編寫小傳、年表，再由學有專精的學者撰寫研究綜述、選刊重要評論文章，最後還附有評論資料目錄。經過長久的累積和努力，今年，已進入第六個年頭，即將完成總共 80 位作家的研究資料彙編。在本階段所出版的作家，包括詹冰、高陽、子敏、齊邦媛、趙滋蕃、蕭白、彭歌、杜潘芳格、錦連、蓉子、向明、張默、於梨華、葉笛、葉維廉、東方白共 16 位，俱為夙負盛名的重量級作者，相信必能有助於臺灣文學的推廣與研究的深化。

　　這套全方位的臺灣現當代文學工具書，完整呈現了臺灣作家的存在樣貌、歷史地位與影響及截至目前的相關研究成果，同時也清晰地勾勒出臺灣文學一路走來的變貌與軌跡，不但極具概覽性，亦能揭示當下的臺灣文學研究現況並指引未來研究路徑，可說是認識臺灣作家與臺灣文學發展的重要讀本依據，相信必能為臺灣文學研究奠定益加厚實的根基；懇請海內外關心及研究臺灣文學之各界方家不吝指正，以匯聚更多參與及持續前行的能量。

文化部部長

館長序

　　時光荏苒，「臺灣現當代作家研究資料彙編」第五階段已接近尾聲，16 冊圖書的出版，意味著這個深耕多年的計畫，又往前邁進一步，締造了新的里程碑。

　　「臺灣現當代作家研究資料彙編計畫」乃是以「臺灣現當代作家評論資料目錄」（2004～2009 年）為基礎，由其中所收錄的 310 位作家、十餘萬筆研究評論資料延展而來。為了厚實臺灣文學史料的根基，國立臺灣文學館組織了精實的顧問群與編輯團隊，從作家的出生年代、創作數量、研究現況……等元素進行綜合考量，精選出 100 位作家，聘請最適合的專家學者替每位作家完成一本研究資料彙編。圖書內容包括作家生平重要影像、文學活動照片、手稿或文物影像、作家小傳、作品目錄和提要、文學年表；另有主編撰寫的作家研究綜述，再從龐雜的評論資料中挑選具有代表性的評論文章，並附上完整的作家評論資料目錄。這套叢書不僅對文學研究者而言是詳實齊全的文獻寶庫，同時也為一般讀者開啟平易可親的文學之窗，讓大家可以從不同角度、多面向地認識一位作家的創作、生平與歷史地位。

　　本計畫自 2010 年啟動，截至目前為止，以將近六年的時間，完成了 80 位臺灣重量級作家的研究資料彙編，在本階段將與讀者見面的有詹冰、高陽、子敏、齊邦媛、趙滋蕃、蕭白、彭歌、杜潘芳格、

錦連、蓉子、向明、張默、於梨華、葉笛、葉維廉、東方白共 16
人。這是一場充滿挑戰的馬拉松，過程漫長艱辛，卻也積聚並見證
了臺灣文學創作與研究的能量。為了將這部優質的出版品推介給廣
大的讀者，發揮其更大的影響力，臺文館於 2015 年 8 月接續推動
「臺灣文學開講——臺灣現當代作家研究資料彙編行銷推廣閱讀計
畫」，透過講座與踏查，結合文學閱讀、專家講述、土地探訪，以
顯影作家創作與生活的痕跡，歡迎所有的朋友與我們一同認識作
家、樂讀文學、親炙臺灣的土地，也請各界不吝給予我們批評、指
教。

國立臺灣文學館館長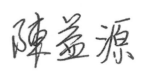

編序

◎封德屏

緣起

　　1995 年 10 月 25 日，在臺灣師範大學教育大樓的 201 室，一場以「面對臺灣文學」為題的座談會，在座諸位學者分別就臺灣文學的定義、發展、研究，以及文學史的寫法等，提出宏文高論，而時任國家圖書館編纂張錦郎的「臺灣文學需要什麼樣的工具書」，輕鬆幽默的言詞，鞭辟入裡的思維，更贏得在座者的共鳴。

　　張先生以一個圖書館工作人員自謙，認真專業地為臺灣這幾十年來究竟出版了多少有關臺灣文學的工具書，做地毯式的調查和多方面的訪問。同時條理分明地針對研究者、學生，列出了十項工具書的類型，哪些是現在亟需的，哪些是現在就可以做的，哪些是未來一步一步累積可以達成的，分別做了專業的建議及討論。

　　當時的文建會二處科長游淑靜，參與了整個座談會，會後她劍及履及的開始了文學工具書的委託工作，從 1996 年的《臺灣文學年鑑》起始，一年一本的編下去，一直到現在，保存延續了臺灣文學發展的基本樣貌。接著是《中華民國作家作品目錄》的新編，《臺灣文壇大事紀要》的續編，補助國家圖書館「當代文學史料影像全文系統」的建置，這些工具書、資料庫的接續完成，至少在當時對臺灣文學的研究，做到一些輔助的功能。

　　2003 年 10 月，籌備多年的「臺灣文學館」正式開幕運轉。同年五月《文訊》改隸「財團法人台灣文學發展基金會」，為了發揮更大的動能，開

始更積極、更有效率地將過去累積至今持續在做的文學史料整理出來，讓豐厚的文藝資源與更多人共享。

　　於是再次的請教張錦郎先生，張先生認為文學書目、作家作品目錄、文學年鑑、文學辭典皆已完成或正在進行，現在重點應該放在有關「臺灣現當代作家評論資料目錄」的編輯工作上。

　　很幸運的，這個計畫的發想得到當時臺灣文學館林瑞明館長的支持，於是緊鑼密鼓的展開一切準備工作：籌組編輯團隊、召開顧問會議、擬定工作手冊、撰寫計畫書等等。

　　張錦郎先生花了許多時間編訂工作手冊，每一位作家的評論資料目錄分為：

　　（一）生平資料：可分作者自述，旁人論述及訪談，文學獎的紀錄。

　　（二）作品評論資料：可分作品綜論，單行本作品評論，其他作品（包括單篇作品）評論，與其他作家比較等。

　　此外，對重要評論加以摘要解說，譬如專書、專輯、學術會議論文集或學位論文等，凡臺灣以外地區之報刊及出版社，於書名或報刊後加註，如中國大陸、香港、新加坡等。此外，資料蒐集範圍除臺灣外，也兼及中國大陸、香港、新加坡、日本、韓國及歐美等地資料，除利用國內蒐集管道外，同時委託當地學者或研究者，擔任資料蒐集工作。

　　清楚記得，時任顧問的學者專家們，都十分高興這個專案的啟動，但確定收錄哪些作家名單時，也有不同的思考及看法。經過充分的討論後，終於取得基本的共識：除以一般的「文學成就」為觀察及考量作家的標準外，並以研究的迫切性與資料獲得之難易度為綜合考量。譬如說，在第一階段時，作家的選擇除文學成就外，先考量迫切性及研究性，迫切性是指已故又是日治時期臺籍作家為優先，研究性是指作品已出土或已譯成中文為優先。若是作品不少而評論少，或作品評論皆少，可暫時不考慮。此外，還要稍微顧及文類的均衡等等。基本的共識達成後，顧問群共同挑選出 310 位作家，從鄭坤五、賴和、陳虛谷以降，一直到吳錦發、陳黎、蘇

偉貞，共分三個階段進行。

　　「臺灣現當代作家評論資料目錄」專案計畫，自 2004 年 4 月開始，至 2009 年 10 月結束，分三個階段歷時五年六個月，共發現、搜尋、記錄了十餘萬筆作家評論資料。共經歷了三位專職研究助理，近三十位兼任研究助理。這些研究助理從開始熟悉體例，到學習如何尋找資料，是一條漫長卻實用的學習過程。

接續

　　「臺灣現當代作家評論資料目錄」的專案完成，當代重要作家的研究，更可以在這個基礎上，開出亮麗的花朵。於是就有了「臺灣現當代作家研究資料彙編暨資料庫建置計畫」的誕生。為了便於查詢與應用，資料庫的完成勢在必行，而除了資料庫的建置外，這個計畫再從 310 位作家中精選 50 位，每人彙編一本研究資料，內容有作家圖片集，包括生平重要影像、文學活動照片、手稿及文物，小傳、作品目錄及提要、文學年表。另外每本書分別聘請一位最適當的學者或研究者負責編選，除了負責撰寫八千至一萬字的作家研究綜述外，再從龐雜的評論資料中挑選具有代表性的評論文章，平均 12～14 萬字，最後再附該作家的評論資料目錄，以期完整呈現該作家的生平、創作、研究概況，其歷史地位與影響。

　　第一部分除資料庫的建置外，50 位作家 50 本資料彙編（平均頁數 400～500 頁），分三個階段完成，自 2010 年 3 月開始至 2013 年 12 月，共費時 3 年 9 個月。因為內容充實，體例完整，各界反應俱佳，第二部分的 50 位作家，接著在 2014 年元月展開，第一階段出版了 14 本，此次第二階段計畫出版 16 本，預計在 2016 年 3 月完成。

　　首先，工作小組必須掌握每位編選者進度這件事，就是極大的挑戰。於是編輯小組在等待編選者閱讀選文的同時，開始蒐集整理作家生平照片、手稿，重編作家年表，重寫作家小傳，尋找作家出版品的正確版本、版次，重新撰寫提要。這是一個極其複雜的工程。還好這些年培養訓練出

幾位日漸成熟的專案助理，在《文訊》編輯部同仁的協助之下，讓整個專案延續了一貫的品質及進度。

成果

　　雖然過程是如此艱辛，如此一言難盡，可是終究看到豐美的成果。每位編選者雖然忙碌，但面對自己負責的作家資料彙編，卻是一貫地認真堅持。他們每人必須面對上千或數百筆作家評論資料，挑選重要或關鍵性的評論文章，全面閱讀，然後依照編選原則，挑選評論文章。助理們此時不僅提供老師們所需要的支援，統計字數，最重要的是得找到各篇選文作者，取得同意轉載的授權。在起初進度流程初估時，我們錯估了此項工作的難度，因為許多評論文章，發表至今已有數十年的光景，部分作者行蹤難查，還得輾轉透過出版社、學校、服務單位，尋得蛛絲馬跡，再鍥而不捨地追蹤。有了前面的血淚教訓，日後關於授權方面，我們更是如臨深淵、如履薄冰，希望不要重蹈覆轍，在面對授權作業時更是戰戰兢兢，不敢懈怠。

　　除了挑選評論文章煞費苦心外，每個作家生平重要照片，我們也是採高標準的方式去蒐集，過世作家家屬、友人、研究者或是當初出版著作的出版社，都是我們徵詢的對象。認真誠懇而禮貌的態度，讓我們獲得許多從未出土的資料及照片，也贏得了許多珍貴的友誼。許多作家都協助提供照片手稿等相關資料，已不在世的作家，其家屬及友人在編輯過程中，也給予我們許多協助及鼓勵，藉由這個機會，與他們一起回憶、欣賞他們親人或父祖、前輩，可敬可愛的文學人生。此外，還有許多作家及研究者，熱心地幫忙我們尋找難以聯繫的授權者，辨識因年代久遠而難以記錄年代、地點、事件的作家照片，釐清文學年表資料及作家作品的版本問題，我們從他們身上學習到更多史料研究可貴的精神及經驗。

　　但如何在規定的時間內，完成每個階段資料彙編的編輯出版工作，對工作小組來說，確實是一大考驗。每一冊的主編老師，都是目前國內現當

代臺灣文學教學及研究的重要人物，因此都十分忙碌。每一本的責任編輯，必須在這一年多的時間內，與他們所負責資料彙編的主角——傳主及主編老師，共生共榮。從作家作品的收集及整理開始，必須要掌握該作家所有出版的作品，以及盡量收集不同出版社的版本；整理作家年表，除了作家、研究者已撰述好的年表外，也必須再從訪談、自傳、評論目錄，從作品出版等線索，再作比對及增刪。再來就是緊盯每位把「研究綜述」放在所有進度最後一關的主編們，每隔一段時間提醒他們，或順便把新增的評論目錄寄給他們（每隔一段時間就有新的相關論文或學位論文出現），讓他們隨時與他們所主編的這本書，產生聯想，希望有助於「研究綜述」撰寫的進度。

在每個艱辛漫長的歲月中，因等待、因其他人力無法抗拒的因素，衍伸出來的問題，層出不窮，更有許多是始料未及的。譬如，每本書的選文，主編老師本來已經選好了，也經過授權了，為了抓緊時間，負責編輯的助理們甚至連順序、頁碼都排好了，就等主編老師的大作了，這時主編突然發現有新的文章、新的資料產生：再增加兩三篇選文吧！為了達到更好更完備的目標，工作小組當然全力以赴，聯絡，授權，打字，校對，重編順序等等工作，再度展開。

此次第二部分第二階段共需完成的 16 位作家研究資料彙編，年齡層較上兩個階段已年輕許多，因此到最後的疑難雜症，還有連主編或研究者都不太清楚的部分，譬如年表中的某一件事、某一個年代、某一篇文章、某一個得獎記錄，作家本人絕對是一個最好的諮詢對象，對解決某些問題來說，這是一個好的線索，但既然看了，關心了，參與了，就可能有不同的看法，選文、年表、照片，甚至是我們整本書的體例，於是又是一場翻天覆地的大更動，對整本書的品質來說，應該是好的，但對經過多次琢磨、修改已進入完稿階段的編輯團隊來說，這不啻是一大挑戰。

1990 年開始，各地縣市文化中心（文化局），對在地作家作品集的整理出版，以及臺灣文學館成立後對日治時期作家以迄當代重要作家全集的

編纂，對臺灣文學之作家研究，也有了很好的促進作用。如《楊逵全集》、《林亨泰全集》、《鍾肇政全集》、《張文環全集》、《呂赫若日記》、《張秀亞全集》、《葉石濤全集》、《龍瑛宗全集》、《葉笛全集》、《鍾理和全集》、《錦連全集》、《楊雲萍全集》、《鍾鐵民全集》等，如雨後春筍般持續展開。

經過近二十年的努力，臺灣文學的研究與出版，也到了可以驗收或檢討成果的階段。這個說法，當然不是要停下腳步，而是可以從「臺灣現當代作家評論資料目錄」所呈現的 310 位作家、10 萬筆資料中去檢視。檢視的標的，除了從作家作品的質量、時代意義及代表性去衡量外，也可以從作家的世代、性別、文類中，去挖掘有待開墾及努力之處。因此這套「臺灣現當代作家研究資料彙編」，大部分的編選者除了概述作家的研究面向外，均有些觀察與建議。希望就已然的研究成果中，去發現不足與缺憾，研究者可以在這些不足與缺憾之處下功夫，而盡量避免在相同議題上重複。當然這都需要經過一段時間去發現、去彌補、去重建，因此，有關臺灣文學的調查、研究與論述，就格外顯得重要了。

期待

感謝臺灣文學館持續推動這兩個專案的進行。「臺灣現當代作家評論資料目錄」的完成，呈現的是臺灣文學研究的總體成果；「臺灣現當代作家研究資料彙編」的出版，則是呈現成果中最精華最優質的一面，同時對未來臺灣文學的研究面向與路徑，作最好的建議。我們可以很清楚的體會，這是一條綿長優美的臺灣文學接力賽，我們十分榮幸能參與其中，更珍惜在傳承接力的過程，與我們相遇的每一個人，每一件讓我們真心感動的事。我們更期待這個接力賽，能有更多人加入。誠如張恆豪所說「從高音獨唱到多元交響」，這是每一個人所期待的。

編輯體例

一、本書編選之目的，為呈現詹冰生平、著作及研究成果，以作為臺灣文學相關研究、教學之參考資料。

二、全書共五輯，各輯內容及體例說明如下：

輯一：圖片集。選刊作家各個時期的生活或參與文學活動的照片、著作書影、手稿（包括創作、日記、書信）、文物。

輯二：生平及作品，包括三部分：

1.小傳：主要內容包括作家本名、重要筆名，生卒年月日，籍貫，及創作風格、文學成就等。

2.作品目錄及提要：依照作品文類（論述、詩、散文、小說、劇本、報導文學、傳記、日記、書信、兒童文學、合集）及出版順序，並撰寫提要。不收錄作家翻譯或編選之作品。

3.文學年表：考訂作家生平所進行的文學創作、文學活動相關之記要，依年月順序繫之。

輯三：研究綜述。綜論作家作品研究的概況，並展現研究成果與價值的論文。

輯四：重要文章選刊。選收國內外具代表性的相關研究論文及報導。

輯五：研究評論資料目錄。收錄至 2015 年 11 月底止，有關研究、論述臺灣現當代作家生平和作品評論文獻。語文以中文為主，兼及日文和英文資料。所收文獻資料，以臺灣出版為主，酌收中國大陸、香港、日本和歐美國家的出版品。內容包含三部分：

1.「作家生平、作品評論專書與學位論文」下分為專書與學位論文。

2.「作家生平資料篇目」下分為「自述」、「他述」、「訪談」、「年表」、「其他」。

3.「作品評論篇目」下分為「綜論」、「分論」、「作品評論目錄、索引」、「其他」。

目次

【輯五】研究評論資料目錄

輯一◎圖片集

影像◎手稿◎文物

1935年，就讀臺中州立臺中第一中等學校一年級時的詹冰。（真理大學臺灣文學資料館提供）

1930年代晚期，詹冰與大弟詹益鄉（前）合影。（真理大學臺灣文學資料館提供）

1940年代初期，於日本求學期間，與「綠炎會」友人合影於日本東京。前排右起：郭芝苑、簡聯山；後排右起：詹冰、黃煥耀、李國民。（翻攝自《臺灣的真情樂章——郭芝苑》，典藏藝術家庭公司）

1956年春節，與家人合影於苗栗卓蘭家宅。二排左起：妻許蘭香、繼母劉阿圓、弟媳；三排左起：大妹詹鑾英、詹冰、二弟詹益秀、大弟詹益鄉。（詹前標提供）

1957年，全家福照片。前排左起：長女詹月桂、四子詹前基、長子詹前衛、三子詹前標；後排左起：妻許蘭香、詹冰（後）、次女詹月純、次子詹前烈。（詹前標提供）

1964年8月23日,與《笠》詩社同仁合影於臺中后里毘廬禪寺。前排右起:
錦連、杜國清、古貝;後排右起:陳千武、詹冰、張彥勳、林亨泰、趙天
儀。（文訊文藝資料中心）

1965年,任職軍醫中尉時的詹冰。（翻攝自
《詹冰詩全集（三）──研究資料彙編》,苗
栗縣文化局）

1967年5月28日，笠詩社於彰化慈濟寺舉辦第三屆年會。前排右起：吳建堂、鄭炯明、趙天儀、喬林、葉笛；後排右起：林亨泰、岩上、詹冰、羅浪、方平、錦連、謝秀忠。（鄭炯明提供）

1970年1月，日本東京「若樹書房」社長與詩人高橋喜久晴訪臺，與《笠》詩社同仁合影於苗栗卓蘭。前排左起：詹冰、妻許蘭香、安倍玲以、白萩、林亨泰、高橋喜久晴；後排左起：陳千武、陳明台、錦連。（陳明台提供）

1970年代晚期，與陳千武（左）合影。（陳明台提供）

1980年代初期，詹冰於開設之存仁藥局留影。
（詹前標提供）

1980年代初期，與文友合影於臺南關子嶺笠園（陳秀
喜宅）。左起：妻許蘭香、詹冰、楊逵、林亨泰、黃
荷生。（翻攝自《林亨泰全集四‧文學論述卷1》，
彰化縣立文化中心）

1984年7月，與妻子同遊歐洲，合影於法國凱旋門前。
（詹前標提供）

1987年6月7日，出席《笠》詩社第23屆年會，合影於臺中市上智社教研究院。
前排左起：陳秀喜、林宗源、錦連、巫永福、莊金國、趙天儀；二排左起：
利玉芳、佚名、杜潘芳格、黃樹根、白萩（後）、張信吉、洪中周；三排左
起：鄭烱明、李昌憲、陳明台、詹冰、李魁賢、佚名（前）；四排左起：陳千
武、李敏勇（前）、岩上、郭成義（前）、蔡榮勇、林亨泰、沙白、龔顯榮
（前）。（陳明台提供）

1988年1月15日，出席《笠》詩社主辦「第三屆亞洲詩人會議文學之旅活動」，與文友合影於南投九族文化村。左起：詹冰、郭水潭、錦連。（翻攝自《錦連全集13・資料卷》，國立臺灣文學館）

1990年代初期，詹冰於書房中作畫。（詹前標提供）

1990年5月，詹冰獲臺中市文化局頒贈資深優秀文藝作家獎，與陳千武（右）合影。（詹前標提供）

1990年8月23日，出席於韓國漢城（今韓國首爾）舉辦的第12屆「世界詩人大會」，攝於詩歌朗誦活動現場。（詹前標提供）

1992年，詹冰於臺中住所接受《文訊》專訪，與妻子合影。
（文訊文藝資料中心）

1995年8月27日，出席由臺灣筆會、《笠》詩社主辦的1995亞洲詩人會議，與文友合影
於南投埔里蛇窯。左起：張默、詹冰、向明、蜀弓。（創世紀詩雜誌社提供）

1997年8月，與孫子詹翔子（左）合影於加拿大溫哥華布查特花園（The Butchart Gardens）。
（詹前標提供）

1998年7月1日，與妻子於桃園石門水庫賞鳥。（真理大學臺灣文學資料館提供）

1998年9月25日，攝於高雄美濃鍾理和紀念館外的文學步道，與自己的詩碑合影。
（詹前標提供）

1999年6月16日，詹冰（前排左二）舞臺劇《許仙與白娘娘》
於臺北市立社會教育館公演，謝幕時與編曲家郭芝苑（前排
左三）及眾演員合影。（翻攝自《詹冰詩全集（三）──研
究資料彙編》，苗栗縣文化局）

2000年7月9日，詹冰出席臺灣詩人協會成立大會，攝
於臺中市天主教上智社教研究院。（詹前標提供）

2000年8月4日，詹冰獲鹽分地帶文學營頒贈資深臺灣作
家獎，由總統陳水扁（左）授獎。（詹前標提供）

2001年1月31日，獲財團法人榮後文化基金會頒贈第十屆榮後臺灣詩人獎，攝於臺南北門南鯤鯓槺榔山莊。左二起：莊柏林、詹冰、陳唐山、妻許蘭香。（詹前標提供）

2002年5月5日，出席《笠》詩社編輯會議，與同仁合影於臺中萬月樓懷石料理。前排左起：鄭炯明、詹冰、白萩、陳千武、許達然；後排左起：張信吉、林豐明、江自得、林盛彬、蔡秀菊、莫渝、陳明台、陳明克、利玉芳。（鄭炯明提供）

約2002～2004年期間，與郭芝苑（左）於郭家宅前合影。（郭永凱提供）

2003年11月8日，詹冰獲真理大學頒贈「第七屆臺灣文學家牛津獎」，由
校長葉能哲授獎。（真理大學臺灣文學資料館提供）

1943年4月28日，詹冰詩作〈五月〉手稿。（詹前標提供）

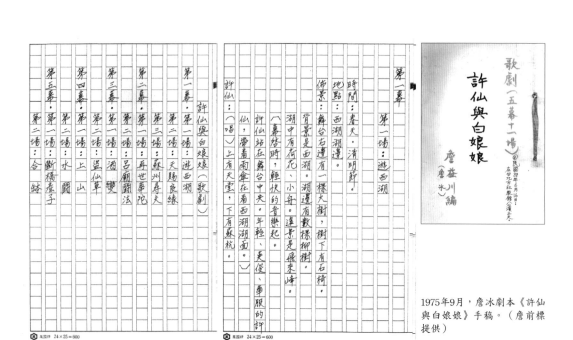

1975年9月，詹冰劇本《許仙與白娘娘》手稿。（詹前標提供）

No.1

我的筆墨生涯：
寫作是一條快樂之路
　　　　　　詹冰

對我來說，寫作是一條快樂之路。四十多年的筆墨生涯，並不是沒有辛苦，我認為有辛苦才有快樂，快樂也愈大。我認為快樂是成正比的。不然的話，我老早就放棄寫作之筆了。

民國十年，我出生於苗栗縣卓蘭鎮的卓蘭公學校（國小）。那時候，我就喜歡看書，常看我有日文的幼年俱樂部「少年俱樂部」等。公學校畢業以後，我考入台中一中（五年制）。一年級的時候，一節作文課，我就大膽地寫了一首「和歌」（三十一字構成的日本傳統詩）。博得老師的誇獎和鼓勵。以後感覺到「和歌」對我的性格有點格格不入，再改做了俳句（十七字構成的日本詩）。中學五年級時，台中圖書館對一般社會徵求小說。我投稿的作品慶升他得獎了。這是我第一次用鉛字印出來的作品。俳句是一種高度濃縮過的詩，博得老師的誇獎和鼓勵。以後影響我的新詩風格。那時候我寫的日本傳統詩，也影響我的新詩風格。剛好投我所好。會徵求作品。我投稿的作品都得獎。代表學校參加台中市的作文比賽。參加的學校有台中工業、台中商業、台中師範、台中一中、台中二中、台中農業等，各學校遠來的學生都是日本人。只有我一個是台灣人。作文當然是用日文寫的。結果，我得到第二名。台中一中畢業以後，我當留學日本來東京。題目是「馬」。在東京首先我

24×25＝600　楠美社

1988年6月，詹冰發表於《文訊》第36期〈我的筆墨生涯：寫作是一條快樂之路〉手稿。（文訊文藝資料中心）

舞台劇（三幕九場）
母親的遺產
詹冰編

NO.1

舞台劇：「母親的遺產」劇情大綱

有一位母親，有五位兒子。他們的職業分別是景農、雜貨店主、田農、國小教師、鎮公所職員。母親臨終時，教訓五子，人生最寶貴的兩個字是「忍」與「愛」。

母親逝世後，五兄弟輪流說出「母親印象最深感人的故事。」討論前，五兄弟討論處理母親的遺產「母親的遺產五十兩元」的問題。

題。母親「頭七」之夜，五兄弟集合在某筆家。

母親「母親的遺產實際上一塊錢都沒有。因怕五兄弟不孝而編

NO.2

「母親的遺產」人物說明

人物：

母親：六十三歲。賢淑慈祥，勤勉節儉。
阿水（長子）：三十八歲。景農。老實純樸。
阿火（次子）：三十六歲。田農。憨直善良。
阿土（三子）：三十三歲。開雜貨店。精明細算。
阿金（四子）：三十歲。國小教師。個性害羞。
阿木（五子）：二十八歲。鎮公所職員。跛腳。做事認真。
阿水（童年）：八歲。體胖而天真。

1989年4月，詹冰舞臺劇《母親的遺產》手稿。（詹前標提供）

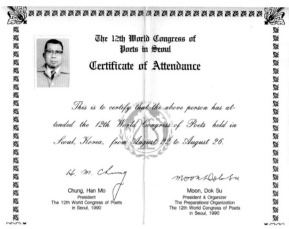

1990年8月，詹冰參加第12屆世界詩人大會的出席證書。
（詹前標提供）

1994年春，詹冰十字詩畫。（詹前標提供）

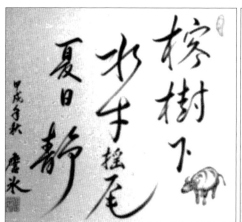
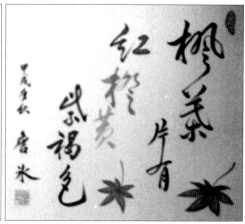

1994年，詹冰十字詩書畫。（詹前標提供）

2001年11月24日，詹冰致莫渝書函，提及當時的
寫作計畫。（翻攝自《詹冰詩全集（三）——研
究資料彙編》，苗栗縣文化局）

莫渝君：你好。編我的作品，出版事太辛勞了。

感謝不盡！我最近日計劃是，到年末要整理、
完成三冊書的稿件。

第一冊：「銀髮詩集」……「銀髮的童心」以後的新詩作品。

第二冊：「歌劇：許仙與白娘娘」……「獲得教育廳兒童劇本獎。

兒童劇「日月潭的故事」（獵得教育廳兒童劇本獎。

當在高雄公演過。）再一齣是「母親的遺產」（未有表）。

第三冊：「十字詩一千首」……中文時代作的俳句，翻譯為十字詩。

到現在的作品。

以前台中文化中心有出版書。可是現在停止了。要出版有困難。

有來中部時，請光臨寒舍一遊。敬祝

健康愉快！

　　　　詹冰敬上，
　　　　　90.11.24.

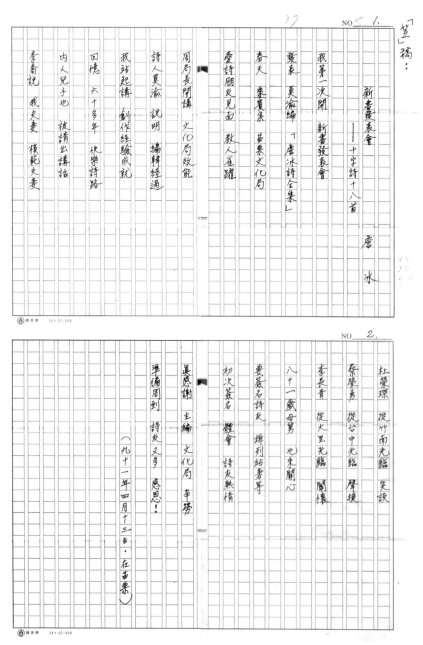

新書發表會
——十字詩十八首　　詹　冰

NO 1.

我第一次開　新書發表會
發表　莫渝編「詹冰詩全集」
春天　來實集　苗栗文化局
愛詩朋友見面　教人雀躍
周局長開講　文化局效能
詩人莫渝說明　編輯經過
我站起講　創作經驗成就
回憶　六十多年　快樂詩路
內人兒子也　被請出講話
李喬說　我夫妻　模範夫妻

NO 2.

杜榮琛　從竹南光臨　笑談
蔡榮勇　從谷中光臨　聲援
李長青　從大里光臨　關懷
八十一歲母舅　也來關心
要簽名詩友　排列站書桌
初次簽名　體會　詩友熱情
真感謝　主編　文化局　辛勞
準備周到　詩友文多　感恩！！

（九十一年四月十三日・在苗栗）

2002年4月13日，詹冰〈新書發表會──十字詩十八首〉手稿。
（莫渝提供）

輯二◎生平及作品
小傳◎作品◎年表

小傳

詹冰（1921～2004）

詹冰，男，本名詹益川，又有筆名綠炎。籍貫臺灣苗栗。1921 年（大正十年）7 月 8 日生，2004 年 3 月 25 日辭世，享壽 84 歲。

1940 年赴日本東京，後考取明治藥學專門學校。留學日本期間，詩作多次獲詩人崛口大學推薦，發表於《若草》詩刊。戰後於苗栗卓蘭開設存仁藥局，後任卓蘭中學理化科教師二十多年。1948 年加入張彥勳等人主導的「銀鈴會」；1964 年與吳瀛濤、林亨泰、陳千武等發起成立「笠詩社」。曾獲洪建全兒童文學創作獎、鹽分地帶文學營臺灣新文學貢獻獎、榮後文化基金會臺灣詩人獎、真理大學臺灣文學家牛津獎等。

詹冰創作文類以詩作與兒童文學為主。日治時期創作俳句與日文新詩，戰後因語言政策改以中文創作，被稱為「跨越語言的一代」。留學時期，深受日本現代詩刊《詩與詩論》中，現代主義詩人群作品與理論影響，詩作傾向「主知」、「理性」，著重詩的視覺感與意象，成為臺灣現代詩人創作圖象詩的第一人。詹冰認為：「詩人如小鳥任憑自然流露的情緒來歌唱的時代已過去，現代的詩人應將情緒予以分析後，再以新的秩序和形態構成詩，創造獨特的世界。」這段時期所創作的作品，於戰後自譯為中文，收錄於詩集《綠血球》。中年過後，其詩風轉為平實淺易，語言傾向散文化；晚年，詹冰提倡以十個字寫出與俳句一樣詩境的「十字詩」，可視

為詩人俳句的回歸,與詩形式的實驗。

　　詹冰創作除了新詩,1970 年代開始亦跨足兒童文學,包括兒童詩及兒童戲劇等。他認為,兒童詩是「兒童也可以欣賞的詩」,詩作反映兒童生活,並融入科學知識與真善美愛等觀念,藉以闡揚詩教的理念。詹冰更將圖象詩運用於兒童詩,如〈插秧〉、〈山路上的螞蟻〉等,拓展了臺灣兒童詩的類型。此外,詹冰也致力於創作兒童戲劇,並與作曲家郭芝苑合作,完成多齣兒童歌劇。代表作《牛郎織女》曾於 1986 年赴法國巴黎公演,是臺灣第一齣在國外公演的歌劇。

　　莫渝認為「1940 年代文藝青年詹冰用熟練日文寫的具有現代精神與知性思維的詩篇,已經完成了詩業,只因政權變化語言轉轍,延遲至 1960 年代,才浮顯其意義與評價。」戰前,詹冰以日文創作具有現代主義精神的詩作;戰後,將戰前作品轉譯為中文發表,使得其日治時期臺灣現代詩的現代主義實驗精神,得以銜接至戰後現代詩運動中。2001 年獲得榮後臺灣詩人獎,獲頒獎之獎詞為「詩人詹冰從日治時期的 1940 年代開始寫作,至今已持續半個多世紀,其間由日文跨入中文,他除了克服語言的障礙之外,在創作的歷程中,勇於實驗,作品富於知性與前衛精神,並把這種精神由戰前帶入戰後,開臺灣文學現代主義的門窗」,肯定詹冰在臺灣現代詩史上創新及啟發的成就。

作品目錄及提要

【詩】

綠血球

笠詩社
1965 年 10 月，12×17.5 公分，94 頁
笠叢書之七

本書為作者自譯 1940 年代之日文新詩與圖象詩，內容注重意象與視覺感，極具現代主義精神。全書分「綠血球」、「紅血球」二輯，收錄〈五月〉、〈春〉、〈扶桑花〉、〈初夏的田園〉、〈夏天〉等 50 首。正文前有桓夫〈序〉，正文後有詹冰〈後記〉。

詹冰詩集·實驗室

臺北：笠詩刊社
1986 年 2 月，32 開，95 頁
臺灣詩人選集 2

本書收錄作者 1960 至 1980 年代詩作，著重意象與淺易明瞭的語言，富有詩創作的前衛精神。全書收錄〈實驗室〉、〈二十支的試管〉、〈詩人〉、〈戀情〉等 37 首。正文前有詹冰〈藥與詩（代序）〉，正文後有詹冰〈後記〉、〈詹冰年譜〉。

詹冰詩選集

臺北：笠詩刊社
1993 年 6 月，新 25 開，127 頁
臺灣詩人自選集 4

本書選錄作者各時期詩作，部分詩作附有日文、英文及客語翻譯與賞析。全書收錄〈五月〉、〈插秧〉、〈雨〉、〈日本風物誌〉等 45 首。正文前有詹冰〈自述〉，正文後有〈寫作年表〉。

銀髮詩集

高雄：春暉出版社
2003 年 10 月，25 開，195 頁
臺灣現代詩叢刊 02

本書集結作者詩作與十字詩。全書分「新詩五十首」、「十字詩一千首」二輯，收錄〈美化心靈〉、〈詩人的血液〉、〈釀詩〉、〈溫暖的心〉、〈美麗的地球〉等 80 篇。正文前有詹冰〈自序〉。

詹冰集／莫渝編

臺南：國立臺灣文學館
2008 年 12 月，25 開，134 頁
臺灣詩人選集 5

本書主要收錄詩集《綠血球》作品，與部分兒童詩、十字詩。全書收錄〈五月〉、〈春〉、〈扶桑花〉、〈初夏的田園〉、〈黃昏時〉等 55 首。正文前有作家影像與黃碧端〈主委序〉、鄭邦鎮〈騷動，轉成運動〉、彭瑞金〈「臺灣詩人選集」編序〉、〈臺灣詩人選集編輯體例說明〉、〈詹冰小傳〉，正文後有莫渝〈解說〉、〈詹冰寫作生平簡表〉、〈閱讀進階指引〉、〈詹冰已出版詩集要目〉。

詹冰

高雄：春暉出版社、笠詩刊雜誌社
2014 年 5 月，10.1×14.8 公分，14 頁
笠 50 年紀念版小詩集 29

本書為笠詩社紀念 50 週年，集結作者代表詩作。全書收錄〈五月〉、〈插秧〉、〈笠〉等 11 篇。

【兒童文學】

成文出版社 1981　　水牛出版社 1984

太陽‧蝴蝶‧花／張雲蓮圖

臺北：成文出版社
1981 年 3 月，32 開，89 頁
兒童文學創作專輯 11

臺北：水牛出版社
1984 年 3 月，16.7×16.7 公分，90 頁
兒童文學創作專輯 4

本書為作者第一本兒童詩集。全書分「生活篇」、「動物篇」二輯，收錄〈插秧〉、〈遊戲〉、〈太陽〉、〈早晨的散步〉、〈曉天〉等 60 首。正文前有許義宗〈序〉、詹冰〈作者的話〉。
1984 水牛版：正文與 1981 年成文版同。正文前許義宗〈序〉略有修改。

科學少年

臺中：臺中市立文化中心
1999 年 6 月，25 開，188 頁
臺中市籍作家作品集 68

本書收錄詹冰兒童小說與兒童劇本，內容為培養兒童科學知識與良善品格。全書分兩輯，「少年小說」收錄〈科學少年〉、〈仁愛的外星人〉、〈外星人侵襲防禦法〉共三篇；「兒童劇」收錄〈孝子寶生〉一篇。正文前有張溫鷹〈序〉、林輝堂〈序〉、詹冰〈自序〉，正文後附錄〈詹冰寫作年表〉。

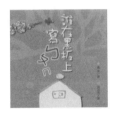

誰在黑板上寫ㄅㄆㄇ／劉旭恭繪

臺北：聯合報公司民生報事業處
2008 年 12 月，20×20 公分，83 頁

本書精選詹冰兒童詩，並結合插畫。全書收錄〈遊戲〉、〈插秧〉、〈早晨的散步〉、〈連日大雨〉等 32 首。正文前有林良〈享受讀詩和讀書的雙重喜悅〉、林煥彰〈計算精準的詩〉、蕭蕭〈十足的童心童趣〉、陳木城〈經典和風範〉，正文後附錄詹冰〈兒童詩隨想〉、詹冰〈談兒童詩〉、〈詹冰簡介〉、〈詹冰寫作年表〉、詹前烈〈父親詹冰的藏書〉、劉旭恭〈童趣與樸拙〉。

【合集】

變

臺中：臺中市立文化中心
1993 年 6 月，25 開，243 頁
臺中市籍作家作品集 22

本書為詩、散文與小說合集。全書分三輯，「新詩」收錄〈平衡〉、〈清晨的散步〉、〈燒香行〉等 25 首；「散文」收錄〈人生第一大獎〉、〈休想要閒〉、〈新人生新希望〉等 12 篇；「小說」收錄〈生在頭頂上的龍眼樹〉、〈天使的笑聲〉、〈母親的遺產〉、〈黑肚子〉、〈一封信〉、〈醫生與患者〉、〈死亡航路〉共七篇。正文前有林柏榕〈序一〉、粘銘波〈序二〉、詹冰〈自序〉，正文後附錄林亨泰〈笠下影——詹冰〉、李魁賢〈論詹冰的詩〉、〈詹冰寫作年表〉。

銀髮與童心

臺中：臺中市立文化中心
1998 年 5 月，25 開，265 頁
臺中市籍作家作品集 55

本書為詩作與劇本合集，集結作者晚年詩作與兒童文學作品。全書分三輯，「新詩」收錄〈金婚紀念日——獻給賢妻蘭香〉、〈從結婚到金婚——獻給賢妻蘭香〉、〈銀髮生活雜詠〉等 20 首；「童詩」收錄〈彩虹〉、〈我〉、〈我的日記簿〉、〈手帕〉、〈看畫展〉等 100 首；「兒童歌劇」收錄〈牛郎織女〉一篇。正文前有張溫鷹〈序〉、林輝堂〈序〉、詹冰〈自序〉，正文後附錄趙天儀〈認真誠摯的詩人——詹冰〉、蔡榮勇〈嘗試為童詩教育開闢大道路〉、〈詹冰寫作年表〉。

詹冰詩全集／莫渝主編

苗栗：苗栗縣文化局
2001 年 12 月，25 開

共三冊，按新詩、兒童新詩、研究資料彙編分冊。各冊正文前有傅學鵬〈縣長序〉、周錦宏〈局長序〉，正文後有莫渝〈編後記〉。

詹冰詩全集（一）新詩

苗栗：苗栗縣文化局
2001 年 12 月，25 開，348 頁

本書集結作者詩集《綠血球》、《實驗室》與晚期作品。全書分「綠血球」、「實驗室」、「旅遊詩集」、「十字詩輯」四輯，「綠血球」、「實驗室」輯前有題要，收錄〈五月〉、〈春〉、〈扶桑花〉、〈初夏的田園〉、〈夏天〉等 132 首。正文前有「詩前」，收錄詹冰〈我的詩歷〉、詹冰〈新詩與我〉、詹冰〈圖象詩與我〉、詹冰〈十字詩論〉。

詹冰詩全集（二）兒童新詩

苗栗：苗栗縣文化局
2001 年 12 月，25 開，244 頁

本書集結兒童詩與諸家評介。全書分三輯，「太陽‧蝴蝶‧花」收錄〈插秧〉、〈遊戲〉、〈太陽〉、〈早晨的散步〉、〈小天〉等 60 首；「銀髮‧童心‧旅」收錄〈彩虹〉、〈我〉、〈我的日記簿〉、〈手帕〉、〈看畫展〉等 100 首；「評介」收錄杜榮琛〈欣賞《太陽‧蝴蝶‧花》〉、趙天儀〈評《太陽‧蝴蝶‧花》〉等 10 篇。正文前有「詩前」，收錄詹冰〈兒童詩隨想〉、詹冰〈談兒童詩〉。

詹冰詩全集（三）研究資料彙編

苗栗：苗栗縣文化局
2001 年 12 月，25 開，278 頁

本書集結詹冰研究資料。全書分三輯，「資料」收錄「生活集錦、著作封面書影、手蹟」、「詹冰小傳」、「詹冰年表」、「詹冰作品評論專著與資料索引」等 4 部分；「訪談、記錄與隨記」收錄廖莫白〈繆思的實驗室──詹冰訪問記〉、莊金國〈未完成的訪問〉、安克強〈一房書，兩支筆，走漫漫文藝長路──專訪詹冰先生〉等 10 篇；「評介──小評、綜論、詩集評、單篇作品賞析」收錄莫渝輯〈小評六則〉、林亨泰〈笠下影：詹冰〉、林亨泰〈詹冰的詩〉、林錫嘉，林煥彰〈詹冰所使用的詩的語言〉等 31 篇。

文學年表

1921 年 （大正 10 年）	7 月	8 日，生於新竹州大湖郡卓蘭庄八六八番地（今苗栗縣卓蘭鎮），本名詹益川。父詹德鄰，母劉阿束，為家中長子。
1927 年 （昭和 2 年）	4 月	就讀新竹州大湖郡卓蘭公學校（今苗栗縣卓蘭鎮卓蘭國小）。
1933 年 （昭和 8 年）	本年	畢業前校方發現其年齡少了一歲，不符畢業年齡資格，被迫留級一年。
1934 年 （昭和 9 年）	本年	以全校第二名成績畢業於卓蘭公學校。 投考新竹州立新竹中學校，落榜。留校補習一年準備重考。
1935 年 （昭和 10 年）	4 月	以全校第 25 名成績考入臺中州立臺中第一中等學校（今臺中市第一高級中學，時為五年制）。與陳千武、劉慶瑞為同窗。
1937 年 （昭和 12 年）	5 月	30 日，母親劉阿束逝世。
1938 年 （昭和 13 年）	5 月	與臺中第一中等學校四年級生同赴日本各地參加內地修學之旅，旅行期間創作俳句「日本修學雜詠」52 首。
1939 年 （昭和 14 年）	3 月	父親續弦，與劉阿圓結婚。
	9 月	代表臺中第一中等學校參加作文比賽，以〈馬〉獲得第二名。
1940 年 （昭和 15 年）	1 月	參加臺中圖書館舉辦募集俳句活動，以「圖書館を出でて並木の落葉踏む」（走出圖書館　就踏著　路旁的落

		葉）獲獎。
	3 月	畢業於臺中第一中等學校。
	10 月	〈私の部屋〉獲歐文社通信添銷會作文比賽優等。
	本年	赴日本東京報考醫專，落榜。於補習學校準備重考，居住東京中野。
1941 年 （昭和 16 年）	10 月	〈母を憶ふ〉（憶母親）以筆名詹椰子發表於《臺灣藝術》第 2 卷第 10 號。
1942 年 （昭和 17 年）	4 月	考入日本東京明治藥學專門學校。就學期間，與郭芝苑等人結為好友，組成談論文藝的社團「綠炎會」。
	7 月	因胃潰瘍入東京警察病院。
1943 年 （昭和 18 年）	7 月	日文詩作〈五月〉獲日本詩人堀口大學推薦發表於《若草》。
	10 月	日文詩作〈澁民村にて〉（在澁民村）、〈ある日の日記〉（少女的日記）發表於《若草》。
1944 年 （昭和 19 年）	3 月	日文詩作〈思慕〉發表於《若草》。
	9 月	畢業於明治藥學專門學校。
	10 月	27 日，父親詹德鄰逝世。
		29 日，通過藥劑師資格考試後，於神戶搭乘貨船「慶運丸」返臺，於 12 月 7 日返抵基隆。
1945 年 （昭和 20 年）	3 月	6 日，與許蘭香結婚。
1946 年	6 月	長女詹月桂出生。
	7 月	5 日，日文詩作〈夕暮時〉、〈戰史〉發表於《中華日報》4 版。
		18 日，日文詩作〈苦惱は避けるな〉（不要逃避惱苦）發表於《中華日報》4 版。

	8 月	29 日，日文詩作〈寸景三題〉、〈私小說〉發表於《中華日報》4 版。
	本年	創作歌詞〈紅薔薇〉，後由郭芝苑譜曲。日後兩人共同合作多首詞曲。
1947 年	3 月	完成中篇小說〈死亡航路〉。
	8 月	次女詹月純出生。
	10 月	於苗栗卓蘭鎮開設存仁藥局。
1948 年	1 月	加入由張彥勳主導的「銀鈴會」，成員亦有林亨泰、錦連、蕭翔文、許育誠等。
	5 月	〈短編小說の実験的解剖研究〉（短篇小說的實驗解剖研究），日文詩作〈私・私・私〉（我・我・我）以筆名綠炎發表於銀鈴會同人誌《潮流》春季號。
	7 月	日文詩作〈夏〉、〈烈風〉，〈美しい魂〉（美麗的靈魂）以筆名綠炎發表於《潮流》夏季號。
	8 月	9 日，短篇小說〈颱風〉（由陳顯庭翻譯）以筆名綠炎，發表於《新生報・橋》4 版，第 150 期。
	10 月	日文詩作〈液体の朝〉（液體的早晨），〈新しい坐標〉（新的座標）、〈新しい詩とは――帆影兄にま答へて〉（所謂新的詩――也答覆帆影兄）發表於《潮流》秋季號。
	11 月	22 日，詩作〈新的坐標〉以筆名綠炎發表於《新生報・橋》5 版，第 187 期。
	12 月	5 日，〈二十歲時的日記――在日本東京〉以筆名綠炎發表於《新生報・習作》8 版。 長子詹前衛出生。
1949 年	1 月	〈純情詩人――微醺君を紹介す〉（介紹純情詩人――微

醺君）發表於《潮流》冬季號。

4 月　　日文詩作〈素描〉、〈灯〉、〈独言〉發表於《潮流》第 2
年第 1 輯春季號。

本年　　「四六事件爆發」，銀鈴會被迫解散，《潮流》停刊。日
文作品缺乏發表園地，及中文運用障礙，進入創作停滯
期。

1950 年	4 月	次子詹前烈出生。
1951 年	9 月	三子詹前標出生。
1953 年	3 月	四子詹前基出生。
1954 年	3 月	任苗栗卓蘭中學理化科教師。開始認真學習中文。
	7 月	因身體不適，辭去卓蘭中學教師。
1956 年	3 月	繼母劉阿圓逝世。
1957 年	2 月	再次任卓蘭中學理化教師。
	12 月	28 日，詩作〈人〉發表於《中央日報》6 版。
1958 年	8 月	完成電影劇本《日月盟》。
1961 年	9 月	17 日，好友劉慶瑞因鼻咽癌過世。
1962 年	5 月	完成小說〈新蘭記〉。
1963 年	3 月	23 日，詩作〈插秧〉以筆名愛黴素發表於《臺灣新生報》7 版。
	11 月	30 日，詩作〈芭蕾舞〉發表於《民聲日報》6 版。
	12 月	30 日，詩作〈金屬性的雨〉發表於《民聲日報》6 版，「文藝雙週刊」第 55 期。
1964 年	1 月	27 日，短篇小說〈天使的笑聲〉發表於《新生報》7 版。
	2 月	詩作〈七彩的時間〉發表於《新象》第 2 期。 以「短詩兩題」為題，集結詩作〈音樂〉、〈春泥〉發表於《海鷗詩頁》第 12 期。

3 月	6 日，與錦連、陳千武、林亨泰、古貝於自家住所討論創辦現代詩刊，由林亨泰命名為「笠」，後邀吳瀛濤、黃荷生、薛柏谷、趙天儀、白萩、杜國清、王憲陽等入社。
4 月	6 日，詩作〈春〉發表於《民聲日報》6 版，「文藝雙週刊」第 61 期。
	詩作〈酸性的廟〉發表於《臺灣文藝》創刊號。
5 月	18 日，詩作〈夏天〉發表於《民聲日報》6 版，「文藝雙週刊」第 63 期。
7 月	詩作〈雨〉發表於《新象》第 5 期。
8 月	〈我的詩歷〉發表於《笠》第 2 期。
	23 日，與笠詩社成員陳千武、錦連、趙天儀、張彥勳、古貝、杜國清前往臺中后里毘盧禪寺郊遊，並進行「作品合評」專欄討論。
10 月	〈關於慶瑞君〉，詩作〈悲美的距離──悼阿瑞之靈〉發表於《笠》第 3 期。
12 月	詩作〈透視法〉發表於《笠》第 4 期。
1965 年　1 月	2 日，出席笠詩社於臺北南港臺灣肥料公司六廠舉辦的第一次年會，與會者有吳瀛濤、林亨泰、錦連、陳千武、張彥勳、羅浪、趙天儀、白萩、杜國清、楓堤、王憲陽、吳宏一、古貝、方平等。
	詩作〈詩作之前〉、〈詩作之後〉發表於《臺灣文藝》第 6 期。
	任軍醫中尉，於嘉義大林服務半年。
4 月	詩作〈燈〉發表於《臺灣文藝》第 7 期。
	詩作〈素描〉發表於《葡萄園》第 12 期。

	6月	詩作〈蠶之歌〉發表於《笠》第7期。
		詩作〈霧〉發表於《臺灣文藝》第8期。
	7月	詩作〈足音〉發表於《葡萄園》第13期。
	8月	詩作〈那首歌〉發表於《笠》第8期。
	10月	詩集《綠血球》由臺中笠詩社出版。
1966年	2月	詩作〈淚珠的〉發表於《笠》第11期。
	10月	詩作〈水牛圖〉發表於《笠》第15期。
	12月	詩作〈三角形〉發表於《笠》第16期。
1967年	4月	詩作〈黃昏的紀錄〉發表於《笠》第18期。
	6月	〈藥與詩〉發表於《笠》第19期。
	8月	詩作〈二十支試管〉發表於《笠》第20期。
	10月	詩作〈疑問號〉發表於《笠》第21期。
	12月	〈我最欣賞的現代詩〉發表於《笠》第22期。
1968年	5月	31日,詩作〈詩人〉發表於《中華日報》9版。
	6月	詩作〈船載著墓地航行〉發表於《笠》第25期。
1969年	2月	詩作〈流入心臟的杯子的液體〉發表於《笠》第29期。
	12月	詩作〈半百之年〉發表於《笠》第34期。
1970年	6月	〈《笠》的性格〉;詩作〈戀情〉發表於《笠》第37期。
	8月	詩作〈鹿港遊——致施世傳學兄〉發表於《笠》第38期。
	10月	〈詩・思想的〉;翻譯村上昭夫詩作〈雁聲〉、〈烏鴉〉、〈老鼠〉、〈烏龜〉發表於《笠》第39期。
	11月	與陳千武、林亨泰、錦連、白萩、趙天儀、李魁賢等主持編譯中日文對照《華麗島詩集》,由日本東京若樹書房出版。
	12月	〈我的日記〉連載於《笠》第40〜43期,至隔年6月。
1971年	6月	詩作〈樂音的母親〉發表於《笠》第43期。

12 月	詩作〈詩國的農夫——悼吳瀛濤先生〉發表於《笠》第46 期。

1973 年　1 月　應省政府教育廳廣徵兒童劇本，創作《日月潭的故事》，獲臺灣省教育廳兒童劇本獎。次月赴板橋「兒童戲劇教師研習會」受訓一個月。

　　　　4 月　詩作〈阿水與阿花〉發表於《笠》第 48 期。

　　　　11 月　與笠詩社同仁應邀出席於臺北圓山飯店舉辦的「第二屆世界詩人大會」，與會者有鍾文鼎、洛夫、瘂弦、張默、羅門、蓉子、向明、陳秀喜、白萩、李魁賢、林宗源等。

1974 年　4 月　詩作〈廖老師素描〉發表於《笠》第 60 期。

　　　　6 月　〈「笠」十週年感想〉發表於《笠》第 61 期。

　　　　8 月　完成劇本《牛郎織女》。

1975 年　6 月　以「兒童詩一束」為題，集結兒童詩〈太陽〉、〈小雨〉、〈榕樹〉、〈紅玫瑰〉、〈香蕉〉、〈登陸月球〉發表於《笠》第 67 期。

　　　　7 月　完成劇本《許仙與白娘娘》。

　　　　本年　詩作〈山路上的螞蟻〉獲第二屆洪建全兒童文學獎兒童詩組佳作。

1976 年　2 月　〈兒童詩隨想〉發表於《笠》第 71 期。

　　　　4 月　以「動物篇」為題，集結兒童詩〈蝸牛〉、〈小白兔〉、〈北京狗〉、〈金魚〉、〈雁〉、〈花鹿〉、〈海馬〉、〈母豬〉、〈牛和青蛙〉發表於《笠》第 72 期。

1977 年　4 月　劇本《日月潭的故事》由南港國民小學、雙蓮國民小學於臺北市第一屆兒童劇展演出。

　　　　　　兒童詩〈媽媽拼命地打我〉發表於《笠》第 78 期。

	6 月	以「詩三首」為題，集結兒童詩〈連日大雨〉、〈溫度計〉、〈罵太陽〉發表於《笠》第 79 期。
	9 月	短篇小說〈生在頭頂上的龍眼樹〉以筆名詹育螢發表於《中國語文》第 243 期。此作為民國 66 年度教育部兒童文學創作獎獲獎作品。
		完成劇本《寶生與仙女》。
	10 月	兒童詩〈動物的病〉發表於《月光光》第 4 期。
	12 月	詩作〈愛〉發表於《笠》第 82 期。
1978 年	2 月	以「童詩兩首」為題，集結兒童詩〈小狗愛我〉、〈我殺死了蝴蝶〉發表於《笠》第 83 期。
	10 月	〈圖象詩與我〉發表於《笠》第 87 期。
1979 年	1 月	兒童詩〈遊戲〉獲洪建全兒童文學獎兒童詩組首獎。
	4 月	以「兒童世界」為題，集結詩作兒童詩〈你丟我撿〉、〈玻璃遊戲〉發表於《笠》第 90 期。
	7 月	15 日，應邀參加由臺中市立文化中心主辦的「現代詩作品研習會」，與會者有陳千武、林亨泰、逸峰等。
	8 月	〈新詩與我〉發表於《笠》第 92 期。
		兒童詩〈奶奶與我〉獲《月光光》兒童詩刊頒贈月光光童詩獎。
	9 月	小說〈母親的遺產〉獲《聯合報》極短篇小說獎。
1980 年	2 月	詩作〈握住妳的手心〉發表於《笠》第 95 期。
	10 月	詩作〈妳的睡臉〉發表於《笠》第 99 期。
	12 月	詩作〈恐龍〉發表於《笠》第 100 期。
1981 年	3 月	兒童文學《太陽‧蝴蝶‧花》由臺北成文出版社出版。
	5 月	以「詩兩首」為題，集結詩作〈椪柑〉、〈寒夜〉發表於《臺灣文藝》第 76 期。
		獲「苗栗縣傑出藝文工作者獎」。

	10 月	詩作〈怪病兩章〉發表於《笠》第 105 期。
	11 月	自卓蘭國中退休。
1982 年	1 月	16 日，應邀出席由臺中市立文化中心主辦，《笠》詩社、創世紀詩社、藍星詩社等協辦的「中日韓詩人大會」，與會者有巫永福、陳秀喜、林亨泰、陳千武、瘂弦、梅新、蓉子、向明、北原政吉、高橋喜久晴、李炯基、金光林等。
	10 月	詩作〈船載著墓地航行〉發表於《笠》第 111 期。
1983 年	2 月	詩作〈老妻〉、〈峨嵋廟〉發表於《笠》第 113 期。
	4 月	4 日，兒童詩〈晨霧〉發表於《聯合報》8 版。 劇本《牛郎織女》由曉明女中於臺中市中興堂演出。
1984 年	3 月	兒童文學《太陽・蝴蝶・花》由臺北水牛出版社出版。
	8 月	詩作〈美人太太〉發表於《笠》122 期。
	10 月	詩作〈我不要看——參觀長崎「原爆資料館」〉發表於《創世紀》第 65 期。 〈寫兒童詩有感〉發表於《笠》123 期。
	12 月	詩作〈歌德的故鄉——西德法蘭克福〉發表於《笠》第 124 期。
1985 年	2 月	詩作〈拜拜的方式〉發表於《笠》第 125 期。
	4 月	4 日，出席於臺中后里張彥勳宅舉辦的「銀鈴會回顧座談會」，與會者亦有林亨泰、蕭翔文、許育誠。會議紀錄後刊於《笠》第 127 期。
	6 月	詩作〈歐洲旅遊〉、〈可怕的天災——義大利龐貝古城〉發表於《笠》第 127 期。 詩作於臺北新象藝術中心舉辦的「一九八五中國現代詩季」展出。
	8 月	詩作〈老妻的睡臉〉、〈汽車中的花香〉發表於《笠》第

128 期。

10 月　〈詩想札記〉，詩作〈鬥牛〉、〈金字塔〉、〈鄉土的明天——讀《鄉土與明天》〉發表於《笠》第 129 期。

12 月　詩作〈平衡〉發表於《笠》第 130 期。

1986 年　2 月　詩集《詹冰詩集・實驗室》由臺北笠詩刊社出版。

中篇小說〈死亡航路〉發表於《文學界》第 17 期。

詩作〈天使們〉發表於《笠》第 131 期。

3 月　28 日，詩作〈永遠的昭忠廟——紀念湖南軍營殉難一百週年為卓蘭鎮擴建昭忠廟破土典禮而寫〉發表於《聯合報》8 版。

4 月　24 日，劇本《牛郎織女》，由郭芝苑譜曲，於法國巴黎夏隆歌劇院公演。

詩作〈點燈者——張彥勳印象記〉、〈清晨的散步〉、〈燒香行〉發表於《笠》第 132 期。

5 月　30 日，詩作〈神蛾——卓蘭鎮昭忠廟〉發表於《臺灣日報》8 版。

8 月　詩作〈釣詩者——羅浪印象記〉、兒童詩〈小羽的性知識〉、〈小羽的疑問〉發表於《笠》第 134 期。

12 月　〈人生第一大獎〉入選《大同雜誌》徵文，刊登於第 68 卷第 12 期。

1987 年　4 月　〈休想要閒〉入選《大同雜誌》徵文，刊登於第 69 卷第 4 期。

6 月　詩作〈生活詩〉發表於《笠》第 139 期。

10 月　遷居臺中市東區。

詩作〈夫妻間——結婚滿四十二年〉發表於《笠》第 141 期。

11 月　〈新人生新希望〉入選《大同雜誌》徵文，刊登於 69 卷

第 11 期。

| 1988 年 | 1 月 | 14～17 日，出席笠詩社於臺中市立文化中心文英館主辦的第三屆亞洲詩人會議，與會者有巫永福、陳秀喜、錦連、陳千武、趙天儀、李敏勇、李魁賢等。 |

2 月　詩作〈新意象〉發表於《笠》第 143 期。

4 月　詩作〈那個人〉發表於《笠》第 144 期。

6 月　以「童詩二首（科學詩試作）」為題，集結兒童詩〈空氣的實驗〉、〈化石〉發表於《笠》第 145 期。

〈寫作是一條快樂之路〉發表於《文訊》第 36 期。

9 月　4 日，出席笠詩社於臺中市立文化中心文英館主辦的「立玉芳作品賞析會」，與會者有白萩、劉素惠、洪中周、陳千武、林亨泰等。

10 月　詩作〈美西加旅遊〉發表於《笠》第 147 期。

11 月　6 日，出席笠詩社於臺中市立文化中心文英館舉辦的「論臺灣新詩的獨特性與未來開展」座談會。與會者另有陳千武、林亨泰、趙天儀、白萩等。會後紀錄後刊於《笠》第 148 期。

〈兒童劇與我〉發表於《文學界》第 28 期。

1989 年　2 月　詩作〈耳鳴〉、〈遊東勢林場——俳句詩試作〉發表於《笠》第 149 期。

4 月　完成劇本《母親的遺產》。

5 月　7 日，出席笠詩社於臺中市立文化中心文英館舉辦的「浮沉太平洋的臺灣——兼論白萩〈領空〉一詩」座談會。與會者有陳千武、林亨泰、杜潘芳格、李篤恭、鄭烱明、趙天儀、白萩等。會後紀錄後刊於《笠》第 151 期。

6 月　〈《笠》已二十五歲了〉發表於《笠》第 151 期。

	8 月	詩作〈十字詩十八首〉發表於《笠》第 152 期。
	9 月	〈最短的詩——俳句〉發表於《臺灣春秋》第 12 期，提倡創作十字詩。
	10 月	詩作〈重陽節——十字詩十一首〉發表於《笠》第 153 期。
	11 月	詩作〈人類病了〉發表於《臺灣春秋》第 13 期。
1990 年	3 月	參加臺中市長青學苑學習國畫。
		應邀擔任臺灣省兒童文學協會與臺中市立文化中心合辦的「童詩創作研習班」講師，同期講師有錦連、林亨泰、陳千武、白萩等。
	5 月	獲臺中市文化局頒贈「資深優秀文藝作家獎」。
	6 月	詩作〈十字詩二十首〉發表於《笠》第 157 期。
	7 月	29 日，出席笠詩社於臺中市立文化中心文英館舉辦的「臺灣歷史的傷痕——兼論丘逢甲〈離臺詩〉、龔顯榮〈天窗〉、柯旗化〈母親的悲願〉、白萩〈雁的世界及觀察〉、鄭烱明〈童話〉」座談會。與會者有林亨泰、白萩、李篤恭、錦連、江自得、陳千武、莊柏林、柯旗化、陳明仁、鄭烱明等。會後紀錄後刊於《笠》第 160 期。
	8 月	22～26 日，與笠詩社同仁赴韓國漢城出席「第 12 屆世界詩人會議」，與會者有陳千武、鄭愁予、張香華、趙天儀、黃勁連、岩上、杜國清、李魁賢、黃樹根、杜潘芳格等。
		〈十字詩論〉發表於《笠》第 158 期。
	12 月	以「十字詩十首」為題，集結詩作〈春風〉、〈春陽〉、〈黃鶯〉、〈水仙花〉、〈蘭花〉、〈玫瑰花〉、〈鳳凰花〉、〈茉莉花〉、〈夏夜〉、〈十字架〉發表於《笠》第 160 期。

1991 年	2 月	詩作〈世界詩人大會——十字詩連作〉發表於《笠》第161 期。
	8 月	18 日，詩作〈變——我的人生觀〉發表於《臺灣日報》9 版。
	12 月	詩作〈生活雜詠——十字詩十九首〉發表於《笠》第166 期。
1992 年	2 月	兒童詩〈我的日記簿〉發表於《兒童文學雜誌》第 2 期。
	4 月	兒童詩〈酸鹼中和實驗〉發表於《兒童文學雜誌》第 3 期。
	本年	接受安克強訪問，訪問文章〈一房書，兩隻筆，走漫漫文藝長路——專訪詹冰先生〉後發表於《文訊》第 84 期。
1993 年	2 月	〈兒童文學與我〉發表於《滿天星》第 26 期。
	4 月	28 日，詩作〈愛心〉發表於《臺灣日報》9 版。
	6 月	詩、散文、小說合集《變》由臺中市立文化中心出版。 莫渝主編《認識詹冰・羅浪》由苗栗縣立文化中心出版。 詩集《詹冰詩選集》由臺北笠詩刊社出版。 與妻子赴溫哥華旅遊，探望四子詹前基一家。
	8 月	應溫哥華中華文化中心之邀，舉辦「十字詩畫展」。
1994 年	6 月	〈《笠》三十歲了〉，詩作〈紐澳旅遊——十字詩三十首〉發表於《笠》第 181 期。
	8 月	11 日，應邀出席《自立晚報》副刊於臺南北門南鯤鯓廟主辦的第 16 屆鹽分地帶文學營，獲頒臺灣新文學貢獻獎；〈我的創作心聲〉發表於《自立晚報・本土副刊》19 版。

12 月　27 日，應邀參加靜宜大學中國文學系與《笠》詩刊合辦
　　　　的「三十而笠」活動，與會者有趙天儀、陳千武、白
　　　　萩、岩上等。

1995 年　2 月　詩作〈新年祈望——一九九五年元旦〉發表於《笠》第
　　　　185 期。

　　　　4 月　詩作〈老境〉發表於《文學臺灣》第 14 期。

　　　　6 月　詩作〈金婚紀念日——獻給賢妻蘭香〉、〈選擇〉發表於
　　　　《笠》第 187 期。

　　　　8 月　24～27 日，應邀出席臺灣筆會、《笠》詩社於日月潭教
　　　　師會館舉辦的第五屆亞洲詩人會議，與會者有陳千武、
　　　　巫永福、杜潘芳格、李魁賢、葉笛、莊柏林、趙天儀、
　　　　莫渝、向明、張默、管管、高橋喜久晴、津坂治男、堀
　　　　池郁男、權宅明等。
　　　　詩作〈不男不女〉、〈愛心〉發表於《笠》第 188 期。

　　　　10 月　詩作〈亞洲的詩心——一九九五年亞洲詩人會議〉發表
　　　　於《笠》第 189 期。

　　　　12 月　以「四行詩六首」為題，集結詩作〈小景〉、〈決定〉、
　　　　〈快樂〉、〈長壽〉、〈練功〉、〈詩心〉發表於《笠》第
　　　　190 期。

1996 年　4 月　27 日，應邀出席臺中市文化中心於喜新念舊咖啡屋舉辦
　　　　的「社區新詩座談會」，與會者有陳千武、賴洯、趙天
　　　　儀、江自得、岩上、蔡秀菊等。
　　　　詩作〈四季雜詠——十字詩二十首〉發表於《笠》第
　　　　192 期。

　　　　6 月　以「四行詩六首（二）」為題，集結詩作〈偉容〉、〈好
　　　　報〉、〈老伴〉、〈我送妳或妳送我〉、〈得救〉、〈臨終〉發
　　　　表於《笠》第 193 期。

	8 月	詩作〈我的詩老師〉發表於《笠》第 194 期。
1997 年	6 月	詩作〈加拿大的乖孫〉發表於《笠》第 199 期。
	8 月	詩作〈從結婚到金婚——獻給賢妻蘭香〉發表於《笠》第 200 期。
	12 月	詩作〈銀髮生活雜詠〉發表於《笠》第 202 期。
1998 年	5 月	詩、劇本合集《銀髮與童心》由臺中市立文化中心出版。
	10 月	詩作〈美化心靈〉、〈昇天畫天國吧——悼念畫家益秀賢弟〉發表於《笠》第 207 期。
	12 月	詩作〈參觀鍾理和紀念館〉、〈閃爍的礦石——參加「洪志明先生作品發表會」〉發表於《笠》第 208 期。
1999 年	4 月	30 日～5 月 1 日，應邀出席由靜宜大學文學院、臺灣省兒童文學協會合辦的「第三屆全國兒童文學與兒童語言學術研討會」，與會者有陳千武、趙天儀、岩上、向陽、林盛彬等。 詩作〈我喝了「心靈雞湯」——閱讀《心靈雞湯》〉、〈賞鳥行——十字詩十首〉發表於《笠》第 210 期。
	6 月	16 日，劇本《許仙與白娘娘》，由郭芝苑譜曲，於臺北市立社會教育館公演。 兒童文學《科學少年》由臺中市立文化中心出版。 詩作〈懷念故鄉——卓蘭〉、〈結婚五十四年紀念日——獻給賢妻蘭香（十字詩十首）〉發表於《笠》第 211 期。
	8 月	詩作〈詩人的血液〉、〈釀詩〉發表於《笠》第 212 期。
	12 月	詩作〈九二一大地震〉、〈從瓦礫中伸出的一支手〉發表於《笠》第 214 期。
2000 年	2 月	詩作〈人生十字詩〉、〈加拿大的乖孫二〉發表於《笠》第 215 期。

	4 月	29 日，獲臺中市文化局頒贈第四屆大墩文學獎文學貢獻獎。

詩作〈迎接千禧龍年〉、〈八十歲的高嶺上〉發表於《笠》第 216 期。

6 月　2 日，兒童詩〈名字〉、〈誰最乖〉發表於《世界日報》。

兒童詩〈登陸月球〉、〈登陸火星〉發表於《笠》第 217 期。

8 月　4 日，與巫永福、陳千武、林亨泰、葉石濤、莊培初同獲鹽分地帶文學營頒贈資深臺灣作家獎。

10 月　詩作〈獲得大墩文學貢獻獎〉、〈自然一景：烏龜〉、〈阿扁總統頒獎給我〉發表於《笠》第 219 期。

2001 年　1 月　31 日，獲財團法人榮後文化基金會頒贈第十屆榮後臺灣詩人獎。

2 月　詩作〈迎接二十一世紀〉發表於《笠》第 221 期。

4 月　兒童詩〈磁鐵〉、〈坐飛機〉、〈變〉發表於《笠》第 222 期。

5 月　以〈快樂的詩路〉獲第二屆綠川個人文史學獎第三名。

8 月　詩作〈獻給岳父岳母——結婚五十六年紀念日〉發表於《笠》第 224 期。

10 月　詩作〈公演《許仙與白娘娘》——十字詩十六首〉發表於《笠》第 225 期。

12 月　莫渝主編《詹冰詩全集》（共三冊），由苗栗縣文化局出版。此作為 2002 年度好書獎獲獎作品。

詩作〈大陸探親——十字詩二十三首〉發表於《笠》第 226 期。

2002 年　2 月　28 日，詩作〈詩之路〉發表於《臺灣日報》25 版。

詩作〈詩人的一生〉、〈戴「笠」真棒！——十字詩十

首〉發表於《笠》第 227 期。

4 月　8 日，〈舊相片〉發表於《臺灣日報》19 版。

19 日，〈八十二歲的希望〉發表於《臺灣日報》25 版。

詩作〈悲觀與樂觀——十字詩十二首〉、〈白頭偕老〉發表於《笠》第 228 期。

6 月　詩作〈新書發表會——十字詩十八首〉、〈苦瓜〉發表於《笠》第 229 期。

7 月　17 日，〈銀髮族〉發表於《臺灣日報》25 版。

8 月　詩作〈沒有詩的日子——十字詩十六首〉、兒童詩〈弟弟的話〉發表於《笠》第 230 期。

9 月　15 日，〈天空畫展——十字詩二十首〉發表於《臺灣日報》19 版。

10 月　18 日，詩作〈彩色的人生〉發表於《臺灣日報》25 版。

〈「死」的問題〉發表於《笠》第 231 期。

12 月　22 日，詩作〈屋頂上的危機〉發表於《臺灣日報》19 版。

〈下雨愈來愈大〉、〈我的桃花源〉發表於《臺灣文藝》第 185 期。

詩作〈悲悼妹妹鑾英——十字詩二十首〉發表於《笠》第 232 期。

2003 年　2 月　15 日，〈春節的吉夢〉發表於《臺灣日報》25 版。

〈世界旅遊——十字詩二十五首〉發表於《笠》第 233 期。

3 月　7 日，〈十字笑詩——十字詩十二首〉發表於《臺灣日報》25 版。

4 月　詩作〈我八十三歲了〉發表於《笠》第 234 期。

5 月　11 日，〈「母」字〉發表於《臺灣日報》19 版。

6月　6日，〈樓梯〉發表於《臺灣日報》25版。

詩作〈欣賞人生〉、〈男子漢的一生〉發表於《笠》第235期。

10月　詩集《銀髮詩集》由高雄春暉出版社出版。

〈回憶笠詩社的誕生〉；詩作〈最難開口的一句話〉、〈快要說再見了〉發表於《笠》第237期。

11月　8日，獲真理大學頒贈第七屆臺灣文學家牛津獎，並舉辦「詹冰詩作學術研討會」，與會者有林亨泰、趙天儀、郭楓、李敏勇、李魁賢、鄭炯明等。

12月　詩作〈創作「宇宙詩」〉、〈登陸火星（宇宙詩）〉發表於《笠》第238期。

2004年　2月　詩作〈探訪太陽系（宇宙詩）〉發表於《笠》第239期。

接受石德華訪問，訪問文章〈詹冰：生活中有美有愛有詩〉後發表於《文訊》第220期。

3月　25日，因心肺衰竭病逝，享壽84歲。4月10日於臺中市立殯儀館舉辦告別式。

31日，以「可笑童言二則」為題，集結兒童詩〈買姐姐〉、〈毛毛蟲〉刊載於《臺灣日報》17版。

4月　10日，詩作〈我的剪貼簿〉刊載於《臺灣日報》17版。

詩作〈我們都是宇宙人（宇宙詩）〉刊載於《笠》第240期「詹冰紀念專輯」。

8月　詩作〈八十四歲的燈塔〉刊載於《笠》第242期。

2008年　12月　兒童文學《誰在黑板上寫ㄅㄆㄇ》由臺北聯合報公司民生報事業處出版。

莫渝編《詹冰集》由國立臺灣文學館出版。

2014年　5月　詩集《詹冰》由春暉出版社與笠詩刊雜誌社聯合出版。

參考資料：

・財團法人鄭順娘文教公益基金會，〈快樂的詩路〉，《第二屆綠川個人史文學獎入選作品集》，臺中：財團法人鄭順娘文教公益基金會，2001 年 5 月。

・莫渝主編，《詹冰詩全集》（共三冊），苗栗：苗栗縣文化局，2001 年 12 月。

・李秋蓉，「詹冰的生平與文學活動」，〈詹冰及其兒童詩研究〉，雲林科技大學漢學資料整理研究所碩士論文，2003 年 6 月。

輯三◎
研究綜述

詹冰研究綜述

◎莫渝

一、詹冰的寫作歷程

詹冰（1921～2004）的文學寫作大約可分三階段：初、中、晚三期。初期，1940 年代的日文詩，一出手即嶄露了頭角，間歇而延伸至 1960 年代的中文詩，兩個年代的詩作有重疊，亦有新意，朝氣蓬勃，躍躍欣榮。中期，1970 年代，持續創作，並拓向兒童詩、小說、劇本等層面，觸鬚靈敏，活動盛強。晚期，1980 年代末提倡「十字詩」，劍及履及，大量書寫，且重拾畫筆，詩畫交織，自娛自怡。底下申述之。

詹冰生長於日治時期，自幼接受日文教育。公學校學生時期即喜歡看小說、詩歌，中學生時期嘗試俳句和新詩寫作，四年級時（1939 年），因作文與美術優越（全校第一），代表學校參加臺中州作文比賽，獲得第二名，參賽者均為日人，詹冰是唯一臺灣籍學生。五年級時寫的俳句：「走出圖書館　就踏著　路旁的落葉」，又獲獎。自藏詩簿第一首詩〈鶯〉，是 1941 年 2 月 14 日的作品。東京時期，在藥劑學的實驗室裡，接受科學知識的理智洗禮，又能欣賞文學；擺盪在藥學與文學之間，幾經猶豫，向父親表露：「對於文學的憧憬，文學這一條路正是我該走的路了，甚至我會感覺賦予我的使命。」1943 年 7 月和 10 月，日文新詩〈五月〉與〈在澍民村〉先後被推薦刊登在日文《若草》詩刊上；隔年三月，〈思慕〉一詩再被推薦刊登，奠立詩名。〈五月〉是知性的八行短詩，〈在澍民村〉是感慕歌人詩人石川啄木（1886～1912）兼自懷的十行詩，〈思慕〉是懷鄉

戀情的三段散文詩。詹冰這三首詩的發表，類似 1930 年代幾位前輩小說家龍瑛宗、呂赫若等的企圖「進軍中央」，讓自己的創作與日人平起平坐，或者超越之。三首詩三面向書寫，特別〈五月〉乙作，是密扣詹冰文學的代表作。戰後初期，詹冰在「銀鈴會」前期刊物《緣草》與後期刊物《潮流》（均為中日文混合的季刊油印雜誌）發表詩作，包括這三首成名作，1948 年加入為同仁。1949 年春「四六學運事件」後，銀鈴會解散，發表空間頓失。1952 年 12 月，國民政府嚴禁日語和臺語教學後，改習中文，經多年努力與學習，已有能力用中文書寫。1964 年 3 月，為《笠》詩社創社12 位成員之一；6 月 15 日，《笠》詩刊創刊號問市，詩刊主編林亨泰將詹冰以「笠下影」重點介紹，包括：詹冰相照、詩觀、詩選（四首）、詩的位置、詩的特徵、結語。第 2 期，詹冰發表〈我的詩歷〉，略述 1940 年代的活動與日記，結尾坦言「有近於十年的空白時代」，即大約整個 1950 年代是語言轉轍重新學習的歲月。《笠》創刊，詹冰再出發，意味雙重意義，1940 年代日文詩被日本詩人肯定，隔了 20 年，日文詩轉譯為中文，創意與新鮮依然，驚豔中文作者讀者群，隱喻著好詩的普遍性與恆久性；另一意義，曾經失意失園的臺灣詩人在《笠》詩刊覓得新園地，繼續墾殖與爆發詩能量。隔年 10 月，詩社推出笠叢書第一輯十冊，詹冰的第一本詩集《綠血球》在內，共 50 首詩，絕大部分是之前的日文思維下書寫的作品轉譯中文。

　　中期，由於《笠》詩刊的推力、臺灣詩人的集結、中文書寫的流暢，詹冰繼續詩作藥學實驗所型塑的知性風格，並著力劇本、歌詞、小說寫作，尤其兒童文學中的兒童戲劇與兒童詩，還參加臺灣省教師研習會主辦兒童文學營兒童戲劇組，密集進修一個月。這階段，詹冰創作了兒童劇本《日月潭的故事》（1973 年）、《牛郎織女》（1974 年）、《寶生與仙女》（1977 年，後改題：孝子寶生），歌劇《許仙與白娘娘》（1975 年）、科幻小說〈外星人侵襲防禦法〉（1984 年）等。兒童劇本《日月潭的故事》曾由臺北市學校演出（1977 年）、兒童歌劇《牛郎織女》在國內

多場演出，還到法國巴黎公演（1986 年 4 月）、歌劇《許仙與白娘娘》在臺北社教館公演（1999 年）。1970 年代中期，臺灣兒童詩（童詩）蓬勃發展，詹冰詩集《綠血球》裡有幾篇淺顯易懂宜於兒童閱讀欣賞，他更積極創作。總結這時期，除劇本外，共出版了兒童詩集《太陽‧蝴蝶‧花》（1981 年）、詩集《實驗室》（1986 年）、詩散文小說合集《變》（1993 年）、小說《科學少年》（1999 年）四書。

晚期，先在《臺灣春秋》（1989 年 9 月），及《笠》詩刊第 158 期（1990 年 8 月 15 日）發表〈十字詩論〉，提倡「十字詩」。同時，重拾畫筆，參加臺中市長青學苑學習國畫（1990 年 3 月），於 1992 年 1 月國畫高級班結業。十字詩寫作，愈寫愈順手，數量可觀，結集在《銀髮與童心》（1998 年）、《銀髮詩集》（2003 年）兩冊內。另外，從 1992 年 6 月後，詹冰每年夏天都到加拿大溫哥華探親旅遊；1993 年 8 月，並接受當地溫哥華中華文化中心邀請，舉辦「十字詩畫展」。

在 1970 年代，詹冰參加多項徵選，如臺灣省教育廳、教育部、洪建全兒童文學獎等，得獎外，其整體文學的成果先後獲得多方肯定，如「苗栗縣傑出藝文工作者獎」（1981 年）、「臺中市資深優秀文藝作家獎」（1990 年）、「臺灣新文學貢獻獎」（1994 年）、臺中市「大墩文學貢獻獎」（2000 年）、「資深臺灣作家獎」（2000 年）、榮後「臺灣詩人獎」（2001 年）、「臺灣文學家牛津獎」（2003 年）。茲引錄榮後「臺灣詩人獎」的獎詞：「詩人詹冰從日治時期的 1940 年代開始寫作，至今已持續半個多世紀，其間由日文跨入中文，他除了克服語言的障礙之外，在創作的歷程中，勇於實驗，作品富於知性與前衛精神，並把這種精神由戰前帶入戰後，開臺灣文學現代主義的門窗。他更進一步成功的將圖象詩的創作理念運用於兒童詩，拓展了臺灣兒童詩的類型。詩人這種勇於創新的精神尤其值得肯定。」

的確，從 1940 年代初的日文寫作，跨越戰後語言的障礙，重新出發，到 21 世紀初，一甲子六十年熱愛詩文學與寫作，詹冰留下的總成績，詩約

200 首、十字詩 1000 首、童詩 160 首，這部分大體收進《詹冰詩全集》（2001 年，十字詩僅精選）前兩冊內，散文與小說收進上述《變》和《科學少年》二書，四齣劇本未出版齊全。1980 年代之後，臺灣與日本交流密切，《亞洲現代詩集》印製出版，詹冰也協助，留有一些臺灣詩選的日譯作業。

　　單就詩的質與量，倘若跟笠創社成員及同輩相較，詹冰並無遜色，他獲得的幾個獎項亦名符相實。

二、詹冰研究的進展

　　儘管寫作多面向，詹冰文學的主軸與成就仍是詩，被討論的也以詩居多。

　　《笠》詩刊創刊號「笠下影」的結語，林亨泰有這樣的呼籲：「我們願意順便向以將文化由古代收藏到現代，由西方搬運到東方為己任的掮客的代表們──大學教授提醒一下，希望不要忽略了詹冰在詩方面的成就。」這時是 1964 年，臺灣仍處戒嚴時期，國家整體政策包括教育都在大中國意識統轄，大專院校的文學教育課程有關新文學的指導與寫作甚少。林亨泰除了呼籲外，只要有機會為文，就極力推薦，尤其偏愛〈五月〉乙詩；同輩的吳瀛濤與陳千武也一樣，吳瀛濤〈易懂的好詩〉（1967 年），陳千武〈視覺性的詩：〈Affair〉〉（1968 年）（後改題為〈〈Affair〉賞析〉）二文即是。1970 年代中期後，臺灣的新詩（現代詩）教育（含兒童詩教育）擺脫「只重表現，無需解說」的概念，新詩導讀賞析應運推廣，文曉村、蕭蕭、羅青等的撰述，都未遺漏詹冰的詩。1980 年代末 1990 年代初，臺灣、中國兩岸開始文學交流，中國出版的有關臺灣新詩論評、鑑賞、簡析與辭書，也有詹冰的影子。

　　概括回顧，在新世紀 2000 年之前，有關「詹冰研究」的文章，大都零星的單篇詩作印象式的解讀，如多人針對〈五月〉及其二十餘首詩（包括兒童詩）的欣賞、及詩集《綠血球》和兒童詩集《太陽‧蝴蝶‧花》的評

論。這些文獻資料有一部分曾集錄在莫渝編《認識詹冰‧羅浪》（1993年）乙書內。比較有綜合的論評文章，算是李魁賢的〈論詹冰的詩〉（1982年）和趙天儀的〈新意象的實驗者——論詹冰的詩〉（1988年），以及羅青對圖象詩〈水牛圖〉的深度解讀（1978年）。李魁賢整理詹冰的詩觀，詳細解讀五首詩：〈液體的早晨〉、〈插秧〉、〈遊戲〉、〈山路上的螞蟻〉、〈水牛圖〉，有童詩與圖象詩（具象詩），〈插秧〉和〈山路上的螞蟻〉二詩的歸屬，既是兒童詩也是圖象詩，全文 8500 字，這是第一篇縱觀詹冰詩藝的平實論文，認識詹冰的入口文章。

進入新世紀，詹冰榮獲兩個獎項：第十屆榮後「臺灣詩人獎」（2001年）和第七屆「臺灣文學家牛津獎」（2003 年）。前者印製《詹冰的文學旅途》，收錄莫渝評論〈簡樸與清純〉和莊紫蓉〈詩畫人生——專訪詹冰〉；後者出版《福爾摩莎文學——詹冰詩作學術研討會論文集》，計林亨泰的引文及六篇論文，作者與篇目如下：林亨泰著；林巾力譯〈初識詹冰——銀鈴會中令人雙眼為之一亮的存在〉、趙天儀〈綠血球與紅血球的交流——評論詹冰的詩〉、郭楓〈嚶鳴上下、在星和花之間——詹冰論〉、簡文志〈詹冰《綠血球》自然書寫的視域與美學〉、蔡秀菊〈知性與感性的詩心——淺論詹冰的詩風格〉、湛敏佐〈詹冰與兒童戲劇〉、邱各容〈探討詩人詹冰的兒童文學世界〉。這冊論文集對「詹冰文學」的研究，稱得上面面俱到，其中三篇選入本書。

2003 年起，每年一屆苗栗縣文學研討會，共五屆，有三篇討論詹冰的論文，即：王正良〈詹冰圖象詩的啟示〉（第一屆）、劉志宏〈以銀光歌唱，以金毛呼吸——詹冰詩作的時空觀〉（第二屆）、簡素琤〈前衛與歷史創傷：詹冰詩中的旅人觀視與地方感〉（第五屆），另，第五屆論文集有劉正偉的論文〈《本省籍作家作品選集 10——新詩集》與苗栗縣籍入選詩人詩作探討〉內，述及四位入選詩人之一詹冰的七首詩。

此外，在其他學術研討會，陸續有丁旭輝的〈詹冰圖象詩研究〉（2000 年）、呂興昌的〈知性與計算：詹冰詩評析〉（2003 年）、謝淑麗

的〈愛的世界——論詹冰童詩的風格〉（2003 年）、湛敏佐的〈詹冰兒童詩淺析〉（2003 年）、林秀蓉的〈醫事詩人醫學專名的意象運用——以詹冰、江自得為例〉（2004 年）等。

以上諸篇論述，揭示了詹冰詩藝的貌樣：知性前衛、藥學經驗、圖象詩、童詩的感性抒情。

至於學位論文，截至目前，有四冊碩士論文：李秋蓉《詹冰及其兒童詩研究》（2003 年）、湛敏佐《詹冰與兒童詩》（2004 年）、吳君釵《詹冰新詩研究》（2012 年）及郭志清《詹冰兒童詩語言風格研究》（2013 年）。博士論文，則有林秀蓉《日治時期臺灣醫事作家及其作品研究——以蔣渭水、賴和、吳新榮、王昶雄、詹冰為主》（2002 年）。碩士論文四冊有三冊討論兒童詩。詹冰的童詩約 160 首，收進《太陽‧蝴蝶‧花》和《銀髮與童心》第二輯，或者《詹冰詩全集（二）兒童新詩》。李秋蓉的碩論採文本分析、美學詮釋等，歸納詹冰童詩的主題內涵：生活情趣的捕捉、科學知識的啟迪、自然生態的描繪、奇幻世界的構思、真善美愛的營造等，這樣的畫面，儼然印證著趙天儀論文〈綠血球與紅血球的交流——評論詹冰的詩〉結尾：「詹冰在追求他的詩的世界，同時不經意地為他自己建立了一座詩的桃花源，與世無爭，也有些與現實隔絕。也許他在他幸福的國度裡，他建造了一種夢土般烏托邦的世界。」湛敏佐的論文就 160 首童詩，分析題材、分析主題、表現手法，是閱讀詹冰童詩的手冊。郭志清的論述著重「語言風格學」的角度，從音韻、詞彙、句法，重新解讀詹冰的童詩，有另一番清新的面顏。不知他是否進一步用這套方法，延伸研究詹冰的詩？

雖然童詩（兒童詩）也算詩的範疇之一，有其重要的意義；畢竟，詩，是詹冰文學起步的誘因及一輩子的主業，直到 2012 年，距〈五月〉詩發表的 1943 年，已隔 69 年，才出現研究詹冰詩藝的第一部學位論文，吳君釵的《詹冰新詩研究》值得我們期待與雀喜。作者吳君釵運用文本細讀、分析內容，探究詹冰新詩內容意涵及表現技巧，再總結詩的特色，肯

定其成就與影響，算是一部很平穩論述的碩論。

三、詹冰研究資料彙編說明

有關「詹冰研究」資料索引近 500 筆，扣除重複登錄者，實得 300 筆以上。從中精挑 20 篇集錄入本書：

1. 詹冰〈我的詩歷〉
2. 詹冰〈詩觀〉
3. 莊紫蓉〈詩畫人生〉
4. 李敏勇〈水的詩人：詹冰〉
5. 林亨泰著；林巾力譯〈初識詹冰——銀鈴會中令人雙眼為之一亮的存在〉
6. 林亨泰〈笠下影——詹冰〉
7. 李魁賢〈論詹冰的詩〉
8. 趙天儀〈新意象的實驗者——論詹冰的詩〉
9. 呂興昌〈知性與計算：詹冰詩評析〉
10. 莫渝〈無色透明的焰光——讀詹冰的詩〉
11. 郭楓〈嚶鳴上下、在星和花之間——詹冰論〉
12. 劉志宏〈以銀光歌唱，以金毛呼吸——詹冰詩作的時空觀〉
13. 簡素琤〈前衛與歷史創傷：詹冰詩中的旅人觀視與地方感〉
14. 林秀蓉〈醫事詩人醫學專名的意象運用——以詹冰、江自得為例〉
15. 邱各容〈探討詩人詹冰的兒童文學世界〉
16. 吳瀛濤〈天門開的時候〉
17. 陳千武〈〈Affair〉賞析〉
18. 莫渝〈詹冰兩首散文詩〈思慕〉、〈春信〉〉
19. 陳千武〈從詹冰編的《臺灣詩集》看日據時期臺灣新詩壇〉
20. 汪淑珍〈《詹冰詩全集》編輯出版意義探析〉

　　〈我的詩歷〉和〈詩觀〉是詹冰的剖白，前文是 40 歲的壯年回憶 20 歲文藝青年的文學熱誠與使命，意氣煥發兼時代遞變的感慨。詹冰書寫過多篇類似對詩的意見，這一篇〈詩觀〉選自笠同仁首次選集《美麗島詩集》，有較濃烈的意義。

　　詹冰榮獲第十屆「臺灣詩人獎」時，主辦單位財團法人榮後文化基金會約請莊紫蓉於 2000 年 10 月 24 日專訪，完成〈詩畫人生〉乙稿。此時，詹冰已完成一生的詩業，也獲得兩項重要獎項：「大墩文學貢獻獎」和「資深臺灣作家獎」，訪問內容著重青少年的文學啟蒙與晚年的繪畫生活，因為文學與醫事（藥學），青年詹冰暫時抑制繪畫天賦。詹冰家族中，其二弟詹益秀（1931～1998）是知名畫家，姪子詹前裕（大弟之子）也是畫家，曾擔任東海大學美術系主任。莊紫蓉完成專訪乙稿後，另有一篇訪問後的印象短文〈幸福人生〉。

　　李敏勇在 1960 年代末與《笠》詩刊接觸，成為年輕輩同仁後，跟幾位前輩詩人互動多，其閱讀編選詩書亦多，詹冰的詩作自然成為營養與素材，新近的〈水的詩人：詹冰〉乙文是將先前零散閱讀與選書的綜合集結，夾敘夾議，有詹冰詩生活的一致連貫與全貌，他以此文蓋棺論定親近過的長輩。

　　笠創社成員中，林亨泰與詹冰還有一層親密，兩人是 1940 年代後期「銀鈴會」同仁，錦連亦是，唯錦連稍晚，詹冰年長。林亨泰這篇〈初識詹冰──銀鈴會中令人雙眼為之一亮的存在〉原稿為日文，應該是針對日本學者，他用比較文學觀點論談同時間異地類似文學刊物的詩作及其影響。他取 1940 年代銀鈴會的前期《ふちぐさ》傳閱性文稿的「迴覽雜誌」和後期《潮流》，對應日本相似藝文活動，轉進曾刊登詹冰最早三首詩的日本詩誌《若草》，其主事者崛口大學的背景，並擴及日本當時現代主義影響下語文教科書的新接受。與《潮流》幾乎同時，日本出現《荒地》詩派。日本的《若草》到《荒地》，是現代主義的持續。當詹冰的舊作再現於《潮流》時，也是知性的重演，這是暗合？由此，林亨泰所稱的「初識」詹

冰，真意應該是重新肯定詹冰。寫這篇文章時，2003 年，兩人均已暮年，距離首次論評〈笠下影——詹冰〉的 1964 年，整整 40 年了，更顯地言真意切，惺惺相惜。

跟林亨泰同樣持比較文學觀點的是郭楓的〈嚶鳴上下、在星和花之間——詹冰論〉乙作，他在第二節「詹冰，在行列中站立的位置」，與巫永福、陳千武、林亨泰、錦連四位，就詩藝、詩風評比，產生有趣卻嚴謹的論題。他分知性詩、感性詩、兒童詩三類解讀詹冰的「詩美創造」，總結出「詹冰，一位快樂的詩人，終生寫作的都是自己快樂也讓人快樂的詩」。

臺灣詩壇，最早推崇詹冰，就是林亨泰的〈笠下影——詹冰〉乙文；最早全面討論詹冰的是李魁賢的〈論詹冰的詩〉。趙天儀〈新意象的實驗者〉、呂興昌〈知性與計算：詹冰詩評析〉和莫渝〈無色透明的焰光〉三文算是接棒，持續為詹冰詩的欣賞加溫。

劉志宏的論文〈以銀光歌唱，以金毛呼吸——詹冰詩作的時空觀〉取詹冰四首詩：〈五月〉、〈液體的早晨〉、〈水牛圖〉、〈插秧〉，分兩組各兩首，從「時間具象化」和「空間歷史化」論述詹冰創作的時空觀，及其中庶民生活與民族生命體驗的文化氛圍，並提出「簡樸之力道」的美學貫穿詹冰創作的核心。

簡素琤的論文〈前衛與歷史創傷：詹冰詩中的旅人觀視與地方感〉，提出幾個新論點，首先，她肯定詹冰晚期詩作，認為詹冰不僅是本土詩人，亦是國際級詩人，「詹冰以生命旅者期待新鮮驚異的心情，觀視土地與自然，從宇宙自然與全人類命運的角度，回看臺灣的土地與歷史。」年輕的詹冰曾留學日本，是旅人；晚年的詹冰旅遊世界多處，素養了宏觀視野，跳脫土地的局限，在詩的創作裡追求「人類知性的美感經驗與追求真善美的感動，他樂觀熱情，在他的詩中，現實世界裡的壓迫紛擾與地方的文化色彩，只留下淡淡的痕跡。詹冰最佳的詩創作，反映出一種旅者悠遊於宇宙與自然光影景物的趣味與童心，超越特定時空座標的印記，顯得晶

瑩剔透、趣味盎然。」

　　臺灣新文學有一項「醫生文學家」的傳統，前輩賴和、吳新榮、王昶雄，戰後的曾貴海、江自得、鄭烱明、陳克華、侯文詠、莊裕安等皆是。林秀蓉將醫生業擴大為「醫事詩人文學家」，詹冰由「藥學詩人」轉為「醫事詩人」，具有創發性的寬廣容納。作者林秀蓉長年關注疾病與醫事文學，2002 年的博士論文《日治時期臺灣醫事作家及其作品研究——以蔣渭水、賴和、吳新榮、王昶雄、詹冰為例》後，忙於教學仍孜孜於寫作，出版《從蔣渭水到侯文詠——臺灣醫事作家的現實關懷》（2011 年）與《眾身顯影——臺灣小說疾病敘述意涵之探究》（2013 年），本文〈醫事詩人醫學專名的意象運用——以詹冰、江自得為例〉，討論詹冰醫學語言為意象的詩作，印證了「藥學詩人」頭銜，並延伸至中學理化教師詹冰的經歷背景，歸納詹冰「詩的意象，橫跨醫學、物理、化學等自然科學領域，具有多樣性、獨創性而且新奇鮮活的特色。」

　　邱各容的〈探討詩人詹冰的兒童文學世界〉乙文，作者長期研究臺灣兒童文學，從兒童詩、兒童劇和少年小說，檢視詹冰在這方面的成績，面面俱到，唯著筆兒童詩的力道最強，兒童劇次之，少年小說僅五百字左右的敘談，略嫌不足。

　　吳瀛濤〈易懂的好詩〉與陳千武的〈〈Affair〉賞析〉是詹冰重新出發時，兩篇贊聲之作，〈天門開的時候〉是一首懷思的親情詩，〈Affair〉是圖象詩、有劇情進展的情愛詩。

　　詹冰共寫了三首散文詩：〈春信〉（形式一段）、〈思慕〉（形式三段）、〈追憶之歌〉（形式多段），在如何因緣下完成？為何形式迥異？值得撥雲見日。莫渝從欣賞角度談前兩首，是小引子，期待有心人繼續留意這個文體。

　　陳千武〈從詹冰編的「臺灣詩集」看日據時期臺灣新詩壇〉乙文是一篇有意義的文獻。詹冰編的「臺灣詩集」僅私藏，未出版，或許就是他個人閱讀的剪報與彙集。透過陳千武的引介，得知詹冰另一閱讀與細密的心

思。年輕的詹冰除了自己創作的「詩簿」，也留存乙份難得的文學史料。

從前，作家離世後，才由友輩編全集文集，先蓋棺再予以論定；今日，作家期盼晚年能親睹心血匯集的全貌。作家全集的定義如何？全集的意義？何時編全集？人走後抑生前？如何編？由誰出版？都是可討論卻難確定的問題。汪淑珍的〈《詹冰詩全集》編輯出版意義探析〉乙文，探討當前社會，民間、地方與中央政府整理文化財出版文學家全集的態度及作業，提出單一文類全集應運而生的現象，指出「讀者／研究者得以更完整掌握作家寫作的風格演變，更可探尋作家作品與時代互動的關係。」

在有限的篇幅，希望這些文章能更接近詹冰文學心靈的脈動。

四、詹冰研究的後續期待

笠創社詩人群中，詹冰、林亨泰、錦連、白萩、薛柏谷五位均有現代主義的血緣。一般論述笠詩人的「現代性」，大都以林亨泰、白萩為取樣對象，偶而提及錦連，薛柏谷僅掛名創社發起人，未積極參與笠活動，且停止寫作，感覺與「笠」淵源淡薄，倒是詹冰常遭忽略，或者不如前三位響亮；或者不被看作當時的參與人，儘管詹冰現代主義的詩作比他們都早。形成此現象，肇因臺灣現代主義盛行的 1950 年代，詹冰囿於語言轉轍而暫時缺席。換另一角度說，1950 年代的臺灣現代主義是「群」的天下，一群人與詩社的嘩聲，詹冰僅是 1940 年代的「獨」，單獨的日文詩寫作與發表，「獨」如何融入「群」？或者「群」如何接納「獨」？考量文學史家與評論家的思維了。

簡素琤以「生命旅者」稱許詹冰詩寫作的立基點。「生命旅者」這觀點等同班雅明「漫遊者」（Flâneur）的說法。詹冰遠離臺灣負笈日本，發表詩作，跟前輩張我軍和王白淵的寫詩歷程，隱隱相似，他們的詩活動都在離鄉背井後置身異地，欲尋求某種「靈」的寄託；寫詩，正是他們的「心靈」的出口。原本寫舊詩的張我軍在北平（北京）寫出第一首白話新詩，進而完成臺灣新文學第一本中文白話新詩集《亂都之戀》（1925

年）；原本學美術的王白淵在日本岩手縣盛岡萌生詩興印製日文詩文集
《棘の道》（1931 年）。他們三位都是遠離家鄉的漫遊者。簡素琤的論點
引爆新的啟發，研究者從創作心理學揣摩作者當初寫作背景與動機，臆想
遠遊、新鮮地的激情；倘若延伸班雅明「漫遊者」的心境與視境，剖析詹
冰新的詩境，應有另一面向的深入閱讀領域。此外，多元的切入與新觀點
的詮釋等，也能闡發詹冰詩文學的新生機。

　　文類研究方面，截止目前，詹冰的詩被討論居多，但四本學位論文稍
偏於兒童詩或兒童文學，比例約 1：3，似乎不夠彰顯詹冰的「詩人」身分
與使命。已累積的兒童詩或詩的論述成績，頗多篇幅集中在強調「圖象
詩」是詹冰詩藝的迷人處，相較下，他的現代詩、少量散文詩及晚年龐多
的十字詩，有待進一步闡述。還有，小說與劇本的探究，僅僅歸入兒童文
學範疇。如此，整體檢視「詹冰文學」的研究，仍有很大的拓展空間。

輯四◎
重要評論文章選刊

我的詩歷

前言

我還沒成名到可以發表詩歷的程度，可是編者慫恿我一定要寫這一個專欄。在《笠》第 1 期的啟事中有編者的話：「我們所要求的並不在於現成的料理，而是在於廚房對這一道料理在製作上所花費的苦心與所嚐到的失敗的滋味。」我就根據這一句話，提上我的筆吧。這一道料理恐怕不太好吃的。可是能予讀者一點營養，那麼我就心安理得了。

一、中學時代

民國 10 年出生的我，從 20 歲時算起，寫新詩的經歷已經有二十多年了。先前，從中學時代（臺中一中，五年制）我就對詩歌感興趣。一年級時，第一節的作文中我大膽地寫了一首「短歌」（31 音構成的日本詩）博得老師的誇獎。以後感覺到「短歌」對我的性格有點格格不入。再改做「俳句」（17 音構成的日本詩）。中學五年（民國 29 年）臺中圖書館舉辦的懸獎募集「俳句」時，我做的「俳句」意外地得獎了。

走出圖書館　　就踏著　　路旁的落葉

這是我的作品第一次變成鉛字。「俳句」是一種高度濃縮過的詩，剛好投我所好，也影響我的新詩的風格。

二、留學時代

　　中學畢業以後，我留學日本東京。我的詩簿上的第一篇詩是〈鶯〉，民國 30 年 2 月 14 日（21 歲）的作品。先前，我常煩惱要投考文科或者理科（醫藥）的問題。幾年後（民國 37 年）我把當時的日記的一部分發表在《新生報》的副刊上。現在將之錄於後面。

二十歲時的日記

──在日本東京──

×月×日

許嗎？到底我自己有沒有成為一個詩人或者作家的天分？呵，當我每次想起了這樁事情時便會頭昏狂燥。

這樣子操下去我也許是沒前途的。這一向常缺席預備學校的功課，計畫表一向都空白沒填，而且函授的考卷也沒寄出去。投考指南的封面堆積了塵沙呵……。

×月×日

電影，電影，電影。整天看著電影。但電影不能解決我的苦惱。不過那視神經的疲倦會促使每晚失眠著的我睡覺。

×月×日

歷訪了每間舊書鋪。掃視過每一段的書架子。一冊一冊地購買了許多詩集小說。五冊，六冊成為一大疊，挾著帶回來。這時候我自己便得意絕頂。我的心胸便豐滿起來，而嘴邊自然地會浮起微笑。

可是當我一旦自覺到我是個投考生時，重重的煩悶便會籠罩我的頭上。

晚上，讀福綠貝爾的《波華莉夫人》，福綠貝爾即為植物。

×月×日

這種敷衍的生活真使我厭死。我決定了該走的方向，決斷地向父親寄出了如下的信：

「親愛的父親：

家裡人都好嗎？這時候臺灣還十分炎熱，但東京該穿大衣的時候了，健康，請放心。

我時常使您很懸念，而今天我想把心切的願望告訴您，冀求您的允許。就是說我不投考醫學院而要投考文科的一件事情。

我幾次的深思熟慮過，但我總沒興趣想去做醫生，醫生的職業不但對於我沒興趣，甚至我還會感覺著一種嫌惡。我只感覺它僅為賺錢以外沒有任何的意義。祇以這堅固的先入為主的觀念去研究醫學時，就沒有什麼進步，也不會使人感覺到人生的意味吧。

然而，至今我為什麼一直準備著醫學院的投考呢？這為的是過於尊重您們的希望，我想只要這樣做才是孝順的。但現在，我忍不住這種虛偽的生活了，這種走上不忠於自己的道路，您說是真正的孝順嗎？我相信我會幸福這便會和您的願望一致，而且只有這樣才是真正的孝順吧。

我也清楚，想要讓我做醫生，這也是您們為我所熟思的最幸福的途徑，但它是立足於金錢的幸福罷了。也就是說如果多賺些錢就會幸福而已，我實在不能接受這樣陳舊的思想。

現在臺灣人不知多少為此種思想所滲毒，有為的人們為此而毀亡。親愛的爸爸請您救我別做這種思想的犧牲！

或許您會說：『你還年輕，亦沒有遇過艱苦，所以不曉得金錢的可貴。』但是這種擔憂是多餘的，如果關於這樁事情我有克服它的自信，總而言之，只為著賺錢而來決定自己一輩子的前途是危險的，而且是無意義的。

反過來說，念文科到底有何種的壞處呢？這可不是只為了賺不到錢的單純的根據以外沒有任何一種根據嗎？假使這樣，好像剛才向您講過，只有了金錢我是絕不會幸福的。我希望做精神上的工作者，況且只有了它我才會感覺到意義和生機。對於文學的憧憬，文學這一條路正是我該走的正路了，甚至我會感覺賦予我的使命。

以上的想法並不是一時的妄想，而是我從中學三年時就一直思索過來的。

假使您說進文科是無聊的，如有了這筆錢可以用為安樂的生活上，那是很大的錯誤，我不希望這種生活，寧願有著智識，教養而貧窮地生活，這種無形的財產就是我所熱望的。

假使爸爸說，所討厭的醫學在努力中會慢慢地有興趣起來。我到底不會有這種努力的。這宛如把牛當作猿玩藝一般的。

爸爸：現在正是將要決定我一生的前途的時候了。懇求您再三考慮，別以簡陋的理由說服我吧！這真是累贅的，因為現在我已不是小孩子了，請您和有高識的人士商量之後才決定吧！

近來常為這問題苦惱而無法用功。

我很慚愧常給爸擔憂，可是請您允許我進文科吧。

冬天已快近了，請大家保重身體！」

×月×日

昨天寄給父親的信，竟遽然不安起來，到底我自己有沒有文學的天分？啊！我自己也不知道。

可是我自己該有自己的作品，該有誰也寫不成的作品。我該忠實地寫作，那誰也寫不成屬於自己的作品吧！我的作品非成為有所修養的讀書家之難以放擲的藏書之一卷不可，即使不能這樣，我的作品應該成為臺灣文學的一個基石。

×月×日

假使不讓我進文學的路時，恐怕我的一輩子便會無意義地完結。該學文學，只有文學才行！

可是受到父親強烈的反對，沒有辦法我吞著眼淚考入藥學專門學校。雖然我念的是藥學，對文學的熱情不但毫無減弱，而且更增強起來，我一隻手拿著試管，一隻手翻開詩集。民國 32 年我第一次投稿新詩。幸而〈五

月〉成為堀口大學的推薦作品，博得不少的好評。連續〈在澁民村〉、〈思慕〉也成為推薦作品。我信奉堀口先生的一句話：「欲寫好詩，那麼你先熱望寫好詩吧！」而自信地繼續邁進新詩的大路。我除詩以外，也精讀小說、戲曲、哲學、天文學、社會學、醫學、心理學、動物學、植物學、宗教等等的書，以為詩的營養。到民國 33 年日本戰敗的相貌逐現，詩誌漸漸停刊。所做的都是所謂「愛國詩」，而純粹的詩隱沒，招來新詩的黑暗時代。當時的文科學校的學生，大部分被召入伍，變成「學徒兵」（學生兵）。就讀第三高等學校的摯友劉慶瑞君（已故臺大法學院教授）也被召入軍營，我時常把新作的詩寄給他。精神糧食缺乏的「學徒兵」們就拿我的詩輪流閱覽而背誦起來。我聽後感動得流淚，愈覺得詩人的可貴和重任。

東京留學時代，一有閒暇我就歷訪圖書館和書鋪，涉獵文學書、詩集、詩誌等。尤其重視屬於「詩與詩論」的詩人們的作品和詩論。我研究學習他們的詩法，同時富於「機智」而明朗的法國詩也惹起了我的注意和共鳴。

三、回鄉以後

藥專畢業後（民國 33 年 9 月）我冒死的危險回來臺灣。那時恰好沖繩島戰爭之前，所以 10 月 29 日出帆神戶的船，至 12 月 7 日才抵達基礎。整整 40 天的死亡航行。回臺後，次年三月結婚，十月臺灣就光復。我踴躍學習國文。可真不容易呀。民國 35 年，報紙還採用一部分日文。當時我在《中華日報》的日文文藝欄發表過〈黃昏時〉、〈戰史〉、〈不要逃避苦惱〉、〈寸景三題〉、〈私小說〉等的詩篇。不久，日文欄休止，我就失去發表的機會，自然地詩作逐漸減少了。國語的學習也因工作忙碌和無實際應用，所以毫無進步。欲想用國文寫詩簡直是不可能的事。其間曾託朋友翻譯，但有隔靴騷癢之感。可是這期間，我的興趣向多方面發展。例如，音樂、電影、美術、攝影、集郵、書法、植花、釣魚等等，我希望它們都變成我的詩的肥料。

　　民國 47 年被聘當中學教員，我的目的在想學習國文，經此一舉，出於無奈，盡力學習國文，所以這次進步多了。我的國文老師是字典和就讀於國校的子女。至最近受中學時代的同學——陳千武兄的鼓勵，才用未成熟的國文程度翻譯以前寫的詩或直接寫詩。我好像重回到青年時代的感觸。

後言

　　總之，詩人的使命是創造獨特的，前人未踏的詩的美的世界。現在我還在其途上摸索、徬徨。雖然有二十多年的詩歷，但其中占有近於十年的空白時代（自民國 40 年至 50 年）。所以新詩的作品不到 400 篇。我想近日中選出愛好的詩百篇，付印我的第一詩集《綠血球》。

（民國 53 年 7 月 4 日記）

——選自《笠》第 2 期，1964 年 8 月

詩觀

◎詹冰

　　寫詩好像接吻一樣，寶貴生命的浪費。聽說，一次的接吻，會縮短了五分鐘的生命。那麼寫一首詩所縮短的生命不至五分鐘吧。可是沒有人因會縮短五分鐘的生命就放棄和愛人的接吻。何況，寫詩是和維納斯的接吻（可能是世界上最甜最高的接吻），不能輕易地就放棄的！

——選自笠詩社主編《美麗島詩集》
臺北：笠詩社，1979 年 6 月

詩畫人生

◎莊紫蓉*

訪問時間：2000 年 10 月 24 日　1：30 p.m.～4：00 p.m

訪問地點：臺中市富貴街詹冰宅

寫在前面

　　詹冰老師給我的深刻印象是體貼。不但歡迎素昧平生的我去訪問他，還怕我找不到路而和夫人一起到臺中火車站來接我。詹夫人的健談對比出詹老師的寡默，卻同樣的親切，很快地消除了我的陌生感。訪談進行中，詹老師怕我口乾，一再提醒我喝果汁、吃水果。從下午一點到四點這三個鐘頭當中，詹老師一點也沒有疲倦或不耐煩的表示。訪談結束辭去時，我婉拒了他們要送我到臺中火車站的好意，表示要自己搭計程車。詹老師即陪我到附近找到一個相熟的計程車司機讓我搭乘。在返回臺北的火車上，吃著詹夫人送我的香甜柑橘，心中油然升起一股暖意。

　　莊紫蓉：我想請詹老師談談小時候的生活狀況、環境種種，以及好朋友，譬如郭芝苑老師，劉慶瑞教授等等。當然也一定要談師母。另外，就是談您的寫作了。

　　詹　冰：我寫作的範圍很廣，詩以外，也有小說、劇本。我的劇本公演過的有三部，最早的一部是《日月潭的故事》，這一部在臺北、臺中、高

*臺北市陽明高中（國中部）退休教師。

雄等很多學校都公演過。第二部是《牛郎織女》，在臺灣、法國公演過。第三部是《許仙與白娘娘》，文建會補助了 400 多萬，臺北市政府補助 250 萬，加上其他人的贊助，共 1000 萬，在臺北市社教館公演三天。詩方面，除了新詩以外，我也寫了很多兒童詩，國校課本選了我一首詩……

莊紫蓉：嗯！〈插秧〉。

詹　冰：對。還有一個比較特別的是十字詩，那是最短的詩。

莊紫蓉：您怎麼想到用十個字來寫一首詩？

詹　冰：那是從日本的俳句來的。日本的俳句大約 17 音，翻譯成中文是十個字左右。俳句有它特別的詩境，我喜歡日本俳句，也有點研究，就嘗試用中文十個字來寫詩。對日本的俳句沒有研究的人，不太容易了解十字詩。

莊紫蓉：您的十字詩和日本的俳句有什麼相同或是相異的地方？

詹　冰：詩境差不多，沒講出來的部分——相當於國畫裡的留白——很多，可以有相當多想像的空間，這是它的特點。我寫了三百來首的十字詩，發表的有一百多首。至於小說，我寫得很少，以短篇居多，有一篇得過《聯合報》的短篇小說獎。

莊紫蓉：懷念母親的那篇……

詹　冰：是是。比較長的一篇中篇小說是〈死亡航路〉。我剛從日本藥專畢業坐船要回來臺灣途中，遇到美國的潛水艇，從日本到臺灣花了 40 天的時間。〈死亡航路〉就是根據那一段難得的經歷寫成的小說。

莊紫蓉：那是很深刻的體驗。

詹　冰：是啊！很少人有這樣的經驗。當時大約有 10、20 艘船回來，被擊沉的有四、五艘。所以是很危險的。我在這篇小說裡面還加上了愛情故事。寫作以外，我也喜歡畫畫。牆上掛的就是我的十字詩配上我自己畫的圖畫。

莊紫蓉：我閱讀您的詩時，發現有好幾首詩都可以入畫，感覺您應該會畫畫。——這一首很有意思：「鴕鳥不會飛／可是跑得快」，短短的幾句

話，也有人生的道理──每個人都有他的長處與特點。

詹　冰：我也畫了很多恐龍的畫。我弟弟是畫家，臺北師範學校藝術系畢業。

莊紫蓉：您的兄弟姊妹都有藝術細胞──

詹　冰：我有一個侄子在東海大學藝術系當教授。他很有希望成為藝術家。我就讀臺中一中時，美術和作文全校第一，經常被派出去參加比賽。

莊紫蓉：詹老師寫的字很美，您學過書法嗎？

詹　冰：那大概是天生的吧。我就讀臺中一中時，美術和作文全校第一，書法第二。學生時代寫出來就比人家好，也沒有特別練習。是有一點美術細胞吧。

莊紫蓉：您為什麼沒有往美術方面發展？

詹　冰：本來我想進入日本的美術學校就讀，我爸爸不肯。他要我在醫生和藥劑師兩者當中選一項。我不喜歡當醫生，就選了藥劑師。當時畫家要維持生活是很困難的。雖然我沒有學美術，但是我閱讀很多美術方面的書，自己也畫畫。我還喜歡攝影，拍攝了我的孩子從小到大的成長過程。去國外旅遊時，也拍了不少照片。還有一項，就是剪貼。從日本回來以後我就開始剪貼，幾十年了。有宗教、文學、自然生態、美術、歌詞等等幾十類，到現在已經有一百多本剪貼簿了。

莊紫蓉：您年輕時接受日文教育，後來學習中文，經過語言轉換的階段。莊金國先生訪問您，曾談到從日文翻譯成中文的問題，您說再用臺語構思一次，會翻譯得更好，這是為什麼？您所謂的臺語是指福佬話或是客家話？您的母語是客語還是福佬話？

詹　冰：我的家鄉卓蘭，兩種語言都可以通。在家裡，我媽媽都講福佬話，到外面的商店買東西則大多用客語，朋友也是講客語的居多。所以我的母語應該算是福佬語和客語兩種。我父親和母親都是客家人，不過我母親都講福佬話，客語反而不會講了。至於翻譯時，用臺語構思對翻譯有

幫助，是因為臺語是生活的語言，比較接近我們，較親切。

　　莊紫蓉：您第一首詩〈五月〉是用日文寫的，後來您自己譯成中文嗎？

　　詹　冰：是。剛從日本回來，不會國語（北京話）。當時中學剛成立，要我去當老師。那時候老師上課用臺語也可以。我就趕緊學習國語（北京話），五、六年後自己可以用中文寫了。會使用中文以後，我就自己翻譯。

　　莊紫蓉：不同的語文有不同的表現和風格。〈五月〉這首詩原來的日文版和後來譯成的中文版，有什麼不同的地方？

　　詹　冰：語言不同，要完全表現是很困難。不過這一首比較沒什麼差異。那時候，〈五月〉投稿之後，日本一個很有名的詩人堀口大學寫信給我，還寄書給我。那對我是很大的鼓勵。

　　莊紫蓉：您當時寫這首詩的靈感是怎麼來的？

　　詹　冰：有一天我從教室的窗子往外看，校庭裡的樹木隨風搖動，突然有了靈感，兩分鐘的時間就寫好了這首詩，沒有修改過。沒想到投出去後受到推薦。推薦的意思是第一名。那真是很高興，用日文寫居然贏過日本人。

　　莊紫蓉：您寫這首詩的時間是五月嗎？您就是把當時的感覺寫出來？

　　詹　冰：是，可能日本的五月和臺灣的五月有一點點差別吧。

　　莊紫蓉：最後一句：「然而，五月不眠地走路。」很有趣。您為什麼這樣寫？

　　詹　冰：從四月到五月，接著到六月，時間不停地走著，季節不停地變換。這是自然的遞嬗現象，就像活生生的動物一樣。〈五月〉之後，我又寫了兩首，也獲得推薦。之後，日本的詩會一直邀請我加入。

　　莊紫蓉：參加日本的詩會，會遇到很多詩人，您跟哪幾位詩人比較有交往？您在〈在澁民村〉這首詩裡提到石川啄木，他是怎樣的詩人？

　　詹　冰：我參加的詩會，每個月聚會一次，批評大家的詩，當時大家寫詩很認真，大家的詩訂成一冊，輪流閱讀，每個人把感想寫在後面。那

時我和一些詩人是有交往，不過差不多只有一年的時間，那個詩會就解散了，石川啄木也是日本很有名的詩人，他的作品以和歌較多，和堀口大學那種新的法國式的詩風不同，他是純日本感情、日本詩的，算是比較古典的。我讀他的詩，多少也會受到影響。事實上，各種不同的作品我都會找來閱讀，吸收各作家的長處做營養，再內化成為自己的東西。

莊紫蓉：您留學日本時，在東京曾經參加一個「浮士德朗誦會」，請您談談那時的情況。

詹　冰：參加浮士德朗誦會的有日本人也有臺灣人，對文學有興趣的人集合起來，朗誦、討論文章。我參加那個會也沒多久的時間。

莊紫蓉：堀口大學欣賞您的詩，您跟他有交往嗎？

詹　冰：只有通信，大部分都是討論詩。光復後，有一次陳秀喜到日本，曾經訪問堀口大學。他還記得我，向陳秀喜問起我。

莊紫蓉：當時您和他通信，覺得他是一個怎樣的詩人？

詹　冰：他受到法國影響很深，寫的詩是法國新詩的表現，可以說是很前進、世界性的詩。我買了很多他的詩集來閱讀，多少會受他影響。記得他在信裡跟我說的最重要的一句話是：「詩要寫得好，熱望要寫好詩最重要。」的確，有熱望才會產生努力。就是因為有寫詩的熱望，所以，我在日本的時候，常常到書店找書來看。

莊紫蓉：您都是找哪類的書？

詹　冰：詩比較多，也有小說。新詩之外，也看古詩，例如和歌、俳句，還有外國詩，中國古詩。那時我買了不少書，一箱一箱寄回來，書太多太重了，郵差只好用米籮挑到我家。我喜歡買書看書，各種書都買來看，美術的也買了不少，現在大概有一萬冊藏書。

莊紫蓉：您讀了很多中國、日本、西洋等各國的詩，您比較欣賞哪幾位詩人的作品？

詹　冰：各國都有我欣賞的詩人，例如中國的李白、杜甫，日本和西洋各國也有。總之，詩味、詩感，各國都差不多。閱讀詩人的作品，可以

幫助我們養成詩感,自己再建立一個個人的詩味。

　　莊紫蓉:詩感或詩味說起來很抽象,請您具體一點說明好嗎?要如何培養呢?

　　詹　冰:讀多了自然就知道。各國的詩感都差不多。

　　莊紫蓉:您在〈詩人〉這首詩裡特別把「愛」、「真」、「淚」這三個字加上引號,似乎您認為詩人寫詩,這三者很重要。「真」就是真實、真誠的意思吧?「愛」包含很廣很深……

　　詹　冰:我的主要目標是「真善美愛」。人類愛、大愛比較重要,我注重的不是狹義的愛情,而是廣義的愛情。孔子說仁愛,基督說博愛,佛教說慈愛,都重視愛。我對這三種愛的說法也有所研究,擷取他們的解釋的好處,建立愛的觀念,用「愛」這個字來表示。總說起來,人類愛最大,夫妻、兄弟、家族、朋友等各種愛都包含在裡面。關於愛的詩,我也寫很多。

　　莊紫蓉:「淚」是什麼意思?

　　詹　冰:淚是感動的意思。沒有感動,就寫不出詩來;讀別人的詩沒有感動也沒有意思。所以,感動才能產生詩。

　　莊紫蓉:您寫圖象詩、十字詩,似乎都是創新的,在您之前,臺灣沒有人寫過吧?

　　詹　冰:嗯!寫圖象詩要有特別的題材,並不是隨便什麼題材都可以寫。因為我對美術有興趣,所以就想到用美術表現出來。目前比較少寫,以前寫過螞蟻、水牛等等。

　　莊紫蓉:我覺得您有幾首詩像小說,也像戲劇,例如〈阿水與阿花〉。

　　詹　冰:對對,像戲劇一樣。

　　莊紫蓉:您在寫作時,是根據題材來選擇用詩、小說或戲劇的方式來寫,或是任何題材都可以寫成詩、小說或戲劇?當您有所感動或是有個題材要表現時,您首先想到的是用詩來寫嗎?

　　詹　冰:一般來說,有個題材,用什麼形式來表現最適當,就用那種

形式來寫。不過，通常我會先考慮用詩來表現，若是不適合用詩表現時，才用別的方式來寫。

莊紫蓉：您也寫了不少兒童詩……

詹　冰：大約有二百多首，光是《銀髮與童心》裡就收了100首。

莊紫蓉：您寫童詩時，有沒有設定對象？

詹　冰：沒有，寫出來以後，比較簡單的，兒童也看得懂的就是童詩。無論新詩或童詩，都要有詩感，沒有詩感就不成為詩了。

莊紫蓉：〈插秧〉這首詩可以入畫。

詹　冰：對，我畫過，在加拿大溫哥華文化中心展覽過。國小課本也有插圖，不過那是別人畫的。

莊紫蓉：〈櫻花〉這首詩短短的，卻很有意思。

詹　冰：那是我賞櫻花時的感覺，是很短時間寫出來的，沒有修改過。

莊紫蓉：我覺得雖然是您一時的感覺，不過滿深刻的，把日本那種美麗又帶一點感傷的情調表現出來，人生好像就是這樣。

詹　冰：是啦。我是將自己當時的感覺自然地表達出來，沒有加上什麼修飾。

莊紫蓉：〈廖老師素描〉這首詩好像是寫您自己……

詹　冰：對，那是寫我自己，用別人的角度來看我自己。

莊紫蓉：像這樣的老師真是很可愛的。詩裡面說：「功課，不及格也可以。做人，一定要及格才行！」、「人生就是實驗，不怕失敗。繼續努力，成功就是他的！」 這些都是很好的觀念。

詹　冰：中學教師時，我也試作科學詩。因為我是理化教師。作品有〈空氣的實驗〉、〈化石〉、〈酸鹼中和實驗〉等。

莊紫蓉：接下來請您談談童年。您是在卓蘭出生的，那裡的環境怎麼樣？

詹　冰：那是山中，山裡的人比較純樸。大部分種水果，是水果的王

國。中學時有個日本人去卓蘭，說那裡是世外桃源。我覺得他講得不錯，真的是世外桃源。天然環境有山有水，還有各種動物，可以抓青蛙、抓魚。

莊紫蓉：您有一首詩〈在紅色的雲上〉提到楊三郎和李梅樹到卓蘭去。詩裡面也寫到紅葉。

詹　冰：有有，有一次我弟弟帶他們到卓蘭畫畫，描繪山景，我也去了。卓蘭的楓葉很美。

莊紫蓉：您從小在這麼美麗的環境生活，受到大自然美景的薰陶，可能對美麗的東西比較敏感。

詹　冰：嗯！或許有關係吧！

莊紫蓉：您有幾篇懷念母親的詩和散文。您母親在您 17 歲的時候過世，這對您也是一種打擊吧？您小時候跟媽媽比較親近嗎？

詹　冰：一般人都是跟媽媽較親近，因為爸爸大多出外工作，和母親在一起的時間較多。

莊紫蓉：但是，無形中爸爸對孩子也會有影響。

詹　冰：嗯！我們做錯事時，爸爸也會講道理給我們聽。我母親對我們的管教很嚴格，她常常一邊做女紅一邊監督我們讀書。

莊紫蓉：您母親過世後，後來有了繼母。您跟繼母相處的情形怎樣？

詹　冰：我很少在家，臺中一中畢業之後就到日本去了。繼母也不錯啦。

莊紫蓉：您父親好像很開明。

詹　冰：是啦。他曾經到香港做事業，把漢藥藥材賣到臺灣。他在家的時間不多，主要都是我母親在管教子女。

莊紫蓉：詹老師和師母在日本認識的嗎？

詹　冰：卓蘭讀國小的時候時就認識了，她比我低一年級。她也去日本念書，不過那時我們並沒有來往。這些事情我都寫在書裡面了。（拿書給莊紫蓉看）

莊紫蓉：「她的美麗令我吃了一驚……」（唸一段書中的文字）。真的。現在師母還是很美麗。

詹　冰：現在比較老了。

莊紫蓉：那時候您看上了師母，然後請人去她家提親，是這樣嗎？

詹　冰：不是。我還在日本時，我父親就請媒人去她家提親，她父親說等我回來再講。我回來後，我父親已經過世了，媒人跟我說這回事，剛好她就是我喜歡的。她那時乖又漂亮，很多人提親。

莊紫蓉：親事講定了，詹老師的心情比得到諾貝爾獎還高興？！

詹　冰：哈哈！這我在書上有寫。她那時候讀的學校，可以說是臺灣第一，臺北高等女子學院，和李登輝夫人同校，差兩期。高等女子學院可以說是臺灣最高的學府，就讀的學生以日本人居多，臺北有名的第三高女畢業以後再去讀。她是日本女學校畢業以後再去讀的。

莊紫蓉：您和師母相處這麼好，能不能談談夫妻相處之道？

詹　冰：第一要有愛情，有愛情凡事就平安。結婚那一天，我們就有約定：「約法兩章，一、不要同時生氣，二、生氣時不要把氣帶到第二天。」還有，感情要平衡。做夫妻要對對方寬大，也就是忍耐。

莊紫蓉：詹老師說得對，有愛情的話，這些都做得到了。

詹　冰：我也能體諒她的辛苦，我去教書，她要主持藥局，顧店，還要照顧小孩，又要養雞養豬。所以我下課後就幫忙看店。

莊紫蓉：我覺得您夫妻的生活很美滿幸福。

詹　冰：是比別人幸福。她也很體諒我，盡量給我時間，我才能讀書、研究、寫詩。這是她很大的優點。

莊紫蓉：有人認為人生是痛苦的。您的家庭很幸福美滿，您對人生的看法如何？

詹　冰：人生有快樂也有痛苦。至於痛苦多或是快樂較多，第一要看命運，第二則是努力。我對詩有興趣，走上寫詩的路，實在是很快樂。寫出來的詩自己覺得滿意，即使是沒有發表，也很快樂。所以要選對路子。

有人選擇賺錢的路，有了錢，子孫為此吵吵鬧鬧，有錢也沒什麼用。我選了寫詩的路，我的人生很快樂。有人選擇美術、音樂，產生滿意的作品，也是很快樂。

　　莊紫蓉：有人認為走上寫作的路是痛苦的，而您卻認為寫作給您帶來快樂。

　　詹　冰：當然，寫作的過程當中，想不出來怎麼表達，或是不滿意的時候，是很痛苦。不過當完成了自己滿意的作品時，那是快樂的。

　　莊紫蓉：如您所說，選對自己的路，就很快樂。不過，選對了路還要努力。

　　詹　冰：對，努力才會有成果，才會快樂。

　　莊紫蓉：寫詩是您快樂的一個來源，太太也是您快樂的另一個來源吧？

　　詹　冰：這也是的，我運氣好娶到好太太。另外，子女也帶給我快樂。孩子如果不好，賭博做壞事，那就「害了了」（慘了）了，人生就不會快樂。

　　莊紫蓉：子女好，和自己本身也有關係。

　　詹　冰：對，我們給子女的教育很重要。總說起來，命運、教育、努力都會影響我們一生的快不快樂。

　　莊紫蓉：您受日本教育，戰後在中學教書。您看日本和中國的教育有什麼差別？

　　詹　冰：日本的教育比較好，中國的教育趕不上。日本比較重視人格的修養，注重禮貌，注意衛生，學校裡有一門修身的課程。中國的教育沒有這門課程，這就有差異了。

　　莊紫蓉：我常常聽長輩說日本精神，什麼是日本精神？

　　詹　冰：這很難講，就好像什麼是臺灣精神也很難講一樣。

　　莊紫蓉：您剛剛講的，注重禮節、愛乾淨、注重人格修養等等，都是日本精神的一部分吧？

詹　冰：是啦！此外，日本人主張愛國，比較合作團結。

莊紫蓉：您的好友劉慶瑞是您臺中一中的同學嗎？

詹　冰：對，他是我一等好的朋友。我們是臺中一中同學，起初不認識，後來因為喜愛文學而成為好朋友。我們那一期的同學，入學時 150 個，大約 150 個畢業，其中 100 個是醫生，對文學有興趣的只有三、四個而已。後來我去日本讀書，也和劉慶瑞在一起。不在一起時，通信不斷。從日本回來後，他住臺北，我常常去找他，後來他因為鼻咽癌過世。

莊紫蓉：您有好幾首詩由郭芝苑老師譜曲。您和郭芝苑老師是怎麼認識的？

詹　冰：我們是在日本留學時認識的，他就讀於音樂學校，我在藥專讀書，因朋友介紹而認識。郭芝苑、我，還有一個畫家在日本沒有回來，一個小說家現在已經過世了，還有一個對俳句很有興趣的，我們五個人有空時就在一起討論文藝。回來臺灣之後，郭芝苑和我繼續有來往，我寫的幾首歌詞都是他譜曲的，最有名的是〈紅薔薇〉。後來他叫我寫劇本，我就去買了很多劇本的書來讀，然後嘗試寫了幾齣戲劇。臺中一中和藥專的同學，現在也還有聯絡。不過，大家年紀都大了，有的也過世了。

莊紫蓉：請您談談中學時的閱讀經驗。

詹　冰：國小時，我讀《幼年俱樂部》，後來讀《少年俱樂部》。有一個朋友有很多這一類的雜誌。他家開碾米廠，二樓放了很多雜誌，我常常去他家二樓看雜誌。那裡暗暗的，我就這樣患了近視。臺中一中時，第一節作文課，我寫了一首和歌，老師很驚訝。我是對這方面有興趣，不過，和歌比較長，和我的個性不合，於是就選那較短的俳句。之後，我閱讀了很多俳句、和歌、小說、世界名著等等，對文學更有興趣。我在一中時，詩寫得較少，藥專時寫多一點。〈五月〉是藥專一年級時寫的，投稿之後受到誇獎，才對寫作新詩感興趣，也有自信，就買了很多日本的有關新詩的書來讀。所以，有興趣是第一要緊的。當然受到讚美也很重要。

莊紫蓉：寫作除了興趣之外還要有天分。

　　詹　冰：是啊！有天分才會有興趣，我想是這樣。現在的孩子只讀課本，以前我們在臺中一中時，課外書、雜誌看很多。現在的學生沒有時間，有興趣也沒辦法。日本時代比較自由，沒有功課的壓迫，可以自由看書，我們都是考試前兩三天才讀課本。

　　莊紫蓉：您就讀公學校時讀的《幼年俱樂部》、《少年俱樂部》，內容都是些什麼？

　　詹　冰：內容有小說、兒童詩、散文、童話等等。臺中一中時，讀的多半是詩、小說等文學作品。日本回來之後，因為喜歡看戲而對劇本發生興趣。教書時開始練習寫劇本，《日月潭的故事》寫完投稿後入選。入選的中學教師集合起來訓練一個月，請到一流的老師來教。以後，遇到適當的題材，就動手寫成劇本。我寫的劇本一共十部左右，不過發表的不多。

　　莊紫蓉：您寫〈五月〉這首詩都沒修改，其他的作品也是這種情況嗎？

　　詹　冰：不一定，如果一寫出來就覺得滿意，當然就不用修改，不滿意的話就一再修改，直到滿意為止。

　　莊紫蓉：您的作品，會不會在意別人的看法？讀者的批評或是欣賞，會影響您的心情嗎？

　　詹　冰：這方面我比較不在意，自己滿意就好。創作出來，自己滿意就很快樂。至於有沒有發表，或是別人的看法，那是不重要的。如果在意別人的看法，照人家的意見去寫，那就沒意思了。所以，主要是自己的想法。別人的好評是一種鼓勵，當然難免會喜歡人家的好評，不過那不是最重要的。或許現在得不到好評，以後人家會給予好評也不一定。

　　莊紫蓉：您的作品定稿以後，自己都很滿意嗎？

　　詹　冰：不一定，有階段性的差別，有的是有一點滿意，有的中度滿意，也有很滿意的。就像生孩子一樣，有的好有的差一點。

　　莊紫蓉：作品能夠發表和不能發表，對您來說有什麼差別？

　　詹　冰：我比較不去想這個問題，何況我提出去的作品，《笠》詩刊都

會發表。萬一沒發表，我也不大在意。

　　莊紫蓉：恭喜您得到「榮後臺灣詩人獎」。這幾年來，您得了不少獎。

　　詹　冰：今年三月，得到臺中市「大墩文學貢獻獎」，去年 2000 年 8 月到鹽分地帶文學營從陳水扁總統手中領取「資深臺灣作家獎」。得獎當然是高興，勉勵自己繼續努力，貢獻臺灣文學。

　　莊紫蓉：今年陳水扁總統特別到鹽分地帶頒獎給臺灣資深作家，臺灣文學似乎比較受到重視了。您看，臺灣文學以後的前途如何？

　　詹　冰：作為一個寫詩的人，盡自己的全力來寫。我想，臺灣文學是很有希望的。今後我將繼續走詩這一條路，繼續努力創作。

（本文刊載於《臺灣文藝》第 174 期，2001 年 2 月）

——選自莊紫蓉《面對作家——臺灣文學家訪談錄（二）》
臺北：財團法人吳三連臺灣史料基金會，2007 年 4 月

水的詩人：詹冰

◎李敏勇*

1960 年代末期，我 20 歲出頭之齡加入《笠》為同仁。那時際，我已在《創世紀》、《南北笛》等詩刊發表詩，也在一些報刊發表散文。加入《笠》以後，特別是 1971 年發表〈招魂祭〉，以後，除了曾在《拜燈》、《詩人季刊》、《陽光小集》以及後來的《詩人坊》發表過詩，我不曾在其他詩刊發表作品。1980 年代以後，在報紙副刊發表詩也是後來的事。加入《笠》以後，因為發表作品，參與編務，我覺得自己就像一個旗手，想吹著號角跟同仁一起努力邁進。

20 歲出頭的詩人之路，我曾說《笠》是我的詩人學校。除了因為《笠》譯介許多外國詩、評論；也因為《笠》有許多評論，豐富充實了我的視野；更因為親近跨越語言一代的許多詩人，耳聽目濡的緣故。在那個時代，參加《笠》是會被傳播條件與聲勢較強的「中國現代詩壇」貼上標籤的，許多曾在《笠》發表作品，但未加入同仁，有些是因為詩風不同，但有些則是避免被貼標籤。臺灣人在戰後的政治氛圍裡這麼小心翼翼，不只在詩壇，在文化界，也普遍存在於社會。

《笠》的跨越語言一代，我接觸最頻繁的是陳千武、錦連、林亨泰、詹冰、陳秀喜、杜潘芳格。吳瀛濤在臺北，接觸較少。張彥勳和羅浪因為較少參加在臺中的《笠》活動，相形之下，較少接觸。但我去過后里張彥勳還在小學擔任教師的宿舍，也常聽錦連說羅浪——記憶最鮮明的是，錦連說，有一次羅浪在苗栗鄉下的河邊，辦了宴席招待一些鄉童的故事。對

---

*詩人、散文家、評論家。李敏勇文學工房負責人。

照羅浪的一首詩〈垂釣〉，我常想到他在河邊釣魚的景象。

我曾在陳千武的弔念文，以「火」、「土」、「木」、「水」，比喻陳千武、錦連、林亨泰、詹冰。這是我對這四位前輩詩人的深度印象。從他們的詩，他們的人生風格，我觀照出來的定位。火、土、木、水，各有特質，各具特色。我慶幸能夠從言教與身教中得到教誨與啟迪。

談談詹冰（1921～2004），一位水的詩人。

詹冰是《笠》12 位創辦人之一，他與陳千武、錦連、林亨泰，在《笠》創刊初期，在詩語中較為活躍。但詹冰並沒有在《笠》的運動中有積極角色，他的聲音是他的作品，包括從日文譯為漢字中文的《綠血球》系列，和後來中文發表的作品。《綠血球》是詹冰在戰前以日文發表的作品，但譯介成中文以後，奠定了他在戰後臺灣詩壇的地位。

抒情以及知性是《綠血球》作品的特色。在日本讀藥學，戰後在家鄉卓蘭開設西藥房，並為了學習中文而到中學校教理化的詹冰，在《綠血球》裡呈現的中文，有他們這一世代難得一見的純熟度，林亨泰可以比擬。

五月，

透明的血管中，

綠血球在游泳著———。

五月就是這樣的生物。

五月是以裸體走路。

在丘陵，以金毛呼吸。

在曠野，以銀光歌唱。

於是，五月不眠地在走路。

———〈五月〉

　　〈五月〉是詹冰 1943 年作品，得到當時日本著名詩人，也是童謠詩人堀口大學的推薦。譯成中文以後，不失韻味。也許從中文的用法來看：第一節第三行「綠血球在游泳著」的「在」和「著」都表示進行狀態，擇一使用即可，有些累贅；第二節第一行「是以」著僅因「以」較為簡省，第二節第四行，開頭的「於是」是白話「就這樣」的意思。為了避免與第一節第四行「就是這樣」有些重複，用了「於是」，其實是可以省略的，這是枝節，無損於這首詩的亮光。

　　用「綠血球」來喻示自然，與「紅血球」的人間性，巧妙地配慮了詹冰的觀照視點。這是他藥學知識（化學）影響所及，以及重視知性的結果。知性在他的許多詩中的構造，有所呈現。〈綠血球〉的兩節，八行是一個典型的例子。他早期以及 1950 年代、1960 年代的許多作品，像〈春〉、〈液體的早晨〉、〈插秧〉、〈雨〉、〈春〉、〈扶桑花〉。

　　詹冰是一位十分謙和的詩人，他的詩也清澈透明，從早期的詩的俳句形態就能看出他的凝練、精簡特色。

　　　現在是笑的極點。

　　　其證據是，

　　　正在滴下美麗的淚珠……。

──〈櫻花〉

　　〈櫻花〉是詹冰在日本讀東京藥專時代的作品，用仿俳三行連句描繪了櫻花綻開與萎落的心境風景。這是一種訓練，一種表現力。詩的賦、比、興，常見臺灣詩人採取「賦」的方式，較少兼具「比」與「興」，有時有表達，無表現。詹冰的詩有表現性，跨越日本語到中文，在他那個年代能夠有這樣的高度，令人感佩。

　　記得 1960 年代末、1970 年代初期，常在中部的《笠》活動看到他，總是靜靜坐在一旁，但有一次「編輯會議」在豐原的陳千武寓所舉行，大

熱天，前輩詩人們一個個脫下外衣，穿著圓領短袖汗衫。那種情景的樸素一直留在記憶裡，既親切又珍貴難得。那個年代，參與創辦《笠》的跨越語言一代詩人們，既投入又用心，奠基了《笠》的礎石。

在批評與介入方面，詹冰不像陳千武、錦連和林亨泰，他比較守分，專注於自己的詩業（其實，他投入樂曲，與在苑裡的音樂家郭芝苑在音樂劇方面的努力，也有他另一種文學風景）。既不像陳千武，在編務與經理的貢獻；也不像林亨泰在初期主編，建立一些方向；錦連參與《笠》的事務雖沒有反映在編務論述，卻在譯介上頗多貢獻。詹冰相對純粹。這也是戰後臺灣詩人的詩的多元面向。在觀照《笠》的時候，應該要有這種視野，才不會失於偏頗或單一性。

詹冰以「紅血球」對比「綠血球」，在《綠血球》這本詩集，顯現相異於自然的人生風景。

一隻腳站在天堂，
一隻腳站在地獄，
所以在兩腳規頂點的臉面
有時笑著有時哭著了。

一隻手被天使拉著，
一隻手被魔鬼拉著，
所以在張力作用點的良心
有時被撕開一樣地疼起來了。

——〈人〉

詹冰的〈人〉，巧妙地利用人體構造把人性與天堂、地獄；天使、惡魔關連性給合起來，詮釋連辭典所無法達致的關於人的生理與心理分析。「紅血球」系列，有許多作品，都讓人難忘，像〈有一天的日記〉、〈天門開的

時候〉、〈理想的夫婦〉、〈墓誌銘〉、〈蠶之歌〉……。

　　我喜愛的詹冰作品，有許多是收錄在《實驗室》詩輯的系列，這是
《笠》創刊後的新作品，像〈實驗室〉、〈二十支的試管〉、〈淚珠的〉、〈水
牛圖〉、〈流入心臟的杯子的液體〉……不愧有化學知識，更把這些知識巧
妙運用在詩作中，從日本語到中文，詹冰的跨越看得出突破困境，開創了
另一片天空。

　　他的許多詩，都應該在臺灣的語文教材中被列入，作為文化教養。詹
冰的詩具有某種魅力，但在重視意識形態政治八股和中華文化沙文主義，
一心想洗兒童的腦，培養黨國之子的臺灣，詹冰的詩在學校教材並不受重
視。臺灣的孩子們，在學校語文教育裡都被餵食某種教科書編輯委員會先
生、女士們，用他們特殊的視野選編的文本，而臺灣人自己也不重視這些
藏在自己土地詩人們心血的結晶。

　　我喜歡詹冰的〈墓誌銘〉，曾在他辭世時，寫了一篇文章，期待這首墓
誌銘會在他的墓園，但我不知道他的詩是否能與他相伴。

　　他的遺產目錄裡

　　有花

　　有星

　　又有淚

　　　　　　　　　　　　　　　　　　　　　　　　——〈墓誌銘〉

　　但我會記得詹冰，記得他人生的花、星和淚，我會把他的特質記取在
自己詩人之路。臺灣的詩人們也應該記取這樣的詩人，他的歷程，他的
詩。

——選自《笠》第 304 期，2014 年 12 月

初識詹冰

銀鈴會中令人雙眼為之一亮的存在

◎林亨泰*
◎林巾力譯**

　　初識詩人詹冰，是在第二次世界大戰後不久，也就是大約在 1947 年歲末或 1948 年年初當銀鈴會同仁試圖重整旗鼓、再次出發的時候。當時，也正是我進入臺灣師範學院（現在的國立臺灣師範大學）的第二年，就年齡來說，是當我 24、25 歲的時候。我曾於戰前在國民學校擔任教師的工作，從此便抱持著有朝一日成為教育家的願望，因此當在大二時獲准從博物系轉至教育系之後，得以毫無掛礙地專攻教育的心情更加篤定。在轉入教育系之後不久認識了班上的同學朱商彝（朱實），他邀我加入銀鈴會，而我也十分樂意地成為銀鈴會的成員之一。銀鈴會是在戰前的 1942 年由臺灣中部青年文學愛好者所發起的團體，戰後正式會員人數增加，而將原本的雜誌名稱《ふちぐさ》（意為「邊緣草」）改為《潮流》，當時正是蓄勢待發，期待大顯身手的時刻。除此之外，我同時還參加了由師大英語系蔡德本擔任社長、而由史地系林曙光擔任主編的「臺語戲劇社」與「龍安文藝社」。

　　戰前的《ふちぐさ》是以迴覽雜誌——也就是輪流閱讀——的形式開始，而在戰爭結束那年才開始改為鋼板刻印的方式。因此戰後的《潮流》雜誌都是以鋼板謄寫的方式出版，這一點是不容我們加以忽視的。日本白樺派雜誌《白樺》（1910～1923 年）曾是型塑大正文學的代表雜誌，而其

*詩人、評論家。
**發表文章時為興國管理學院應用日語系講師，現為臺灣師範大學臺灣語文學系副教授。

成員們的雜誌起先也都是以迴覽的方式開始。武者小路實篤、志賀直哉、木下利玄、正親町公和等人的《望野》，以及里見弴、園池公致、正親町實慶、兒島喜久雄、田中雨村等人的《麥》，以及柳宗悅、郡虎雄等人的《桃園》等等雜誌都是以迴覽的方式展開，而三者合併了之後才形成了新雜誌《白樺》。不僅如此，日本的新聞報導上也常記載了某人在閱讀了某位文學作家的作品之後，憶起當年同為鋼板刻印雜誌的同仁，而後友人一躍成為大作家云云之類的文章。由此可見，不論是迴覽雜誌或鋼板謄寫的雜誌在當時是具有相當分量的。銀鈴會在戰後重新出發的季刊雜誌《潮流》，其第一年的第一冊是從 1948 年 5 月開始發行的春季號，然後在整整一年之後的 1949 年 4 月，第五冊的《潮流》春季號即將出版之際，政府下達逮捕師院學生的命令，4 月 6 日拂曉，學校宿舍被武裝軍隊和警察所包圍，此即所謂之「四‧六事件」，白色恐怖就此拉開了序幕，長達 38 年之久的戒嚴令也隨之強加實施。之後，待情況較緩和了以後，我開始四處詢問是否還有人保留有銀鈴會的資料，而當我聽說僅有的一部在詹冰那裡時真是教人雀躍不已。《潮流》並沒有成為「幻影雜誌」，也沒有成為僅僅是存在於傳說之中而無法實際證明其存在的雜誌，實拜詹冰之賜。我也曾於 1991 年 8 月 26 日至 30 日在《自立晚報‧本土副刊》中撰寫〈銀鈴會文學觀點的探討〉一文中寫道：感謝無懼於「白色恐怖」的詹冰，為我們將《潮流》珍貴地保存了下來。

　　銀鈴會在遭到「四‧六事件」的打擊之後陷入窒息的狀態，不再有任何動靜。季刊雜誌《潮流》在出版了五冊之後便告終止。同人們陷入沉默，各奔東西，殘酷地在歷史中被逐漸淡忘。詹冰在五冊的《潮流》當中每期均有詩作發表。第一冊收錄了詩作〈私‧私‧私〉，第二冊〈夏〉與〈烈風〉，第三冊〈液体の朝〉及〈新しい座標〉，第四冊收錄了詹冰在戰前留學日本時發表於東京寶文館文藝誌《若草》（1925～1950 年）的三篇舊作：〈五月〉、〈澁民村にて〉以及〈思慕〉，第五冊則有〈素描〉、〈灯〉與〈獨言〉等作品。從第一冊到第四冊都是以「綠炎」為名發表，自第五

冊以後則以「詹冰」為稱號，並且持續沿用至今。而無論是「綠炎」或
「詹冰」都是筆名，其本名乃為「詹益川」。詹冰生於 1921 年，長我三
歲。詹冰曾於 1942 年留學日本，就讀於東京的明治藥專，翌年的 1943 年
開始在文藝雜誌《若草》上投稿。《若草》在鼓勵並培養年輕詩人方面頗有
口碑，而詹冰更還受到日本詩人暨翻譯家堀口大學的推薦而始入新人的行
列，接著下來的三篇作品也得以獲此殊榮。正當銀鈴會試圖以《潮流》重
振旗鼓的同一時間，日本也開始有了《荒地》（1947～1948 年）詩派的產
生，詩派成員們試圖對抗戰敗之後的社會現實，以重振現代詩為職志。《荒
地》派詩人之一北村太郎（1922 年生）曾在其著作《世紀末的微光──鮎
川信夫與其他》中的〈再會吧！鮎川信夫〉文章中提到，其於 1937 年開始
對於鮎川信夫（1920 年生）投稿於《若草》的作品〈黃昏〉以及之後的數
篇詩作感到十分醉心，有關於此北村寫道：

> 我之所以加入「LUNA」（註：神戶詩人中桐雅夫所編輯之同仁雜誌）是
> 緣由於鮎川信夫的詩作。最早拜讀的作品，是在文藝雜誌《若草》投稿
> 欄中由佐藤惣之助或堀口大學所選出來的以「黃昏」為題的詩作，詩的
> 開頭是：「青柄のシヤベルで／雲の涯をほじくり／珊瑚を撒き散らし」
> （以青柄的鐵鏟／挖掘雲之涯／珊瑚灑落），時間應該是 1937 年左右。
> 接著下來每個月都有鮎川信夫的詩作在《若草》中出現，而我在「黃
> 昏」之後可以說是全然為其詩所傾倒。當時在得知鮎川信夫是「LUNA」
> 的同仁之後，便決定從淺草前往神戶，申請加入成為「LUNA」的同仁之
> 一。

　　由此可見，《若草》雜誌總是為文壇傳送新風，當新潮流崛起時也從不
吝於迎接新人，鼓舞他們的士氣。以上是有關詹冰所投稿的雜誌的大概情
形，而身為《若草》詩作選評的堀口大學是怎樣的一位人物呢？堀口大學
所留下最為光輝的貢獻首推翻譯，其父曾為外交官員，因此堀口精通法

語，並且能夠親炙風起雲湧於第一次世界大戰後的現代主義文學風潮，其
譯作橫跨詩與小說的領域，尤其譯有為數眾多的前衛作品。堀口最為有名
的詩作翻譯是《月下的一群》（1925 年），這部詩集帶給昭和詩壇莫大的影
響，亦催生了日本的現代主義風潮。磯田光一在〈昭和的現代主義——某
種感情革命〉一文的開頭中提到：「堀口大學的譯詩集《月下的一群》（大
正 14 年出刊）在翻譯詩的歷史上堪稱為一大『事件』，其清新的口語翻譯
詩，迎接了西洋新風的到來。」而磯田接著更是以堀口所譯之阿保里奈爾
的〈米拉保橋〉為例：「堀口大學的譯詩也是如此地解釋的，他讓我們看
見，以隱約的現代主義手法所描繪之都會勞動青年夢想的作品。」確實，
出現於阿保里奈爾原詩中米拉保橋上的戀人意象，是穿著工作服的都會工
場勞動者，正好與堀口的譯詩所呈現的意象有著不可思議的一致。此外，
翻譯小說中最為出色的，莫過於法國小說家保羅・莫蘭（Paul Morand）的
《夜ひらく》（1922 年）的翻譯（1924 年），文中達達主義充滿立體感的、
充滿飛躍的感覺表達，以及充滿速度感的文學開展，予以日本的「新感覺
派」莫大的影響。還有，從堀口大學自身的詩作來看的話，他最初的詩集
《月光與皮耶洛》（1919 年）可以說是屬於大正象徵派系列的作品，但其
後的發展由於受到了主知派的阿保里奈爾、高克多等的影響，為其詩作特
色添加了機智與情色的成分，完成了都會感覺的詩歌風格。

　　我之所以不厭其煩地提起日本雜誌《若草》的種種，是因為 1943 年的
臺灣詩人詹冰，能夠毫不羞澀地以堂皇的姿態成功地登上《若草》，乃足以
證明臺灣詩人在能力上是與日本人並立於同一時代。而戰後詹冰所加入的
臺灣《潮流》與鮎川信夫等人所組成的《荒地》詩派，同樣都是發生在
1974 年。不但如此，連雜誌的發行冊數也是一樣的（《潮流》第 5 期；《荒
地》第 5 號，其後出了第 6 號時停刊），兩者的一致或許純屬偶然，然其立
足於「戰後荒廢的社會現實」與「現代詩的復興」的立場上，不論臺灣或
日本都是相同的。兩者同為戰後詩人，也同樣秉持著自己應有的一貫態度
來面對詩的創作。日本的戰後詩，可以說是從《荒地》派的宣言——也就

是鮎川信夫所書寫之〈給 X 的獻辭〉而展開，文中雖然處處可見「幻滅」的陰影，但也感覺得出其發現未來的意圖。反觀臺灣的《潮流》是在二・二八事件（1947 年）之後、四・六事件（1949 年）之前的時代夾縫之中展開。《潮流》在兩個事件之間發刊並且停刊，因此詹冰等人的《潮流》派戰後詩的夢想便不得不倉皇閉幕。於 4 月 6 日發生了四・六事件之後，接著 5 月 20 日警備總部開始了「戒嚴令」，銀鈴會同仁四散東西，《潮流》自此消失無形於黑暗之中。

　　而詹冰作品的特色究竟如何呢？首先我想以戰前受到推薦的三首詩當中的兩首，也就是先從〈五月〉與〈思慕〉兩首作品來進行探討。這雖是書寫於太平洋戰爭期間（1941～1945 年）的作品，卻看不出有任何迎合戰爭的蛛絲馬跡，反倒十二分地凸顯了臺灣的特色，並且反映了臺灣所特有的生活風情。由於原詩是以日文寫成，所以在此先引以日文原詩，其後附上中文版本。

　　五月
　　透明な血管の中を、
　　綠いろの血球が泳いでる。
　　五月はそんな生物だ。

　　五月は裸体で步む。
　　丘に、產毛で呼吸する。
　　野に、光で歌う。
　　そして、五月は眠らずに步み續ける。

　　　　　　　　　　　　　　　　　　　　　——〈五月〉

　　五月，
　　透明的血管中，
　　綠血球在游泳著——。

五月就是這樣的生物。

五月是以裸體走路。
在丘陵，以金毛呼吸。
在曠野，以銀光歌唱。
於是，五月不眠地走路。

——作者自譯〈五月〉

私たちは廟の中で小さく佇んだ　神様の寝息が線香の紫の煙を撫でていた　燈明でほてつた神様のお顔から私は眼をそらした　あなたの長衫が桃色に神卓に映っていた　胡蝶が羽をとじるようにあなたはそつと掌を合せた　私が海を渡るというので

私たちは光を蹴りながら素足になって野を歩き廻った　水牛が黒い石のように轉がつていた　相思樹の林へ行こうとあなたは言つた　林は夕燒雲のように美しかったあなたの涙は黄金色に輝きながら相思樹の花と共に散った　私が海を渡る前の日に

今日とても赤い鉛筆で廟を畫い見た黄色い鉛筆で林を彩って見た　そしてその中にあなたを畫こうとすると　ああまたしても何時ものように　私の涙で畫面は溶けてしまうのだ

——〈思慕〉

我倆那麼小，佇立在廟中。神的呼吸撫搖著薰香的紫。神燈照紅了神像的尊顏。妳粉紅色的旗袍的長影映在神桌上。懇摯地妳合上手掌，如蝴蝶合上彩翅。是為了我即將乘船過海。

我倆的裸腳踢開陽光，徘徊於曠野。綠草上點綴著黑岩般的水牛。妳說：到相思樹林中去。而花季的樹林被黃金色的晚霞燦耀著。妳那閃金色的淚珠隨著金黃的花粒滴落。是在我將過海離別的前一天。

這兒是東京。今天我用紅的鉛筆繪畫神廟。我又用黃的鉛筆繪畫樹林。之後，想再畫上妳的倩影——。啊啊，畫面又被我的眼淚溶解了。

——作者自譯〈思慕〉

　　詹冰開始投稿雜誌是在 1941 年 10 月向《臺灣藝術》雜誌所投的〈憶母親〉。當年的 12 月 8 日正好是太平洋戰爭開始之時，東條內閣在發動戰爭後不久便展開「期待言論國防體制完整」的決議。文學文藝工作者們可以說是從此失去了言論的自由。不但如此，日本政府還要求全國文學者的統一與團結，並且於 1942 年 6 月組成「日本文學報國會」，揭櫫：「本會集結全日本文學者的努力，確立能夠顯揚皇國傳統與理想的日本文學，以宣揚皇道文化為目標」的口號。而當時東京出版界的雜誌經營狀況究竟如何地受到太平洋戰爭時局的影響，由於我欠缺這方面的詳細資料，因此知之不甚詳盡。不過，看來詹冰所投稿的《若草》雜誌應是不改其編輯方針而持續發行。此外，推薦詹冰作品的堀口大學是一位富於人道精神、寬大為懷的人物，能夠在戰爭時局的壓力中不隨波逐流，算是能夠獨守己身超然之域的少數文學者之一。而〈五月〉一詩呈顯了南國臺灣五月舉目綠野的景緻，誠然就如「透明的血管中／綠血球在游泳著」所描繪的生物意象一般。而這樣的生物在山丘上舞動著金毛呼吸，出沒在原野，吸收充足的陽光，唱著歌。五月的生物裸著身，不眠地到處走著。堀口大學為這首詩作評曰：「詹冰的〈五月〉率真地表達了直接的情感，作者把想說的充分地表達了出來。」〈五月〉這首詩作與當時的戰爭或時局全然沒有任何關連，而僅僅只是率真地投入、並完成詩的創作。而〈思慕〉也一樣，詩中並不沿襲日本的風情習俗，而是向著臺灣的廟宇、神明祈求，而「水牛」與「相思樹」也都是臺灣人所熟悉的景物，詩人在東京喚起了其所熟悉的臺灣風物，並加以描繪。而這絕不是日本文學報國會所叫囂的：「顯現皇國傳統與理想」也非「以宣揚皇道文化為目標」云云。

　　詹冰於 1944 年 4 月〔編按：應為 12 月〕從明治藥專畢業歸國，翌年的 1945 年 8 月，從滿洲事變而至太平洋戰爭的「十五年戰爭」終於在日本天皇的「聖斷」之下畫上休止符。而臺灣在 1947 年發生了「二‧二八事

變」，1948 年 5 月銀鈴會力圖重整旗鼓的《潮流》第一冊誕生。銀鈴會同仁在這段期間舉辦了兩次的聯誼會。我在第一次的聯誼會上缺席，但是參加了第二次的聯誼會。而就在那時，第一次與詹冰見了面。時間應該是1949 年 1 月 25 日下午 6 點半左右，地點是在彰化市彰化銀行的彰銀會議室。

接下來我想談的是詹冰投稿於《潮流》的詩作品。《潮流》一共只出了五冊，而當中詹冰的詩作共有 11 篇。1948 年 10 月所發行的第三冊秋季號中，有一首詩作是〈液体の朝〉。當時的詩作大多都是以日文書寫，那個時代的作者一方面擁有以日文書寫完成的原詩作，另一方面則是作者自行加以中譯的作品。於此我之所以特別選擇具有中日文版本的詩作是因為，這些作品可以說是「跨越語言的一代」所跨越的足跡，而我希望讀者可以了解其「跨越語言」的原因，也就是我們這一代為何不得不以日文來書寫創作的理由。戰爭結束後不久的 1946 年 9 月，中等學校開始禁用日文，而接著在 1950 年 8 月時也禁止了新聞刊物上的日文版，我認為這與稍後在學校機關禁用臺語的政策一樣是愚劣至極的。母語因殖民統治而被禁止，而臺灣人為表示反抗之心而故意避開使用日文這是可以理解的。但是對於當時僅能以日文書寫的臺灣青年發布禁用日文的命令，這簡直就是剝奪了臺灣文學青年的表達武器，換句話說，也就是對臺灣文學青年下了一道放逐令。尚且，對於接受日本教育的人們粗魯地冠以「奴化教育」來加以汙名化。如前所述，由於詹冰的詩作，我們「跨越語言的一代」可以充滿自信地與日本人並列於時代潮流的中心。

　　一瞬
　　透明なものの中を
　　私の感覚は泳ぐ
　　なんの抵抗もなく
　　　愛する詩を讀むように

　　　　今こそ　詩人は讀むのだ
セロフアンに包まれた
新鮮な風景を
例えば
相思樹の藻草の涼しい蔭で
魚になった少女
動く　扇子の鰭
　　　光る　朝のポエヅーは
　　　雲の世界指して
　　　　　炭酸ガスの泡のように
　　　　　上昇する──

　　　　　　　　　　　　　　　　──作者自譯〈液体の朝〉

瞬間，
初生態的感覺
游泳在透明體中。
毫無阻力──。

現在，
讀新詩般我要讀
被玻璃紙包著的
新鮮的風景。

例如，
水藻似的相思樹下，
成了魚類的少女
搖著扇子的魚翅。
於是，
早晨的 Poésie，

好像 CO_2 的氣泡，

向著雲的世界上昇。

　　　　　　　　　　　　　——作者自譯〈液體的早晨〉

　　戰前我們在中學校所使用的「國語」（即日本語）教科書，大抵上是明治時代島崎藤村（如〈晚春的別離〉）的所謂「新體詩」的作品，或是下一個時代，也就是大正時代的高村光太郎（如〈道程〉）的所謂「自由口語詩」作品。「新體詩」的基調絕大部分是抒情詩或物語詩的形態，「新體詩」雖然催生出諸如「象徵詩」的作品，但是日本的象徵詩語卻還保留十分的古風，依舊是大量地使用著特殊的雅語或古語，因此與法國的象徵詩相去甚遠。高村光太郎曾在其法國留學記遊的文章〈詩的學習〉（《新女苑》，1939 年）中提到：「在巴黎與某位法國女性進行語言交換，我以背誦的方式學習詩歌，第一次接觸了魏爾倫的〈屋頂上的天空〉便是在那個時候，而對於波特萊爾更是特別感到驚訝。起先，是因為必須閱讀波特萊爾的美術評論所以才開始翻閱其作品，但是對波特萊爾那種將自己的整體存在投擲於作品之中的姿態感到十分震撼。這一點與日本前輩詩人們的創作態度是非常不同的，同時我也從中深刻地領略到像日本詩人那般僅僅是以行筆、才力或感受性來堆砌出美麗的辭藻、吐露心中感懷的方式仍然是有所欠缺的。從波特萊爾那裡，才第一次了解到詩原來是這麼一回事。」1907 年川路柳虹的〈塵塚〉是日本最早的「自由口語詩」，從〈塵塚〉之後有關口語詩‧自由詩的論述便不斷地被提出、討論。直到七、八年之後，高村光太郎出版了詩集《道程》，時代的巨輪自此從明治轉向大正時代，從傳統詩而至近代詩，從歌詠的詩而至思考的詩，從帶有濡濕傷感的抒情而至乾燥的抒情詩。

　　時序邁向 1928 年（昭和 3 年），由春山行夫所主編的季刊《詩與詩論》創刊，此時正是大正時代「自由口語詩」陷入惰性循環的時刻，為了掙脫昭和初年的虛脫狀態，追求新詩手法的自覺，於是《詩與詩論》以法

國現代主義原點的「新精神」（esprit nouveau，阿保里奈爾所主張之新的詩精神）為標竿，並且對於舊詩壇進行澈底的批判。春山行夫在《詩與詩論》第二冊中撰寫〈什麼是 Poésie？〉一文，將大正時代詩壇的頹廢歸咎於「無詩學的獨裁」，認為無論在新藝術、新詩上都必須創造出至今無人想過的、無人使用過的「全新」的表現形式。日本近代詩的發展，簡單地來說，可以概括為明治時代的「新體詩」而至大正時代的「近代詩」，然後從大正時代的「近代詩」而至昭和時代的「現代詩」。歐美以「現代主義」一詞所涵蓋的內容在日本卻是分成了「近代」與「現代」兩個階段。至於怎樣的時代區分方式較為確切等問題恐怕只有專門學者才能夠提供有效的答案，但是我認為，日本一般的看法畢竟還是比較合乎東方世界的發展情況。東方的文化在發展至「現代」的位階之前，還必須經過「近代」的一個中間過程，這恐怕是由於為了要樹立非東方所原創的文藝類型因而必須花費更多的時間、經過多一道手續的緣故吧！

當然，臺灣的文化情況也不例外，包括詹冰在內的我等臺灣青年對此有著十分的認知，並且視歐美為馬首是瞻的現代詩文化當中，也不忘融進了臺灣的風物景色。在詹冰的詩作品裡，不僅在戰前投稿於《若草》的作品當中頻繁地出現了「廟」、「長衫」、「水牛」、「相思樹」等辭彙，並且在戰後出現於銀鈴會《潮流》中的作品也可見「水藻似的相思樹下」之類的語句。這或許與我們小時候所接受的「生活教育」有著密切的關係。所謂的「生活教育」簡單地來說，就是「從生活中來教育生活」的一種教育方針。先是從生活周遭的事物學起，然後再學習周遭之外的事物。我們這一代在兒時都是接受這種教育的，不過到了中學時代卻陡然轉換成了法西斯教育。直率而言，在我們孩提時代可以說是接受了世界上屬一屬二優良的教育方式，而中學時代卻是接受了世界上屬一屬二糟糕的教育。但是，對我們往後一生起著決定性影響的，與其說是中學教育，倒不如說是小學教育來得深刻而強烈。吾等「跨越語言的一代」在孩提時代所接受的教育，是著重於人類的解放、在教育中導入生產勞動與作業活動、並積極融合實

際生活於教育之中的一種注重全人成長的教育。

　　詹冰的〈液體的早晨〉敘述的是在「一瞬」之間所發生的事件。詩人以「感覺」來直觀各式各樣的情境,而對於情境的捕捉並不是以說明的方式,卻是將之加以意象化。換句話說,就是將「感覺」意象化。如「游泳在透明體中」就像是在閃耀的光體當中「毫無阻力」地且極其自然地進行「現在/讀新詩般我要讀」的動作。而就在此時,眺望眼前的風景,是一種「被玻璃紙包著的/新鮮的風景」。而這是以「例如」來加以意象化的比喻,因此,感覺上好像被兩重的夢幻所包圍,此時彷彿真實一般呈現「水藻似的相思樹下」、「成了魚類的少女/搖著扇子的魚翅」。幻化成魚的少女,像魚鰭一般地搖動扇子時發出了閃閃的光芒。而「早晨的 Poésie/好像 CO_2 的氣泡/向著雲的世界上昇」簡直就像化學實驗一般(詩人詹冰同時還是中學的化學教師)。這首詩作可以說是由知性語言操作所完成作品,輕妙的詩語觸發一連串愉悅的意象,這是臺灣在當時絕無僅有的、充滿獨特性的新作,在 1940 年代由臺灣詩人所成就的最佳詩作。

　　而詹冰對於詩究竟是作如是觀呢?相距銀鈴會時代雖有 20 年之久,但是詹冰在《笠》詩刊的〈笠下影〉中曾經要領明確地敘述其詩論:「一、詩人如小鳥任憑自然流露的情緒來歌唱的時代已過;現代的詩人應將情緒予以解體分析之後,再以新的秩序和形態構成詩,創造獨特的世界。因之詩人該習得現代各部門的學識和教養,傾注其所有的知性來寫詩……。二、我的詩作可以說是一種知性的活動。簡言之,我的詩法是『計算』。我計算心象的鮮度。計算語言的重量。計算詩感的濃度。計算造型的效率。以及計算秩序的完美。最後的目標是要創造前人未踏的詩的美的世界。」明顯地可以看得出來,這是一段邁向「現代詩」的優秀詩論。

　　當吾人思考「什麼是現代詩」的時候,所直接面對的是詩的「現代性」問題。因此,詩的什麼成分可以稱為「現代」乃是思考的重點,由於臺灣曾是日本統治下的殖民地,因此不可避免地有所必要深入了解日本近代史的內容。然而就在 1940 年代,當吾人逐漸摸索出「現代詩的概念」

時，政局一改而為國民政府的統治，之後更是進入一段長達 40 年的戒嚴時
期，於是在 1950 年代之後，我們不得不自「現代」撤出而再次退回到「近
代」之中。而這也是為什麼一度自「新詩」退出後，且當 1956 年「現代派
運動」發起之後吾人又必須以「新詩的再革命」重新樹立「現代詩」的概
念。「政治權力」不管在任何時代，對於文學總是一股負面的阻力，卻很難
說是正面的力量。

2003 年 8 月 10 日　日文

2003 年 8 月 29 日　中譯

——選自《臺灣文學評論》第 4 卷第 1 期，2004 年 1 月

笠下影
詹冰

◎林亨泰

1.詩人如小鳥任憑自然流露的情緒來歌唱的時代已過去；現代的詩人應將情緒予以解體分析後，再以新的秩序和形態構成詩，創造獨特的世界。因之詩人該習得現代各部門的學識和教養，傾注其所有的知性來寫詩……。

2.我的詩作可以說是一種知性的活動。簡言之，我的詩法是「計算」。我計算心象的鮮度。計算語言的重量。計算詩感的濃度。計算造型的效率。以及計算秩序的完美。最後的目標是要創造前人未踏的詩的美的世界。

壹、作品

五月，
透明的血管中，
綠血球在游泳著──。
五月就是這樣的生物。

五月是以裸體走路。
在丘陵，以金毛呼吸。
在曠野，以銀光歌唱。
於是，五月不眠地走路。

──〈五月〉

新的季節孵化了。

植物的衣裳開始呼吸。

振響玻璃質的氣層，

諾伐里斯的青花開了。

好像樂曲的音符，

花冠滴下燦爛的光子。

好像太陽的光譜，

花蕊流下七彩的時間。

啊，現在，

詩人要調節手錶的秒針了。

──〈七彩的時間〉

瞬間，

初生態的感覺

游泳在透明體中。

毫無阻力──。

現在，讀新詩般我要讀

被玻璃紙包著的

新鮮的風景。

例如，

水藻似的相思樹下，

成了魚類的少女

搖著扇子的魚翅。

於是，

早晨的 Poésie，

好像 CO_2 的氣泡，

向著雲的世界上昇。

——〈液體的早晨〉

銀白色的雲

發射白金線的雨，

於是少女的胸裡，

就呈七色焰色反應。

鳥類的交響曲是

沸騰的高錳酸鉀溶液。

心臟型的荔枝是

燦爛的血紅色結晶體。

並列的檳榔樹是

綠色的三角漏斗，

啊，過濾的詩感

水銀般點滴下來……。

充滿 Ozone 的花圃就是

新式化學實驗室。

太陽脫下雲的口罩，

顯出科學家的嚴肅。

——〈金屬性的雨〉

貳、詩的位置

於民國 10 年代至 20 年代裡，日本詩壇由於春山行夫主編的《詩與詩論》對詩之現代化的鼓吹，給與了日本詩壇的現代化有著決定性的影響，其後，日本詩壇即形成了兩個發展的主流，其一為所謂「前衛的」（即不與日常生活妥協的），其二為所謂「現代的」（即與日常生活妥協的）。

　　但所謂「現代的」詩人之中，並非全部屬於「詩與詩論」，一些是環繞在另一股（並不算一派）獨立的勢力——堀口大學的周圍，而在這一些詩人中，詹冰即是比較傑出的一人。[1]在我們的詩壇上，由於葉泥有系統地介紹了岩佐東一郎的作品，我們對此一詩風，當不致於感到陌生吧！

參、詩的特徵

　　這是相當摩登的風景，猶之於絹上的畫，雖有其燦爛的光澤，但卻是相當靜謐的；一方面看來是相當穩當的，但另一方面卻能給人以一種華麗的印象，他同時將其表現帶到快樂、怡悅的境界。所以，他的詩是不大難懂的，可以說是非常容易被親近的。

　　他的詩是「知性的」，當然，所謂「知性的」並不同於「知識的」，一般致力於「知性的」寫作者，往往於不知不覺中容易流於「炫學」（Pedantic）的傾向——即是始終陷於知識之玩弄，認為除知識之外，再沒有其他東西存在。但是，詹冰並沒有這種傾向。

　　重視「機智」（Wit）的詩，也就是智識分子的詩，前面所說「容易被親近的」只是對於智識份子而言，並非指的大眾，因此他的詩並非每一個人都能懂的，只有勤於讀書，同時各方面的智識都非常豐富的智識分子，始能透澈地了解。

　　由於他的詩並不是以知識寫的，所以，雖然有了豐富的知識，也不可能立刻了解，必須要有攝涵豐富知識的能力——譬如對於含蘊在詩中特有的季節的感受，抑或香味的靈敏的感應，除此之外，是不能充分地了解詹冰的詩。這就是詹冰並非以知識寫詩的一種明確的證據。

---

[1]〈五月〉一詩為堀口大學推薦作品，於 1943 年 7 月刊登在日本東京《若草》雜誌上，並曾引起日本詩壇的注目，一時成為日本詩壇評論的對象。

肆、結語

　　最高之山，在於最深奧之中，往往非大眾所能踏及的。詹冰的詩之於目前吾國吾民中，猶之最高之山，猶之眾人未踏之地。我們能於此時此地加以介紹，實令人感到由衷的喜悅。同時，我們願意順便向以將文化由古代收藏到現代，由西方搬運到東方為己任的掮客的代表們——大學教授提醒一下，希望不要忽略了詹冰在詩方面的成就。

——選自《笠》第 1 期，1964 年 6 月

論詹冰的詩

◎李魁賢*

　　詹冰（1921～2004 年），本名詹益川，苗栗縣卓蘭鎮人。臺中一中、日本明治藥專畢業。中學時即嘗試寫和歌、俳句，頗有佳績。留學日本東京後，1943 年開始寫詩投稿，有〈五月〉、〈在澁民村〉、〈思慕〉諸詩連續受到日本著名詩人崛口大學的推薦，從此與詩結下不解之緣。1944 年 9 月藥專畢業，年底返臺，翌年臺灣光復，開始學習中文。但在光復初期繼續出刊的日文報紙上，仍經常發表日文詩，俟日文報停刊後，失去發表機會，寫詩日疏。1954 年起受聘為中學教員，中文應用日漸成熟，始再重拾詩筆。1964 年，《笠》創刊，做為創始人之一的詹冰，乃從舊作四百篇中精選出 50 首詩出版中文詩集《綠血球》（1965 年），到 1981 年另出版兒童詩集《太陽・蝴蝶・花》，尚有未刊詩集《實驗室》。另著有兒童劇本《日月潭的故事》，在 1977 年和 1981 年臺北兒童劇展中演出。詹冰的詩曾入選中文《中國現代文學大系》、《美麗島詩集》、《當代中國新文學大系》，日文《華麗島詩集》、《臺灣現代詩集》，英文《笠詩選》等。

　　在本質上，詹冰是一位典型的知性詩人，他說：「詩人如小鳥任憑自然流露的情緒來歌唱的時代已過去；現代的詩人應將情緒予以解體分析後，再以新的秩序和形態構成詩，創造獨特的世界。因之，詩人該習得現代各部門的學識和教養，傾注其所有的知性來寫詩……」又說：「我的詩作可以說是一種知性的活動。簡言之，我的詩法是『計算』……。」[1] 我們印證詹

---

*詩人、名流書房坊主。
[1] 見《笠》創刊號（1964 年 6 月）的「笠下影」欄。

冰的作品，從他的成名作〈五月〉開始，他的詩都好像經過過濾般地清澄、冷澈，不讓情緒流露。以他強調知性的計算法，詹冰可以算是我國現代主義的先驅者，即使他那些宜於兒童閱讀的詩篇，也是著重情趣，而不在感情的激發。

最早肯定詹冰詩藝的當推林亨泰，他不但在《笠》創刊號的「笠下影」專欄，把詹冰列於首位率先介紹，並且給予極高的評價。對詹冰詩的特徵，林亨泰有極中肯的評論，他說：

> 他的詩是「知性的」，當然，所謂「知性的」並不同於「知識的」，一般致力於「知性的」寫作者，往往於不知不覺中容易流於「炫學」（Pedantic）的傾向——即是始終陷於知識之玩弄，認為除知識之外，再沒有其他東西存在。但是，詹冰並沒有這種傾向。
>
> 重視「機智」（Wit）的詩，也就是智識分子的詩，前面所說「容易被親近的」只是對於智識分子而言，並非指的大眾，因此他的詩並非每一個人都能懂的，只有勤於讀書，同時各方面的智識都非常豐富的知識分子，始能透澈地了解。
>
> 由於他的詩並不是以知識寫的，所以，雖然有了豐富的知識，也不可能立刻了解，必須要有攝涵豐富知識的能力——譬如對於含蘊在詩中特有的季節的感受，抑或香味的靈敏的感應，除此之外，是不能充分地了解詹冰的詩。這就是詹冰並非以知識寫詩的一種明確的證據。[2]

在方法上，詹冰是一位典型的視覺性詩人。由於他強調知性，抑制抒情，於是著重意象的經營，乃是必然的趨勢。而意象主義傾向的作品，勢必追求視覺上的效果，幾乎已成為一脈相承的因果。詹冰詩的視覺特性，也幾乎是從〈五月〉開始便已顯露。後來詹冰之嘗試圖象詩，不過是從內

---

2 《笠》創刊號，頁8。

容的視覺性進而探究形式的視覺性。

　　詹冰說過:「詩人大概可分為三類。思想型、抒情型及感覺(美術)型詩人。圖象詩的創作與欣賞是適於感覺型詩人的。」[3]詹冰所說的感覺型詩人便是與上述視覺性詩人同義。

　　在精神上,詹冰是一位典型的實驗性詩人。雖然他偏好現代主義、意象主義的手法,但他也有相當寫實的、浪漫的作品,他從圖象詩文轉向兒童詩的寫作,無論在技巧上、表現上、題材上,詹冰都勤於做各種不同層面的實驗。也許以詹冰自己的一篇短文〈藥與詩〉[4]說得最透澈:

> 人類在直接採用野生的草根木皮為藥的時代,詩人也直接歌唱他們的喜怒哀樂為詩。
>
> 現代的藥品是由草根木皮抽出藥分,再經過提煉、濃縮、結晶而製出的。
>
> 現代的詩也是由喜怒哀樂抽出詩素,再經過提煉、濃縮、結晶而作出的。
>
> 要發明一種良藥,藥劑師應不斷地實驗,實驗,實驗……。
>
> 要創作一首好詩,詩人也應不斷地實驗,實驗,實驗……。
>
> 日新月異,藥是隨時代而進步。
>
> 日就月將,詩也隨時代而前進。
>
> 因此,我們絕不能限制藥的界限。
>
> 同理,我們也不能界說詩的範圍。

　　詹冰發表的中文詩雖然只有一百多首,但卻表現了許多令人難忘的特質,和展現各種不同的面貌。

　　在生活上,詹冰是一位典型的隱逸型詩人。他廝守卓蘭鄉間,作育英

---

[3]詹冰,〈圖象詩與我〉,《笠》第 87 期(1978 年 10 月),頁 60。
[4]詹冰,〈藥與詩〉,《笠》第 19 期(1967 年 6 月),頁 3。

才，踏實生活，與人無爭，與世無爭。詩如其人，詹冰的詩大多清淨精
純，透明得像水晶。

> 瞬間，
> 初生態的感覺
> 游泳在透明體中。
> 毫無阻力———。
>
> 現在，
> 讀新詩般我要讀
> 被玻璃紙包著的
> 新鮮的風景。
>
> 例如，
> 水藻似的相思樹下，
> 成了魚類的少女
> 搖著扇子的魚翅。
>
> 於是，
> 早晨的 poésie，
> 好像 CO_2 的氣泡，
> 向著雲的世界上昇。
>
> ——〈液體的早晨〉

　　液體的特性是具有濕潤性、流動性、形態隨容器物而定。而最常見的
代表性液體是水，除受到汙染或含有雜質外，一般隱含著明淨、清涼、滋
潤、暢快的意義。「液體」是具體的物體名稱，「早晨」是抽象的時序名
稱。在詩題〈液體的早晨〉中，若以「液體」為主格，則「液體的」成為

所有格，若以「早晨」為主格，則「液體的」成為形容詞，詩題本身即以產生詩岐義性，增加想像的快樂。而以詩中處理的素材看，顯然是以名詞「液體」變化成形容詞來應用的。

詩以簡短有力的「瞬間」二字開始，「瞬間」喻極短的時間，而有突然、突兀的偶發性效應。在全詩四段中各以二字起頭，但第一段至第二段是抒懷其心態由急而緩，第三段至第四段則是寫景，其場景由近而遠，由小而大。

所謂「初生態」是化學名詞，指元素自化合物遊離產生之瞬間，極富活性之狀態。而以此初生態「游泳在透明體中毫無阻力」，已顯示其輕快活潑的生命力，而以「透明」加強其清晰明潔的狀態。這段詩中「初生態」的延伸性發揮得很好，以科學辭彙入詩來充當語言內容，應是值得努力試探的方向之一，尤其是現代，科技產物都已深入日常生活領域，隨著生活而在詩中出現，是無法排拒的事。詹冰在同一階段寫的一些詩中，出現了若干化學名詞，在表面上獲得具體意象的效果，如〈金屬性的雨〉、〈酸性的廟〉、〈春的視覺〉等詩。

上段好像晨起的昂奮狀態，突然拉開窗簾所感受到的舒暢，接著第二段便好整以暇地遊目聘懷一番。「現在」是有轉抑的效果，把心情穩定下來。「讀新詩」不但表示在愉悅的心情下敞開胸懷接納文學心靈的精華，而且著重的「新」詩，更暗喻著一次新經驗的嘗試，亦即第一次讀到的詩，而不只是「新詩」的常用名稱而已。「讀」風景，是修辭學上「拈連」技巧的運用，表示細心體會與譜入的專注。「玻璃紙」具有透明性和保鮮性，以玻璃紙包著風景的意象，顯示扣合第一段的透明感，以及暗示了一塵不染的新鮮感。這種感覺從現代超級市場中以玻璃紙（或透明塑膠膜）包著的蔬果、食品，更易聯想。而這個「玻璃紙包著……風景」的意象本身，尤具備有「新」詩般的新鮮感。

前二段雖然是抒懷，卻是以外在描寫來暗喻，這是詹冰壓制情緒流露，「將情緒予以解體分析後，再以新的秩序和形態構成詩」的知性主義的體現。

　　第三段就自然地轉入了「風景」的精讀階段。由於作者把「早晨」看做一個液體的存在,而且是透明的,可在裡面自適自如地游泳,因此,整個風景便要扣緊水的意象,在此把陸地都轉換成水底世界。相思樹成了水藻(水草的總稱),而少女成了魚類,不但可引起美人魚的固定反應,而且少女之喜歡在服飾上爭奇鬥豔,豈不更神似五花十色的熱帶魚?搖著扇子變成魚翅的幌動,不但有意象上的統一性,也顯示了婀娜多姿的類似性。

　　「於是」又是一次轉折,但是有結論性的意義。到底已可看出,在詩的結構上,四段詩各以「瞬間」、「現在」、「例如」、「於是」起首,分擔起、承、轉、合的任務,符合嚴謹的結構組織。

　　Poésie 是中古英文,和古代法文同字,指詩,詩素,詩藝,此處尚意味著詩興。作者採用 Poésie 當係著目於此字本身的多義性,並傾向於古代寧靜致遠的幽情吧。CO_2 是二氧化碳的化學式。人呼吸氧氣,吐出二氧化碳,在大氣中,本來立即擴散入空氣裡,無形無蹤,但因作者已布置成水底世界,所以吐出的二氧化碳不能立即被水所溶解,即形成氣泡,而氣泡密度小,一定往上浮升,就像魚在水中呼吸時吐泡一模一樣,扣緊第三段以少女為魚的意象。至於氣泡之向雲的世界上升,除了符合物理原則外,在心理上或詩義上,有提升精神層次更形昂揚而自適舒暢的隱喻存在。而每段詩的稍具規則性,不是有氣泡的連續性印象嗎?

　　水田是鏡子
　　照映著藍天
　　照映著白雲
　　照映著青山
　　照映著綠樹
　　農夫在插秧
　　插在綠樹上
　　插在青山上
　　插在白雲上
　　插在藍天上

　　　　　　　　　　　　——〈插秧〉

　　這是一首非常簡潔,但意象鮮明的詩,仍然是典型現代主義兼具意象主義色彩的作品。這裡既沒有感情上的喜怒哀樂,也看不出生活上的甜酸苦辣。

形式上的視覺效果，更為顯著。在臺灣由於盛行小農手耕制度（雖然近年來部分機械化），水田大多劃分成豆腐塊。這首〈插秧〉的造型上便是整齊的水田形象。

詩分兩段，呈一靜一動的處理。「水田是鏡子」是靜態的寫照。到插秧季節，水田已整理過，泥土抹平，放入了田水，真像一面大鏡子，是寫實的筆法。鏡子平放地面，則映照的當然是與地面垂直的立體世界，因此呈現的是：藍天、白雲、青山、綠樹，依次由遠而近，運用的是淡入的特寫鏡頭，非常富有秩序，而且藍、白、青、綠，都是生機蓬勃而予人和平安寧感的色彩。色彩的運用以及藉用來強化效果，是意象主義手法之一。

第二段「農夫在插秧」是動態的描繪。「插秧」本來是插在水田上，但因水田映照出藍天、白雲、青山、綠樹的形象，所以好像是插在這些形象上。本來這樣描寫也是相當寫實，只是稍加想像的處理。要說純粹寫實，那便是插在水田中綠樹上……，但這樣一來就變成完全平鋪直敘，缺少聯想的跳躍性。作者逕直寫出插在綠樹、青山、白雲、藍天上，是事實上的不可能，而在意象上轉變成具體的可能性，從不可能到可能，即在事物之間建立了與現實經驗稍有距離的新關連，這便是詩想的樂趣所在。

而且第二段水田中的形象，其秩序正好與第一段相反，由綠樹、青山、白雲、藍天，由近而遠，運用的是淡出的攝影手法。全詩構成＞＜的結構，焦點收斂後再予發射。而兩段的對稱排列，則形成鏡象的對稱性，扣合「水田是鏡子」的意象。

這首〈插秧〉曾由音樂家郭芝苑譜曲，由於意象的清晰明朗，很受兒童歡迎。實際上，這是一首老少咸宜的作品。

詹冰作品的著重意象和情趣，使他轉入兒童詩的創作，而有可觀的成績。

　　「小弟弟，我們來遊戲。

　　姊姊當老師，

你當學生。」

「姊姊，那麼，小妹妹呢？」

「小妹妹太小了

她什麼也不會做。

我看──

讓她當校長算了。」

──〈遊戲〉

　　筆者曾為文提到過：「詩的功能在於：一、擴大讀者的經驗，二、強化讀者的經驗。前者涉及未實現的生活，是關於經驗的可能性，或可體會性；後者則關聯已實現的生活，是關於經驗的現實性，或可傳達性。因此，兒童詩即應以兒童讀者為對象的可體會性和可傳達性為基準來挑選。」

　　又說：「兒童詩既以兒童讀者為對象，則詩應更加強教化的功能。唐韓愈〈師說〉曰：『師者，所以傳道、授業、解惑也。』以詩的教化功能而言，詩者，師也。套一句韓愈的話，那就是：『詩者，所以傳道、授業、解惑也。』試加申論：

　　傳道，是指傳達生活經驗，偏向生活性，著重情趣。

　　授業，是指傳達倫理情操，偏向教育性，著重氣質。

　　解惑，是指傳達認知活動，偏向詩藝性，著重創造。

　　嚴格講起來，傳道、授業、解惑三者，有其必然的連環性，因此，三者是綜合的，而不是分立的。」[5]

　　詹冰的這首〈遊戲〉曾獲得第三屆洪建全兒童文學創作童詩獎，這是一首偏向傳道的作品，表現了生活上的情趣。詩採用對話體，有小姊姊，

---

[5]拙作〈我對兒童詩的看法〉，刊於《陽光小集》第 6 期（1981 年 7 月）。

小弟弟和不發言（或不在場）的小妹妹三個人物。

先是小姊姊之儼然以領導人物在發號施令，安排遊戲中扮演的角色。她自任老師，要小弟弟當學生。所謂人之患，在好為人師，大概是人的天性，從小就嶄露這種癖好。小弟弟相當有長尊幼卑的教養，對小姊姊的指揮沒有異議，只是反應相當敏捷，發現小妹妹沒有分配，就立刻發問，也表現了兒童和睦遊戲的共融性，不像成人之間會互相排擠。小姊姊答：「小妹妹太小了／她什麼也不會做」的時候，顯示她原先就沒有預備安排她的角色。經小弟弟一提醒，她相當能博得眾議，虛心接收。這時「我看──」底下一大串破折號，表示她的思考，一段停頓的空白。終於豁然貫通，決定「讓她當校長算了」。

這一首詩，實際上已完成一篇精短小說的結構，有人物，有情趣，有對話，有衝突，有疑問，最後有解答。而其解答在成人眼中也許匪夷所思，但卻是主角人物苦思結果，認為合理的安排，因此又產生了經驗上差距引起認知觀點不同的問題。

學童，尤其是學齡前的兒童，主要是從遊戲中進行認知的活動。由於在認知過程中，未能契合外界事實的真相，因此，只能以其心智發展的程度來體會，尤以童言無忌，常表現令人開懷的童趣。作者很細心地觀察了兒童的遊戲，然後以極為精簡的對話，寫出令人驚訝（超乎世俗了解）的詩。以「什麼也不會做」的人，來當「校長」，並不一定有事實的批判性，因為在學童（尤其幼年）心目中，老師最偉大，反而身為教育行政主管的校長，其管理活動因在兒童的知識經驗以外，又因校長不必親自教書，而有「什麼也不會做」的印象，表現了兒童的天真心靈。

螞蟻螞螞蟻蟻螞螞蟻蟻蟻螞螞蟻蟻蟻蟻蟻
蝗蟲的大腿

螞蟻螞螞蟻蟻螞蟻蟻蟻蟻蟻蟻蟻蟻

螞蟻螞蟻螞蟻蟻蟻蟻蟻蟻蟻
蜻蜓的眼睛

螞蟻螞蟻蟻蟻蟻蟻蟻蟻蟻

螞蟻螞蟻蟻蟻蟻蟻蟻蟻蟻
蝴蝶的翅膀

螞蟻螞蟻蟻蟻蟻蟻蟻蟻蟻

　　　　　　　——〈山路上的螞蟻〉

詹冰說過：「我國文字是一種象形文字。最適宜做圖象詩的工具。」[6]基於這項認識，詹冰也充分發揮了象形文字在視覺上的效果，像他的詩〈雨〉和這首〈山路上的螞蟻〉，都是很好的例子。

「螞蟻」由於筆畫之多，予人的印象不止是一隻螞蟻，而是一堆螞蟻。那麼，當詹冰在一個詩行中，把單純六個「螞蟻」接續排下去的時候，不止是六隻螞蟻排成一列而已，簡直就是一大串的螞蟻。而當一首詩，三段中有六行螞蟻一起出現在我們眼前時，豈不像黑壓壓的一片螞蟻陣？

排列是螞蟻的天性之一，而且往往是前後接踵排列前進。詹冰為了表現這項特徵，把所有形容詞、副詞、動詞都省略掉了，只有名詞的排列，而且各段一、三行除了「螞蟻」二字的重複外，什麼都沒有。由於文字和意象的簡化，使得焦點更為集中在「螞蟻」身上。

詹冰也說過：「不會用的動詞、形容詞、副詞等一切不用，只用名詞來寫詩。」[7]他雖然原來指的是他的另二首詩〈Affair〉和〈自畫像〉，但這首〈山路上的螞蟻〉也是在同樣的意念下完成的。

---

[6]詹冰，〈圖象詩與我〉，《笠》第 87 期（1978 年 10 月），頁 60。
[7]詹冰，〈圖象詩與我〉，《笠》第 87 期，頁 60。

　　沒有動詞就不能表示動作嗎？顯然是否定的。在每段詩中，當兩行螞蟻分別夾著「蝗蟲的大腿」、「蜻蜓的眼睛」、「蝴蝶的翅膀」時，那種動感已經呼之欲出，而當我們注意到，兩行螞蟻抬著的蝗蟲的大腿、蜻蜓的眼睛、蝴蝶的翅膀，前後參差不齊時，那種自然生動的形象則已完全呈現，不禁心底會呼出：「好一幅栩栩如生的畫面！」

　　幾年前，我把這首詩拿給當時還在國小念書的女兒看時，她看一眼便叫出來：好一大堆螞蟻在抬東西。可見是視覺效果相當成功的一首詩。

角　角

黑

擺動黑字型的臉

同心圓的波紋就繼續地擴開

等波長的橫波上

夏天的太陽樹葉在跳扭扭舞

水牛浸在水中但

不懂阿幾米得原理

角質的小括號之間

一直吹過思想的風

水牛以沉在淚中的

眼球看上天空白雲

以複胃反芻寂寞

傾聽歌聲蟬聲以及無聲之聲

水牛忘卻炎熱與

時間與自己而默然等待也許

永遠不來的東西

只

等待等待再等待！

——〈水牛圖〉[8]

　　〈水牛圖〉除了全詩排列成一水牛圖形外，還令人聯想到「春牛圖」的類似名稱。「春牛圖」是中國民曆的基準，是農家行事耕作的依據。〈水牛圖〉暗示著明寫水牛，實在是表現與水牛息息相關的農民的人生觀。因此，不僅在於外表實體形態的描述，而是進一步到內在抽象思想的刻繪。

　　〈水牛圖〉也是詹冰著名的圖象詩之一。當然，基本上言，圖象詩是表現詩人視覺上的巧思，以圖形來增加詩的情趣。詩的重點還是在詩的語言上所傳達的意義性，所以圖形的繪畫是附帶的。不能取代意義性，也不

---

[8]羅青對此詩也做過分析，見羅青〈詹冰的〈水牛圖〉〉，《從徐志摩到余光中》（臺北：爾雅出版社，1978 年 12 月），頁 265～272。

能喧賓奪主地占據超越意義性的優位，否則易淪為文字遊戲，不算詩了。

詹冰的〈水牛圖〉之所以受人欣賞，主要是他能確實掌握詩的意義性，再以繪畫性來表現附帶的情趣，顯示詩人充滿天真活潑的童心。

在詩的排列圖形上，以一個大黑字表示牛頭，不但表示黝黑的本色，還兼有象形的作用，眶中有兩個眼睛，頷下一把鬍子，詩人運用中國文字象形美感的巧妙，又得一例證。頭上兩隻「角」也是直截了當地以「角」的本義表現，但「角」本身的象形美感也充分發揮了。

此詩第二、四行及第 12、14 行，分別顯示牛的前後四肢，第六至十行則為略為渾圓的肚形，最後二行，則呈後垂的牛尾，最末又以感嘆號表示尾毛。詩的圖象是水牛站立的造型，但詩中描述的是「水牛浸在水中」的狀態，通常是臥姿，這一點似乎在內容與形式上略有出入。不過，前面已說過，詩著重的是意義性，並不是用文字拼圖。

詩的場景是在鄉下，夏日中午，一條水牛浸在樹蔭下的池塘裡休息。水牛全身泡在水中，只露出頭部，偶而擺動一下「黑字型」的臉。「黑字型」扣緊前面的一個大黑字，並強調那個大「黑」字，便是水牛的臉型。水牛泡水時，為使僅有露出的頭部也能享受水的沖涼，有時也為了驅逐騷擾的蒼蠅，常常會搖頭、擺耳或用頭打水。這時，水面上便會以牛頭為中心點，出現「同心圓的波紋」，向四周盪開。波紋在水面展開時，如不受到特別阻力變化，大致成為圓形圈，而因作用點是在牛頭的同一位置，中心點相同，就必然成為同心圓了。

為了表示水波的型態，通常以「橫波」來表達，才能清楚表現出波峰和波谷的連續接替的浪形態，即～～，其中高處稱波峰，低處稱波谷，由波峯到相鄰的波谷間距離稱為波長。在接近沒有阻力變化的情況下，波長幾乎相等。因此，上述的「同心圓」和「等波長」都表示靜中的動，但實際上卻暗示了大環境的靜，這是以動寫靜的大技巧。

「等波長的橫波」擴展時，以同一定點言，是波峰和波谷的接替，會造成波動現象，落在水波上的樹影自然會跟著搖晃，而不是因為風吹的關

係。又因波長相等，搖動變成很有規律，就跟扭扭舞一樣。「扭扭舞」是十幾年前流行的一種舞，左右單純地扭動手足和腰部，很有規律，但缺少變化。一般人常會注意到影，反而忽略了光，但詩人卻點出了「夏天的太陽」（光）和「樹葉」（影）在跳舞，表現了視覺上的平衡和兼顧。

阿幾米得是西元前二百多年的一位希臘著名數學家和發明家，他發現槓桿和滑輪定律，算出圓周率。有一個大家津津樂道的故事，希羅王訂做新的金冠，但懷疑金匠摻銀騙他，要求阿幾米得求證。阿幾米得認為王冠如果是純金做的話，則它的體積應該與一塊同重量的純金的體積相等，如摻銀則會較大。但問題是王冠的形狀複雜，無法求出體積。有一天，他洗澡時，發現他進入裝滿水的浴盆內，有些水溢出，他假設溢出的水的體積，應該和他進入水中的身體體積相等。於是他來不及穿衣服便一躍而出，大叫「我發現了」，跑去找國王拿王冠做實驗。阿幾米得原理就是他所發現，指物體放在液體中所失去的重量（即浮力），等於被排出的液體的重量。

水牛既然浮（泡）在水中，如果懂得阿幾米得原理，也許會去思索科學上的原理，但牠不懂，於是排除了水牛是科學家的性格，而在形成小括號一般的牛角之間（大腦部分），卻「一直吹過思想的風」，這裡的「風」不是自然的風，而是喻「思想」像風一樣不絕如縷，肯定了水牛是思想家的造型。

水牛的頭偶爾會潛水一下，因此，眼中有水是實在的情形，但詩人把它看作是淚水，表示水牛很有性情，不是冷酷的思想家，牠有「天空白雲」，顯示了無為、自然的態度，寫到這裡已漸漸顯露出，作者實際上寫出了農夫傳統的思想典型。

「複胃」指水牛的四個胃，本來水牛反芻的是草和飼料，但作者卻說是「反芻寂寞」，是繼續把水牛提升到人格化的寫法。而在寂寞中，聽歌、聽蟬、聽「無聲之聲」，更強調出一副與世無爭的態度。所謂「無聲勝有聲」，能歸聽出萬籟中聽不到的聲音，必須達到與自然契合，心中無雜念的

程度，幾乎是一種「坐禮」或「忘機」的境界。

　　到此，水牛「忘卻炎熱」，並不是身體浸在水中的緣故（因形體的浸水，只能消暑），而是萬念俱消的思念所導致，所謂「心靜自然涼」的最好註腳。同時也忘卻「時間與自己」，純粹是「忘我」的境界。

　　這時，水牛只「默默等待」，最後一行的重複「等待等待再等待」外，別無其他，而牠所等待的又是「也許永遠不來的東西」。因此，是無所求的「等待」，充分表現了無所爭，而只求安靜的、樂天知命的人生觀。

　　〈水牛圖〉雖然寫的是水牛，實在也寫出了臺灣早期農村的生活，以及農夫的性格，甚至中國傳統的一種出世的人生態度。所以寫詩應該從意象上的類似，寫出生命上的關聯性，才能擴大詩的意義。

（民國 71 年 2 月 8 日）

——選自《臺灣文藝》第 76 期，1982 年 5 月

新意象的實驗者

論詹冰的詩

◎趙天儀[*]

　　詹冰，本名詹益川，臺灣苗栗卓蘭人，民國十年生。臺中一中及日本明治藥學專門學校畢業。曾任卓蘭國中理化科教師，現已退休。但乃任藥劑師，自行開業。民國 32 年，在日本《若草》等詩誌開始發表〈五月〉、〈在澁民村〉、〈思慕〉等詩作，並獲日本名詩人兼翻譯家堀口大學的推薦與好評。臺灣光復以後，曾在《中華》、《新生》、《中央》等副刊發表作品。民國 53 年跟吳瀛濤、桓夫、林亨泰等 12 位詩友創刊《笠》詩雙月刊。出版詩集有《綠血球》、《實驗室》，童詩集《太陽・蝴蝶・花》，兒童劇劇本《日月潭的故事》，電影劇本《日月盟》。並曾獲洪建全兒童文學童詩獎，苗栗縣傑出藝文工作者獎。

　　他在〈詩觀〉中說：「寫詩好像接吻一樣，寶貴生命的浪費。聽說，一次的接吻，會縮短了五分鐘的生命。那麼寫一首詩所縮短的生命不至五分鐘吧。可是沒有人因會縮短五分鐘的生命就放棄和愛人的接吻。何況，寫詩是和維納斯的接吻（可能是世界上最甜最高的接吻），不能輕易地就放棄的！」這種詩觀，機智而幽默，有剎那主義的味道。寫詩有跟維納斯接吻那種剎那的感覺。詹冰依照詩人的性格把詩人分為三種類型：一是思想型，二是抒情型（音樂型），三是感覺型（美術型）。美國詩人龐德（Ezra Pound）也曾經把詩分為三種類型：一是造聲的詩，二是造型的詩，三是造意的詩。我想思想型是注重造意，強調悟性。抒情型是注重造聲，強調感

[*]詩人、散文家、兒童文學家。發表文章時為國立編譯館人文組編纂，現為靜宜大學退休教授。

性。感覺型是注重造型，強調知性。當然，有些詩人，可能是兩型兼顧，或是三者混合。基本上，詹冰是感覺型的，或者說是視覺型的詩人，以知性來計算造型、造聲或造意。試以下列五首他的作品來進一步討論與賞析。

　　五月，

　　透明的血管中，

　　綠血球在游泳著——

　　五月就是這樣的生物。

　　五月是以裸體走路。

　　在丘陵，以金毛呼吸。

　　在曠野，以銀光歌唱。

　　於是，五月不眠地走路。

——〈五月〉

　　這首詩，原作是用日文寫成的，然後，他自己再翻譯成中文的詩作。原作日本的音樂性，中文無法完全地翻譯。因為日文的音樂性比較陰柔，而中文的音樂性比較陽剛。倒是詩的意象，那種透明的造型比較容易透過翻譯感受得出來。這首詩，是作者第一首發表的作品，在民國 32 年日本的詩誌《若草》發表時，曾經獲得堀口大學的推薦，所以，也是作者頗為喜愛的一首詩。從這首詩作中，我們已隱約可以了解他是從感覺出發的。

　　一隻腳站在天堂，

　　一隻腳站在地獄，

　　所以在兩腳規頂點的臉面

　　有時笑著有時哭著了。

一隻手被天使拉著，

一隻手被魔鬼拉著，

所以在張力作用點的良心，

有時被撕開一樣地疼起來了。

　　　　　　　　　　——〈人〉

　　說人是站在天堂與地獄之間，也是活在天使與魔鬼之間。因此，人往往在一念之間，一失足成千古恨。其實人活在世界上，真假、善惡、美醜常常混淆不清。然而，人如何才能脫離地獄，擺開魔鬼的誘惑呢？天堂只是一種理想世界的寄託，天使也是一種想像的象徵而已。然而，人有哭有笑，有痛苦有歡樂，也許這才是人的世界的真面目。這首詩的意義性很顯著，不僅是一種感覺型的視覺的表現而已。

感情的露點，

球形的晶體就凝結。淚珠有

意志的表面張力。

真情的全反射。球體中

回憶的風景在旋轉。

悔恨的鹹味在對流。我醉於

用我的公式計算——

淚球的引力大小。

淚珠的汽化熱。

淚珠的愛格數。啊，透過

淚珠的凸透鏡，

看到的是——

正立的實像。

神明的實像。

微笑的實像。

　　　　　　　　　　——〈淚珠的〉

　　這首詩，以「的」那種特殊韻味造成一氣呵成的節奏感，是以造聲取勝。當然，作者在表現詩的意象方面，也煞費苦心；把一顆淚珠的固體、液體、汽體的不同的形象，以感情、意志、表情、回憶及悔恨等來充分地

掌握，已達到了一種飽和的境界，使淚珠呈現了正立、神明和微笑的實
像。

　　　　如綠草尋找白蛇一般
　　　　在妻的黑髮中找出白髮
　　　　我細心地一根一根拔出
　　　　想要叫回妻的青春
　　　　　　曾經　黑亮的香髮
　　　　　　為了生活的辛勞　一根一根變白了
　　　　　　隨著拔出一根一根的白髮
　　　　　　我的淚液一直流入　心臟的杯子
　　　　撿回扔掉的白髮　排在掌上
　　　　一根一根的白髮發出銀的光輝
　　　　忽然白髮的銀針刺進我的胸脯
　　　　傷口的血液又流入　心臟的杯子
　　　　　　　　　　　　　　——〈流入心臟的杯子的液體〉

　　這首詩，以「在妻的黑髮中找出白髮」，而「想要叫回妻的青春」，同
時也隱喻了我的青春的消逝。因為生活的辛勞，黑髮變白髮，使我的淚液
一直流入心臟的杯子。而白髮的銀針也刺進了我的胸脯，而那傷口的血液
又流入了心臟的杯子。從黑髮到白髮，從淚液到銀針，一步一步地逼進，
一滴一滴地流著，令人有一種無可奈何的悲涼。

　　　　媽媽買回來一串香蕉
　　　　大家圍著笑嘻嘻

　　　　哥哥說

香蕉好像黃手套

姊姊說
香蕉好像可愛的小船
妹妹吃著香蕉說
好香啊，好像沾著媽媽的香水

我在想
我們兄弟姊妹是同一串的香蕉

—〈香蕉〉

　　香蕉像黃手套、金手指、可愛的小船、媽媽的香水，都是以明喻來捕捉香蕉的形象。末了，以「我們兄弟姊妹是同一串的香蕉」，而把一串的香蕉擬人化起來，同時也表現了它們所蘊含的意義。

　　詹冰在他的童詩集《太陽・蝴蝶・花》的〈作者的話〉中說：「『兒童詩』是什麼？我認為『兒童詩』就是兒童也可以欣賞的詩。無論兒童做的也好，成人做的也好，首先兒童詩必須是詩。兒童詩不是初期階段的詩，也不是降低格調的詩。兒童詩也應是一篇完美的詩。」又說：「我曾認為兒童詩的作者要有『詩心』、『童心』、『愛心』。可是現在我認為更重要的應是『無心（虛心）』。這樣才能寫出境界更高的兒童詩。」詹冰這一段話，實在值得大家警惕與反省。在童詩的創作上，詹冰的平易近人，表現確切，是有目共睹的。

　　綜上所述，從詹冰的現代詩來看，他似乎是綠血球的因素較多，也就是新意象的追求與實驗較為顯著。而從他的童詩來看，他的紅血球的因素就增加了，因此，在生活的感受上，比較有意義性的介入。詹冰在《綠血球》詩集的〈後記〉中說：「追求美的時候，我的血管裡彷彿在流著綠血球。充滿愛的時候，我的血管裡就感覺正在流著紅血球」。當然，他近年來的發展，尤其是在表現哀樂中年以後的作品，以及在世界旅遊的作品中，

紅血球的感性的成分也顯著地增加了。

　　詹冰曾說：「比方拿我做例子，我是感覺方面占十分之五，抒情方面佔十分之三，思想方面占十分之二，所以我是屬於感覺型。」這表示了他頗有自知之明。不過，我們仍然希望他在思想性方面，能有更深度的挖掘與進境，使他的詩作，能有更高更美好的境界。

　　簡言之，在現代詩的創作上，詹冰是臺灣現代主義的先驅者之一，是新感覺新意象的實驗者。在童詩的創作上，詹冰也是一位先行的播種者之一。因此，我們盼望他在不斷地持續探索的過程中；一方面繼續發揮自己的所長，另一方面也做適當的調整，踩出更堅毅的足音，實驗出更美好的詩的未境之業。

——選自《笠》第 143 期，1988 年 2 月

知性與計算：詹冰詩評析

◎呂興昌*

前言

　　跨越語言一代的詩人詹冰（1921～2004），本名詹益川，苗栗卓蘭人，臺中一中出身，畢業日本明治藥學專門學校，自營西藥局，曾任卓蘭中學理化教師，後定居臺中市迄今。詹冰從中學時代即對文學與藝術深感興趣，美術和作文全校第一，書法第二。[1]他嘗試「和歌」（31 音構成的日本傳統詩）之作，博得「國文」老師的嘉許，後以個性不適「和歌」，改習「俳句」（17 音構成的日本詩），曾獲臺中圖書館舉辦的懸賞募集「俳句」獎；高度濃縮的「俳句」對他日後的新詩風格產生相當的影響。中學畢業後，留學日本東京藥學專門學校，由於對文學的熱情，開始一手試管一手詩集地展開文學與科學交相共鳴的學習生涯。1943 年新詩〈五月〉、〈在澀民村〉、〈思慕〉經日本重量級的詩人堀口大學推薦發表於《若草》詩誌，博得不少好評，奠定其詩人的一生志業。詹冰偏愛讀書，廣泛涉獵文學美術方面的書籍，尤其嗜讀詩集、詩誌，特別是屬於《詩與詩論》集團詩人的作品與詩論，並研究學習他們的詩法；同時對富於機智而明朗的法國詩也引發相當的注意與共鳴。此外，亦精讀小說、戲曲、哲學、天文學、醫學、心理學、動物學、植物學、宗教等類的書，作為詩的養分。戰後初期，繼續以日文書寫〈扶桑花〉、〈戰史〉、〈不要逃避苦惱〉等詩發表於

---

*發表文章時為成功大學臺灣文學研究所教授，現已退休，為成功大學臺灣文學系兼任教授。
[1]莊紫蓉，〈詩畫人生──詹冰專訪〉，《臺灣文藝》第 174 期（2001 年 2 月），頁 48。

《中華日報・文藝欄》，不久，該報日文欄停刊，失去發表的機會。1948年加入「銀鈴會」為同仁，日文詩作繼續發表於油印刊物《潮流》上，無奈隔年，政治氣氛肅殺，白色恐怖籠罩，銀鈴會自動解散，遂中輟詩的創作。1958 年應聘任中學理化教師後，積極學習華文，開始作語言的跨越，一方面試著用華文創作，一方面將以前所寫的日文詩自譯成華文。[2]

談到語言跨越，須先了解，詹冰老家卓蘭，通行兩種本土語言，其父母雖然都是客家人，但在家裡，媽媽都講福佬話，到外面則大多用客語，朋友也是講客語的居多，所以詹冰的母語應該算是兼含福佬語和客語兩種。至於將日文詩譯成華文，則用福佬語構思，詹氏認為福佬語是生活的語言，對他比較接近，比較親切，對翻譯有幫助。[3]

1964 年與桓夫、林亨泰、錦連等 12 位詩人創立笠詩社，發刊《笠》詩刊。著有《綠血球》（詩集，1965 年 10 月）、《日月潭的故事》（兒童劇本，1973 年 1 月）、《牛郎織女》（兒童歌劇，1974 年 8 月）、《許仙與白娘娘》（歌劇，1975 年 7 月）、《太陽・蝴蝶・花》（兒童詩集，1981 年 3 月）、《實驗室》（詩集，1986 年 2 月）、《變》（詩文、小說合集，1993 年 6 月）、《詹冰詩選集》（詩集，1993 年 6 月）、《銀髮與童心》（新詩、童詩、兒童歌劇，1998 年 5 月）、《科學少年》（1999 年 6 月）。

以量而言，詹冰在 50 年間的創作不算很多，但以質而論，他在臺灣詩史上卻占了一個頗為重要的位置，認為他的詩清澄、冷澈，不讓情緒流露，是臺灣現代主義的先驅者之一。[4]至於他的圖象詩或具形詩的刻意經營，對臺灣後來的後現代詩具有很大的啟發作用。[5]

筆者對跨越語言一代的幾位重要詩人，一向保持高度的研究興趣，在

---

[2]有關詹冰生平介，參見詹冰，〈後記〉，《綠血球》（臺中：笠詩社，1965 年 10 月），頁 92～94。
[3]莊紫蓉，〈詩畫人生——專訪詹冰〉，《臺灣文藝》第 174 期。
[4]李魁賢，〈論詹冰的詩〉，《臺灣文藝》第 76 期（1982 年 5 月）。後收入李魁賢，《臺灣詩人作品論》（臺北：名流出版社，1987 年 1 月）。此據《臺灣詩人作品論》，頁 56。
[5]孟樊，〈第九章：後現代主義詩學〉，《當代臺灣新詩理論》（臺北：揚智文化公司，1995 年 6 月），頁 225。

討論過陳千武、林亨泰之後，茲再繼續進行詹冰詩的探索。以下分從三方面來加以觀察分析：一、冷靜的知性燭照，二、高度的形式自覺，三、特殊的觀物美學。

一、冷靜的知性燭照

關於詩的構成，詹冰並不以「在心為志，發言為詩」那種素樸的情緒發抒為滿足，他曾直截了當地說：「詩人如小鳥任憑自然流露的情緒來歌唱的時代已過去」[6]，從小鳥之鳴囀啾唱取譬，認為那種毫無曲折沉澱的本能式的、生理機能式的「直寫」心聲之創作態度已經有待調整，他從藝術史演進的角度宣稱「自然流露」固然有其歷史階段的意義，但就已進入「現代」處境的詩人來說，這種自然而然的情緒表現只是一種未經細心錘鍊的原始材料而已，所謂「自然」流露，不啻表示被動地受情緒操控，缺少主動的理性觀照與反省，這樣的「原始情緒」就詩境開拓的深度與廣度而言，難免有所不足，因此他進一步強調「現代的詩人應將情緒予以解體分析後再以新的秩序和形態構成詩，創造獨特的世界。[7]標出情緒的解體與分析，正說明詹氏將情緒當作客體加以諦視辨思的運作過程，特別是「解體」一詞，更可體會他有意突破心理學上所謂「固定反應」（或謂刻板反應）的經驗法則，將一般性的、了無新義的感知關係拆除掉，重新創造一種真正有意義的新秩序、新形態的「獨特世界」，這樣才足以完成詩人之所以為詩人的「創造」天職。

誠然如他所言，這種詩觀的型塑固深受留學東京時，日本詩壇走向現代主義的大環境影響，但也與他個人的個性、學養與生活有關；詹氏生性真誠篤厚、不善權變，所學專業為藥學，生活資源主要來自理化教師的職務與藥局的開設，可以說他的知識與生活相當程度是結而為一的，因此他自然地便以自己的個性專長來看待詩反省詩，這種落實在生活本身的詩觀

---

[6]林亨泰〈笠下影——詹冰〉，《笠》第 1 期（1964 年 6 月），頁 6，題下所附詹冰「詩觀」。
[7]林亨泰〈笠下影——詹冰〉，《笠》第 1 期，頁 6。

「體驗」，在〈藥與詩〉這篇極具個人風格的散文詩中，有更為精采的呈現：

> 人類在直接採用野生的草根木皮為藥的時代，詩人也直接歌唱他們的喜怒哀樂為詩。[8]

以野生植物為藥對比喜怒哀樂為詩（指的應是「民間歌謠」一類的口傳作品及受其影響而發展的詩人、詞人之作），這就是原初狀態的藥與詩，在歷史階段裡他們對身體的治療及精神的淨化都分別扮演過重要的角色。然而「日新月異，藥是隨時代而進步。／日就月將，詩也隨時代而前進」[9]，藥與詩都需要一種嶄新的、「科學」的生產機制，才足以與傳統的「土法煉鋼」有所區隔：

> 現代的藥品是由草根木皮抽出藥分，在經過提煉，濃縮，結晶而製出的。
>
> 現代的詩也是由喜怒哀樂抽出詩素，再經過提煉，濃縮，結晶而作出的。[10]

在此，詹冰巧妙地以「抽出、提煉、濃縮、結晶」等萃取藥品的術語移轉到詩的創作，這正是前文「現代的詩人應將情緒予以解體分析後再以新的秩序和形態構成詩，創造獨特的世界」，更具體的說法，最後詹冰再以謙遜卻相當執著的語氣說：「要發明一種良藥，藥劑師應不斷地實驗，實驗，實驗……。／要創作一首好詩，詩人也應不斷地實驗，實驗，實驗……。／因此，我們絕不能限制藥的界限。／同理，我們也不能界說詩

---

[8]詹冰，〈藥與詩〉，《笠》第 19 期（1967 年 6 月）；後收入詹冰，《實驗室》（臺北：笠詩刊社，1986 年 2 月）作為〈代序〉，頁 4。
[9]詹冰，〈藥與詩──代序〉，《實驗室》，頁 4。
[10]詹冰，〈藥與詩──代序〉，《實驗室》，頁 4。

的範圍。」[11]唯有透過永不止息的實驗再實驗，詩的新鮮度才能持續保存，永不退時。這就是他第三本詩集命名為「實驗室」並自認「我的詩，大部分是屬於實驗性的詩比較多」的原因了。[12]我們注意到，詹冰這些言談中一再重複出現「現代」的觀念——現代的詩、現代的詩人——除了具有時間的指涉外，也有本質性的詩的意涵在，因此強調「實驗」，也正提供一種保證，保證那「現代性」隨時保持辨證的姿勢，從而避免時間因素的干擾而有過時的疑慮。

這樣的詩觀，印證其實際的詩作，我們發現詹冰的詩的確充滿冷靜的知性色澤，他認為這是他 1940 年臺中一中畢業後，前往日本繼續求學所養成的。當時日本詩壇正在流行「新詩精神運動」（從法國輸入的新藝術運動）：主張新的主知的追求，用知性來寫詩。運動的中心是季刊詩誌《詩與詩論》。他很喜歡該詩誌及參加該運動的詩人們的詩集。他們的詩論和詩，很合他的口味而由衷發生共鳴，乃學習他們的理論和技巧而作主知的詩。多年後詹冰回想，主知的詩與他的性格（感覺型、美術型）很合適，認為他會寫主知的詩是很自然的演變。[13]且從一首夫子自道自省式的〈詩人〉來切入詹冰的知性之旅：

靜靜地燃燒著的　無色透明的火焰

鉑絲蘸取「愛」的離子
火焰就呈七彩的焰色反應
撒下「真」的結晶體
火花就流星般飛散而閃光
注入「淚」的液體燃料
外焰就花冠般氧化而發熱

---

[11]詹冰，〈藥與詩——代序〉，《實驗室》，頁4。
[12]詹冰，〈後記〉，《實驗室》，頁88。
[13]莊金國，〈未完成的訪問〉，《笠》第 129 期（1985 年 10 月），頁 11～12。

　　無色透明的火焰　靜靜地燃燒著──

　　因此保持了人類的體溫

　　因此發揚了人類的光輝[14]

　　以詩論詩、論詩人之自我觀照，是臺灣詩人在創作過程中經常出現的重要主題，是詩人把創作活動客觀化成反省對象所進行的探索，這方面王白淵、楊雲萍都有相當優秀的作品傳世，詹冰此作可以說也是此一系譜的佳篇。然而對詹冰而言，他的重點不在傳達詩或詩人能如何，就像詩末所說的以「保持人類的體溫」、「發揚人類的光輝」來彰顯詩的功能，並非特別出人意表的發現，甚至還可以說其實並無新意，然而詹冰關心的原就不在此點，他在意的是透過什麼方式去表現這個古老的主題。關於這點，他曾作理性的分析說：「我的詩作可以說是一種知性的活動。簡言之，我的詩法是『計算』。我計算心象的鮮度，計算語言的重量，計算詩感的濃度，計算造型的效率，以及計算秩序的完美，最後的目標是要創造前人未踏的詩的美的世界。」[15]結果，正如他所強調的信念：「詩人該習得現代各部門的學識和教養，傾注其所有的知性來寫詩」[16]，就是這個信念，使他發揮個人理化方面的學識與教養，傾注其知性寫出了與眾不同的這首詩。

　　除了最後兩行以外，首行「靜靜地燃燒著的　無色透明的火焰」與倒數第三行「無色透明的火焰　靜靜地燃燒著──」，以雖有變化仍屬相同的句式，在迴環語氣中給蓄勢待發的「詩心」做了穩健而寧靜的定調：燃燒著的火焰之靜靜、之無色而透明，是一種極冷靜的觀照，把可能引起強烈爆發力卻按兵不動的詩心特性寫得相當傳神。接著夾於其間的六句分成三組，分別以「愛的離子」、「真的結晶體」、「淚的液體燃料」三種不同形態的物質置入火焰之中，亦即象徵性地讓詩心在「愛」、「真」、「淚」的注入

---

[14] 詹冰，〈詩人〉，《實驗室》，頁 12。又收入《詹冰詩選集》（臺北：笠詩刊社，1993 年 6 月），頁 51。詩末註發表於《中華日報》1968 年 5 月。

[15] 林亨泰，〈笠下影──詹冰〉，《笠》，第 1 期（1964 年 6 月），題下所附詹冰「詩觀」，頁 6。

[16] 林亨泰，〈笠下影──詹冰〉，《笠》，頁 6。

中產生巨大的作用，於是類似煙火發放式的或是七彩映照、或是流星飛散、或是花冠燦爛，將詩人的精神撼動力寫得光彩奪目，這就是詹冰知性計算的實際運作！在此，誠如林亨泰所言，詹冰的知性並非知識的玩弄，絕無炫學的傾向[17]，而是藉理化的知識精準地去重新詮釋詩人大放異彩的作用，於是在「精打細算」下，暗示苦難與感動[18]的「淚」成為助燃的液體燃料，表現義理的「真」是晶瑩剔透的結晶體，至於相互吸引關注的「愛」則是帶電的原子（離子），這樣的處理既合乎外向的冷靜的知性計算，更具有內斂的感性的支撐，從而構成富於機智的整體效果。這也正是詹冰強調知性時並不否認抒情感性的實踐，這就是為什麼他的處女詩集《綠血球》仍分「綠血球」與「紅血球」二輯的理由，蓋綠色代表冷靜，所以寫出的作品，比較近於知性。紅色代表熱情，所以寫詩時比較注重感性。[19]

　　再看〈金屬性的雨〉一詩：

　　　　銀白色的雲
　　　　發射白金線的雨，
　　　　於是少女的胸裡，
　　　　就呈七色焰色反應。

　　　　鳥類的交響曲是
　　　　沸騰的高錳酸鉀溶液。
　　　　心臟型的荔枝是
　　　　燦爛的血紅色結晶體。

　　　　並列的檳榔樹是
　　　　綠色的三角漏斗，

---

[17]林亨泰，〈笠下影——詹冰〉，《笠》第 1 期，頁 8。
[18]莊紫蓉〈詩畫人生——專訪詹冰〉一文，詹冰表示：淚是感動的意思。沒有感動，就寫不出詩來；讀別人的詩沒有感動也沒有意思。所以，感動才能產生詩。
[19]莊金國，〈未完成的訪問〉，《笠》第 129 期，頁 14。

啊，過濾的詩感

水銀般點滴下來……。

充滿 Ozone 的花圃就是

新式化學實驗室。

太陽脫下雲的口罩，

顯出科學家的嚴肅。

　　這首詩以故作嚴肅狀的太陽為科學家，以充滿新鮮空氣（臭氧 Ozone）的花圃為化學實驗室，詼諧而機智地展現詹冰拿手的知性觀察，是一首獨具慧眼的出色之作。因為是「實驗」，所以此詩一開始就脫離一般性的常識思維，首先，透過科學家太陽的操作，雨成為他的試劑，是一種白金線式的試劑，而「裝載」這試劑的雲隨之變成銀白色的雲，這起手的安排調度馬上就顛覆了「烏雲密布」那種僅具表象的、陳腐的傳統意象，創造出詹冰個人式的、令人眼睛為之一亮的新視野。於是其後所寫各種接受「實驗」的「實驗物」遂都萌生各異其趣的實驗效果：做為花圃背景的山峰是少女的胸，因雨的滋潤而映現的便是七彩的虹，林中的鳥一受試驗，立刻沸騰如高錳酸鉀溶液地演奏起澎湃的交響曲，心臟形的荔枝「有心地」呈現出燦爛血紅的結晶體，雨中整排檳榔樹是一個個的倒三角錐形的漏斗，從檳榔樹葉中（漏斗）「漏」下來（過濾）的是如水銀般的詩感！而這「詩感」的出現，從結構計算來看，正是這場實驗最後的「結論」，於是實驗者的太陽終於鬆了一口氣似地脫下了口罩（雲收雨停，完成實驗），將喜悅隱藏在故作嚴肅的表情裡。在此，詹冰透過他的專業學養，舉重若輕地把傳統「雨中即景」這老掉牙的題材賦予令人激賞的新意，顛覆了「太陽之下無鮮事」的刻板印象，創造出「前人未踏的詩的美的世界」。

二、高度的形式自覺

　　論者常以圖象詩之開創於先與影響後進來讚許詹冰的詩藝成就，這是正確的，但筆者卻深深感覺詩的圖象化仍隱藏著諸多可待反省的問題，例如，平面文字的圖象化若進一步躍入「超文字」的網頁世界裡，各種經由Html、Flash 等電腦語言所建構起來的動態的、三度空間的「語言形象」、「語言動畫」，將逼使過去大家嘖嘖稱奇視為珍品的「創獲」，小巫見大巫地淪為無足稱道。因此，筆者不擬繼續沿用這即將退潮的觀念來看待這些作品，從而「保守地」把圖象化僅視為一種有關文字意義之指涉、暗示、象徵等老行業的配套措施，一種高度的形式自覺，如果他真的成功了，功也不全在那圖象本身，而是文字的示意功能讓那圖象看起來並不失策。詹冰自己也說：「圖象詩就是詩與圖畫的相互結合與融合，而可提高詩效果的一種詩的形式。假若用這種形式，而不能提高詩的效果，那麼你就不必寫圖象詩了。」[20]

　　底下且先從他常被討論的〈自畫像〉說起：

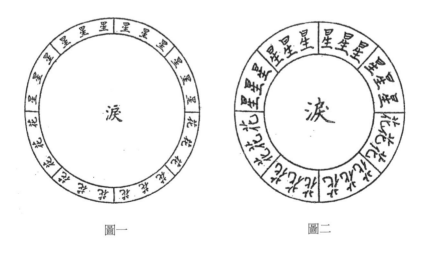

圖一　　　　　　　　　　　　　　圖二

---

[20]詹冰，〈圖象詩與我〉，《笠》第 87 期（1978 年 10 月），頁 60。

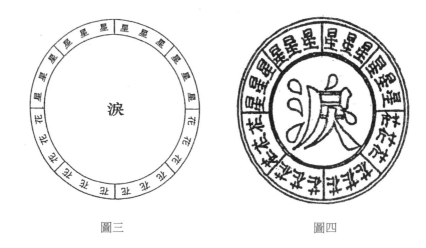

圖三　　　　　　　　　　　圖四

　　這首作於 1946 年 1 月 16 日的作品，其實有不同的版本：最早出現在
處女詩集《綠血球》的〈自畫像〉是圖一的樣子，其後見於詹冰〈圖象詩
與我〉一文[21]的版本變成圖二的形象，接著收於《詹冰詩選集》的版本又恢
復與圖一頗為接近的圖三，至於評論者轉相引用的版本也各異其形，僅擇
其一如圖四做為代表。[22]對照四個不同版本的〈自畫像〉，從圖形與文字的
相互配合來看，他們傳遞給讀者的訊息是不一樣的；就線條與筆畫而言，
圖一與圖三最相類似，顯得清淡纖細，圖四濃黑粗壯，圖二則介乎其間；
再看處於圓心位置的「淚」字，圖一圖三占內環空間的最小部分，圖二次
之，圖四則完全充塞其間，一幅涕淚縱橫的樣子，最缺少知性觀照的趣味
（當然這與詹冰無關）。整體而言，即使不考慮圖四非出於詹冰之手可以不
計，由於版本的差異，在詩意上仍是有所不同的，這是第一個問題。其
次，圖中的文字，例如「星」與「花」都只是一個個靜態的名詞，它們既
無狀態亦無動作，則其功能與非文字的圖形花有何區別？第三，詹冰接受
廖莫白訪問，談及這首詩的涵意時答以「能體會多少，就算多少」，不作正

[21]詹冰，〈圖象詩與我〉，《笠》第 87 期，頁 60。
[22]丁旭輝，〈詹冰圖象詩研究〉，《臺灣詩學季刊》第 33 期（2000 年 12 月），頁 111。

面回答[23]，這雖然無可厚非，但筆者還是覺得相當可惜。雖然我們深知作者不一定是其作品最佳的詮釋者，但這也並不表示作者絕對不可現身說法，有時作者在自然的機緣中，例如面對像廖莫白那樣年輕而充滿詩熱情的晚輩時，適當的啟迪仍是極具意義的，因為作者的創作構想仍可視為諸多詮解中的一種，而且是頗為重要的一種參考。

　　在得不到詹冰具體回答後，廖莫白推斷說：「淚是天上的星，地上的花。」[24]這與羅青的評法不同，羅青說：「星在上，花在下，淚在中。星是永恆，花開短暫，二者循環不斷的在這個世界上出現，而人在星花之間，流下悲天憫人的淚水。這是詩人對自己所持的人生意義之詮釋，也是一張文字組成的精神畫像。」[25]這樣的詮解從讀者反應的角度看，自有其「參與創作」的誤讀快感，然而就筆者保守的觀點看，這篇作品在圖象的創意上誠然有其可取之處，但就詩論詩，她仍缺少精確的文字意義的配合，結果只有材料的排列，沒有將形象與意義冶為一爐，這就像詹冰自己所說的對詩的效果並無提高的功能，不能算是成功的詩作。這種情形如果對照他的〈墓誌銘〉或許可以看得更清楚：

他的遺產目錄裡
有花
有星
又有淚

　　就使用的意象文字而言，這首短詩與〈自畫像〉頗為近似，但由於它在文字上有著引導示意的作用，其「詩的」效果就遠比〈自畫像〉來得精確出色。首先詩題「墓誌銘」點出這是對死者一生總結性的觀感（當然我

---

[23] 廖莫白，〈繆斯的實驗室──詹冰訪問記〉，《詩人季刊》第 8 期（1977 年 7 月），頁 38。
[24] 廖莫白，〈繆斯的實驗室──詹冰訪問記〉，《詩人季刊》第 8 期，頁 38。
[25] 羅青，〈白話詩的形式（下）〉，《明道文藝》第 26 期（1978 年 5 月），頁 72。

確出色。首先詩題「墓誌銘」點出這是對死者一生總結性的觀感（當然我
們也了解這是詩人的預想，有個人精神的投影色澤，但基本上仍應先承認
其詩法計算還是設定在對亡者的追思），具有蓋棺論定的意味在，而「遺產
目錄」的設想，正強調死者對其子孫（或者擴大來講對社會國家）的貢獻
清單，結果，這份清單卻與世俗的期待背道而馳，竟是無關緊要的花、星
與淚，甚而透過「有」花、「有」星、「又有」淚再三鄭重的語氣，肯定這
些遺產的價值，在此，花、星與淚到底何所指？可以用較彈性的方式去呼
應，總之不外啟發人心高遠如星、純美似花、鍾情如淚等高潔的情操。總
之，〈墓誌銘〉言簡意賅地以顛覆世俗財產觀念的手段，獲得了創造新價值
的目的，這種創獲，〈自畫像〉是付諸闕如的。

在形式自覺上比較進步的是〈Affair〉一詩[26]：

1 男女　2 男女　3 男女　4 男女　5 男女　6 男女　7 男女

Affair一般譯為「事件」，其實比較精確的譯法應該是「情事」，即男女
之間的愛情事件。於是，藉著詩題的示意，讀者很容易就抓住「男」、
「女」字體左右翻轉所要傳達的訊息，這一點陳千武〈視覺性的詩〉一文
已有相當精采的詮釋：1.男女相對，一見傾心；2.男追女，女人逃避；3.女
不依男，男人有點生氣而回頭站過來；4.男無奈轉身繼續追求；5.男人真生
氣，反臉不理女；6.女反過來追求男；7.愛情挽回，男女相視而笑。[27]問題
是，作為一首在形式創造上有其高度的自覺這一點，這首詩是成功的，但
就詩意而言，它仍然缺少令人深思的質素，企圖將千古以來本屬常事的男
女之分合迎拒入詩，且能獨出機杼，創立新境，談何容易？因此僅以文字
為圖顛倒反轉，固然有其小小情趣之斬獲，但嚴格講對「提高詩效果」仍
是有所不足的。

---

[26]詹冰，〈Affair〉，《綠血球》，頁 33。
[27]陳千武，〈視覺性的詩〉，《笠》第 24 期（1968 年 4 月），頁 61～62。

至於像〈插秧〉[28]一詩就完全不一樣了：

插在藍天上
插在白雲上
插在青山上
插在綠樹上
農夫在插秧

照映著綠樹
照映著青山
照映著白雲
照映著藍天
水田是鏡子

　　從形式看，本詩兩段，段各五行，很明顯的是水田形象的模仿，而每行的文字也形同剛插下去的秧苗，這樣的形式設計自然或多或少會引發讀者某種程度的聯想興趣，不過筆者認為，這種興趣充其量也只是附加的，如果這首詩在詩境方面沒有任何嶄新的創發，這種刻板的圖象反適足以形成造作的匠氣，例如，全詩若改成字數相等一再重複的「插秧水田上」或「插秧插秧插」，就視覺效果言，與原詩或無不同，但詩意效果顯然就潰不成軍了。因此，本詩之所以出色，主要還是歸功於非圖象部分的精采演出，例如首段水田如鏡照映藍天白雲青山綠樹的描寫，的確把農村寧靜安詳的美呈現得相當準確，不過，一般人不太警覺到首句「水田是鏡子」，除了有足以照映一切的意義外，還隱藏著水田之所以能平亮如鏡，其實是經過農人犁田翻土、注水平土等繁重工作後的成果，因此所謂照映這照映那，是有著辛苦經營後的滿足與快意的，而這正是他們進一步要插秧時的愉悅心境，所以第二段自然順理成章地把這種心境，「落實」在將秧苗插在綠樹青山白雲藍天形同遊戲的動作上，而這種工作，尤其是「把辛苦遊戲化」的表現，正展現臺灣農民與土地親密結合的精神特徵。
　　同樣的情形也可見於寫得最為成功的〈水牛圖〉：

---

[28] 詹冰，〈插秧〉，《綠血球》，頁 17。

角　角
黑

擺動黑字型的臉
同心圓的波紋就繼續地擴開
等波長的橫波上
夏天的太陽樹葉在跳扭扭舞
水牛浸在水中但
不懂阿幾米得原理
角質的小括號之間
一直吹過思想的風
水牛以沉在淚中的
眼球看上天空白雲
以複胃反芻寂寞
傾聽歌聲蟬聲以及無聲之聲
水牛忘卻炎熱與
時間與自己而默然等待也許
永遠不來的東西
只
等待等待再等待！

　　如果過分強調此詩的圖象性，那麼首段二小「角」一大粗體「黑」的形式安排，確實可以將牛角牛臉的圖形表現出來，其他利用句子的長短搭配也頗能「畫出」牛身、牛腳、牛尾，甚至牛尾末端的尾毛來，然而嚴格地說，這些形象與詩中所要傳達的主題其實關聯不是很密切，吹毛求疵地看，詩裡浸於水中的主人翁也絕非站立的姿勢！誠如李魁賢所分析的：「圖象詩是表現詩人視覺上的巧思，以圖形來增加詩的情趣。詩的重點還是在詩的語言上所傳達的意義性，所以圖形的繪畫是附帶的，不能取代意義性，也不能喧賓奪主地占據超越意義性的優位，否則易淪為文字遊戲，不算詩了。」[29]

　　乍看這首詩固然可當作是針對水牛本身的描繪，但從全詩文字所呈現的意象看，顯然又是藉物寫詩，另有所喻；這頭水牛，無論從圖形或文字內涵看，與我們所熟知的替人犁田（只為人類而活）的水牛形象是不一樣的。牠沒有籠絡沒有韁繩，牠是不受支配控御的存在！牠不在「工作崗位上」（多麼人類中心主義的偏執狂），牠浸在水中！黑字形的臉，不是用來侍候人取悅人的，而是用來遊戲用來自我創造的：牠一擺動黑臉，就創造出不斷擴開的同心圓波紋，讓停在波上反映著夏日陽光的樹葉跳著扭扭

---

[29]李魁賢，〈論詹冰詩〉，《臺灣詩人作品論》，頁68。

舞，這是多麼有力地擺脫人類本位的功利思考、轉而聚焦於水牛本身意義之開展的新視境！接著，雖然以不懂阿幾米得原理暗示著水牛存在的事實與分量，不能從理性的、數學的角度去計算，但馬上又將一對牛角的彎度用「角質的小括號」賦予數學計算的形式，這樣的設計，正是要凸顯詹冰樂於數學計算卻又不想被數學計算支配的「詩人本色」，因此括號中排列的不再是左右橫展的數目字、數學符號之運算，而是前後貫穿、一直吹著的「思想的風」，這種另類的奇思異趣，既明朗又機智，使水牛的自主性格更形顯豁。

此詩後半部以「沉在淚中的／眼球看上天空白雲」，這是接續「思想的風」後的另一發展，即以「感性」的角度來仰觀「自然」，表現出一種開闊的視野，從而巧妙地把次句「以複胃反芻寂寞」可能引發的感傷情緒適度地化消，保持詹氏一貫冷靜的觀物風格，以致可以順理成章地「傾聽歌聲蟬聲」甚至「無聲之聲」，充分表現水牛能與萬彙感通的特質，最後再以忘卻（亦即超越）感受性的炎熱、概念性的時間以及全幅的自我，也就是以最純粹、最不受任何內外在因素干擾的自在心境，等待也許永遠不會出現的「東西」，表現既不強求也不放棄的理想堅持。分析至此，水牛的喻意或可昭然大白：牠不就是詩人的自況嗎？筆者認為，〈水牛圖〉之動人處其實不在外形的肖似，而是藉著水牛的遊戲、創造、思考、超越等舉止動貌，刻畫出詩人之所以為詩人的特徵來。

三、特殊的觀物美學

詹冰詩另一項迷人的特色是：以特殊但合乎美學規範的態度來觀察、欣賞天地間的萬事萬物。從他內在心靈之眼中所看到的奇景鮮事，常讓讀者一新耳目之餘，整個心靈也隨之產生一種汩汩然的活力，而就在這交會中，深深被詹冰冷靜的獨創風格感動著。

例如他 1948 年所作的〈液體的早晨〉：

瞬間，
初生態的感覺
游泳在透明體中。
毫無阻力———。

現在，
讀新詩般我要讀
被玻璃紙包著的
新鮮的風景。

例如，
水藻似的相思樹下，
成了魚類的少女
搖著扇子的魚翅。

於是，
早晨的 Poésie，
好像 CO_2 的氣泡，
向著雲的世界上昇。

　　一大清早，瞬間感覺空氣不再是空氣，而是浩瀚無邊的水中，於是自我得到釋放如在初生態中，獲得最大的自由，這種自由正如讀到「新」詩般開始有了新的眼光，新的美感經驗，於是相思樹成為款擺搖動的水藻，樹下搖扇的少女變成鼓動魚翅的魚，如此新鮮的風景自然要牽動詩興，而詩興既發，自是不吐不快，於是乎詩句甫出，當然便有如氣泡上升，升向象徵高超精神的雲的世界！這大概是筆者所見描寫詩藝最新鮮最動人的形象了，觀物觀到這種境界，真是幾近神乎其技了，而其所營造出來的帶給讀者的美感經驗，也就豐饒多姿美不勝收了。

再看〈花鹿〉這首小詩：

花鹿頭上
生樹枝

只有樹枝
沒開花

花鹿天天
吃草花

天天等待
枝開花[30]

　　這首一般認為是童詩的作品，從成人的世界看，仍然極為出色。因為他有兩種讀法，一種是旁觀者看花鹿，一種是花鹿看自己。旁觀者的「觀」點使花鹿天天吃草花的動作只是一個客觀存在的事實，並無特別的命意；所以等待枝開花較具有蒐奇采風的諧趣。至於花鹿看自己，則是另一種心境，因為花鹿吃草花變成有目的性，是為了「吃花補花」鹿角長出花，所以等待枝開花便產生一種煞有介事的童心稚情來。總之不管是哪一種，都有鼓勵成人放下機心，重拾童趣的效果。

　　最後看〈遊戲〉這篇作品：

「小弟弟，我們來遊戲。
姊姊當老師，
你當學生。」

---

[30] 詹冰，〈花鹿〉，《太陽・蝴蝶・花》（臺北：成文出版社公司，1981年3月），頁56。

「姊姊，那麼，小妹妹呢？」

「小妹妹太小了，

她什麼也不會做。

我看──

讓她當校長算了。」[31]

這場違反常識的戲劇演出，由於是「遊戲」，因此不必引申到社會批判、教育改革之類的大議題去，而是透過童心的思考重新發現不同邏輯的世界，竟也有讓人會心的新思維。

結語

詹冰在五十多年的詩人生涯中，其實尚有許多值得深論的議題，例如他的兒童詩，水準相當高，有待專題探討；又如他提倡「十字詩」，這顯然與他早年學習俳句有關，然而日文以 17 音組成一首俳句，這與他們語言文字的特色有關，在臺灣的情形是否可以循例嘗試簡化成十字？這應該還有討論的空間。再如 1970 年代後詹氏比較生活化的眾多作品，語言風格與本文所論諸詩大異其趣，散文化敘述的傾向頗重，較少 1950、1960 年代以前詩作的精鍊，也須以專文加以分析評論，可惜時間所限，在此僅能約略點題，完整的論述只好留待他日了。

　　──選自鄭烱明編《越浪前行的一代──葉石濤及其同時代作家文學國際學術研討會論文集》
　　高雄：春暉出版社，2002 年 2 月

---

[31]詹冰，〈遊戲〉，《太陽・蝴蝶・花》，頁 3。

無色透明的焰光

讀詹冰的詩

◎莫渝[*]

詹冰（1921～2004），本名詹益川，日治時期 1921 年 7 月 8 日出生於苗栗縣卓蘭鎮，祖父詹龍飛當過卓蘭區長（鎮長），父親詹德鄰當過保正（里長）。就讀臺中州立臺中一中（五年制，1935 年 4 月至 1940 年 3 月）。1944 年 9 月東京明治藥專畢業，獲藥劑師及格，隨即返臺。1947 年 10 月，在卓蘭開設存仁藥局。1954 年 3 月，轉任卓蘭中學理化科教師，認真學習中文，7 月辭職；1957 年 2 月，回任中學理化教師，至 1981 年退休。1987 年遷居臺中市。2004 年 3 月 25 日過世。戰後初期，仍用日文寫作及發表，1946 年參加文學團體「銀鈴會」，於該會先期刊物《緣草》與後期刊物《潮流》（均為中日文混合的季刊油印雜誌）發表詩作。1952 年 12 月，國民政府嚴禁日語和臺語教學後，詹冰改習中文，經十年努力，至 1962 年有能力發表中文詩與小說。1964 年，為「笠」詩社《笠》詩雙月刊 12 位創社成員之一。著有詩集《綠血球》（1965 年）、《實驗室》（1986 年）、《詹冰詩選集》（1993 年，附英日譯）、《銀髮與童心》（1998 年）、《銀髮詩集》（2003 年），兒童詩集《太陽‧蝴蝶‧花》（1981 年），詩、散文、小說合集《變》（1993 年），小說《科學少年》（1999 年），《詹冰詩全集》三冊（2001 年）等出版品。先後獲得獎項，如兒童詩〈遊戲〉獲洪建全兒童文學首獎（1979 年），〈母親的遺產〉獲聯合報極短篇獎（1979 年），兒童歌劇《牛郎織女》

本名林良雅，詩人。發表文章時為聯合大學臺灣語文與傳播學系兼任講師、《笠》詩刊主編，現為聯合大學臺灣語文與傳播學系兼任講師、《笠》詩刊社務委員。

在國內多場演出，還到法國巴黎公演（1986 年 4 月）等；榮獲「苗栗縣傑出藝文工作者獎」（1981 年）、「臺中市資深優秀文藝作家獎」（1990 年）、「臺灣新文學家貢獻獎」（1994 年）、臺中市「大墩文學貢獻獎」（2000 年）、「資深臺灣作家獎」（2000 年）、「榮後臺灣詩人獎」（2001 年）。

一、知性的思維

詹冰自幼接受日文教育，就讀公學校（國民小學）時，就喜歡看小說、詩歌，中學時期嘗試俳句和新詩的寫作，五年級時（1939 年），因作文與美術優越（全校第一），代表學校參加臺中市作文比賽，他以俳句：「走出圖書館　就踏著　路旁的落葉」，獲得第二名，參賽者均為日人，詹冰是唯一臺灣籍學生。

1940 年代初的詹冰，留學日本，「我一隻手拿著試管，一隻手翻開詩集」（詩集《綠血球》的〈後記〉），就在藥劑學的實驗室裡，接受科學知識的理智洗禮，又能欣賞文學；同時擺盪藥學與文學之間，且結合兩者，展露強調知性的青年詩人風貌。知性，是針對感性的對立狀況而言，是擺脫抒情，向理智靠攏，這自然是課堂學習的素養。1943 年，有三首日文新詩〈五月〉、〈在澁民村〉和〈思慕〉先後被推薦刊登在日文《若草》詩刊上。先看這首成名作〈五月〉：

五月，
透明的血管中，
綠血球在游泳著──
五月就是這樣的生物。

五月是以裸體走路。
在丘陵，以金毛呼吸。
在曠野，以銀光歌唱。

　　於是，五月不眠地走路。

〈五月〉一詩沒有抒情的文詞，用語均經過一番特殊的處理，也就是詹冰在〈詩觀〉所提到的「計算」，多方面的計算：「我計算心象的鮮度。計算語言的重量。計算詩感的濃度。計算造型的效率。以及計算秩序的完美。最後的目標是要創造前人未踏的詩的美的世界。」（莫渝編，2001：267。原刊登《笠》詩刊第 1 期「笠下影」詹冰第二則詩觀）。這首詩分二段，各四行。前段，把五月形象化，五月是一個生物，是一個有生命的物體，在其體內透明的血管裡，游泳著綠血球；詹冰自言「追求美的時候，我的血管彷彿在流著綠血球」。於此，傳達出五月是具美感的生物，或直言美麗的生物。後段四行，藉自然界的景象，襯托五月這樣生物的動作。在北國（日本／東京），五月正值春天，萬物充滿生機，一片欣欣向榮。裸體指生物的祖裡，不需掩飾，不眠地，指生命活力的延續與時序運轉的不停。這首詩，把抽象的名詞「五月」，透過形象到動作，呈現五月春的活力。作者在〈新詩與我〉回憶此詩的寫作背景是在東京讀書時：「五月的一天裡，下課後，我還留在二樓的教室，靠窗眺望著校園裡正在發綠芽的櫻樹，突然靈感頓生，不到兩分鐘，我的腦裡就醞釀了一首詩，在一氣呵成之下，我將腦海裡的詩抄在紙上，〈五月〉就這樣完成了。」隨後，對外投稿，受到日本詩人堀口大學（1892～1981）的推薦，發表在《若草》詩刊，堀口的推薦詞：「率直而感覺很直截了當。而且想說的已充分表現出來。」時間是1943 年 7 月，首次投稿即獲好評，自然讓年輕的作者「高興了好幾天」，認為是最重要的第一首詩，但成功背後，卻曾經「苦心極力地寫了幾十首的習作」（詹冰，2001：16），以及中學時日本俳句的訓練與試作。

　　如此受肯定，開啟了詹冰詩文學寫作之旅。當時，詹冰留下的許多日文詩，至 1960 年代，將一部分自譯成中文詩，即詩集《綠血球》內的作品；其中，〈五月〉、〈春〉、〈七彩的時間〉、〈液體的早晨〉、〈金屬性的雨〉、〈酸性的廟〉、〈春的視覺〉等，及晚後詩集《實驗室》裡的〈實驗

室〉、〈二十支的試管〉、〈黃昏的記錄〉、〈透視法〉、〈流入心臟的杯子的液體〉等，都是知性思維下的優秀詩品。李魁賢先生說「以他強調知性的計算法，詹冰可以算是我國現代主義的先驅者」（李魁賢，1987：56；莫渝編，2001：126），也是從這觀點著眼的。

二、堅貞的情愛與親情的教諭

　　青年詩人詹冰在東京有學業上必然的壓力，以及原本自有心嚮之的喜愛，但獨處異國，難免油然發出思鄉之情，除了投入「新詩」寫作獲得的喜悅外，他將文筆轉移，寫下〈春信〉、〈思慕〉、〈追憶之歌〉三首與〈五月〉迥然不同風貌的詩，這三首採分段的「散文詩」，形式互不相同。〈春信〉僅一段，〈思慕〉分三段，〈追憶之歌〉則屬於敘事性較濃、篇幅較長的組詩。〈春信〉一篇描繪初戀中的少男少女，並肩在小路散步，兩人含情羞澀，欲語還休。山岡有著春的表情，暗示青春的容貌，綠野是他倆的鏡子；直覺中，兩人不是走在曠野，而是鑲進大自然的畫框中，我們看得出那是一幅柔美的風景畫，畫裡有對依偎的純情少年男女。唯恐打散和諧的恬靜，兩人話語不多，但男的感受到幸福的氛圍，因而呼吸緊促，且「增加著愛的加速度」，以動作代替語言，摘下一朵滲入愛的花朵，喜悅地簪在女伴的黑髮上。這是一首洋溢柔情的浪漫詩篇。詩題〈春信〉，當有春天的信約，青春的信守或訊息之意。

　　同〈春信〉一樣，〈思慕〉這篇是柔美的情詩，卻帶有相思的酸澀味。思慕，原有思念與愛慕之意，詩中，前者含意較濃些。全詩分三段，前二段，作者回憶兩人離別時，在廟中祈神保平安（或在神前信誓），和在林間流連徘徊的情景；第三段，落回現實情境，作者已遠離家鄉，置身異地東京（讀書？），思念之情，油然而生，執筆描繪當初離別的二景；神廟和樹林，再添上對方的倩影，至此，濃濃的相思，化作涔涔情淚。值得注意的是，作者在本詩中，使用大量的色彩語言，如紫煙、粉紅色的旗袍、彩翅、黑岩般的水牛、金黃色的晚霞、閃金色的淚珠、金黃的花粒、紅黃的筆……，這麼多的

顏色，使本詩在相思苦味中，沾上亮麗的期許和青春的特有氣息。

　　在學業、詩藝與情愛順利下，詹冰學成冒戰火之險返臺，1945 年結婚後，與妻許蘭香鶼鰈情深，寫下不少兩人「詩愛」的印痕，包括〈老妻的睡臉〉、〈怪病兩章〉、〈椪柑〉、〈峨崙廟〉、〈美人太太〉、〈平衡〉、〈清晨的散步〉、〈燒香行〉……等。以〈椪柑〉一詩為例，被中醫師禁食水果的太太，見到「好美的一個椪柑」，引發食慾，從「偷偷吃一點嘛，醫生也不曉得——。」到「整個椪柑都吃掉了。」最後自言其辭：「醫生只說，不要吃酸的水果——，好甜的椪柑啊！」既見證情愛的甜蜜，也感應夫妻相處的疼惜與幽默。這是由對話中引出詩的機智（wit）。

　　同屬 1943 年日文作品〈天門開的時候〉一詩，詹冰親自譯成中文後，收進詩集《綠血球》（詹冰，1965：50～51），不僅成人欣賞，也收進 1981 年出版的兒童詩集《太陽‧蝴蝶‧花》內，是老少咸宜的作品：

　　　　「有一天，在天空上，
　　　　飄浮著五色的雲彩，
　　　　吹奏著美妙的樂音，
　　　　燦爛地天門會開了。」
　　　　在我的童年，
　　　　母親這樣地對我講——。

　　　　「那時候，我們要跪拜在地上，
　　　　祈求我們最大的願望。
　　　　那麼什麼願望都會實現的。
　　　　可是只有好人才能看見它，
　　　　所以我們要做個好人哪。」
　　　　母親這樣地對我講——。

　　　　「好孩子，你的年紀這麼小，

我教你最好的願望吧——，
『財，子，壽』就是了。
天門打開的時候，
你要馬上說出這個願望吧。」
母親這樣地對我講——。

啊，有一天，天門會開了。
現在我長大可了解『財，子，壽』
可是我有更迫切的願望。
有一天，天門開了，
我要馬上說出我的願望：
「還給我永別的母親吧！」

「財、子、壽」是人生三大追求目標，三項俱得算是福命人，但能求全者，寥寥無幾，因此，臺灣有句諺語：「財子壽，難得求。」幼童時期，母親對著自己的寶貝子女呵護疼惜，還不時喃喃細語說些孩子似懂非懂的話，無非是母愛的關注，無非是親情的流露。母親，就是這般無怨無悔、嘮叨不休。在這篇作品，作者回憶童年時，母親叮嚀的話，用三個段落，配合淺顯的文句，表達天下母親共同的心願：希望孩子做好人，求得富貴長壽。至於怎麼算是好人，財子壽如何實現，標準又是如何，就不是母親能規畫界定了。懵懂的孩子，只是牢記住這些叮嚀，期盼天門開的時候，天帝君臨之際，能乘機許願。孩子長大了，理解了財子壽的意義，也有這些方面的追求與掌握，然而，至愛的母親已亡故不在了。如果說戰爭的悲劇，是敵人的潰敗與滅亡，抵不回朋友親人喪失，那麼，財富的獲得，同樣換不回長輩的生命，這真是至極的哀痛。難怪作者有「迫切的願望」，要在適當的時機馬上說出願望：「還給我永別的母親吧！」貫穿這首詩的是「愛」——母親叮嚀孩子的愛，孩子追思母親的愛。

三、反戰心理與戰爭經驗

　　1945 年 8 月 6 日、8 日，盟軍（美國）空軍在日本廣島、長崎二地，先後投擲兩枚原子彈，造成人類歷史上的浩劫，數十萬人當場死亡，原爆引發的後遺症，使這次慘絕人寰的悲劇延續著，成為現代人的夢魘。詹冰於 1980 年代初旅行日本，參觀長崎「原爆資料館」，1983 年 11 月，寫下〈我不要看〉這首詩，表達反戰心理；每一張嘴巴都會叫喊，我不要看，我厭惡戰爭。展示這座資料館該有鑑往知來的功用。早先，他有〈戰史〉小詩：

　　　金屬被消費了。

　　　肉體被消費了。

　　　眼淚被消費了。

　　　尤其是女人們的美麗的眼淚──。

──〈戰史〉1965：66

任何一場戰爭，不論輸贏何方，都是破壞，都在消耗。金屬消耗，是財物的損失；肉體的消耗，是生命的殆盡；眼淚的消耗，是生者的傷心欲絕。在前線，軍人戰士的抵禦、亡命；後方，敵人砲彈的轟炸，死者已矣，生者（孤兒或寡婦）都只能空望無告的天空，用淚洗臉，直到轉化另一股生存的力量。歷史，一再重演〈戰史〉。中國唐朝邊塞詩歌「古來征戰幾人回」（王翰〈涼州詞〉）所造成的閨怨詩，和此詩末句有關聯。同樣，針對原子彈、核爆的強憾威力，戰後迄今，20 世紀世界文學有兩部這類長篇反戰詩，列出供讀者參考：1.日本人詩人峠三吉（1917～1953）長 1600 行 1951 年作品的《原爆詩集》（峠三吉，1989 年）；2.俄人葉夫圖申科（1933～）的近 2000 行 1982 年作品長篇敘事詩《媽媽與中子彈》（葉夫圖申科 1988 年，及葉夫圖申科，1997 年）。

　　詹冰擅長短小詩篇的寫作，以精準凝聚而驚奇的意象，擄獲讀者的閱

讀，在描繪敘述的鋪陳上，略嫌不足，因而他的 30 行以上較長的詩篇不多，16 節 86 行的〈船載著墓地航行〉（詹冰，2001：169～175），就顯得可貴多了。1944 年 9 月，詹冰自東京明治藥專畢業，獲藥劑師及格，10 月 29 日，搭乘貨船「慶運丸」由神戶出發，至 12 月 7 日才抵達基隆，因為這時「恰好是沖繩島戰爭之前……整整 40 天的死亡航行」（詹冰，2001：13 或 17），40 天的海上歷險航行，留給詹冰死而未死的艱險經驗，20 年後，1968 年 4 月，他完成長詩〈船載著墓地航行〉。詩題之意即「海上的死亡之旅」或「死亡的海上之旅」。戰爭中，「作 Z 字形航行的日本船隊／正在逃避美國潛水艇的攻擊」，海上航行的船隻遭到魚雷攻擊，只得聽天由命，詩人說：「人們的神經猶如破碎的魚網／被抽出血液的　臉　手　腳／被絕望浸蝕的　心　肝　腦／現在　人已是無機物的塑像／現在　人已是等待釘的屍體／墓地的冷冽普遍地籠罩甲板上」（第 7 節），第 8 節單獨一行：「哦！我看見了活著的死！」

　　這首詩呈現北太平洋海戰中驚濤駭浪的體驗，跟同時期詩人陳千武在南太平洋叢林的戰爭經驗〈信鴿〉與〈野鹿〉（陳千武詩集《野鹿》）二詩完全不同，詹冰是戰火下平民的驚慌，陳千武是戰場上軍人的生存磨練；稍晚的趙天儀，則以童年見聞寫出〈最後的黃昏〉（趙天儀，1978：9～12；原刊《葡萄園》詩刊第 13 期，頁 18～19，1965 年 7 月），呈顯日軍戰爭末期至投降的殘敗景象，地點為臺灣本島。三人的詩各具特色，都是臺灣詩人二戰經驗的詩作。

四、童真的情趣

　　前述提及詩的機智，跟〈椪柑〉同樣有趣與機智的詩，當屬〈遊戲〉一詩：

　　「小弟弟，我們來遊戲。
　　姊姊當老師，
　　你當學生。」

「姊姊，那麼，小妹妹呢？」

「小妹妹太小了，

她什麼也不會做。

我看——

讓她當校長算了。」

——〈遊戲〉

這是一首典型宜於兒童的詩，童言童語童真，榮獲 1979 年洪建全兒童文學首獎，是詹冰兒童詩代表作之一。詹冰真正加入兒童詩歌的行列，約在 1975 年左右，這時，他已經 55 歲，兒童詩集《太陽・蝴蝶・花》出版時，也近 60 了。這種年紀要寫「兒童詩」——兒童也可以欣賞的詩，最佳的技法是透過用心觀察或參與，轉化與融合兒童生活的經驗。詹冰這類成功的詩例相當多，有〈遊戲〉、〈早晨的散步〉、〈榕樹〉、〈香蕉〉、〈蜈蚣〉、〈媽媽的香味〉、〈奶奶與我〉、〈雨〉、〈天門開的時候〉、〈插秧〉等；一會兒扮演跟媽媽撒嬌的小孩，一會兒扮演黏著奶奶的小孫子（女），一會兒扮演幽默辛苦的爸爸，角色遞嬗饒富趣味變化，同時，增加內容的繁複。

　　給兒童欣賞的詩，除了琅琅上口的生活語言，以吸引閱讀外，文詞之間還要散發愛的芬芳，闡揚詩教的理念。〈香蕉〉一詩，由媽媽買回「一串香蕉」，引發孩子間的聯想對話，結尾：「我在想／我們兄弟姊妹是同一串的香蕉」，作者很自然貼切的表現出天倫與親情的美德。讀過許地山的小品文〈落花生〉，都能感受文章內傳遞和樂的家庭溫情，及長輩對晚輩的勸勉。一詩一文，除寫作的背景與時空有異，主旨並無差別，若進一步比較，〈落花生〉稍帶說教。回到詹冰的另一首詩〈紅蜻蜓〉，「我」抓到蜻蜓，繼而想起蜻蜓會吃蚊子，遂「放鬆」俘虜，離開手指間的俘虜，一下子變成了「紅色的小飛機」。作者暗示著：愛護（小）動物和快樂是自發的。

五、回到俳句邊緣的十字詩

　　早期，詹冰的詩，相當敏銳準確地捕捉濃縮而精鍊的意象，這技巧和他從「短歌」（31 音構成的日本詩）與「俳句」（17 音構成的日本詩），應有密切的關係（見詹冰〈我的詩歷〉），這首〈戰史〉同《綠血球・日本風物誌》十首，可以歸入同性質的作品。

　　跟〈戰史〉同樣簡短雋永俐落的小詩〈櫻花〉：「現在是笑的極點。／其證據是，／正在滴下美麗的淚珠……。」（詹冰，1965：22）櫻花，屬薔薇科，係落葉喬木，是觀賞植物中的翹楚。冬殘臘盡，綠春初臨時，各地櫻花輪番地盛開、凋謝，直至暮春。櫻花是大和民族至愛的花朵，日本人對櫻花有一種外人難以理解的特殊感情。可以說，每株櫻花有顆殉美的靈魂，深深吸引日本人。基於此，櫻樹下訂情、賞櫻的「櫻花祭」（「櫻花見」），是日本人最愉悅之事了；因而，出現如此的享受：「躺在櫻花堆中，偎著心愛的人，千杯美酒不算醉，醉嚼櫻花才風流！」以及歌詞：「大和魂！那就是朝陽裡飄香的山櫻。」〈櫻花〉詩短小，僅三行，實際為兩個句子。首句是現在式的肯定敘述句，末句為前句的引申說明。櫻花盛開，株頭一片妊紫豔紅的花海，構成大地美的焦點，也是賞櫻人的至樂。就另一角度看，爬山者登抵最高峰，也是下山的時刻了。短短六至十天的花期，一旦落英繽紛，小徑轉成櫻花的身地。笑的背後，孕育淚的凝聚。詩人——同樣擁有一顆殉美的靈魂——為這種嬌柔而感傷。「美麗的淚珠」是多愁詩人的喟嘆。

　　就詩藝言，〈戰史〉、〈櫻花〉都是俳句影子下的產品。詹冰在〈我的詩歷〉自敘：「俳句，是一種高度濃縮過的詩，剛好投我所好，也影響我的新詩的風格。」（詹冰，2001：8）嚴格講，俳句只是精巧美妙的一個詩句，自然是經過「高度濃縮過的」，〈櫻花〉三行用兩個句點兩句詩組成，〈戰史〉四行用四個句點四句詩組成；類似這樣跳躍式俳句般斷句的寫作，由一個句子一個句子的有機組合，不難在詹冰初期的詩見到，如詩集《綠血

球》內的〈春〉、〈扶桑花〉、〈初夏的田園〉、十首〈日本風物誌〉等。以〈扶桑花〉一詩八行為例，用八句詩八個句點組成，每一行就是一個獨立意象，連結眾多意象集合成和諧的旨趣意境：斜陽、花間和晚照，這首詩也是詹冰在異國留下的日本「少女」寫照。

　　提到詩藝，不能忽略詹冰另一種詩觀的闡釋。他在〈圖象詩與我〉說：「詩人大概可分為三類。思想型、抒情型及感覺（美術）型詩人。」（莫渝編，2001：26），詹冰有「思想型」的知性詩篇，也寫作了「感覺（美術）型」的作品。感覺（美術）型，即藉由漢字結構，發展象形文字特殊的聯想力，讓詩作發揮視覺效果，因而也稱為「視覺型」的詩，或圖樣詩、圖象詩、具象詩……等名稱。此類詩作包括〈插秧〉、〈雨〉、〈Affair〉、〈自畫像〉、〈水牛圖〉、〈山路上的螞蟻〉……等。從 1960 年代至晚近，都有論者論評詹冰在這領域的成就，如陳千武的〈視覺性的詩〉、羅青的〈詹冰的水牛圖〉、李魁賢的〈論詹冰的詩〉、莫渝的〈簡樸與清純〉、丁旭輝的〈詹冰圖象詩研究〉（以上均參閱莫渝編，2001 年）、王正良的〈詹冰圖象詩的啟示〉（王正良，2003：50～62），以及劉志宏的〈以銀光歌唱，以金毛呼吸——詹冰詩作的時空觀〉（劉志宏，2004：130～142），劉文更稱詹冰為「臺灣圖象詩（Concrete Poetry）的鼻祖」（同上：135），劉文將前通稱的「圖象詩」改稱「圖像詩」。在普遍而眾多譽褒的情況下，另一種的聲音，似乎不該忽略。林央敏獨排眾議，反對無意義的圖象詩，他在〈有缺陷的文學貴獨創論〉文裡，說：「圖象詩的寫作原則，仍然必須具備詩的要素，接受文學試金石的撞擊而能堅固不破者，才是獨創的文學。」以此立足點，他認為詹冰的〈自畫像〉只能算是以某些類似文字的符號所構成的一個圖形而已，至於這個圖形是否有意義，可任憑欣賞者自由猜測。但它絕不是文學作品」。不是文學作品，自然只是文字遊戲。因而認為「〈水牛圖〉是詩，〈自畫像〉卻是冒牌貨」。同樣也批判〈Affair〉：「倒很新穎，卻看不出有什麼思想與情感隱含於行間。」（林央敏，1980：195～202）。在年輕學者喜歡討論「圖象」、「詩」的潮流，彷彿

不談圖象詩就無論文可寫，用圖象顯示文字表達的貧乏，美其名：給予豐富內容的想像，與無限空間的拓展。林央敏的意見，自然顯得微弱。

讀詹冰的詩主要著迷在 1940 年代的日文詩譯成中文的詩集《綠血球》。晚年他提倡十字詩，並大量寫作，帶有娛樂的意涵；其實，詩人寫詩，大都由「自娛娛人」開始，只是「十字詩」很貼近「俳句」，二者都是短詩、小詩，甚至，只能算是意象濃縮的「詩句」，是詩的基點。即使俳句始作俑者的日本文壇，詩俳有分，詩集句集有別，詩人俳人有異。嚴格講，詹冰詩業的成就與詩人的任務，建立在《綠血球》上；《實驗室》一集是《綠血球》的延伸，《太陽‧蝴蝶‧花》則為《綠血球》中淺顯口語詩的增廣。甚而，我們可以這麼論定，1940 年代文藝青年詹冰用熟練日文寫的具有現代精神與知性思維的詩篇，已經完成了詩業，只因政權變化語言轉轍，延遲至 1960 年代，才浮顯其意義與評價。

詹冰文學的寫作層面廣，由詩（包括：新詩、現代詩、十字詩、兒童詩）、歌詞、散文、小說、少年小說、青少年兒童歌劇，到中文詩（華文詩）的日譯，都是他勤奮筆耕的田地，而且展現優異成績。最後，我們回頭檢視詩人詹冰如何看待「詩人」。他在〈詩人〉這首詩裡說詩人「靜靜地燃燒著的　無色透明的火焰」（詹冰，1993：51；或詹冰，2001：137），火焰裡添加「愛」、「真」、「淚」等助體，以便「保持了人類的體溫」和「發揚了人類的光輝」，此兩項任務，何嘗不是詩人的特殊責任？自許為萬物命名的詩人，似乎隱含著一股神聖的使命。也有詩人自命不食人間煙火，在象牙塔裡吟風弄月。不管是為藝術而藝術，或拏詩充當匕首、號角，作為文學形式之一的「詩」，仍有其特殊功用：以愛為基礎，增添人間的真善美。這聲音，該是詹冰從事文學創作的出發點吧！

——2005 年 1 月 16～26 日初稿

——2005 年 2 月 22 日修訂

參考書目：

書目

- 詹冰，《綠血球》（臺中：笠詩社，1965 年 10 月）。
- 詹冰，《太陽・蝴蝶・花》（臺北：成文出版社公司，1981 年 3 月）。
- 詹冰，《實驗室》（臺北：笠詩刊社，1986 年 2 月）。
- 詹冰，《詹冰詩選集》（附英日譯）（臺北：笠詩刊社，1993 年 6 月）。
- 詹冰，《變》（臺中：臺中市立文化中心，1993 年 6 月）。
- 詹冰，《銀髮與童心》（臺中：臺中市立文化中心，1998 年 5 月）。
- 詹冰，《科學少年》（臺中：臺中市立文化中心，1999 年 6 月）。
- 詹冰，《詹冰詩全集（一）新詩》（苗栗：苗栗縣文化局，2001 年 12 月）。
- 詹冰，《詹冰詩全集（二）兒童新詩》（苗栗：苗栗縣文化局，2001 年 12 月）。
- 詹冰，《銀髮詩集》（高雄：春暉出版社，2003 年 10 月）。
- 榮後文化基金會，《詹冰的文學旅途》，2001 年。
- 莫渝編，《詹冰詩全集（三）研究資料彙編》（苗栗：苗栗縣文化局，2001 年 12 月）。
- 林央敏，〈有缺陷的文學貴獨創論〉，《睡地圖的人》（臺北：蘭亭書店，1984 年 4 月）。
- 趙天儀，《牯嶺街》（高雄：三信出版社，1978 年 4 月）。
- 李魁賢，〈論詹冰的詩〉，《臺灣詩人作品論》（臺北：名流出版社，1987 年 1 月）。
- 莫渝、王幼華主編，《第一屆苗栗縣文學──野地繁花研討會論文集》（苗栗：苗栗縣文化局，2003 年 7 月）。
- 莫渝、王幼華主編，《第二屆苗栗縣文學燿日明月研討會論文集》（苗栗：苗栗縣文化局，2004 年 12 月）。
- 葉夫圖申科著；王守仁譯，《葉夫圖申科詩選》（長沙：湖南人民出版社，1988 年）。

．葉夫圖申科著；蘇杭譯，《媽媽與中子彈》（桂林：灕江出版社，1997 年 3 月）。

文獻

．詹冰「詩觀」，刊登於《笠》第 1 期（1965 年 6 月）。

．峠三吉著；葉笛譯，《原爆詩集》，刊登於《笠》第 153～155 期（1989 年 10 月
～1990 年 2 月）。

．王正良，〈詹冰圖象詩的啟示〉，收錄於莫渝、王幼華主編，《第一屆苗栗縣文學
——野地繁花研討會》（苗栗：苗栗縣文化局，2003 年 7 月）。

．劉志宏，〈以銀光歌唱，以金毛呼吸——詹冰詩作的時空觀〉，收錄於莫渝、王幼
華主編，《第二屆苗栗縣文學燿日明月研討會論文集》（苗栗：苗栗縣文化局，
2004 年 12 月），頁 130～142。

——選自莫渝《臺灣詩人群像》
臺北：秀威資訊科技公司，2007 年 5 月

嚶鳴上下、在星和花之間
詹冰論

◎郭楓*

前言

　　詹冰，本名詹益川（1921～2004）。臺中一中、日本明治藥專畢業。1941 年留學日本時，以〈鶯〉為題寫下第一首詩。其後，〈五月〉短詩受日本詩人堀口大學推薦，從此開始詩的創作生活。臺灣光復後，曾在《中華日報》日文版「文藝欄」發表〈扶桑花〉等多首日文詩，並加緊學習中文。1946 年加入「銀鈴會」詩社，1964 年參與陳千武、林亨泰等人發起組織「笠詩社」。曾獲洪建全兒童文學首獎，中國兒童歌詞創作獎首獎。著有詩集《綠血球》、《實驗室》，童詩集《太陽・蝴蝶・花》。

一、沉默的石頭在，火種猶在

　　詹冰在上個世紀的 1940 年代前期，開始以日文寫詩，到 1940 年代後期臺灣光復了，他加入「銀鈴會」，在銀鈴會的《潮流》（油印本日文社刊）和《中華日報》日文版「文藝欄」仍以日文發表詩作。直至 1960 年代，才以中文創作，正是「跨越語言的一代」詩人。

　　臺灣在 1945 年光復後，不僅是詩人，整個文學、文化界以至社會各領域的精英，全部歡欣鼓舞，昂揚自信，展現了極為熱烈、動人的歡慶行動：

*新地文學出版社發行人兼總編輯。

　　知識分子的昂揚自信與文化界之生氣勃勃，是戰後初期臺灣予人深刻印
象之景觀，也是臺灣歷史上，文化界難得一見的黃金時代。全省各地紛
有刊物出版，辦國語講習班，舉行文化座談會，美術展、音樂會、戲劇
演出等等各式各樣的文化活動，蓬勃地展開。其中又有期刊雜誌最為豐
富，百花齊放，令人應接不暇。……1946 年的夏天，臺灣已有八十種左
右的報刊雜誌。[1]

　　所謂「戰後初期」或「光復初期」所指的是 1945 年日本投降後到
1949 年國府播遷臺灣前，這中間約有四年時間，在臺灣文學的當代發展史
上，是一段「黃金時代」。因為當時來臺接收的官僚系統忙於「劫收」和
「卡位」而無暇其他，當時來臺的特工系統，層級不高，人員有限，尚難
對社會各領域作出全面的控管。這個時期，相較於其後數十年戒嚴體制下
的集權統治，臺灣社會還算是「半自由社會」，就新詩而言，生存的環境相
當寬鬆，在八十多種文化雜誌報刊中，許多報刊都登載新詩，而以下面六
種報刊為新詩主要園地。刊名及詩人群是：
　　《新新》：張冬芳、吳瀛濤、王白淵、吳濁流、周伯陽等。
　　《政經報》：王白淵、張冬芳、蘇新等。
　　《臺灣青年》：追光、瑞珠、王亞平、孤鴻、麟鶴等。
　　《臺灣文化》：王白淵、吳新榮、天華、楊雲萍、沈吟、蔡江荻、吳志
良、莊麗、田漢等。
　　《和平日報》的「新文學」、「新世紀」、「新青年」、「新婦女」四種副
刊，以及相關刊物《新知識》和《文化交流》等。這四個副刊和兩種刊物
上的詩人，有大陸的何其芳、臧克家、郭沫若、艾青、劉白羽等；臺灣的
虛谷、楊逵、少奇、石華、笑濃、衡秋等。
　　《中華日報》日文版「文藝欄」：龍瑛宗、吳濁流、楊逵、吳瀛濤、詹

---

[1]葉芸芸，〈試論戰後初期的臺灣知識分子及其文學活動（1945～1949）〉，臺灣文學研究會主編《先
　人之血，土地之花》（臺北：前衛出版社，1989 年 8 月），頁 63。

冰、林亨泰、王碧蕉等。

　　這麼多的文化刊物以及新詩園地，讓詩人可以盡情馳騁。因此，臺灣的天空雖然堆積著不可測的陰霾，詩人卻要抓臺灣光復的劃時代機遇，建造中文新詩的歷史性工程。

　　當時，能立即運用中文寫詩的，便在各中文報刊發表，不能運用中文的詩人，便暫以日文寫詩投向《中華日報》「文藝版」（1946 年 3 月 15 日～1946 年 10 月 24 日，共 40 期），或投向《和平日報》經該報中譯刊載，這些詩人，同時積極學習中文，在語言轉換中，林亨泰的過程最短，很快便以中文創作。最長的是巫永福，直至 1967 年他加入《笠》才正式以中文寫詩。不論怎樣，當時臺灣詩人為了重建中文詩業的努力，情懷、精神和意志都十分感人！不意他們正奮鬥之際，突發的「二二八」大屠殺，竟把茁長的詩苗殘暴地摧折。

　　「二二八」事件過後，原來的許多期刊除少數幾種如《臺灣文化》外，全部被動或自動停辦。臺灣文壇只剩下幾份報紙副刊支撐場面。這時臺灣最大的《新生報》副刊主編換人，來自上海的青年詩人歌雷（史習枚）接任後把副刊改名為「橋」（1947 年 8 月 1 日），懷著極大的熱情，要以「橋」為溝通的橋梁，發揮文藝的善美力量，進行作家的真誠交流，進而彌補族群之間的裂傷。歌雷嚮往社會平等理想和現實主義文學觀，與楊逵一逕崇仰魯迅風範的文學路線，彼此相合，便攜起來，把「橋」開拓成那兩年（1947～1949 年）臺灣文學的重鎮。事實是，經過「二二八」大屠殺後，文學界一些倖存者，大多隱遁起來。「敢於站出來，繼續為臺灣文學奮鬥而對抗邪惡政權的，畢竟只有『壓不壞的玫瑰』楊逵」。[2]

　　在「橋」上，省內外作家都有大量作品刊布。就新詩來說，出現的詩人有：楊逵、吳瀛濤、蕭翔文、林亨泰、張彥勳、蘇菲、朱實、許育誠、陳麗如、陸白烈、羅美、子瓏、瑞碧、天野、鄭牧之、林采、迦尼、歌

---

[2]林衡哲，〈臺灣現代史上不朽的老兵——楊逵〉，《臺灣文化》新刊第 5 期（1986 年 4 月）。

雷、穆仁、陸晞白、鄒荻帆、蘇旦等 46 人，本省年輕詩人占多數。這對臺
灣新詩的再建，特別是遭受「二二八」重創之後的再建，產生了令人鼓舞
的希望。與此同時，「銀鈴會」的《潮流》也出刊了，發表作品的詩人有朱
實、紅夢（張彥勳）、綠炎（詹冰）、淡星（蕭翔文）、林亨泰、錦連、子
潛、白光、碧吟、籟亮等 38 人。並聘楊逵為顧問。楊逵在銀鈴會同仁聯誼
會上說：「現在四十歲以上的人過於消極，此後青年所擔任的責任極大。所
以，我對銀鈴會有莫大的期待。」[3]

然而，這光復初期第二度再建臺灣新詩的希望之火，在 1949 年的「四
六事件」後，楊逵被捕入獄。隨之開始的「白色恐怖」清洗和鎮壓，文化
／文學界的積極人士，再度遭到殘害，剛要升騰起來的火苗，又遭踩滅。

在光復初期那幾年，前後兩度在國府殘暴統治血腥鎮壓下，因文字／思
想等政治問題而遭處決、重刑的冤錯假案已難以估計，最保守的數目也有數
千件之多。[4]在此期間，詩人的遭遇，自然地分成三類：1.最激烈的一類
人，大多遭到槍殺。如：朱點人、簡國賢、藍明谷、宋斐如、林茂生等。或
逃亡，如：蘇新、李純青、周夢江、王思翔、歌雷、江文也等人。2.關懷社
會的現實主義者詩人，大多遭到牢獄之災。如：楊逵、莊垂勝、吳新榮、楊
熾昌、追光、孤鴻等人。3.懍於嚴峻現實，滿懷憤怒與失望隱遁於社會幽祕
角落的詩人群，這些人，宛如石頭般沉默下來。其中大部分向新詩告別；有
少數人，隱忍待發，等到適當時機，又迸出詩的火花。這少數詩人，便是傳
遞臺灣新詩火種的石頭，也就是「跨越語言的一代」的詩人。

跨越語言一代的詩人，在戰後初期，大部分是年輕的一代，社會上活
動較少，在政治上涉入不多，最主要的是，他們大都是性格中庸溫和，恬
淡自適的藝術追求者，因此在最黑暗的時代，仍能全身自保而留存下來。
詹冰、林亨泰、錦連等都是中庸溫和、恬淡自適的詩人。巫永福是跨越語

---

[3]林亨泰，〈「銀鈴會」史話〉，收於《林亨泰全集五‧文學論述卷 2》（彰化：彰化縣立文化中心，
 1998 年 9 月），頁 63～64。
[4]李筱峰，〈臺灣戒嚴時期政治案件的類型〉，《戒嚴時期政治案件之法律與歷史檢討》（臺北：財團
 法人戒嚴時期不當叛亂暨匪諜審判案件補償基金會，2001 年 5 月），頁 117。

言一代詩人中年長者，他的中庸稟性與大家相若，因此也避開了鎮壓的風暴。幸而有這個詩群，才得把臺灣詩人自日據時期的創作精神和藝術理念，傳遞下來。

二、詹冰，在行列中站立的位置

跨越語言一代的詩人，為數本來不多，經過連番挫折，其中有的致力於學院任教，有的轉向整理方志典籍，有的脫離文化圈，也有的英年辭世；以致現在仍屹立在臺灣詩壇的，只有巫永福（1913～）、詹冰（1921～）、陳千武（1922～）、林亨泰（1924～）、錦連（1928～）等幾位。

這幾位臺灣詩壇的大老級詩人，有共同的詩群風格，也有不同的個人特質。研究詩人詹冰，把他和此一行列中的其他詩人——作些比較，或可得到具體的清晰認識。

（一）詹冰與巫永福比較

詹冰比巫永福年輕九歲，差不多隔了一代。但他們二人的身世和生活觀念，頗多相近之處。巫永福為埔里人，詹冰為苗栗卓蘭人，均屬臺灣中部物產豐富的山陵地區，他們的家庭都是地方的上層殷實大戶，先後就讀中部名校臺中一中，都曾留學日本，在留學的選習方面都有志於研習文學向家長提出要求，同樣遭到反對。他們出身背景大致近似，生活上講求優美注重情調的要求，十分近似。

巫永福要求研習文學、家長強力反對，尤其是他的兄長均留學日本習醫，巫永福如不習醫其父便以中斷經濟供應脅迫就範。可是巫永福自己決定先考入東京明治大學文藝科，之後，再稟告家長，準備自己在東京打工來就學。他這種堅持理想的做法，幾經周折，最後才得到父親首肯[5]。詹冰要求研習文學未得到家長同意，便只好含著眼淚讀東京明治藥專[6]。在這一

---

[5]巫永福，〈我的青年文學生涯〉，《巫永福全集 6・評論卷 I》（臺北：傳神福音文化公司，1996 年 5 月），頁 277。

[6]詹冰，〈新詩與我〉，《詹冰詩全集（一）新詩》（苗栗：苗栗縣文化局，2001 年 12 月），頁 16。

點上，兩人的思想中某些基本的差異便呈現出來，顯然地，詹冰的性格更具「溫、良、恭、儉、讓」的特質，從而也缺少獨立的思想。巫永福在留學時期，便參加了臺灣在東京留學生所組織的重要文學刊物《福爾摩沙》的創作，發表新詩和小說，開始在文壇嶄露頭角，學成返臺，在二戰臨近尾聲之前，寫出了〈祖國〉和〈孤兒之戀〉兩首著名的「愛國詩」，他在「中庸思想」[7]中仍含有很濃烈的民族意識和傳統思想，試看巫永福的〈信號旗〉：

> 豎立在空中
> 一面旗飄動著
> 白雲繫戀著
> 群樹和煙囪羨慕它
> 那是血紅的
> 吶喊的自由之旗
>
> 矗立在屋頂上
> 嘩啦嘩啦終日不疲
> 任何日子也不害怕
> 把自己烙印在人人的眼瞳裡
> 熱切地祈願
> 又高唱著自由之旗
>
> 迎風飄揚而戰
> 淋雨翻翻而戰
> 月亮、星星、太陽在奔跑

---

[7] 巫永福於 1932 年在東京參與《福爾摩沙》的創辦，同仁中有左翼及中間路線之爭。巫永福不肯走極端，主張中間路線，雜誌乃以純文藝面貌出發。見巫氏〈臺灣文學的回顧與前瞻〉，《巫永福全集 6‧評論卷 I》，頁 171。

閃耀地在宇宙裡站著

不斷地前進的自由之旗

在日據時代，巫永福寫出這樣「自由之旗」的作品，一方面展現了他性格中熱愛自由的本色，同時，也把做為臺灣人堅決抗暴的精神表露出來。具有這種熱烈情懷和祖國意識的巫永福，光復之初，努力學習祖國文字／語言，準備在中文詩壇一顯身手。可是在「二二八」的慘案中，他的親友被殺、被囚、逃亡；讓他產生無比的憤恨，誓言「此生不再講北京話」[8]。到了 1970 年代，政治形勢變化，巫永福開始大量而且集中地寫出一百餘首控訴暴政的歷史敘事詩，以紓解停筆 20 年鬱積於胸中的塊壘。

詹冰是耽美的詩人，他的目光經常落在花朵、星月、少女等美麗的事物上。在《中華日報》日文版「文藝欄」，他有一首〈扶桑花〉：

夕陽化妝了少女。

少女就變了扶桑花。

少女開始獨自會話。

少女的胸脯裡懷孕月夜。

少女的身體成為銀質音叉在響著。

少女沈沈溺於紫色的氣流中。

夕陽閉上了眼睛。

扶桑花，越燃越紅了。

再來讀一首他自譯的日文詩〈初夏的田園〉：

我發亮的皮鞋。鞋底鮮綠的嫩草。

---

[8]巫永福，〈前言〉，《巫永福全集 6・評論卷 I》，頁 23。

孩童用睫毛看藍天。看輕風。

季節在蜘蛛網上色散而成連續光譜。

剛纏，紫茄子上照映著蝴蝶的姿態。

栗子的花，那是梵谷的親筆畫。

田園是綠色唱片。正響著郊外電車的旋律。

迎面來的少女，提著新採的白菜。

胸脯上，乳房發芽了。

　　兩首詩的寫作時間是終戰前後，戰爭的陰影似乎沒遮翳到他的心靈上。在那種動亂驚恐的年月，耽美的詩人凝注著花草、蝴蝶、嬌美的少女，神遊於美好的天地間。他的詩，不沾染一絲戰亂的氣息，即使讀遍了他詩集裡的詩，也不會發現到他曾生活在那麼黑暗、冷冽、醜惡的時代；更不會從他的詩裡，讀出社會的不幸和人民的悲辛！關於現實、關於社會、關於歷史的各種問題的視角，詹冰和巫永福竟是如此地不同。如果說，巫永福表現了臺灣人民抗爭奮鬥的一些本色，詹冰也表現了臺灣人民樂天知命的另類人生格調。

（二）詹冰與陳千武比較

　　詹冰和陳千武是同齡人，且是臺中一中的同班同學，兩人所處的時空背景一樣，陳千武從中學時代開始，詹冰在進入藥專以後，都走上新詩的創作道路。可是他們的詩觀和詩風，卻絕然不同。

　　陳千武自述他的詩觀：

　　我寫詩，絕不是因為寫詩能以美妙的表現技巧逃避現實，才想進入詩世界的超現實，得到自慰。相反地，卻要藉詩的前衛性思考，探索事象的本質，發揮現代詩的要素之一的「批判」精神，面對社會複雜的現實性，深入挖掘人性的奧祕，才踏上這條崎嶇的文學之路。

　　認識自我，探求人存在的意義，需具備持久性的真、善、美而努力；就

必須發揮知性的主觀的精神，追求高度的精神結晶。[9]

　　從這種探索萬象本質，面對社會的各種問題加以批判的角度出發寫詩；陳千武的九本詩集裡，找不到一首自我陶醉或無病呻吟的作品，找不出一首耽於幻想沉醉於風花雪月的作品。他是以嚴肅的態度面對詩。詩，在他來說，是批判黑暗，為勞苦大眾代言，藉以促進社會平等集體和樂的工具。他的愛常躍然於字裡行間。如〈苦力〉：

日正當中
全部露出赤銅色的背脊
油和汗
使鈍厚的肌膚亮著
給舊式的壓榨機，插上細長的圓木
旋盤輪子就吱吱吱吱地發響了
苦力們
比划船更簡慢的動作
以水牛般的步子開始轉動
啊，這就跟羅馬時代
囚犯勞動的電影鏡頭
一模一樣……

　　這首詩是陳千武「生活感受」的作品，他對發生在臺灣社會的許多落後的、不平的生活場景，總是舉起詩筆，予以無情地揭發。如他的「媽祖系列」詩，即是對民俗中的守舊、迷信和神棍詭計直接加以批判。至於他的「戰爭經驗」和「政治批判」題材的作品，更是詩集的主要內容。他不

---

[9]陳千武，〈美的感動〉，《詩文學散論》（臺中：臺中市文化中心，1997 年 5 月），頁 50～51。

論寫什麼，以鄉土情懷作為著眼點。

詹冰自述他的詩觀：

> 詩是什麼？到現在我還不敢定義它，不敢界說它。我只知道，詩是真、
> 善、美的表現，人生觀、世界觀、宇宙觀的表現，全人格的表現。我們
> 對現代詩應如何定義它呢？這情形好像我們對一隻毛蟲要如何去定義它
> 一樣，誰知道這隻毛蟲將來會蛻變成怎樣的蝴蝶呢？

詹冰和陳千武一樣，認為詩是「真、善、美」的具體表現。可是，讓
我們困惑的是，同樣是「真、善、美」，二位詩人的認知卻何其不同！陳千
武要藉著詩的批判精神，面對社會現實，挖掘人性奧祕，以追求真、善、
美的精神境界。那麼，陳千武的「真、善、美」意涵是入世的、干預社會
的、批判現實的。詹冰對「真、善、美」的認知如何？他有一首圖象詩自
述其人生追求，題為〈自畫像〉：

在這首圖象詩〈自畫像〉之外，他另有一首詩〈墓誌銘〉：

他的遺產目錄裡

有花

有星

又有淚

顯然地這首〈墓誌銘〉是〈自畫像〉的「後續說明」或「補充解釋」，其目的在使人清晰地理解，詹冰做為一位詩人追求的是「星」和「花」，且以含「淚」溫柔情懷，投注於這些天上的、地下的美麗的東西。那麼，詹冰的「真、善、美」意涵應是出世的、無關社會的、超脫現實的。他的淚也是溫柔的、多情的、無關乎悲壯的。

詹冰和陳千武，對詩的精神「真、善、美」的認知，恰好是居於軸線的兩極。這種兩極對立的詩學概念，自古及今，由中而西，不論時地或族群都是常有的事。無須以道德來規範，無須以環境來解說，基本上這是一種心之所嚮。心，願意放在哪裡？認定怎樣取捨才合乎本性？全憑個人來決定。至於「入世和出世」、「為人和為己」的是非問題，就更難說了。此亦一是非，彼亦一是非，誰能折服別人呢？要論是非，只有由個人自己的良知去判斷，只有憑個人愛心的博大或私己來作詮釋了。

可以肯定的是，陳千武和詹冰，在詩創作中都做到了「真」；他們的詩，都是真感實受的心靈呈現，絕無裝腔作勢故弄玄虛的偽詩。但二人的創作路線如此地不同，所攝取現實中「真」之題材其本質自亦相異。陳千武的創作路線所攝取的題材和表現的方式，可能對「社會發展」產生具有提升作用的「善」；詹冰的創作路線所攝取的題材和表現方式，將會使「個人生命」收穫到怡然自得的「美」。二人的得失之間，願望不同，自也不能相提並論。

（三）詹冰與林亨泰比較

詹冰與林亨泰的出身和教育背景很少疊合之處，詹冰在詩學方面的基本概念，卻與林亨泰相當貼近。他們的詩業受到注意的，同樣的是以下兩點：

1.詩形的多樣性實驗

　　詹冰和林亨泰，寫詩的起步階段，都在上個世紀的 1940 年代前期。開始以日文寫詩，臺灣光復後都投稿於《中華日報》日文版「文藝欄」，都是「銀鈴會」成員，「笠詩社」創立時同為發起人之一。許多年來，林亨泰之名飄揚在臺灣詩野的上空，而詹冰卻鮮有人注意，這是何故？以詩的量而言，兩人都不是多產者；以詩的質而言，實也不相上下，但，林亨泰掌握了 1950 年代詩壇上現代詩的狂飆，扶搖直上，成為本土詩人在外省詩群中的突出性樣板。林亨泰以前衛的姿態在《現代詩》、《創世紀》等詩的舞臺上，作出先鋒性的詩技展示，支援甚至推動了臺灣現代詩的發展。當時，自紀弦以至洛夫那班摸索在西方現代新興詩派煙霧中的新詩革命家，得到這位本土詩人的同聲相應和鼎力支援，自然而然的建立起革命友誼，在那些年月，臺灣詩壇整個掌控在現代詩流派的手中，島內的或國外的詩界活動或交流，林亨泰便經常是活動的核心小組成員之一。他的突出性樣板身分，受到詩誌和傳媒的特別推崇，其名聲的飛揚，自在意中。但是，林亨泰在現代詩舞臺的展示，受到推崇的乃是他在詩形上的實驗性創作。如一再被介紹、討論和讚賞的〈風景 NO.1〉、〈風景 NO.2〉、圖象詩；以及更為前衛的〈輪子〉、〈車禍〉、〈騷音〉、〈炎日〉等一系列符號詩；在「橫的移植」的詩風的風頭上，這些多樣性實驗詩形，是大受讚美的。論到詩形的實驗寫作，其實詹冰涉足得更早。在 1940 年代中葉，詹冰已寫出〈Affair〉、〈雨〉、〈自畫像〉等圖象詩；到 1960 年代，又有〈插秧〉、〈水牛圖〉等圖象詩也很受注意。可是詹冰沒有在現代詩的「理論」上多所發揮，也缺少和當時詩壇名流的交往，這是詹冰略遜於林亨泰的所在。

2.詩觀的「純詩」傾向

　　詹冰和林亨泰，都是「純詩」的信仰者。所謂「純詩」，有兩種說法：一種是內容論。不管時代投給詩人的是戰爭、是暴政、是動亂、還是饑饉，詩人恆報以風月和花朵。詩人在時代的夾縫中有一小片可以自足的生活天地，便無視時代的風雨晴陰，傾力於為藝術而藝術的純詩創作。另一

種是形式論。有些站在現代詩最前沿的「革命家」；仿照抽象畫擺脫事物實景而縱筆雲煙的辦法，主張新詩革命應從文字的形式約束中解放出來，要破壞邏輯、切除敘述、消去主題，運用語言重構的手法，直接描繪心靈的感覺和意趣。新詩的超現實主義、圖象詩、符號詩等等，都是這種純詩論的實踐作業。

詹冰和林亨泰的純詩作業，最初各自受到日本詩壇的現代派詩人影響，如詹冰受堀口大學之獎掖，林亨泰得山村暮鳥之啟發，導引他們對法國新興詩風產生興趣。到 1950、1960 年代，臺灣的現代詩風驟然發飆，他們趁著那陣風頭，不由得也飛揚起來。因此，當那群高唱反共戰歌的詩人同時又舉起新詩的現代旗幟時，現代詩的隊伍裡，把詩形寫得最進步的，竟是詹冰、林亨泰這些本土詩人。

若說詹冰和林亨泰有何不同？應是林比詹能掌握新詩的時代變化形勢，敢為人先，獲得「創世紀」朋友們贈以「新戰慄的製造者」雅號[10]。而詹冰則始終和那群雙聲帶歌者，若即若離，似近似遠，沒建立起新詩的革命夥伴關係。這是詹冰潔身自好的「要做一位詩人，先要有高潔品格」[11]的高潔表現。

（四）詹冰與錦連比較

詹冰和錦連，近幾年受到本土文學研究的注意，時常把他們相提並論。事實上，他們之間，同中有異，「異」似乎又比「同」大些。

詹冰和錦連，都不是開創型的人物或戰鬥型的勇士，但他們都可稱為磝磝自守有所不為的君子。在日據時代，他們沒附和過皇民文學的號角；在蔣治時代，他們沒跟著呼喊三民主義的文學口號；在國民黨政權下，他們沒沾上什麼光彩；在如今，政黨輪替，民進黨上臺，他們也沒拉進和政治之間的距離。他們，總是淡淡地、遠遠地站在時代環境和整體社會之

---

[10] 見張默等主編，《六十年代詩選》（高雄：大業書店，1961 年）對林亨泰之〈作者介紹〉，頁 42。
[11] 詹冰，〈新詩與我〉，原刊《笠》第 92 期（1979 年 8 月）。現收入《詹冰詩全集（一）新詩》，頁 18。

外，過著屬於自己的寧靜而不無孤獨的生活。

詩，對於詹冰，並不是他生命的全部，連生命的一部分也不是。詩在詹冰生命中，沒有那麼莊嚴、必要和迫切的意義。不錯，詹冰喜愛詩，但詩不是他唯一的最愛；在沒有詩的時期他的興趣「向多方面發展：例如音樂、電影、美術、攝影、集郵、書法、種花、釣魚等等，[12]」詹冰對於詩的興趣和對於其他可以美化生活事物的興趣，都以差不多的態度喜愛而不至於專一和執著。他愛的是詩句之美，因而，他喜歡詩作，在〈詩作之前〉一詩中，他有一節寫著：「寫吧，閃爍著美的詩句，／使人看到人生的至美。／寫吧，充滿著愛的詩篇，／使人感到生命的寶貴。」所謂人生的「至美」是什麼？從詹冰的詩《全集》中的作品，可以理解到，所指涉的其實就是優美生活情調以及和樂恩愛的美好生命。詹冰珍愛他的「美人太太」認為是一生最大的幸福；屢在詩作中讚嘆不已。其篤愛之情，令人非常豔羨。

錦連的生活一直在孤單奮鬥中走過來，他從來沒有小布爾喬亞的逸趣和幻想。自述像壁虎那樣守著夜，「連空氣都欲睡的夜半／我亦孤獨地清醒著／守著人生的寂寥」[13]。對於詩的創作他「希望在平凡的生活現場中，用平凡的語彙寫出忠於自己的，同時也包括對生存的環境表現出一些批判性、諷刺性、甚至逆說性的東西[14]」。顯然地，錦連的視野，不僅向內注視個人的生活境遇，也能旁及外在的環境和社會的脈動。不過，性格上的溫和讓他的詩，批判而不憤怒，諷刺而不訾議，即使逆說也點到為止。雖然如此，詩卻是他生命中無可取代的一部分，他說：「精神生活中如果沒有詩，我一定會更加痛苦和絕望，追求詩文學是我唯一的慰藉。[15]」於此，詹冰和錦連的「同中之異」明白地顯示出來。

---

[12] 同前註，頁 17。
[13] 錦連，〈壁虎〉詩摘句。收於詩集《守夜的壁虎》（高雄：春暉出版社，2002 年 8 月），頁 181。
[14] 趙天儀等編選《混聲合唱——「笠詩選」》（高雄：春暉出版社，1992 年 9 月），頁 158。
[15] 錦連，〈自序〉，《錦連作品集》（彰化：彰化縣立文化中心，1993 年 6 月），頁 5。

三、綠血球、紅血球的詩美創造

　　詹冰第一首詩是 21 歲（1941 年）時寫在自己詩簿上的〈鶯〉，這首詩並沒發表。兩年後，在東京明治藥專時的一個五月天，他在教室眺望校園櫻樹的新綠，靈感頓生，寫下了〈五月〉這最重要的「第一首詩」。由於〈五月〉受到當時日本名詩人堀口大學的欣賞，自此使他走上詩人之路。迄今，已過了 60 年的歲月，他出版了三本詩集：《綠血球》（1965）、《太陽‧蝴蝶‧花》（童詩，1981 年）、《實驗室》（1985 年），以及一些未單獨出版而收輯於《詹冰詩全集（一）》的「旅遊詩集」和「十字詩輯」。以量來說並不算多。但，這些詩，都是詩人純真的性情之作，十分可貴。

　　《綠血球》收詩 50 首，除少數幾首外，都是 1940 年代的作品。這本集子的詩，正如詹冰在詩集〈後記〉中所述：

　　　　追求美的時候，我的血管裡彷彿在流著綠血球。充滿愛的時候，我的血
　　　　管裡就感覺正在流著紅血球。詩作的活動上說，我是比較愛好綠血球的
　　　　表現。

　　憧憬「美」和「愛」的夢想，詩人的心靈，讓綠血球和紅血球輪流地、有時也合力地衝撞；於是激盪出一篇篇美的「知性詩」、愛的「感性詩」和美與愛融合的「兒童詩」。

　　詹冰在《笠》創刊號（1964 年 6 月年）的「笠下影」專欄，曾為自己的詩風定性：

　　　　我的詩作可以說是一種知性的活動。簡言之，我的詩法是「計算」。我計
　　　　算心象的鮮度。計算語言的重量。計算詩感的濃度。計算造型的效率。
　　　　以及計算秩序的完美。最後目標是要創造前人未踏的詩的美的世界。

　　這段自剖的第一句話，指稱自己詩作是知性活動，為自己的詩活動作出定性。必須指出，他這句話對自己的描述是不全面和不完整的：就詹冰詩的全面來考察，他於知性之作外，還有大量感性的詩；就詩的發展階段來看，他早期的詩傾向於知性者多，晚期的詩中已沒有知性的影子。至於所謂詩法是「計算」的一些陳述，其實，任何一位詩人在創作之際，都會有類似的心理活動，「計算」不過是「醞釀」、「推敲」之類的另一種說法而已！可能由於詹冰這一段自剖的影響，有不少詩論家也指稱詹冰是「一位知性詩人」，這個稱謂如單指他 1940 年代以《綠血球》詩集為代表的作品，大致還可以；可是其中有些詩如〈天門開的時候〉、〈閑日〉、〈蠶之歌〉、〈春泥〉、〈詩作之前〉、〈悲美的距離〉等等，都不算是純粹知性的作品。

　　詩人創作，其審美思維和美感流程既複雜而又變化不拘，每因題材的性質需要而運用多樣的手法表現。一位詩人的整體風格是其稟性、才識、氣質等諸種條件的綜合展示，具有屬於其個人的獨特風貌；可以概括地以一言論述，此乃「風格」、「詩品」之所由來。至於詩作活動，很難以一種固定模式為詩人定性。詩界也有少數人，一生只用一種詩法和詩形創作，藉以顯示個人作品的特殊樣式，如非馬、管管、碧果等人均有此種堅持。如此的堅持，不免局限了詩境的多向性展開和詩藝的多樣性創造，等於在藝術領域畫地自限。詹冰，顯然不是一生只用一種詩法和詩形，他的詩作活動也不是完全地知性。

（一）詹冰的知性詩

　　詹冰的知性詩，大部分收在《綠血球》集，少部分在《實驗室》集裡。按照詩形來看，可分為「一般詩」和「圖象詩」兩類。

　　詹冰以一般詩形式所寫的「知性」作品，是他全部作品中最優秀的一部分。有一些詩，純從詩藝的表現來看，是相當完美的。例如，他的「最重要的第一首詩」〈五月〉：

五月，

透明的血管中，

綠血球在游泳著──。

五月就是這樣的生物。

五月是以裸體走路。

在丘陵，以金毛呼吸。

在曠野，以銀光歌唱。

於是，五月不眠地走路。

　　這是一首意趣飽滿、結構圓融的現代「絕句」。詩人掌握了夏日五月陽光亮麗、生機蓬勃的精神本質，以冷澈的意象主義手法簡潔而明快地把這種精神本質勾勒出來，以擬人、隱喻、象徵和誇張的述說賦予詩以生命；五月，乃以有機的形象活躍在詩的兩節八句間。第一節：「透明的血管中，／綠血球在游泳著──。」這兩句簡潔至極的句子，已把五月的亮麗陽光和蓬勃生機以高強度的「生物意象」呈現。但句末的破折號與句號應前後掉換成「。──」，於是，方有「五月就是這樣的生物」結語。第二節：「五月以裸體走路」句，「裸體」是大地萬物新生的象徵，「走路」是生長、發展的隱喻，有了這一句大地萬物生長發展的前置提說，接下來「以金毛呼吸」描繪日光下的生長，「以銀光歌唱」描繪月光下的發展，申述了五月，不分日夜生生不息地滋長。於是「五月不眠地走路」便成為自然而然的「現象」。全詩到此，戛然而止，留下極大的想像空間。

　　〈五月〉，正如詹冰所言是他「最重要的第一首詩」，不僅因這詩引他走上詩人之路，而且這首詩也是詹冰最好的幾首詩之一。其他如〈曉天〉、〈景〉、〈音樂〉、〈液體的早晨〉、〈金屬性的雨〉、〈人〉、〈插秧〉等，不再一一析論。讓人感到興趣的是，詹冰的詩，最好的一些都在年輕初寫時期

完成，到年老時卻沒有「老去漸於詩律細」的藝術發展[16]，何故？這個答案，詹冰在〈圖象詩與我〉一文中說：「詩人大概可分為三類。思想型、抒情型及感覺型詩人。」並自認是「感覺型」詩人。[17]的確，詹冰的這些優秀的詩，書寫的都是「感覺」，其中所含的義理和哲思極其稀薄。而感覺的活力和熱度憑的是年輕時期的靈性，不需要思想探索和學養積累的。那麼，詹冰所謂的知性，其實仍是感性，與知性相去甚遠。

詹冰以圖象詩形式所寫的作品，更是他知性作品的作表性創作。詹冰之寫作圖象詩，在臺灣新詩史上起步最早，成績也豐富，受到注視和討論的也最多；如果說「圖象詩是詹冰的重要標幟」，也不無事實的根據。詹冰幾首有名的圖象詩及評論者名錄如下表：

〈水牛圖〉：李魁賢、羅青、莫渝、彭瑞金、劉登翰、翁光宇、丁旭輝等。

〈Affair〉：陳千武、莫渝、羅青、鄭烱明、丁旭輝等。

〈雨〉：李敏勇、莫渝、丁旭輝、姚玉光、鄭烱明。

〈山路上的螞蟻〉：李魁賢、古繼堂、丁旭輝、景翔等。

〈自畫像〉：丁旭輝、廖莫白、羅青。

〈插秧〉：李魁賢、廖莫白、劉登翰、古繼堂、文曉村、蔡信德等。

這幾首圖象詩，論者大都以「實驗性」稱許作者在詩形上的突破。詩的共同特色，在於「圖象」對詩題的形體模擬達到視覺上實物的效果，從而產生機智性的情調和趣味。這些圖象詩，一時引人注目，詩人之名鵲起，卻無助於詹冰詩藝的造詣。詩，畢竟是以高層次審美境界取勝的藝術。

（二）詹冰的感性詩

詹冰是一位感情豐富重視「真善美愛」[18]的詩人。他一生的歲月，總以

---

[16]詹冰在詩集《實驗室》（臺北：笠詩刊社，1985 年 9 月）〈後記〉中說：「我今年已經 65 歲了。我的詩感，像河中的魚類已面臨絕種。」見《詹冰詩全集（一）新詩》，頁 211。

[17]詹冰，〈圖象詩與我〉，《詹冰詩全集（一）新詩》，頁 26。

[18]莊紫蓉，〈詩畫人生──專訪詹冰〉，見《詹冰詩全集（三）研究資料彙編》，頁 69。

赤子般的單純看世界，人間萬物，皆有情意，家屬友朋，無不可親。詹冰
這種溫和的賦性和樂天的人生觀念，呈現在詩作中，常有真摯動人的感情
畫面。如〈流入心臟的杯子的液體〉：

如綠草中尋找白蛇一般
在妻的黑髮中拔出白髮
我細心地一根一根拔出──
想要叫回妻的青春
　　曾經　黑亮的香髮
　　為了生活的辛勞　一根一根變白了
　　隨著拔出一根一根的白髮
　　我的淚液一直流入　心臟的杯子
撿回扔掉的白髮　排在掌上
一根一根的白髮發出銀的光輝
忽然白髮的銀針刺進我的胸脯──
傷口的血液又流入　心臟的杯子

　　此詩是兩幅連續的動畫。第一幅，畫的是詩人為愛妻尋找初生的幾根
白髮，細心尋尋覓覓，由此慨嘆妻子的青春漸逝，美人遲暮，而流下愛憐
的「淚液」。第二幅，接連第一幅，把拔掉的白髮排在掌中，詩人凝神之
際，忽覺根根白髮宛如銀針，刺痛了他的胸懷，似乎流出傷痛「血液」。血
液自然比淚液濃，傷痛比愛憐的情意尤重，詩人這一只「心臟的杯子」盛
著兩種液體：淚液在上，血液在下，無聲地傾訴詩人對妻子綿綿不絕的恩
愛。

　　詹冰的詩，對妻子的恩愛，是不能自己地讚嘆備至。《實驗室》詩集共
收詩 37 首，寫「人」的詩 19 首，除了〈在紅色的雲上〉寫畫家李樹梅、
楊三郎，〈詩國的農夫〉寫詩人吳瀛濤，〈樂音的母親〉寫音樂指揮家郭美

貞外，其餘大多眷戀他的愛妻。直接寫妻子的詩有〈握住妳的手心〉、〈美人太太〉、〈椪柑〉、〈寒夜〉等 11 首，占詩集的百分之三十。在另一冊《綠血球》詩集中，也有〈妳〉、〈招供〉、〈思慕〉等七首寫到自己的愛妻。詹冰曾說，娶到了美人太太，「心情比得到諾貝爾獎還高興」[19]，又在〈從結婚到金婚——獻給賢妻蘭香〉詩中有「妳的心肝就是我的心肝！／我的四肢就是妳的四肢！」句。詹冰以「感性的詩」，再再展示了他和妻子生活的恩愛，真是當世的神仙眷屬。

除了愛妻之情，〈有一天的日記〉寫對早逝妹妹的懷念，〈悲美的距離〉悼好友劉慶瑞，〈加拿大乖孫〉寫對孫兒的喜愛。這幾首詩的感情宛如天真未鑿的赤子般、十分動人。

（三）詹冰的兒童詩

在「兒童詩」領域，詹冰的創作成績相當突出，可以說是臺灣最重要的兒童詩作者之一。

詩人寫兒童詩，是以成人的身分模擬兒童的心態和語言所寫出能被兒童認同的詩。受到兒童認同，稚嫩的心靈才能讓詩美撞擊出震動的火花，這些偶然的小小火種，便有可能影響到孩子們長遠的發展。兒童詩，對啟迪孩子們的心智、導引孩子們的觀念，往往有令人意想不到的力量。所謂「兒童能欣賞的詩」已包括在「能被兒童認同的詩」之內，但，兒童能欣賞的詩不一定是兒童詩。如李白〈靜夜思〉詩，自少小童到耄耋老人、自略識文字到碩學大儒，都可以欣賞，不同的是欣賞層次和境界的差異。因此，兒童詩，兒童必然可以認／欣賞，兒童可以欣賞的詩不必然是兒童詩。

兒童詩是一種很獨特的藝術創作，詩人能創作兒童詩者，為數不多。創作兒童詩，必須具備三個條件：童心、興趣、機智。先談「童心」。童心就是兒童的心。兒童的心鴻蒙未開，一片天真，處於一種既無知又可愛的

---

[19]莊紫蓉，〈詩畫人生——專訪詹冰〉，見《詹冰詩全集（三）研究資料彙編》，頁 73。

純樸狀態。人在成長後，入世愈深，世故愈甚，天真的淋漓元氣也愈加銷亡，終而俗化起來。詩人和智者中有的還能「不失其赤心」，但這「赤子之心」已通過理性和智慧的篩濾澄明可敬而非蒙昧可愛了。奇妙的是，詹冰一生的生活形態，存在著似乎入世而又似不曾涉世般單純，所保留的赤子之心，便異常豐厚。此其能創作不少兒童詩傑作者，以此。再談「興趣」。兒童這小精靈，滿懷初生的好奇，張大眼睛去看繽紛世界，對一切事物，莫不感到興趣。詹冰卻也是對一切事物感到興趣的人，他在旅遊詩裡寫到乘飛機、坐車遊覽、看到繽紛世界的新奇感覺，可以體會到他的心靈永遠那麼活潑年輕，正是創作兒童詩的美麗心靈。最後談「機智」。兒童的眼睛看事物，按照孩子的單純想法下結論，結論往往反邏輯、反習慣卻又出乎意料地機智有趣。請看詹冰以下兩首詩：

　　「小弟弟，我們來遊戲。
　　姊姊當老師，
　　你當學生。」

　　「姊姊，那麼，小妹妹呢？」

　　「小妹妹太小了，
　　她什麼也不會做。
　　我看——
　　讓她當校長算了。」

　　　　　　　　　　　　　　　　　　　　——〈遊戲〉

　　媽媽買回來一串香蕉
　　大家圍著笑嘻嘻

　　哥哥說
　　香蕉好像黃手套

姊姊說

香蕉好像金手指

弟弟拿一根香蕉說

香蕉好像可愛的小船

妹妹吃著香蕉說

好香啊，好像沾著媽媽的香水

我在想

我們兄弟姊妹是同一串香蕉

　　　　　　　　　　　　　　——〈香蕉〉

　　這兩首童詩是廣被讚賞的成功之作。看起來，簡單淺易，深刻卻正含蘊在簡單淺易裡。這兩首詩，是匠心獨運的藝術創造，所運用的詩藝，完整地包括了上述三個條件。因而，能以真正的童言童語，說出豐富有趣的情節，兩首詩的結尾一句，同樣展示了耐人尋味的機趣境界。的確不可多得！

　　兒童詩的確難寫！寫得太淺，會變成平淡的兒歌，不成其為詩。寫得深了，就變為成人的童話，完全失去天真的情趣，不成其為兒童詩。童詩是一種獨特的藝術創作，和一般詩的藝術創作一樣，彷彿佳句天成，妙手偶得，是可遇而不可求的事。即使兒童詩的高手詹冰，孜孜矻矻於兒童詩業幾十年，一本《詹冰詩全集（二）：兒童新詩》中，最值得稱道的詩，除了上面兩首還有〈插秧〉、〈雨〉、〈山路上的螞蟻〉、〈天門開的時候〉、〈蝸牛〉、〈水牛〉、〈北京狗〉、〈紅蜻蜓〉、〈老師的手〉、〈有一天的日記〉、〈看畫展〉等 10、20 首而已！而一不小心，在詩中就留下成人的口吻，如〈熱帶魚〉一詩的「熔於一爐／賦予生命」，〈椰子樹〉裡的「服務人群」。不過，這類的口吻不多，在《詹冰詩全集（二）：兒童新詩》裡，絕大部分的

詩，都是童言童語的兒童詩。

四、快樂的詩人、快樂的詩

　　詹冰，一位快樂的詩人，終生寫作的都是自己快樂也讓人快樂的詩。

　　詹冰的一生，讓人羨慕而又難以企及的，是他永遠保持不變的快樂心境。他以「愛」和「美」為基點的快樂人生觀及其快樂的現實人生，在當代臺灣詩壇，不僅獨特而且是唯一的。這是十分不容易的事：他以漫漫 80 載蒼茫的歲月，穿越時代連番的風雨，歷經社會多次的劇變，處於烈火、寒冰、呼號、呻吟以至爭攘不息的空氣裡；他始終怡然自適，安之若素，再大的紛擾也打不敗他堅持快樂人生的信念，最後，他堅持的信念贏了詩、贏得了美麗賢慧的愛妻，贏得了多福多壽多子多孫的和樂家族，這不能不說是上天特別恩寵的福分。當然，一切是有緣由的：儘管世局混亂，他擁有一方小小的桃花源——經濟充裕、工作安定、賢內助撐起了風雨的天空——讓他有足夠的從容時光，沉醉於詩之夢。更為難得的是，他擁有一顆耽美樂善的心靈，讓他會以孩子般純真的眼睛觀看事物，總能看到美好的一面；讓他不嗔、不貪、不染塵垢，常懷著柳暗花明的美麗憧憬。

　　於是，領受上天特別的恩寵，詹冰成為一位快樂的詩人，向社會人群獻出了快樂的詩。

　　世間的事，總是那麼複雜矛盾；人生禍福，總是那麼糾結難解。詹冰一生美滿的生活，確實是世間難求的幸福；可是，做為一位詩人，美滿幸福的一生，往往卻是其藝術生命的不幸。年輕時，初試啼聲，令人刮目相看，詹冰該是一個有詩才的人；如今，考察他的一生的詩業，從作品裡具體地顯示出，他的創作能力在 60 年的詩生活中，沒有縱深挖掘寬廣展開的進境。詩作所顯示的是：其一、從詩作的階段來看：詹冰被人稱道的幾首詩，都是初試啼聲的年輕時代的練習曲，大多收在《綠血球》詩集。20 年後他的《實驗室》詩集出版，集子裡大部分作品，既失去年輕時代的敏銳感覺和豐富遐思，也未增加成熟的詩藝和深刻的智慧，詩藝已每下愈況。

到晚年，他寫了幾十首旅遊詩，只能算是旅遊紀錄。至於他所倡的「十字詩」，可以視為他的另一種詩形實驗，或者個人的文字遊戲，如此而已。實在說，詹冰的詩才，在年輕時，如春筍出土，一衝而起，卻沒得到適當的水分和養分而竟萎黃下去，沒長成鑽天的綠箭，也沒滋生成大片的竹林，十分可惜。其二、從詩作的技藝來看：詹冰自認是「感覺型」詩人，認知十分正確。他的詩基本上都是「從感覺出發」的作品。他的「圖象詩」固然是以視覺為核心的表現，他的另一些作品，往往也憑藉視線的感覺引發出來：如〈霧〉、〈景〉、〈芭蕾舞〉、〈七彩的時間〉、〈液體的早晨〉、〈金屬性的雨〉、〈春的視覺〉、〈春〉、〈扶桑花〉、〈夏天〉、〈曉天〉、〈初夏的田園〉、〈春泥〉等等，都是直接描寫眼前所見的景物，在外形上作些勾勒，作些比喻，缺少深入一層的通感聯想，並沒有達到真正犀利分析事物本質的知性世界。所以臺大外文系蘇維熊指出：「**詹冰是視覺型詩人，以外在世界為素描的對象，有其無法再開拓更深廣的視域的限制時，詩的創造也會受到限制。**[20]」這種「視覺型」詩人創造的詩，只能停留在素描對象的表層，如果要求詩的審美深度，則未免是過分的奢望了。其三、從詩作的題材來看：詹冰的詩，從數量上說，為數甚少。《綠血球》50 首，加上《實驗室》37 首，共計 87 首而已！其中，寫景 24 首，寫夫妻 21 首，寫「我」20 首，旅遊 6 首，友人 4 首，母 1 首，妹 1 首，少女 1 首，牛 1首，其他生活雜感 8 首。這些數字提出的指示，說明詹冰作品的視線，總盯緊在自己生活、夫妻恩愛、身邊景物上，沒有一首涉及到他生存的社會，沒有一首涉及到他置身的時代。僅僅讀他的詩而不讀他的〈詩前〉和〈後記〉，將無法知道這是什麼時代？什麼社會？什麼人的詩？如此徹底地避開了社會性泯滅了思想性的詩作，確也不易一見。雖然，他在旅遊詩中，有時觸景偶感，如〈我不要看〉是參觀日本長崎「原爆資料館」時，

---

[20]趙天儀，〈評《綠血球》〉一文，引蘇維熊。按：蘇維熊日本東京帝國大學英國文學博士，《福爾摩沙》文藝雜誌（1932 年，東京）創辦人之一，臺大外文系教授。引文見《詹冰詩全集（三）研究資料彙編》，頁 208。

喊出「我不要看，歷史上最悽慘悲劇的重演」；〈金字塔〉是在埃及開羅的
旅遊詩，提出「這到底是表現人類的偉大或是殘酷」。類此的「偶感」是許
多參觀者都可能產生的臨場性感慨，是一種很基本的心理反應，並不是深
度思考的理性認知，與人生觀念、思想體系完全沾不上關係。要談詹冰的
思想體系，這命題太沉重了。要談詹冰的人生觀念，卻可輕鬆地指出：快
樂主義。

　　快樂的詩人，快樂的詩，彷彿黃鶯般嚶嚶其鳴，在星和花之間。這就
是詹冰。

　　——本文原為真理大學 2003 年「福爾摩莎文學——詹冰詩作學術研討
會」發表之論文，收進該次論文集。

　　　　　　　　　　　　　　　　——選自《笠》第 240 期，2004 年 4 月

以銀光歌唱，以金毛呼吸

詹冰詩作的時空觀

◎劉志宏[*]

　　詹冰（1921～2004）是日據時期，臺灣一位重要的詩人，他於 1921 年，生於苗栗卓蘭鎮。中學時期（臺中一中，五年制），就對詩歌感到興趣。其詩作在當時，就頻頻博得老師的誇獎，並得到了當時臺中圖書館舉辦的「俳句」創作獎。中學畢業後，他去日本留學，曾苦惱於考文科及理科（醫藥）的問題，後來仍無法違背父命，使其「吞著眼淚考入藥學專門學校」（詹冰，1993：104）。後來他形容自己：「雖然我念的是藥學，對文學的熱情不但毫無減弱，而且更增強起來，我一隻手拿著試管，一隻手翻開詩集。」（105）。也就因為如此，使他在日本學醫期間，還能持續創作不輟，使得詩作更發熱發光，佳作頻生，〈五月〉、〈在澀民村〉、〈思慕〉相繼得到日本堀口大學推薦。

　　從藥專畢業（1944 年）後，次年十月，適逢日本戰敗臺灣光復，那時候報紙還採用一部分日文，使其仍有發表空間，然而不久日文欄廢止，就沒有了發表的機會，使得創作詩文也逐漸減少了。他曾形容自日文廢止後的十多年間，是其創作的空白時期（106）。此時的詹冰，將重心朝多方面發展，如音樂、電影、美術、攝影、集郵、書法、植花、釣魚等等，希望「它們」都變成自己詩作的肥料，吾人可見所謂跨越語言一代的老前輩用功至勤的歷程。

　　不過話說回來，詹冰雖然歷經不同語言的轉換，也曾在那段的自己的

---

[*]發表文章時為佛光大學文學系博士生、靜宜大學中國文學系及朝陽科技大學通識人文中心講師，現為逢甲大學中國文學系兼任助理教授。

文學生涯留下了空白，這段空白實則是更大的沉澱與蓄銳。如後來用開拓的童詩、童劇與參加「笠詩社」，成為創始成員之一，以及出版多元求變的詩風文劇，再再都可為這空白後的璀亮做有力的明證。

一、從簡樸之力道說起

　　詹冰從高中時代開始寫詩，迄年初（2004 年）過世，可謂一輩子都與詩相始終。然而，由於生活環境和時代歷史的種種條件及因素，使其留下的詩篇十分有限，加諸他在日治時期赴日留學，本是熟悉日本語言及思考方式來的創作，戰後回到臺灣，突然面臨陌生的語言，卻必須先而放棄，繼之以生硬的國語翻譯自己詩作，甚或創作，對其創作的數量產生鉅大的影響。語言，是一個創作者至為重要的表達與思維工具，跟其文學生命息息相關；然而，在日據時，詹冰所赴學的是日本語言，回到臺灣後，必須將思維、文字甚或家／國情感作轉換，歷史在其身上留下弔詭反諷的一頁。詹冰曾在訪談說到這個問題：

> 我也和大家一樣，有三個階段的進展：
> 構思好以後，在腦中譯成中文再寫出來。其間再以臺語構思一次，更有助於譯成中文。第三個階段就是現在，用中文構思而直接用作文寫出作品。可以說完全脫離了日文。
> 這一段辛酸的路程，是我們「跨越語言的一代」必須通過的路徑吧。
> 至於中日文創作的異點是，中文比較簡潔俐落，日文比較溫柔細膩，換句話說，用中文創作，作品比較男性化，用日文創作，作品比較女性化的感覺。這個感覺，或許只是我個人的感覺也說不定。（莫渝，1993：127～128）

　　從這段訪談中，我們可以看出一位詩人前輩使用語言的情況與屹立不輟的艱辛。也可看出不同國族的語言思維與情感模式是不同的：「中日文創

作的異點是，中文比較簡潔俐落，日文比較溫柔細膩，換句話說，用中文創作，作品比較男性化，用日文創作，作品比較女性化的感覺。」在轉換間，大大影響詹冰詩作的量與質。尤其是「質」的磨傷。如前所述，詹冰詩作數量，因時空背景的因素，而產生影響，而其「質」方面，也因現代詩的剛起步，對於西方技巧生疏的挪用，使得有些作品並非十分完善。然而，也就是因為如此，使得這些詩作，散發出來自日本又在臺灣生根的特別風味與簡（單）樸（素）力道。在多元技式影響下，此「恬淡」之味與此「力道」，又將原來貧弱的語言及初演練的形式，扳／拉扯到一定的美學與哲思高度，補救了「質」上的困弊。雖然「數」與「量」的關係，是在那「跨越語言一代」的詩人群中（如桓夫、林亨泰等），常面臨到的困境和問題，然而，我們要強調的是，必須把這個現象放回歷史的脈絡中，才顯出意義來，也唯有了解詹冰的生長環境與時代現實條件，我們才可以進入他詩作的核心——也才可以探討這些詩作產生力道與簡樸之美。

　　本文選擇了詹冰四首詩作，分別是〈五月〉及〈液體的早晨〉、〈水牛圖〉和〈插秧〉，藉由這四首詩，兩兩相照，從時間空間二個方面／入口（時間空間化、空間歷史化）進入，一窺其創作的時空觀，並從中找到筆者所提及的「簡樸之力道」，以及這些圖式詩作，如何藉建築立體特性的文字內外層意涵，從物理的客觀空間中推延至心靈／意象的詩學空間，**建構**另一種屬於百姓生活與民族生命經驗的文化情氛。

二、時間具象化——〈五月〉及〈液體的早晨〉

　　時間，是任何文學家／詩人經常處理的課題／母題。面對時間，詩人有時神傷，有時默然，有時憤怒，有時徬徨。詩人企圖以詩作延續存有，使瞬間的靈思，能抓住永恆。於是他將時間空間化，化成文字及詩句，使轉眼消逝的時間在空間中留下存有。因而，儘管時間宛如洪水，欲淹滅所有存在物，然而詩人卻以內在主觀的心理超越了客觀的鐘擺與刻度。

　　中國人的時間觀和西方的時間觀雖然不盡相同，但卻有些共通的地

方。海德格認為我們存在是被時空拋擲的（海德格，1990：21），而佛教說時空非「心所」（心理活動、心理現象，如喜怒哀樂的情緒、思考、想像等都是），亦非「色所」（物所有的狀態，與物——matter 和合而不可分），它們是「不相應行法」。亦即「它既不能與心和合為而不可分，也不能與物和合為一而不可分」（牟宗三，1983：275），「但若說它完全異於心，又為思所發。若說完全同於心，但又不能與心和合為一」（275），同樣運用在物（色所）上，亦然。因而時間和空間，也如康德所說的感性之形式——即時間空間與知性之法則性概念範疇（而這形式與法則性的概念都是先驗），以及萊布尼茲所說的：半心理的（semi-mental），亦如羅素所說：「既非physical，亦非 psychological」（276）。因而，我們可以暫且下個小結：時間空間，它有一種現象界（客觀）的概念，亦同時和我們（作者／讀者）心理內在有所連繫，「相互應行」。這是創作者，以詩句（空間化的語言）在瞬間延續（時間）存有的最佳明證。

現在，我們回到的詹冰詩作〈五月〉與〈液體的早晨〉來。為何要先談時空和詩人、詩句間的關係，因為接下來要談的就是：詩人詹冰如何思考時間的概念，並將其化為詩行，而這些詩行透過詩人的書寫，又展現了什麼等等諸多問題。首先先來看這首〈五月〉：

五月，
透明的血管中，
綠血球在游泳著——。
五月就是這樣的生物。

五月是以裸體走路。
在丘陵，以金毛呼吸
在曠野，以銀光歌唱。
於是，五月不眠地走路。

　　五月所代表的就是時間的意涵，臺灣地處亞熱帶氣候，五月的時候，天氣已是十分炎熱了，然而它代表的又是季節的生機與生命的勃發。因而五月在詩人的思維中，它變成了一個生物，會游泳，並裸著身體走路（炎熱之感），它有著透明的血管，而血管流著的是如葉綠素的綠血球。白日，它又用吸取陽光的金毛（生命）呼吸；**夜間**的曠野，它又以象徵月亮的銀光歌唱（循環），生命日夜**接續**不眠地走，雖是一種生物，卻又和時間的牽連隱射，讓原本是不同的兩樣事物，因為置喻（metonymy）的關係，而產生「隱喻」（metaphor）的思維（Jakobson, 1956：90～96）[1]。相互交叉互滲產生意義後，「五月」，便形成了**這個生物的名字與其生命時間狀態**：不僅青春旺盛，且有幹勁有活力。裡頭充滿生機活潑的名詞：血管、綠血球、游泳、裸體、丘陵、金毛、呼吸、曠野、銀光、不眠、走路……等等，再再將這生物／時間具體化／擬人化，時間是生物，並涵射了人類／生命（生物）的種種情狀，而這些都透露著詩人明朗樂觀的心境與思維，在面對沉默半心理式的時空之時。

　　尤其「綠血球」這個名詞，是詩人所創，他曾說：「追求美的時候，我的血管裡彷彿在流著綠血球。充滿愛的時候，我的血管裡就感覺正在流著紅血球」（詹冰，1965），因而「五月」在詩人「知性」的感受中，他讓時間由客觀的鐘擺，化為具象的生物，再由感染這生物血液中所流動的「綠血球」轉化為無形心思主觀感悟的愉悅與奮進。內外在的兩次來回的流動與翻摺，使詩人／讀者俱是時間（五月），亦成了某種「不眠的生物」。再看這首〈液體的早晨〉：

瞬間，

初生態的感覺

---

[1] 時間，本是客體，但在詹冰的並置與置換中，使時間成為主體（具象化後），產生換喻／置喻（metonymy）的效果；而置喻會產生隱喻（metaphor）。這與簡政珍在《詩心與詩學》中，所談的置喻與隱喻略有不同。讀者可參閱簡氏之著作。簡政珍，〈隱喻及換喻──以唐詩為例〉，《詩心與詩學》（臺北：書林出版公司，1999年12月），頁193～214。

游泳在透明體中
毫無阻力——。

現在，
讀新詩般我要讀
被玻璃紙包著的
新鮮的風景。

例如，
水藻似的相思樹下
成了魚類的少女
搖著扇子的魚翅。

於是，
早晨的 poésie
好像 CO_2 的氣泡，
向著雲的世界上昇。

　　這也是一首關於時間的詩，和〈五月〉一樣，被作者予以具象化／擬人化。若說〈五月〉是一個季節的生物比擬，那麼「早晨」則進而將時間壓縮為一天；再者，若說臺灣亞熱帶的「五月」，有作者「綠血球」活力的流動與奮進，那麼，「早晨」這個良辰吉時，則更將凸顯了奮進上游的力量。一日之計在於晨——「早晨」，如同「五月」一樣，被作者轉化為流質狀的物體，它瞬間游動，且「毫無阻力」（又是一次活潑旺盛生命力的展現）。被擬人化時間和詩中人（也或許是作者）互為主客又相互影射。於是詩中人，趁著這良辰：「讀新詩般我要讀／被玻璃紙包著的／新鮮的風景」諸如：瞬間、初生態、游泳、透明體、毫無阻力、玻璃紙、新鮮的風景……等等一切都在透明無瑕的狀態中進行，水的自在輕盈和時間的亮麗

輕恍，使得整首詩前半段都沉浸在一種柔美的光線與靜態的流體中。為了第三、四段的靜中起動作安排。

　　延著第二段水的流動與風景的意象，第三段將詩鏡拉到水中的魚群及海藻：「水藻似的相思樹下／成了魚類的少女」。吉內特（Gérard Genette）和狄曼（Paul de Man）曾說，換喻有助於隱喻（簡政珍，1999：194），雖然詩句中，一行可以保持某種程度的獨立自主性，但行與行之間的關係語法或句構的並置，會勝過語意的聯想。語言要考慮的就是對偶的句構和語法，而語法的相似意味語意的相似（簡政珍，1999：195）。以這兩句詩句來說，「水藻似的相思樹下」與「成了魚類的少女」單獨的句構上，都是類「□□的□□」；語法上，前者是修辭學的轉化，後一句則是物理變化成另一種事物。語法仍有相同處。語法和語意有在某種程度上達到相似。兩句的排比在一起，「水藻」使作者聯想到了「魚類」；而「相思樹」的語意則使作者聯想到「少女」。水藻和魚類都是靜中之動的，而相思樹和少女在動中則更襯托其靜。而「**水藻**」、「**魚類**」、「**相思樹**」、「**少女**」四個詞語／詞性，又因彼此的毗鄰，產生「美人魚」的美幻想像，而構成新生／升的「隱喻」。

　　接而，第四句的「Poésie」為中古英文，是指詩，指素，指詩藝，「此處尚意味著詩興」（李魁賢語），剛好回應第二句的「讀新詩般我要讀／被玻璃紙包著的／新鮮的風景」。而這處用「中古」的英文 Poésie，恰又和「讀新詩般」的「新」產生對應。中古是一種恬遠致靜的情懷，新則是另一股挺進振奮的力量，在傳統和現代之間，尋找時間與自我方位。最後兩行二氧化碳（CO_2）則呼應了上一段的水中之景。氣泡的輕盈具形，「向著雲的世界上昇」，有一種升揚循環再生的感覺。不用二氧化碳，而使用化學符號 CO_2，除了作者學醫科學辭彙的運用，帶入詩行以增其效用開拓嘗試外，這個符號本身也有一種具形的氣泡感覺，如半顆（C）一圓（O）及小碎圈（2）三個連在一起成數浮動巧妙的感覺。後兩段的文字書寫，在 1940 年代中的臺灣詩壇是十分特別，它有一種圖繪色彩流動淡描的感覺、

韻味與情致，難怪乎諸如詩論家陳千武、李魁賢與李敏勇等人，會評其詩作中所呈現出的現代主義與意象主義的立體、視覺、實驗特質了。

〈液體的早晨〉，在水中、在生活的風景中流動，也在透明的液體生物及作者身上流動（綠血球／紅血球、美／愛、知性／感性合一）。不管是〈五月〉還是〈液體的早晨〉，時間，在詹冰的思維中，都被賦予具象及擬人化，反覆在生物體及感受者身上血液中流動，亦於客觀世界及主觀心靈中相映。它們／牠們／他們都有一種旺盛**奮／前**進的生命力，以及青春奮鬥的活潑與幹勁，如同良辰美景的「春日」與「早晨」，不眠地「游」走，輕飄地飛「升」。像似臺灣人民的活力與生命力。

三、空間歷史化──〈水牛圖〉和〈插秧〉

詹冰是臺灣圖象詩（Concrete Poetry）的鼻祖，一提到圖象詩的創作的發軔，我們都不能不提到詹冰。他啟迪了後代許多作家投入這塊詩域，產生許多前衛的創作和思考，影響頗鉅。詹冰的圖象詩創作，早在 1940 年代留日期間便開始，然而當時未在臺灣發表，1965 年收在第一本詩集《綠血球》才正式在臺灣問世出版，其後也有許多圖象詩作如〈水牛圖〉等等在《笠》詩刊發表。在臺灣還未進入到論者常提及的現代詩運動時（1950 年代）及後現代詩風（1980 年代）[2]的創作時，詹冰就能創作出現在還為許多人探討的「前衛」作品，實在不能不佩服他的獨到的眼光與思考。然而，圖象詩，是後來評者給予這些從事「文字記號系統」詩作之名詞類稱；後現代的詩，亦是論家在這些「文字記號系統」詩作中，推證創作者面對「現代（modern）之後（post）」高度發達社會下所產生之思維與想法而框上的「標籤」。職此，筆者不將詹冰這些立體文字的創作，以（類）圖象詩的特性及後現代的精神與狀況來探討，而是想藉著那個時代，詹冰創作出這樣的立體詩作，來省視作家與現實環境的關係，以及它們展現了怎樣的

---

[2]諸如羅青、林燿德、孟樊等學者都將臺灣 1980 年代的都市社會傾向與後現詩（風）的出現產生聯結與評論。

思索與這些詩作在作者思索中又體現了怎樣空間感受／狀態。

　　首先，我們來看看詹冰如何談其這些「立體」詩作的根由：

> 東京留學時代，一有閒暇我就歷訪圖書館和書舖，涉獵文學書、詩集、
> 詩誌等。尤其重視屬於《詩與詩論》的詩人們的作品和詩論。我研究學
> 習他們的詩法。同時富於「機智」而明朗的法國詩也惹起了我的注意和
> 共鳴。（詹冰，1993：109）

　　由這一段文字中，我們可以知道，在留日期間，詹冰所受影響：一方面是學習日本 modernism 運動《詩與詩論》（新詩精神運動）所主張的新的「主知」追求，並仿效注重視覺的 sur-realism 的詩人技巧；另一方，則來自法國「機智」（Wit）而明朗的詩。而日本《詩與詩論》所主張的新的「主知」追求，亦是自法國輸入的新藝術運動。因而，詹冰的詩作，不管是有漢字符號特性還是一般詩作，都有西方詩學／血的根源。從他有些回敘的自述文中，不斷提及其創作血液中流著「紅血球」（感情；愛）與「綠血球」（知性；美）的感受，也可窺其一端並作為補強的論據。而在廖莫白的詹冰訪問記中（莫渝，1993：17～24），於日本的詩人作家方面，詹冰曾說過他喜歡堀口大學、萩原朔太郎、高林光太郎、村野四郎的詩；在法國方面，則是古爾蒙及波特萊爾。更可見其受日、法詩學陶染之深。

　　和西方的拼音文字相較，「漢字」本身有相同大的圖象思維，因而在展現這「文字符號」疊床架屋的系統時，更具有獨到的韻味與魅力，也因而便具現了文字的立體之美感與建築性的空間美學。以往我們大多將重心放在這樣文字建築詩作所展現的繪畫性以及音樂性，而它裡頭的「空間感」與「生命圍／危城」意識，則較少為人所討論。現筆者就試著以詹冰的兩首詩作〈水牛圖〉和〈插秧〉，來談談這樣文字符號的「擺設」和「建築／建構」，以及其所展現的時空感與生命搭圍成的思維與情感。先來談論〈水牛圖〉：

角　角
黑

擺動黑字型的臉
同心圓的波紋就繼續地擴開
等波長的橫波上
夏天的太陽樹葉在跳扭扭舞
水牛浸在水中但
不懂阿幾米得原理
角質的小括號之間
一直吹過思想的風
水牛以沉在淚中的
眼球看上天空白雲
以複胃反芻寂寞
傾聽歌聲蟬聲以及無聲之聲
水牛忘卻炎熱與
時間與自己而默然等待也許
永遠不來的東西
只
等待等待再等待！

　　〈水牛圖〉是詹冰在臺灣用中文創作的作品，1966 年 10 月發表於《笠》詩刊，這也是詹冰文字建築實驗中，最值得探討之作。許多論者都對其「圖象」結構與「繪畫」成素，做過精闢的見解。全詩在詹冰建築的詩筆下，成了一隻站立向右回首的水牛。「牠」頭上有「角」，臉是「黑」，還有成渾圓（8～14 行）的肚腹及挺立的前（5、7 行）後腳（15、17 行），然後還有一個尾巴（最後一行）。在字詞的運用上，「角」本身即有漢字象形的意味，很貼實地傳達了牛角的形象。至於以「黑」字代表牛臉也是十分傳神和巧思。因為加重的「黑」字臉，不僅有水牛的形象意義（黑皮膚），而一「黑」字，更傳達牠「相貌」。誠如丁旭輝所說的：「『黑』字的字形原本與水牛沒有任何關係，但經過別出心裁的組合後，細看之下，整個字卻像極了水牛臉部的特寫，眼睛（框內）的二點、鼻樑（直筆）、嘴巴（二畫橫畫）、鬍鬚（四點）俱在，簡直是栩栩如生！」（丁旭輝，2000：23～84）簡直是神來之筆！再者，詹冰以最後一字「！」來象徵牛尾的狀態，更具十足的趣味和想像。

　　詹冰不僅利用了漢字的圖形與視覺特性，傳達出「水牛」的感覺，在淺白字義上，也是緊扣水牛的意象與意識來發展的。如牠「不懂阿幾米得原理」的純質本性、「以複胃反芻寂寞」的四個龐大不斷循環的「寂寞」、「傾聽歌聲蟬聲以及無聲之聲」的轉化閒適之情，與「忘卻炎熱與／時間

與自己」等再再扣合「尾」句的「只／等待等待再等待！」而這「等待也許／永遠不會來的東西」，如同牠只能在這小小的水池、田脈空間和悲落奮鬥的命運。最令人動容的是，即是永遠不會來，但牠仍是沒有放棄。那麼，我們不禁要問：牠在等待什麼呢？

〈水牛圖〉結合了詹冰從法國、日本習得語言技術技巧，而在漢字的建築空間中，得到更大的發揮。詹冰彷彿像個建築師，在刻鑿水牛的圖象：在立體的文字形脈中，我們看到他的細膩與用心，不忘記在每個小地方注意，以讓觀察者體悉水牛的形象。在此，我們看到詹冰的空間美學，他從實際的臺灣生活經驗，淋漓刻畫在水牛圖中，再讓其**造形、文字表面與內層**意義扣合，把這象徵延伸到整個宇宙中（「眼球看太空的雲」）。他的意識融合／投入在水牛的生命層次中，以物觀物結果，水牛和詹冰實已不分，雖然文字意義仍含蘊著人的影子。水牛，是臺灣生命力的象徵，也有著臺灣農民性格與特質相符，在那時候，臺灣還是以農耕為主的社會。所以水牛，也是臺灣生命的縮影。詹冰化身為水牛，其實也是為整個臺灣生命經驗抒發與發聲。因而水牛雖是在一小小方塊間活動，但其心是自在無拘的，即使回顧生命／歷史中受到了種種欺壓和侵瞞，牠仍舊是一步一腳印，毅然樸實地在自己道路上走著。吃苦、耐勞。詹冰將這水牛生命經驗與自己和臺灣歷史感懷等種種情愫結合在一起，也藉由建築的造形，再一次「**建構**聚凝」臺灣的生命經驗與情懷，由生命窄小的水田鄉野空間出發，因為我們／讀者的再次凝視與參與，得以將「一直吹過思想的風」拓展到宇宙的時空（「忘卻炎熱與／時間與自己」），進而到達任何束縛也無法牽絆的內心自在世界。由臺灣／水牛（圖）出發看世界，再由世界宇宙思省臺灣（生命／生活經驗）。

接受物理學與哲學訓練的法國學者 Gaston Bachelard（巴舍拉）在其《空間詩學》一書中，曾以其專業領域的物理空間——即我們生存／存在空間的關注，轉向想像的空間，亦即「從客觀的理論思考轉向詩意的想像」（巴舍拉，2003：34～63, 278～310, 312～337），從而發展出一種生活／生

命中的想像及詩意。換句話說，巴舍拉從客觀世界中的物理空間取材作探
討研究，進而將其轉化／延伸到無形的空間──心理／心靈世界中。詹冰
本是學醫的背景，和巴舍拉有些相近，也同樣藉由自己專業訓練，由客觀
的物理世界中，看到另一個心靈層面世界；從有形／有限的客體空間到無
形／無限的內在心靈空間。從科學系統的現象（學）到人文與文化心靈層
面。巴舍拉偏向的是建築空間美學之思索，而詹冰則著重於文學／文字的
立體圖式空間的低迴。不同的路徑思索，頗有異曲同工之妙，空間因從心
智的客體轉化後，遂變「成為靈魂深刻回響的力量」。[3]

　　文字建築圖式的空間延伸中，含有**作者**的生命情感與思維，也是**水牛**
和其象徵所氛圍勾構成一個**民族性**的生活方式與生命經驗互為表裡之綜
合。加諸圖鑿文字裡的內層意涵，我們可以窺探到在那時候的現實環境與
人民大致生活習性，更可由此出發，探知詹冰的時空（位移）和生命價值
觀感。

　　再看這一首〈插秧〉：

插在藍天上　　插在白雲上　　插在青山上　　插在綠樹上　　農夫在插秧　　　　照映著綠樹　　照映著青山　　照映著白雲　　照映著藍天　　水田是鏡子

　　〈水牛圖〉是刻鑿「水牛」的形狀，那麼這首〈插秧〉，則型塑「水
田」的形狀。它每段五行，像兩塊腐乾，恰巧也符合了早期臺灣盛行小農
手耕制度的水田劃分。詩雖分兩段，且以完整方方的造形，但卻是一靜一
動的諧和處理。第一塊「水田是鏡子」，作者先交代其乃一塊鏡子，呈現了
靜態的描寫，水田映照出藍天、白雲、青山、綠樹，由遠而近，誠如李魁
賢所說的：「運用的是淡入的特寫鏡頭，非常富有秩序，且藍、白、青、

---

[3]畢恆達，〈家的想像與性別差異〉，Gaston Bachelard（加斯東・巴舍拉）著；龔卓軍、王靜慧譯，
《空間詩學》（臺北：張老師文化公司，2003 年 12 月），頁 13。

綠，都是生機蓬勃而予人和平安寧感的色彩。」（莫渝，1993：128～129）；在後半段「農夫在插秧」，則呈現與第一段相反的秩序狀態。它由近而遠，從綠樹到青山，再從青山到白雲藍天：「運用的是淡出的攝影手法。全詩構成的結構，焦點收斂後予發射。而兩段的對稱排列，則形成鏡像的對稱性，扣合『水田是鏡子』的意象。」（莫渝，1993：129）詹冰在這首的前後段，不僅充分利用了自然色彩調配的繪畫原理，更利用鏡子的折射及映照，展延其思維中的空間的狀態。第一段的淡入，呈現的是完全寧謐自在的水田空間景象，而這幅景象，來自自耕者的辛勤耕種後的展示；第二段出現了人物——農夫，他化靜為動，又於動靜中取得另一種和諧，將空間感拉開，達到另一境域比例的物我融合。

　　若以湖泊來比較，湖泊的反射是一種自然尚未滲有人私有意識之投入，而水田與湖泊不同的是，它是農夫賴以維生吃飯的土地。在未有農夫插秧修理植種時，它也許只是貧瘠的土壤，無法照映天光。因為有了農夫，需要生活的依靠，所以它充水的映照，呈現出農家生活繁忙辛苦與生活情趣的景象。和〈水牛圖〉一樣，它，有了人民的生活意識（百姓）與生命經驗（臺灣）的投射。「水牛」辛勞工作的大部分地點，都在田中，因而「水田」的建築詩句之型塑，加強補足了水牛生活環境之情狀。在〈水牛圖〉中呈現時空的位移，在〈插秧〉這首詩得到更大的發揮。水牛乃是一種動物，和詹冰與整個臺灣人民生活及**歷史**經驗產生扣合，達到以物觀物的意境；〈插秧〉中的「水田」，它是一個自然界風景（無生命）的一部分，但因農家的生活與維生關係，而有了人的意識與感受狀態，詹冰在這首詩中以更大的心懷去融攝社會人事和宇宙時空的生命力量。所有無生物生物化，使自己宛如成了那位農夫，又如水田，「兩者」緊緊縛住臺灣這塊土地時（歷史）空（地理）的現實生活與工作辛勞，以及自足閒適感受乃至於社會民族式的情感與經驗。於此，空間有了人文歷史的意識與感受（無生物生物化後，再次使空間延展成為人文歷史化）。進而，其利用鏡子的**交映**（自然意識之物→投入作者的思維與回應）**反射**（作者→展現予讀

者），讓繪樣圖式／視覺詩句形成兩個立體世界，推延至更大的宇宙空間中，再返回自己詩心／思心作觀照和處理，在一進一推間，生命情境的淡入與淡出，已和外在空間融為一體，並自在地於內心世界穿梭與排盪。我們的心境瞬間也成了一塊「水田」，照映生活及這塊土地過往與未來種種（由空間土地推展到時間歷史），傷痛與甘苦，「插秧」的情狀又何嘗不是一種療治（生活）與**洗滌** Catharsis（書寫）效果：在映照推展了自在包容的心境、在插秧書寫（文字符號的**建設**刻鑿）中期待**殷鑑**更強大的新生。

在「水牛」中，我們感受到水牛生活寂寞與等待的心境，色彩似乎由其「黑」臉，可以看出是「黑白」的，較暗色系（如：黑字型的臉、眼淚、不懂、無聲之歌、等待⋯⋯等等），作者在這首詩中也傳達出較多的悲憫與傷懷；而在「水田」中，作者的心境，似乎拉得更闊，已不傷感式的描摹與哀嘆，取而代之的，是一種閒適自在／自足的感受，由色彩的構圖與建搭中，我們似感受到是「多彩暖色」調的（藍天、白雲、青山、綠樹⋯⋯等等）快活的景緻，來回於作者／讀者與自然界中穿梭。色彩的調配，使得兩首文字符號系統圖式的創作也有不同的感受與體會。由**色彩配對空間／圖式**的位移，再由**文字意義**補強色彩的反差和「暗沉」。三者互建／互增藝術的技巧與想像空間。由這〈水牛圖〉、〈插秧〉兩首詩，我們隱微看到當時臺灣社會（不只是農村）的景象與現實環境，也可略窺到百姓（不僅是農夫）生活的情形，更可以了解到詹冰，做為一位吸收法、日文學涵養後，以繪式空間的構思與色彩調配切合文字內在意義。在當時是還未有類似的「圖文」創作中，詹冰可謂是超前衛的「視覺型」[4]（系！）詩人。透過這兩首詩作，我們看到這種建築式的文字系統，為詩人所試圖建構／延伸的意涵，也探得詩人貼／切合符號系統思維中的空間位移情狀，以及在種種空間／圖式的展延／衍／演中，作者所欲傳達的生命經驗與情感狀態。

---

[4]這是李魁賢、陳千武及李敏勇等詩人評論詹冰文章時，常提及的名詞。可參閱 1993 年莫渝所編的《認識詹冰・羅浪》一書（苗栗：苗栗縣立文化中心，1993 年 6 月）。

四、回到簡樸／力道

　　「以銀光歌唱，以金毛呼吸」，詹冰血液裡的紅、綠血球充滿活力與熱力，亦隨著擬人化／具象化了的時空「游」走與「升」進。他把「時間具象化」，陪同牠們呼息、歌唱；把「空間歷史化」，觀照百姓生活、土地文化與現實社會的甘苦與繁落。時間裡含蘊有空間的推進，空間中已隱藏時間的流動，時間和空間無可割離地連在一起。在吸收西方文學語言與技式後，融合在地的文化思維與情感，呈現出另一種特殊的風貌／格。來自日本，又異質於日本；生根於臺灣，又流生獨特的支脈。詹冰以文字／文學的立體建式與視感，推移至客觀物理時空，乃至心靈無限與想像的詩學世界中，讓建築特性的文字，在想像與物理時空中，推展其內、外在層次的意涵，**建構**了另種屬於自己和這土地時空的關係，並於此找到一種定位與方向。這種方向與定位，有其人文疴瘵意識的同情與悲憫，也有其對百姓與（在地）文化的反省與思考。詹冰搭建了一座文字符號系統圍城，又在文化與土地中體會到危城的意識，因而書寫它，延伸它，於其中自在出入。他的立像詩作，不僅蘊藉了其對時空與文學空間美學的思索，亦深藏其欲傳達的人世情感與臺灣文化經驗；這些詩作的建築特性與內在意義緊扣合其成長的背景與訓練以及「跨越語言一代」學習路之艱辛，使其散發出一種獨特的樸素之美與勁力。這個力道，耐人尋味：不僅溫婉引人遐思，也是這般蒼健有力。

引用書目：

- Roman Jakobson and Morris Halle, *Fundamentals of Language* .The Hague:Mount, 1956, pp.69-96.
- 詹冰，〈新詩與我〉，《變》（臺中：臺中市立文化中心，1993 年 6 月），頁 107～112。
- 詹冰，〈我的詩歷〉，《變》（臺中：臺中市立文化中心，1993 年 6 月），頁 100～

106。

· 詹冰，《綠血球》（臺中：笠詩刊社，1965 年 10 月）。

· 詹冰，《詹冰詩全集（一）新詩》（苗栗：苗栗縣文化局，2001 年 12 月）。

· 趙天儀、李魁賢、李敏勇、陳明台、鄭烱明編，〈詹冰作品〉，《笠詩選——混聲
合唱》（高雄：春暉出版社，1992 年 9 月），頁 47～64。

· 莊金國，〈莊金國訪詹冰〉，莫渝編《認識詹冰・羅浪》（苗栗：苗栗縣文化中
心，1993 年 6 月），頁 27～28。

· 廖莫白，〈繆思的實驗室——詹冰訪問記〉，莫渝編《認識詹冰・羅浪》（苗栗：
苗栗縣文化中心，1993 年 6 月），頁 17～24。

· 李魁賢，〈論詹冰的詩〉，莫渝編《認識詹冰・羅浪》（苗栗：苗栗縣立文化中
心，1993 年 6 月），頁 121～139。

· 馬丁・海德格著；王慶節、陳嘉映譯，《存在與時間》（臺北：桂冠圖書公司；
1990 年 1 月），頁 21。

· 牟宗三，〈第十三講 二諦與三性：如何安排科學知識〉，《中國哲學十九講》（臺
北：臺灣學生書局，1983 年 10 月），頁 265～281。

· Gaston Bachelard（加斯東・巴舍拉）著；龔卓軍、王靜慧譯，《空間詩學》（臺
北：張老師文化公司，2003 年 7 月）。

· 簡政珍，〈隱喻及換喻——以唐詩為例〉，《詩心與詩學》（臺北：書林出版公司，
1999 年 12 月），頁 193～214。

· 丁旭輝，〈第二章 圖象詩的圖象技（一）：圖象詩的發軔〉，《臺灣現代詩圖象技
巧研究》（高雄：春暉出版社，2000 年 12 月），頁 23～84。

· 畢恆達，〈家的想像與性別差異〉，Gaston Bachelard（加斯東・巴舍拉）《空間詩
學》（臺北：張老師文化公司，2003 年 7 月），頁 12～19。

——選自《第二屆苗栗縣文學燿日明月研討會論文集》

苗栗：苗栗縣文化局，2004 年 12 月

——2015 年 4 月校訂

前衛與歷史創傷：詹冰詩中的旅人觀視與地方感

◎簡素琤*

　　詹冰（1921〜2004）為苗栗出生跨語言一代的新詩人，對日治時期以來臺灣本土新詩傳統裡前衛精神的延續與發揚，文名雖不如林亨泰，仍有其先驅者重要的貢獻。詹冰於 1948 年參加本土新詩社「銀鈴會」，並在「四六事件」後的白色恐怖中，冒險保留住唯一一部「銀鈴會」的詩刊雜誌《潮流》，使《潮流》不致成為「幻影雜誌」，而令林亨泰雀躍不已[1]。1964 年，詹冰並與吳瀛濤、陳千武、林亨泰、錦連、古貝、黃荷生、白萩、趙天儀、杜國清、薛柏谷、王憲陽等共 12 人，就在其苗栗卓蘭的家中，一同討論成立「笠」詩社，留下歷史的一頁。詹冰將詩創作視為真善美與全人格的表現，追求純粹的詩，屬於前衛主知的一派。陳千武説詹冰「就是把戰前的前衛精神，帶入戰後開花的第一位詩人」（頁 20），他的圖象詩的實驗性與知性的詩觀，將太平洋戰爭時期臺灣新詩人透過日本所引介的法國前衛詩風，延續到戰後，與林亨泰一起為先驅，1956 年以後影響了臺灣現代詩人紀弦、葉維廉、管管、白萩等人的創作。而儘管詹冰晚年的詩作，失卻其前衛與實驗性，以童詩、分行的遊記與十字詩為主，他對

---

*發表文章時為臺北市明倫高級中學英文科教師，現為臺灣藝術大學人文學院通識教育中心、明志科技大學通識中心兼任助理教授。

[1]在《笠》第 240 期紀念詹冰的文章〈初識詹冰──銀鈴會中令人雙眼為之一亮的存在〉中，林亨泰提到 1949 年 4 月，第 5 冊《潮流》春季號即將發行之際，政府下令逮捕師院的學生，拉開白色恐怖的序幕，即為「四六事件」。之後，待情況較緩和了以後，林亨泰四處找尋是否仍有人保留「銀鈴會」的資料，在詹冰處找到唯一的一部，而雀躍不已。林亨泰説：「《潮流》並沒有成為『幻影雜誌』，也沒有僅僅是存在於傳說之中而無法實際證明其存在的雜誌，實拜詹冰之賜」，頁10。

臺灣本土前衛詩風傳統的延續，依然有其歷史性的地位。

　　整體觀之，詹冰的知性詩，詩風清淡真摯、著重詩趣與詩畫的融合，與早期日治時期賴和、楊華以來本土派新詩人的寫實抗議精神，相去甚遠；也與提倡超現實主義的楊熾昌，頹廢妖異的豔美詩風與隱藏的抗議訴求，大異其趣；並與紀弦以來的現代主義所呈現的虛無感迥異。在詹冰的詩裡，抗議與政治訴求的成分可說是微乎其微。郭楓在紀念詹冰的文章〈嘍鳴上下、在星和花之間——詹冰論〉中，稱詹冰為「快樂詩人」，認為他與錦連「總是淡淡地、遠遠地站在時代環境和整體社會之外，過著屬於自己的寧靜而不無孤獨的生活」（郭楓，2004：42～43）。這個評語大致中肯。對詹冰而言，寫詩是超越歷史創傷與仇恨的體現，是純粹而不受個人境遇與時代紛擾所干擾的性靈昇華。在 1978 年登載於《笠》詩刊〈新詩與我〉一文中，可看出詹冰對純粹詩與詩人角色的膜拜推崇：「詩是什麼？到現在我還不敢定義它。我只知道，詩是真、善、美的表現，人生觀、世界觀、宇宙觀的表現，全人格的表現。我只知道要做一位詩人，先要有高潔的品格，而且對人生充滿興趣又喜愛它，摒棄一切的名利，富有正義感，另外，還需要文學技能方面的修練」（詹冰，1978：18～19）。在詹冰的心目中，詩人必須具有高潔的人格，而詩是追求真善美與全人格的表現。在滿 70 歲生日的詩作〈變——我的人生觀〉中，詹冰寫下在人生的不斷變化中，自己不變的堅持：

　　　變、變、變、……
　　　時時刻刻，萬物都在變化
　　　自己、社會、人類、地球、宇宙……

　　　變，我有一則不變的原則
　　　要變，就愈變愈美好！
　　　像蓓蕾變成美麗的花朵

像毛蟲變成漂亮的蝴蝶
像黑炭變成燦爛的鑽石
像凡人變成慈悲的佛陀
……

——《詹冰詩全集（一）新詩》，頁 254

1995 年 12 月登載於《笠》第 190 期的〈四行詩六首（一）〉之一的〈詩心〉中，詹冰又清楚地重述這種藉由詩創作提升人格與性靈的觀念：「我做詩已有半世紀多的歲月／現在我有沒有做詩都不重要／重要的是繼續堅持一顆詩心／而使我過了詩人的快樂生活」，詹冰追求成為具真善美「快樂詩人」的立場，一如初衷。總體觀之，在詩的創作中，詹冰追求的是人類知性的美感經驗與追求真善美愛的感動，他樂觀熱情，在他的詩中，現實世界裡的政治壓迫紛擾與地方的文化色彩，只留下了淡淡的痕跡。詹冰最佳的詩創作，反映出一種旅者悠遊於宇宙與自然光影景物的趣味與童心，超越特定時空座標的印記，顯得晶瑩剔透、趣味盎然。

　　但是，詹冰詩中，所謂的追求快樂，是否便意味忽視歷史與土地，並缺乏歷史創傷的痕跡？而詹冰這種看似遠離時代政治紛擾的時空感，與所成長的皇民化與戰爭時期以及國府的專制統治經驗歷史背景，是否存在某種關聯？詹冰對日本俳句與法國超現實主義詩人主知詩觀的吸收與翻轉，如何影響他詩中所呈現的這種抽除地方感與時代感的時空意識，而對他呈現歷史創傷的方式，影響又如何？這幾個問題，可以直指詹冰詩觀形成的核心。本文將聚焦在，詹冰詩中以旅人的姿態、缺少特殊「在地感」所描述出來的地誌：宇宙、地球與臺灣，其表面所呈現的姿態與背後深層的意義；分析探討形成詹冰詩中這種模糊地方感與歷史感的歷史政治與文藝文學背景；並探討詹冰這種地方與歷史感的前衛性，與其藉由此前衛性超越歷史創傷經驗的企圖。

一、悠遊於宇宙自然的旅者：詹冰詩中抽除歷史創傷記憶與特殊人文風貌的地誌

在詹冰的詩世界中，宇宙、地球與家鄉臺灣這些地方，所代表的並非現實世界中人類各種愛恨矛盾衝突的發生場域，而是被化約為科學元素般乾淨剔透的知性世界，充滿光輝晶瑩的知性美。現實政治世界的壓迫、黑暗與血腥，或情慾世界罪惡與墮落的美醜，或種種憤怒壓抑的情緒，並未沾染在詹冰詩世界的地誌裡。臺灣被殖民經驗、白色恐怖、戒嚴、庶民生活的艱難困頓、階級意識、性別政治等現實世界的議題，在詹冰的詩世界的風景中，也幾乎是完全缺席的。詹冰以悠遊於宇宙、地球與臺灣的旅者姿態，分析提煉自然與人情之美，採集人性與自然之美的結晶。

在 83 歲逝世前最後發表於《笠》第 239 期（2004 年 2 月）的〈探訪太陽系（宇宙詩）〉中，詹冰以宇宙旅行者的姿態，向地球告別：

> 有一天，我穿上太空服，乘坐太空梭
> 到月球太空站，再換坐星際太空船
> 用雷射光，向太陽系的各星球飛行
> （中略）
> 探訪目的是欣賞太空之美和找太空移民地
> 下次探訪是更新奇、更神祕的銀河系

——頁 47

這首詩為詹冰一生詩中的地球旅行，做了極佳的結語與展望。詹冰從身旁大自然的丘陵、曠野、田園、街道、曉天、夜晚、季節、晴雨的漫遊，到在日本、中國、美加、歐洲各國、北非的國外旅遊，到臺灣各地廟宇的進香遊玩，而終於，在八十多歲的高齡，詹冰這位快樂的旅者，將旅遊的目

的地設定在太陽系與之外更廣袤的宇宙。

　　詹冰以旅者的姿態在地球上漫遊，其實並非始自 1980 年代的旅遊詩，而是早在創作之初。詹冰在 1985 年莊金國對他的訪問中，將詩人分為思想型（哲學型）、抒情型（音樂型）與感覺型（美術型）三種，而將自己歸類為感覺型，即美術型的詩人（《詹冰全集（三）研究資料彙編》，頁 50）。從第一首〈五月〉（1943 年）起，詹冰以美術的審美眼光，以計算意象鮮度的方式2，擷取自然風景的光影色彩與影像之美，一如拿著彩筆寫生的印象派畫家：「五月是以裸體走路。／在丘陵，以金毛呼吸。／在曠野，以銀光歌唱。／於是，五月不眠地走路」。在詹冰的眼中，五月裸體走路在金色陽光與銀色月光下，而詩人則以詩的彩筆，旅行在曠野在丘陵中，捕捉五月。而除了〈五月〉外，在他的第一本詩集《綠血球》的其他首詩中，詹冰以同樣不具具體地方色彩與文化意識的方式，以旅者愉悅新鮮的觀視角度，捕捉大自然之美。詹冰詩中春夏晨昏的風景，是在被抽除鄉土味道與人文景緻後的自然地誌。這個空間裡，存在的是人類與自然的關係，而非人類與人文社會歷史的關係。詹冰〈初夏的田野〉裡的景緻，可能出現在 20 世紀初的東京、巴黎、或臺北：

　　　　我發亮的皮鞋。鞋底鮮綠的嫩草。

　　　　孩童用睫毛看藍天。看輕風。

　　　　季節在蜘蛛網上色散而成連續光譜。

　　　　剛纔，紫茄子上照映著蝴蝶的姿態。

　　　　栗子的花，那是梵谷的親筆畫。

　　　　田園是綠色唱片，正響著郊外電車的旋律。

　　　　迎面來的少女，提著新採的白菜。

　　　　胸脯上，乳房發芽了。

2詹冰提到自己的詩觀：「我的詩法是計算。計算心象的鮮度。計算語言的重量。計算詩感的濃度。計算造型的效率。以及計算秩序的完美。」

——《詹冰詩全集（一）新詩》，頁 47

在這首詩中，皮鞋、藍天、綠草、輕風、蜘蛛網、紫茄子、蝴蝶、栗子、田園、電車聲、白菜、少女，構築了美麗的畫面，詹冰以穿著新鞋的旅者的姿態，欣喜步上旅程，忙將畫面捕捉下來。而類似的，在詹冰的《綠血球》其他的詩裡，雨、霧、扶桑花、夕陽、朝霞、星星、四季、笑與淚，也與這首詩所表達的景緻一樣，並非特屬一地的特殊地誌，而是屬於地球，屬於自然，屬於提煉美的結晶的詩人，屬於並不背負沉重歷史記憶的快樂旅者的風景。

面對日本的景緻時，詹冰自然更以旅者的新鮮觀視方式，觀看日本風物。他的〈日本風物誌〉詩組中，記錄了對日本地誌與風物的新鮮視覺印象，分別以富士山、櫻花、藝者、相撲、能樂、鯉幟、絲暖簾、路地、白足袋、生花為題，每個主題以三行短句，表達出旅者的驚喜。如詹冰寫著自己如是觀看富士山：「我成為一隻跳蚤／仰望從綠絹衣露出來的／日本國的乳房」（《詹冰詩全集（一）新詩》，頁 57）。富士山為日本的象徵，在詹冰眼裡，富士山是群綠山林之上所露出來的一峰雪白，而將日本想像為穿著綠絹衣美麗的女性，富士山則為綠絹衣裡露出的雪白乳房，是母性的象徵。面對在風中紛飛的櫻花，詹冰如此寫著：「現在是笑的極點／其證據是，／正在滴下美麗的淚珠……。」（頁 57）詹冰將紛飛的櫻花花瓣，視同輕快笑聲的具體形象，對大自然美深刻的感動，躍然紙上。而即使在面對家鄉的事物，詹冰也並不以在地人的身分發言，仍然以旅者的視覺新鮮感，描述感受到的色彩光影與民俗趣味的饗宴。〈酸性的廟〉所呈現的，是旅者眼裡趣味盎然的異國風景，並帶著科學家分析的知性：「一座廟宇就是，／一冊的『民俗學』。／我剝下信仰的眼鏡，／欣賞華麗的插圖。」（《詹冰詩全集（一）新詩》，頁 75）。〈金屬性的雨〉中所描述的雨景，在詹冰眼中是大自然的、科學家的、詩人的、也是家鄉的雨景：

　　銀白色的雲

　　發射白金線的雨，

　　於是少女的胸裡，

　　就呈七色焰色反應。

　　鳥類的交響曲是

　　沸騰的高錳酸鉀溶液。

　　心臟型的荔枝是

　　燦爛的血紅色結晶體。

　　並列的檳榔樹是

　　綠色的三角漏斗，

　　啊，過濾的詩感

　　水銀般點滴下來⋯⋯。

　　充滿 Ozone 的花圃就是

　　新式化學實驗室。

　　太陽脫下雲的口罩，

　　顯出科學家的嚴肅。

　　　　　　　　——《詹冰詩全集（一）新詩》，頁 61〜62

　　這個雨景，目的同樣在呈現感覺的鮮度與知性的美感，不帶抒情情緒與人
文社會歷史的成分。雨景、荔枝、檳榔樹、花圃、少女，都是詩人家鄉所
見的熟悉景象，但詹冰卻彷彿帶著試管從地球旅遊一周回來，記錄下地球
各種元素的氣化、液化與結晶的過程：雲發射白金線，點燃少女胸裡的七
彩焰色；鳥類的鳴聲喧鬧，像沸騰的高錳酸鉀溶液；荔枝像是血紅色的結
晶；檳榔樹成為過濾水銀般詩感的綠色漏斗⋯⋯。

　　而甚至面對歷史的傷痕時，詹冰也選擇以旅人的姿態，化解內心的哀

痛。在〈在有橡樹的港口〉中，詹冰以旅人的灑脫與「人生過客」的觀視，做為超越目睹時代悲劇劇痛的憑藉：

> 初次，在有橡樹的港口的
> 我是個旅人
>
> 太陽照射時
> 橡樹葉是無數的小鏡子
> 輕風吹過時
> 橡樹是一種新樂器
>
> 我接到的是悲慘的消息
> 船在臺灣海峽罹難
> 我所迎接的人已沉在海裡
> 港口的波聲令我心痛
>
> 太陽隱藏雲間
> 橡樹葉不再是小鏡子
> 輕風息了
> 橡樹不再是樂器
>
> 在太無常的浮世的
> 我是個旅人
>
> ——《詹冰詩全集（一）新詩》，頁 106～107

在這首詩的開頭，詩人是看得見橡樹葉反射的陽光、聽得見橡樹葉間的輕風的愉快旅人，而就在經歷船沉入臺灣海峽、等待的人沉於海底的痛苦之後，詩人轉而成為看透世事無常如過眼雲煙的生命旅者。面對人間的醜惡與戰爭的殘酷景象，詹冰覺得痛心。在他 1980 年代的旅遊詩〈我不要

看！──參觀長崎「原爆資料館」〉中，詹冰透過參觀「原爆資料館」的孩子的口中，一再重複天真孩童對戰爭恐怖最本能的呼喊：「比破銅爛鐵還恐怖的碎片，我不要看！／比天災還殘酷的人禍，我不要看！／人類每一張嘴都會叫喊，我不要看」（《詹冰詩全集（一）新詩》，頁 199～200）。詹冰目睹戰爭的殘酷，經歷歷史的創痛，選擇在他的詩中記錄愛與美，以旅人所持的驚異的新鮮感，詮釋大自然、各種風物與人情之美。

　　而在 1980 與 1990 年代的旅遊詩中，詹冰的前衛性已失，但地球旅人與生命旅者的姿態，則更加明白顯露。詹冰以生活寫詩，以謙虛純淨的心，享受家庭生活的寧靜、寫下在家鄉的遊誌，並記錄下遍遊世界各地的經驗。詹冰寫家鄉特殊的人文與歷史時，因為仍以生命旅者的姿態觀視，並未大力營造特殊共同歷史記憶與使命感的地方感。他寫〈燒香行〉、〈永遠的昭忠廟〉、〈神蛾〉、〈峨崙廟〉等家鄉的遊記，與他寫〈美西加旅遊〉、〈歐洲旅遊〉、〈哥德的故鄉〉、〈金字塔〉等外國旅遊，基本上，都是從旅人預期新鮮快樂的角度出發。對老年時與妻子參加進香團拜拜的詹冰而言，過了快樂的一天，已經心滿意足，「管他拜了什麼神／至少，我上了一天難得的民俗課。」[3]地方的特殊性與歷史創傷的記憶與憤怒，並非詹冰所關切的重心，他從愛全體人類的觀點出發，祈求成為人類大家族的一員，而寫於 1995 年元旦的〈新年祈望〉，充分表達出這個心願：

今天，踏出七十五歲的第一步

真是難得的，喜悅的第一步

站在新年的出發點，我有點振奮

我要祈願大家平安，健康愉快

同時我覺悟，我是人類大家族的一員

而且，要雞籠一般脫離名利的蛋殼！

---

[3]錄自〈燒香行〉。原載於《笠》第 132 期（1986 年 4 月）。《詹冰詩全集（一）》（苗栗：苗栗縣文化局，2001 年 12 月），頁 219～220。

> 我再祈望，全人類如兄弟姊妹般
>
> 要相親相助相愛，堅持愛人如己
>
> 立即停止戰爭、殺戮、暴行
>
> 立即停止製造武器，包括核子武器
>
> 大家發揮愛心，救助難民、貧民
>
> 創設和諧、快樂、幸福的地球！
>
> ——《詹冰詩全集（一）新詩》，頁 288

一本初衷地，詹冰在這首晚年的詩中，祈望的是全人類的相愛與幸福，停止戰爭殺戮、幫助貧困。詹冰詩裡向來不強調地方特殊性的地誌，與他在這首詩中，這個自我期許為人類大家族的一員的態度，得到相互應證。

二、詹冰詩中的模糊的地誌和歷史意識與其形成的歷史背景

綜觀詹冰詩中的地誌，呈現出一種旅者觀視下模糊的人文景觀與歷史意識。這與日治時期賴和、楊華等主流的寫實抗議詩的在地感，相去甚遠，也與楊熾昌超現實詩所呈現的歷史創傷意識不同。我們將詹冰生命旅人式的「地方感」，與同為「跨越語言」的詩人陳千武詩中所呈現的在地感互相比較，便可得到一個明顯的對照。在 1977 年發表於《笠》第 81 期的〈島〉中，陳千武將臺灣島視為捍衛正義的特殊土地：「細長的防波堤／為阻遏邪惡的侵犯／守衛著港口／／細長的島嶼／山尖豎起武裝的劍／護衛著海的真理」（《陳千武精選集》，頁 36）。在陳千武的筆下，臺灣島被比喻為防衛邪惡入侵的防波堤，它的尖山被比喻為護衛真理之劍。臺灣島被特殊化為正義的化身，島嶼的形狀與多山的地貌，都如實呈現在這首詩中。而陳千武這種以特殊化「地方」書寫地誌的方式，在詹冰的詩中，並未被發現。雖則，詹冰對家鄉的情感，同樣真摯。在〈選擇〉一詩中，詹冰寫著：「藍天，還是藍色最合適／綠樹，還是綠色最適當／／出生，還是做人類好。／出生地，還是寶島臺灣」（《詹冰詩全集（一）新詩》，頁 290）。

詩中，臺灣的地誌並未被描繪出來，土地也未被賦予獨特的歷史記憶與使命，詹冰以簡潔的筆觸，簡單勾勒出對臺灣的愛，寫出自己出生為人類、出生在臺灣最好，就如藍屬於藍天，綠屬於綠樹一樣自然。在詹冰晚期的詩中，有許多有關家鄉的主題，但多與家居生活有關，如寫與妻子散步的〈清晨的散步〉[4]（1985 年），與孫女對話的〈小羽的疑問〉（1986 年），臉上的兩粒疱疹〈兩粒疱疹〉（1986 年？），與妻子的金婚紀念日〈金婚紀念日——獻給賢妻蘭香〉（1995 年），老年的生活〈銀髮生活雜詠〉（1996 年？）。對陳千武而言，「地方感」的建立主要來自共同的歷史創傷記憶與共同命運，而對詹冰而言，「地方感」的建立主要來自家庭日常生活的樂趣、親友的互動與對觀視自然之美的感受。

而其實，詹冰詩中從旅人的觀視角度書寫，所營造的模糊地誌與歷史記憶的書寫方式，是種相對於主流本土派詩人寫實抗議精神[5]的另一種觀視「地方」與歷史的方法，是一種藉由運用前衛主知的詩觀抽離情緒，從整個大自然與宇宙人類生存的角度回看「地方」意涵的書寫方式。藉由這種觀看「地方」與歷史創傷的方式，有助詹冰超脫歷史創傷記憶與地方主義，而專注於提升「身為人類一員」的個人格與心靈，與全體人類的存在融合一起。

而詹冰這種書寫地方與歷史記憶的方式，實與臺灣皇民化時期的文化政治氛圍、詹冰留日期間所受到的日本詩壇知性詩觀的影響及時代的政治氛圍有關。詹冰成長於皇民化時期，於 1935 至 1940 年就讀臺中一中期間開始初試詩創作時，日本已進入戰爭期。在 1941 至 1944 年留學日本東京期間，詹冰雖然在父親的反對下，無法如願就讀文科，但進入明治藥學專

---

[4]從〈清晨的散步〉，可清楚地看出詹冰筆下一貫的旅人觀視下的地誌與模糊的人文歷史感：「雖然每天和老『牽手』一起散步／可是我不敢和老『牽手』牽手／／我們觀看曉天的稀星／我們遙望四方的殘月／我們讚美東方的紅陽／／我們知道朝霞是須臾的／我們曉得露珠是短暫的／我們結論人生是美好的／／我們欣賞林中的鳥聲／我們觀察路邊的花蟲／我們驚嘆自然的傑作／／雖然清晨山邊的小徑看不見人影／可是我還是不敢和老『牽手』牽手」。

[5]本土派新詩主流的寫實抗議精神，始自日治時期賴和、楊華、張我軍等人的詩。賴和〈覺悟下的犧牲〉、楊華〈女工悲曲〉、張我軍《亂都之戀》等均呈現寫實抗議精神。

門學校的前後，均大量閱讀詩、小說、戲劇、哲學、宗教與天文學、社會學、醫學等文學科學書籍，並熱切寫詩，他「知性」的詩觀，便在當時日本詩壇輸入法國超現實主義的「新詩精神運動」的影響下形成，詹冰並終其一生信奉抽離情緒的主知的詩觀。

戰爭時期的臺灣，臺灣總督府已成功壓制所有 1920 至 1930 年代臺灣的左右派文化啟蒙活動，1937 年宣布禁用漢文，進行進一步的同化，有效控制文藝政策與文藝活動。不但，左翼無產階級文學已幾乎消聲匿跡，具寫實抗議精神的作品也大為收斂。1939 至 1945 年，活躍於臺灣文壇的有以日人西川滿、矢野峰人為首的耽美派文人，與較具寫實抗議精神的本土作家張文環、楊逵、呂赫若等。1939 年，集結臺日作家的「臺灣詩人協會」成立，同年改組為「臺灣文藝協會」，幾乎網羅所有當時臺日重要作家：西川滿、吳新榮、龍瑛宗、楊雲萍、楊熾昌、張文環等人。1941 年，西川滿另組「臺灣文藝社」，發行《文藝臺灣》，以浪漫、耽美的風格為尚。同年，由張文環成立「啟文社」刊行《臺灣文學》，成為張文環、呂赫若、楊逵等具寫實抗議精神的作家的發表園地，但作品已被迫削弱早期文化啟蒙作家的強烈抗爭意識。這兩個文藝社，均是由臺日作家共同組成。1943 年，且同時廢刊，臺日作家共同組成「文學奉公會」，配合宣揚日本政府政策。成長於這樣肅殺的政治文化政策氛圍中，寫實主義與階級文學受到壓制，詹冰十幾歲就讀臺中一中時期（1935～1940 年）以俳句與和歌開始了創作之路，走向純粹詩的風格，已有跡可循。

而詹冰在 1940 年代前期留學日本時，日本文學已走過極為豐收的年代。大正文學與到 1937 年戰爭爆發以前的昭和文學，在歐美文藝思潮影響下，流派眾多、百花齊放。除了超越世俗高潔不屬流派的森鷗外與夏目漱石之外，尚有：島崎藤村與正宗白鳥，受法國自然主義所影響的自然主義小說；永井荷風、谷崎潤一郎，追隨法國象徵派詩人波特萊爾（Charles Pierre Baudelaire）與英國王爾德（Oscar Wilde）的耽美派；橫光利一與川端康成，重視象徵而非寫實的新感覺派；武者小路實篤、有島武郎、志賀

直哉等人，追隨俄國托爾斯泰（Leo Tolstoy），提倡新人道主義新理想主義、反對自然主義；芥川龍之介與菊池寬等人，所代表的新思潮派；1930至 1934 年間，提倡左派階級文學的「全日本無產者藝術聯盟」；1930 年橫光利一、西脇順三郎、井伏鱒二等人成立反共藝術派作家的「新興藝術俱樂部」，對抗「全日本無產者藝術聯盟」等等。[6]而當詹冰在日本留學的期間，日本已進入戰爭時期，大正昭和文學的繁花榮景，受到軍國主義的壓制：反戰與左翼文學，均受到查禁壓制，而鼓舞戰爭士氣的作品，則受到獎勵。日本政府並開始了文化統治，尤其 1941 年珍珠港事件之後，有「文學者愛國大會」、「日本文學報國會」、「大東亞文學大會」等組織，動員文學者支持國家政策。在這樣的政治文化氛圍中，寫實主義與左翼文學少有發展空間，而受歐美影響下的耽美與前衛寫作風格，尤其是模仿法國超現實主義的「新詩精神運動」，則仍未受到全面的壓制，直到 1944 年，日本即將戰敗之際，詩刊才逐漸停刊，只剩下「愛國詩」與「口號詩」。

　　1940 年，詹冰到日本留學時，大正與昭和文學，仍供應豐富的文學宴饗。當時非常盛行於詩壇的是，由西脇順三郎、春山行夫、北園克衛、北川冬彥等人為中心，在 1928 年創立的詩刊《詩與詩論》。該詩刊提倡「新詩精神運動」，以法國超現實主義為宗，排斥象徵詩與抒情詩，主張詩形式的美學與主知的詩觀。詹冰因為氣味相投，自然而然地接受了超現實主義的知性詩觀與形式美學的影響，這點在他 1985 年登載於《笠》第 129 期接受莊金國的訪問中，表達得很清楚[7]。1943 年，詹冰的〈五月〉獲得堀口大學的推薦登在詩刊《若草》上，接著〈在溢民村〉、〈思慕〉也被刊載。堀

---

[6]以上有關日本大正昭和文學的資料，參考劉崇稜，《日本文學史》（臺北：五南圖書出版公司，2003 年 2 月）。

[7]在莊金國 1985 年對詹冰的訪問中，詹冰證實自己知性詩觀，如何受到當時日本詩壇的影響而建立：「民國 29 年，我在臺中一中畢業後，便去日本繼續求學。當時，日本詩壇正在流行『新詩精神運動（從法國輸入的新藝術運動）』：主張新的主知的追求，用知性來寫詩。運動的中心是季刊詩誌《詩與詩論》。我很喜歡看該詩誌及參加該運動的詩人們的詩集。他們的詩論和詩，很合我的口味而使我由衷發生共鳴。我學習了他們的理論和技巧而作主知的詩。……所以我想，我寫主知的詩是很自然的演變」（《詹冰詩全集（三）研究資料彙編》，頁 48）。

口大學（1892～1981）是精通法語的詩人與翻譯家。1925 年，他翻譯波特萊爾、Cocteau 等法國詩人的詩，集結成《月光下的一群》一書，對日本超現實主義派的建立有很大的影響。受到堀口大學推薦的鼓舞，詹冰從此走上主知的前衛詩之路，戰後且模仿圭藍・阿波里奈爾（Guillaume Apollinaire, 1880～1918）的圖畫詩，將主知的前衛詩風與圖象詩引介進臺灣。而超現實主義對潛意識、非邏輯性語言的著重，與阿波里奈爾圖象詩對詩形式之美與視覺美學的追求，含有一種特重人類與大自然普遍性的態度，這影響了詹冰觀視現實世界的方式，進而影響他詩中以不著重特殊地誌與歷史記憶的方法，來描述土地與歷史。詹冰在接受莊金國的訪問中，提到自己以「真善美愛」做為自己寫詩的主要目標，認為「人類愛最大，夫妻、兄弟、家族、朋友等各種愛都包含在裡面」（〈莊金國訪詹冰〉，頁 69）。從詹冰以「人類愛」做為寫詩最終目標之一的說法來看，他詩中的地誌，呈現出抽除歷史創傷記憶與淡化特殊人文的風貌，也是相當自然的結果。

三、前衛與歷史創傷：詹冰對法國主知詩觀的翻譯與歷史創傷

詹冰廣博地閱讀唐詩、日本俳句、和歌等古典詩歌，受古典詩歌歌詠自然、季節，與追求意境及空靈的生命境界之特色影響，他的詩因此呈現出跨越文化與歷史經驗的自然書寫風格，而詹冰晚年更受到佛學薰染，持續其以人類愛為念的寫作精神。但詹冰的創作，最主要仍受到日本「新詩精神運動」影響，閱讀法國超現實主義詩，再形成自己主知的詩觀與「真善美愛」的寫詩目標，而呈現超越特定時空感的詩風。「超現實主義」一詞，是歐洲（尤其是法國）流行於兩次大戰的文藝思潮，最初由阿波里奈爾在他 1917 年的滑稽劇《蒂瑞嘉的乳房》（Les Mamelles de Tirésias）中提出，很快成為時髦的字眼，後來由布列東（André Breton, 1896～1966）加入佛洛伊德夢與潛意識及反叛精神，於 1924 年發表第一次宣言而正式完成。基本上，超現實主義是巴黎 20 世紀初期紙醉金迷年代的產物。在這個紙醉金迷的年代（la belle époque），對擁有財產的富人而言，他們不須工

作，生活中只有美食、調情、享樂、誇耀、虛偽與品味，整個巴黎有如誇
耀的展示舞臺。[8]在這樣的文化氛圍下，誕生了超現實主義，追求個性、自
由、驚奇、與潛意識的非邏輯性，提倡知性而非抒情的美學。超現實主義
的前驅阿波里奈爾詩的最大主題，總是在追求自由，追求個人先於社會一
員的自由，追求個人跨越自我的限制與所有其他人類結合為一體的自由。
阿波里奈爾追求與所有人類合一的熱情及自由，可由其〈送葬行列〉
（"Cortege"）一首詩看出：「某天／某天我等待我自己／我對自己說圭藍你
該出現了／我好知道自己是誰……／所有出現的而不是我自己的人／帶來
一片片的我自己[9]」。阿波里奈爾表達追求自己面貌的願望，他認為所有的
人，都反映出自我的一部分，透過所有人，詩人試圖拼湊融合出自己的面
貌，這頗有一即眾、眾即一，與所有人類合一的意味。在〈山崗〉一詩
中，阿波里奈爾表達以人性意志提升人類為神的願望：「那將是熱心文雅的
時代／只有人性意志有所作為／七年難以置信的審判／人都會變成神／更
純粹更活潑和博愛」（李魁賢譯，頁 28）。這首詩顯示超現實主義，以熱心
與文雅（非浪漫抒情）、活潑博愛、重視人性意志與全體人類的主張，透露
出對人類人文與人性意志，具有強烈的信心與信念。

　　儘管身處物質缺乏的戰爭年代，與 20 世紀初誇耀的巴黎，其現實環境
與文化氛圍，相去何只十萬八千里；詹冰仍以受壓迫的被殖民者的身分，
從日本「新詩精神運動」，學習到法國超現實主義主知詩的形式美學與以全
體人類為念的人文精神。詹冰這個對法國超現實主義精神的翻譯，隱含了
一種被殖民者在嚴苛的政治現實下，追求人格完整及與包括殖民者在內的
所有人類平等的位置的期望。不同於主流本土派寫實抗議詩人的在地感，
詹冰從旅人觀視的角度，抽離特殊地方感與歷史經驗，直接書寫自然，代

---

[8]有關這個紙醉金迷年代的敘述，參考 Shattuck, Roger, *The Banquet Years: The Origins of the Avant-Garde in France 1885 To World War* (New York: Doubleday & Company Inc, 1961)
[9]本詩譯文為筆者譯自其英文翻譯："One day/ One day I waited for myself/ I said to myself Guillaume it's time you turned up/ So I could know just who I am.../ All those who turned up and were not myself/ Brought one by one the pieces of myself"

表了成長於皇民化時期臺灣前衛作家，另類處理現實世界的土地與歷史的方式。藉由翻轉超現實主義這種抽離抒情情緒，以世界人類為一體，觀看土地與歷史的角度，詹冰與林亨泰一樣，在戰前被殖民的情境與戰後白色恐怖的肅殺環境中，得以在精神上超越被壓迫宰割的政治現實，並經由知性詩人的國度中，找到追求人格完整、人類平等地位、與人類真善美愛的可能性，雖則林亨泰對現實世界與政治氛圍的批判，遠超過詹冰。詹冰有意識地追隨法國這些主知詩人追求個性、自由、與驚奇，超越現實世界的各種苦惱與創傷，在詩的國度中蛻變成真善美的自我，這個想法在他的〈蠶之歌〉裡，清楚表露：「吃，這就是我的天性。／我就是食慾的化身。／我認真地吃。／我認真地吃下現實。／我消化現實中的苦惱。／我是靠苦惱的營養而成長。……／終有一天，我成長到我的極限。／我的食慾將一直減退，／我的肉體和思想也一直變成透明。／最後成了一個膠體的透鏡。／我接收光的花束，／我纔發現我的靈魂在焦點上顫動。／啊，吐出白金色的光絲，／建築理想宮殿的日子也許不大遠吧！？」（《詹冰詩全集（一）新詩》，頁 110～111）。在這首詩中，詹冰以蠶自喻，不斷吃進現實世界的一切苦惱，並轉化為透亮的蠶絲，期許有朝一日終能建築出理想的世界。包括戰爭的殘酷、重複被殖民的創傷等現實世界的苦惱，在詹冰的詩世界中，都可被轉化為思想的營養，被提煉為人類的真善美愛。

　　而即使痛苦地面對戰爭的殘酷時，詹冰依然設法抽離一時一地的觀看角度，給予冷靜的評語。在〈戰史〉中，詹冰以金屬般冷靜的語調，控訴戰爭的殘酷：「金屬被消費了。／肉體被消費了。／眼淚被消費了。／尤其是女人們的美麗的眼淚——。」（《詹冰詩全集（一）》新詩，頁 98）。在此，時空的座標並不存在，戰爭榮耀的口號與理由也消失，戰爭的無謂，由重複的「被消費了」一詞，被一再地強調。對詹冰而言，戰爭無關區域、無關理由，所造成的傷害普世皆然。藉由如此宏觀人類戰爭的角度，詹冰回看臺灣所經歷的戰禍，戰爭與歷史創傷，已經不屬於一時一地，而是全人類的苦難。而詹冰另一首有關戰爭的詩〈船載著墓地航行〉，雖然以

1944 年 11 月 8 日「慶運九」遭美國潛艇攻擊沉沒為題，這個特定的歷史事件的政治意涵與歷史意義，卻並非詩人所關注的重點。詹冰在這首詩中，所關注的是死亡的亙古意義與愛的光輝。詹冰以一貫冷靜的筆調，描述船被砲彈擊中後，人們等待死亡的驚悚：「人們的神經猶如破碎的漁網／被抽出血液的　臉　手　腳／被絕望浸蝕的　心　肝　腦／現在　人已是無機的塑像／現在　人已是等待釘的屍體／墓地的冷冽普遍地籠罩甲板上」（《詹冰全集（一）新詩》，頁 171），這一幕讓我們想起超現實主義畫家 Max Ernest（1891～1976）〈反教宗〉（"Anti-Pope"）畫作中，灰藍色惡夢世界裡破碎零亂組合的人體與馬頭，與他們呆滯機械的表情。但人們死前的彼此叮嚀與愛的宣告，卻超越了等待死亡的驚悚，丈夫對妻子說：「數小時　不　數分鐘　數秒鐘／想到可活的時間只剩這些時／我後悔還沒有為妳做一件事／因有了妳　我才有了純潔的歷史／因有了妳　我才有了燦爛的生命／啊　現在的我還能辦得到的／只是　不多的時間全部奉獻給妳／只是　想念妳　為妳祈禱／請妳　饒恕我吧——」（《詹冰詩全集（一）新詩》，頁 172～173）。在詩的最後，死亡已成為人類融入無限宇宙的跳板，帶著解脫生命感情世界的肅穆莊嚴：「嚴肅地待死的人們啊／現在你們嚼出生命的滋味吧／即將臨死的人們啊／現在你們領悟人生的真諦吧／那麼解脫情感的引力／摒棄一切　告別一切／如同祖先們曾經做過的一樣／如同子孫們將來要做的一樣／含著新的淚液／帶著微笑跳進新的世界吧／和那無限的宇宙融為一體／參與那永恆的時間吧！」（《詹冰詩全集（一）新詩》，頁 173～174）。詩中，儘管詹冰擁抱死亡的姿態，令人覺得，比起情緒性的吶喊，對戰爭的譴責，還要來得更加沉重；但詹冰以這樣冷靜肅穆、帶著宗教精神的眼光，來看待戰爭的人禍與被壓迫人民無辜的死難，視死亡為融入永恆時間的新世界，卻使人以新的角度看待死亡與愛的意義，從人類苦難中得到一種類似宗教經驗的試練與提升，而幾乎得到「靈魂永生」的安慰。

　　如此，詹冰追隨這些法國主知詩人抽離情緒注重形式視覺美學的詩

觀，得以超越被殖民、被專制統治、親友被戰爭人禍殺害的歷史創傷經
驗，並努力在博愛全體人類與提煉生活碎片的自我期許中，追求真善美的
自我，建築出語言世界裡純淨透亮的理想國宮殿。值得注意的是，這種抽
離情緒知性觀照人類苦難的方式，並非一種無視歷史創傷的作法，而是加
以知性地消化吸收昇華、賦予意義，而藉以爬升至一種生命的高度。詹冰
〈不要逃避苦惱〉一詩，高聲盛讚人性堅強的意志力，他說「苦惱」:「那
是人類的最高榮譽。／把苦惱嚼碎成粉末吧。／那是精神的最好營養。／
不用苦惱以外的東西成長。／不用苦惱以外的東西建築幸福。／以苦惱祈
禱一切吧。／以苦惱清潔一切吧。／啊。『苦惱』兩字，真美極了！」(《詹
冰詩全集（一）新詩》，頁 91)。詹冰在歷史傷痛與生活的苦惱中，以生命
旅人超越的觀看角度，與樂觀面對人性意志的方式，咀嚼消化提煉出結晶
般透明澄淨的體悟與超越，而因此「苦惱」已成為提煉真善美愛的原料。

　　然而，詹冰這種主知的前衛精神，畢竟並非土地與歷史自然孕育出來
的文化觀照，也和本土派臺灣詩壇反映時代政治歷史環境流變的主流寫實
精神，相去甚遠。因此，遠離歷史潮流喧嘩的孤獨感，一再出現在他的詩
裡。他的〈燈〉、〈詩人〉、〈蝸牛〉、〈足音〉，都表達了這種孤高的心情。在
〈足音〉中，詹冰寫道:

> 我聽見有個足音——
> 我的眼前無人無影
> 驟然回頭一看，除了自己空無一人
> 在這險峻而寂靜的山徑上
>
> 鳥聲，掠過樹葉的風聲
> 松鼠踩斷樹枝的聲音
> 蛇的腹部壓倒草葉的摩擦聲
> 穿過這些聲言，我確聽到有個聲音

我的前後還是無影無人

可是我聽見，好像從遙遠的地方

又好像在我的近處一直跟蹤我的

斷斷續續的微弱足音——

在徑邊默默地躺著一具白骨

曾經在這一條山徑發出足音的骷骨

啊，在無限綿延的同一條山徑上

有一天我也會變成一堆白骨

沒有盡頭而寂寞的小徑——

儘管如此，我要放開腳步

勇往邁進走這一條小徑

為了不要使足音中斷！

——《詹冰詩全集（一）新詩》，頁 149～150

這首詩中，模糊的時空座標，再次出現。這個孤絕感，可以是美國田園詩人，佛洛斯特（Robert Frost, 1874～1963）在〈未走的山路〉（"The Road Not Taken"）的小徑上感受過的，也可以是唐朝陳子昂「前不見古人，後不見來者。念天地之悠悠，獨滄然而涕下」在山路上所體會到的。

四、結語：詹冰另類觀視土地與歷史的方式

在本土觀念急遽膨脹的現在，晚近三年，以臺灣為名的詩集，便有《臺灣的詩》（侯吉諒編，2003 年）、《2004 臺灣詩選》（蕭蕭編）、《2005 臺灣詩選》（蕭蕭編）、《二十世紀臺灣詩選》（向陽、奚密、馬悅然主編，2005 年）、《航向福爾摩沙》（向陽編，2006 年）等等。地方書寫已儼然成為臺灣人觀看、認識與理解世界的最新趨勢。但「臺灣」一詞，究竟所代表的是怎樣的意義？是地球經緯線上的一個定點？是地質學家、生態學家

眼中，充滿特殊動植物與岩石的島嶼？是原住民祖靈所居的處所？是充滿被殖民傷痕歷史記憶與多元文化現狀的土地？還是哲學家和神學家眼中人類在世所居的一個落腳處？而從近年來「臺灣」圖騰所營造的地方感看來，「臺灣」被解讀為具有共同人文、歷史記憶與共同命運的臺灣住民的所居之地，「臺灣」一詞代表了特殊的命運和觀看世界的角度，而在某種程度上，也不免隱含了若干排他與仇外的情緒。

　　而本文從地方書寫的角度分析詹冰的詩，得致一種生命旅人觀視下的模糊地誌與歷史記憶，與企圖超越地域限制與歷史創傷記憶，達致愛與美的高貴情感。詹冰翻轉俳句、唐詩與法國超現實主義的精神，創造出結合生命旅者觀視大自然、四季變化之美與反情緒主義的主知詩學，透過前衛詩的非邏輯性語言與驚異感，達到提煉純淨詩心的目標。他的詩直指自然景物的純淨與全人類追求真善美愛的精神，主張博愛與國際主義。整體而言，詹冰詩中的地方感，主要由親情、友情、大自然之美、家居生活所建構出來，並從人類整體命運與地球宇宙的角度回看臺灣的位置，而獲致一種安居於此地，卻不拘泥於此地的地方感。這種地方感，與主流寫實主義以特殊地誌、共同歷史記憶與命運的角度觀看臺灣所營造出來的地方感，顯得相當不同。但就如研究「地方」觀念的學者 Tim Cresswell 所言，「地方是認同的創造性生產原料，而不是先驗的認同標籤」（頁 67），地方並非是一種固定不變，或者具有正確錯誤答案的題目，它其實是一種內在、開放、未完成的觀念，地方居民的參與、建構，形成不斷擴充變化的地方感。如果說，主流的「臺灣熱」營造出臺灣特殊的地方感與共同命運感，那麼它所可能隱含的排他性與仇外情緒，便需要有另外的觀視角度加以平衡。但在當今大眾傳播、移動力增強、消費社會的影響下，造成浮淺的地方感，這種現象與臺灣的特殊地方感，產生某種程度的矛盾與緊張，而不是彌補其可能造成的排他性與仇外情緒。而透過詹冰詩中所呈顯的生命旅者式的地方感，以真善美愛、觀視自然之美與親情友情營造地方感，則應能提供值得參考的另類思考「地方」意涵的方式。

引用書目：

- Cresswell Tim 著；王志弘、徐苔玲譯，《地方：記憶、想像與認同》（*Place: A Short Introduction*）（臺北：群學出版社，2006 年 2 月）。

- 李魁賢譯，《阿波利奈爾／勃洛克》（臺北：桂冠圖書公司，2004 年 12 月）。

- 林亨泰，〈初識詹冰──銀鈴會中令人雙眼為之一亮的存在〉，《笠》第 240 期（2004 年 4 月），頁 9～21。

- 郭楓，〈嚶鳴上下、在星和花之間──詹冰論〉，《笠》第 240 期（2004 年 4 月，頁 31～54）。

- 陳千武，《臺灣新詩論集》（高雄：春暉出版社，1997 年 4 月）。

- 陳千武，〈島〉，原載於《笠》第 81 期（1977 年 10 月），後收錄於《陳千武精選集》（臺北：桂冠圖書公司，2001 年 2 月）。

- 詹冰，〈四行詩六首（一）〉，《笠》第 190 期（1995 年 12 月）。

- 詹冰，〈初夏的田園〉，原載於《綠血球》（1965 年 10 月），後收錄於《詹冰詩全集（一）》（苗栗：苗栗縣文化局，2001 年 12 月）。

- 詹冰，〈探訪太陽系（宇宙詩）〉，《笠》第 239 期（2004 年 2 月），頁 47。

- 詹冰，〈未完成的訪問〉，原載於《笠》第 129 期（1985 年 10 月），後收錄於《詹冰全集（三）研究資料彙編》（苗栗：苗栗縣文化局，2001 年 12 月），頁 48～51。

- 詹冰，〈新年祈望──一九九五年元旦〉，原載《笠》第 185 期（1995 年 2 月），後收錄於《詹冰詩全集（一）》（苗栗：苗栗縣文化局，2001 年 12 月）。

- 詹冰，〈新詩與我〉，《笠》第 87 期（1978 年 8 月），頁 15～20。

- 詹冰，〈選擇〉，原載於《笠》第 187 期，1995 年 6 月，後收錄於《詹冰詩全集（一）新詩》（苗栗：苗栗縣文化局，2001 年 12 月）。

- 詹冰，〈變──我的人生觀〉，原載於《臺灣日報・副刊》，1991 年 8 月 18 日，9 版。後收錄於《詹冰詩全集（一）新詩》（苗栗：苗栗縣文化局，2001 年 12 月）。

──選自盛鎧主編《第五屆苗栗縣文學・多元共生・研討會論文集》
苗栗：苗栗縣國際文化觀光局，2007 年 12 月

醫事詩人醫學專名的意象運用

以詹冰、江自得為例

◎林秀蓉[*]

壹、前言

　　大體而言，文學語言是非實用性的，以具有審美價值為必要條件；非文學語言是實用性的，以傳達客觀真實的知識為主要功能。臺灣醫事作家企圖打破文學語言和非文學語言的既有概念，將實用性的醫學專名融入作品，使醫學語言有新的詮釋而不局限在既定的認知。所以在同一作品裡，讀者可能同時感受到文學語言的美感經驗，與非文學語言的實用性；但這兩種語言的差異性卻不會顯得格格不入，最主要原因是由於作家已將這些醫學語言「變形」或「異化」，進而轉義為具有審美價值的文學語言。

　　詩的語言，亦即意象的語言。在心理學上，「意象」一詞所表示的是過去的知覺或感受的經驗在心中的回憶與復現，心理學家布雷（B. W. Bray）認為：「意象是吾人意識上的回憶。原物不存在時，它能在吾人的知覺上，重新完整的或部分的產生原始印象。」[1]這些印象包括視覺的、聽覺的、味覺的、嗅覺的、觸覺的、至肌肉運動感覺的，以及各種感官間相互溝通的印象。經由心理學家的試驗證明，在特殊情況下，各種感官仍有互通轉化的可能，這就是所謂的「通感」。通感的運用，開放了詩人各種感官經驗之間的交錯，從而使我們讀者得到新穎的體會。就擁有醫學背景的詩人而

---

[*]發表文章時為輔英科技大學通識教育中心副教授，現為屏東大學中國語文學系教授。
[1]張漢良，〈論詩的意象〉，《現代詩論衡》（臺北：幼獅文化公司，1979 年 6 月），頁 1。

言，除了以上提及的感官通感之外，更拓展延伸到身體其他器官的通感作用，同樣的，使其意象收到新奇鮮活的效果。醫事詩人如詹冰、江自得、曾貴海、鄭烱明、陳克華，即常以醫學專名為意象不斷地創新試驗，極力打破了語言的窠臼，走入不受文學語言拘牽的境地。本文先以日本明治藥專畢業的詹冰、高雄醫學院醫學系畢業的江自得為分析對象。

貳、詹冰詩醫學專名的意象運用

　　詹冰（1921～2004）詩醫學語言的運用，以「血」、「器官」出現最多。首先就「血」的意象而言，第一本詩集《綠血球》後記曾說：

> 追求美的時候，我的血管裡彷彿在流著綠血球。追求愛的時候，我的血管裡就感覺正在流著紅血球。……詩作的活動上來說，我是比較愛好綠血球的表現。

　　在詩人眼中，綠血球、紅血球不是醫學專名或身體構造，它已轉化成「美與愛」的象徵。詹冰注血入詩的作品，戰前有〈五月〉、〈音樂〉、〈詩作之前〉、〈曉天〉，戰後有〈透視法〉、〈寒夜〉等。其中〈五月〉以綠血球象徵五月大自然的生命之美，最為清新動人：

> 五月，
> 透明的血管中，
> 綠血球在游泳著——。
> 五月就是這樣的生物。
>
> 五月是以裸體走路。
> 在丘陵，以金毛呼吸。
> 在曠野，以銀光歌唱。

於是，五月不眠地走路。

—— 《綠血球》，頁 7

　　1943 年在東京求學的校園裡，詩人臨窗遠眺那初萌綠芽的櫻樹，萬物的蓬勃生機深深觸動心弦，有感而發地將五月比喻是會游泳、走路、呼吸、歌唱的生命物體。全詩並沒有採取景物素描的方式陳述，只是透過幾個感官意象以及擬人化的筆法來描寫，例如：「透明的血管中，綠血球在游泳著——。」（視覺）、「在丘陵，以金毛呼吸」（嗅覺）、「在曠野，以銀光歌唱」（聽覺）、不眠地以裸體走路（肌肉運動感覺），來呈現詩人的美感經驗。在短短八行詩句中，形象鮮活，引發讀者產生豐富的聯想，人間五月天彷彿化身為一位精神奕奕的美麗佳人。

　　其次，〈音樂〉一詩，運用「胸脯」、「肺臟」、「血」、「屍體」等醫學語言，描述在音樂世界中的陶然忘我：

用新芽似的尖嘴，

喔，樂音啊，

你不斷地啄我的胸脯。

不斷地痙攣的肺臟。

不斷地流血的思想。

漸漸地我變了一個快樂的假屍體——。

—— 《綠血球》，頁 29

　　這首詩詹冰將音樂比喻為有如新芽的「尖嘴」，陶醉於真善美樂境中的詩人，胸脯不斷被啄，肺臟不斷痙攣，思想不斷流血；換言之，五臟六腑已被撼動人心的音符所填滿，詩人儼然有如一具「快樂的假屍體」。〈音樂〉的特色是異化了身體機能操作的客觀具象，成為主觀抽象的象徵語言。

　　再舉〈詩作之前〉，運用「淚與血」，表達詩在詩人生命中的神聖地位：

　　在這愉悅的工作之前，
　　我要妝點花朵。
　　在這神聖的工作之前，
　　我要清潔心房。

　　好像跪在神的面前，
　　祈禱著拿我的筆與紙。
　　好像奉給神的文字，
　　筆尖醮在我的淚與血。

　　寫吧，閃爍著美的詩句，
　　使人看到人生的至美。
　　寫吧，充滿著愛的詩篇，
　　使人感到生命的寶貴。

　　在這幸福的工作之前，
　　我要鞭撻我自己；
　　「詩的提高就是人格的提高。」
　　「詩的前進就是人類的前進。」

　　　　　　　　　　　　　　　　　——《綠血球》，頁 47～48

　　這首詩彷彿是詹冰在詩作之前的自我宣誓詞，尤其要藉著這支「醮在我的淚與血」的詩筆，寫出閃爍著愛與美的詩句，呈現人生的至美與生命的寶貴。

　　另外，〈曉天〉運用「外科手術」、「血液」、「眼睛」、「紗布」等醫學相關名詞，生動的刻畫出黎明時天空的光彩：

黑色人種的
外科手術

哦！噴出了
光的血液

星星害怕地
閉起眼睛

雲的紗布
染紅了！

——《綠血球》，頁 14

　　這首詩看似外科手術鮮血淋漓的實況，事實上不然，詩人巧妙地運用了黑人開刀、光的血液、紅紗布等意象，描繪一幅由黑夜、經曙光初現，至破曉時分的景象。在這首詩中「血」已由「美與愛」的象徵，轉義成「紅色曙光」的譬喻對象，全詩充滿視覺通感與色彩刺激，詩人的機智由此顯露無遺。

　　戰後，詹冰以器官為題的〈流入心臟的杯子的液體〉，表達對老妻的至愛不渝，有令人耳目一新的表現：

如綠草尋找白蛇一般
在妻的黑髮中找出白髮
我細心地一根一根拔出——
想要叫回妻的青春
　　曾經　黑亮的香髮
　　為了生活的辛勞　一根一根變白了
　　隨著拔出一根一根的白髮

我的淚液一直流入　心臟的杯子
撿回扔掉的白髮　排在掌上
一根一根的白髮發出銀的光輝
忽然白髮的銀針刺進我的胸脯——
傷口的血液又流入　心臟的杯子

——《實驗室》，頁66

　　透過「黑髮」和「白髮」的強烈對比，以及「傷口的血液又流入　心臟的杯子」詩句，流露對愛妻青春美麗的消逝滿懷疼惜與不捨；「心臟」是身體的主宰，有如愛妻是詩人生命的重心，夫妻鶼鰈情深，不言可喻。

　　〈透視法〉，則是藉著對薔薇枝葉的透視，傳達詩人憐花惜花的心境：

柔軟的四肢，
演出了植物的姿態。
粉紅的肺葉，
流入了早晨的 Ether。
咦，一直增加的呼吸數——。

白的樹幹，
佇立在銀砂上。
紅的樹液，
昇降在血管裡。
多麼優美的溫度計呀。

看迷了麼，少女。
愛上了麼，薔薇。
啊！
白色的腦髓中，

　　　紅色的花朵開了。

——《實驗室》，頁 28

　　這首詩一開始以「粉紅的肺葉」、「紅的樹液，／昇降在血管裡。」譬喻自在伸展的薔薇健康紅潤。結尾以「白色的腦髓中，／紅色的花朵開了。」想像花紅盛開的情景，充滿視覺的強烈印象。

　　詹冰新詩除了運用醫學語言為意象，擁有藥劑師執照以及曾擔任國中理化老師的學經歷背景，使他另有多首以化學或物理專名為意象者，例如〈理想的夫婦〉（《綠血球》，頁 71），運用陰陽異極相吸的物理原理，象徵理想夫婦——你泥中有我，我泥中有你，一體相融、琴瑟和鳴的相處模式。另有〈液體的早晨〉（《綠血球》，頁 37）刻畫新鮮的晨景。又〈金屬性的雨〉（《綠血球》，頁 39）則描述由下雨至雨過天晴的所見所感。這些都是詹冰的詩觀實踐，他曾強調：「詩人該習得現代各部門的學識和教養，傾注其所有的知性來寫詩……」[2]，由以上舉例可見其詩的意象，橫跨醫學、物理、化學等自然科學領域，具有多樣性、獨創性而且新奇鮮活的特色。

參、江自得詩醫學專名的意象運用

　　現任臺中榮總胸腔內科主任江自得（1948～），最擅長以醫學素材入詩，除了取用醫學專名立題，如〈點滴液的哲學〉、〈死、細菌、抗生素〉、〈老年癡呆症〉、〈休克〉、〈癌症病房〉、〈你安睡在加護病房裡〉等，在《從聽診器的那端》這本詩集中，他更精確的掌握病理分析的專業知識，寫出了各類疾病、症狀所投射出來的象徵意義，例如〈解剖〉、〈咳嗽〉挖掘臺灣病症，〈喘息〉、〈試管嬰兒〉探視科技文明的後遺症。藉由這些象徵意義來深入診斷 1990 年代臺灣的社會問題，找出病因，以求對症下藥。

　　江自得 1994 年發表〈解剖〉一詩，通過解剖臺灣屍體，進而精確探究

---

[2]莫渝〈簡樸的清純——詹冰論〉，收錄於《詹冰的文學旅途：榮後臺灣詩人獎得獎人詹冰專輯》（臺中：財團法人榮後文化基金會，2001 年 1 月），頁 11。

病體的死因，全詩如下：

　　為了探究你的死因
　　只得進行屍體解剖

　　剖開大腦
　　遍尋不著你記憶中美麗的島嶼
　　只見十億個腦細胞排列成一隻母雞的
　　　　圖像
　　（老是想調頭過來啄食島嶼的老母雞）

　　剖開胸腔
　　只見花綠的鈔票塞滿心臟
　　（那已被萬民的眼淚沾濕的鈔票）
　　而黑色的煙塵層層沉積肺臟
　　（那令人厭惡恐懼的黑色陰影）

　　剖開腹腔
　　只見肝腎腫脹如火球
　　（由四面八方匯聚的污染毒物在悶燒）

　　夜半，我在解剖日誌上寫下結論
　　死亡原因是：
　　‧大中國意識導致中樞神經衰竭
　　‧金權黑道橫行導致心肺衰竭
　　‧生態環境潰決導致肝腎衰竭

　　　　　　　　　　　──《從聽診器的那端》，頁 78～79

　　解剖下的臺灣成為暴露病變的屍體，讓我們看到臺灣「病入膏肓」的

怵目驚心的病況；而更令讀者擲筆長嘆的是，詩人開列的死亡原因竟是：「大中國意識導致中樞神經衰竭；／金權黑道橫行導致心肺衰竭／生態環境潰決導致肝腎衰竭」詩人不只對臺灣屍體開具死亡診斷書，反映了深沉痛切的批評；同時也為這個社會病源提出了解救之道，那就是：放棄「大中國意識」、遏止「金權黑道橫行」、防止「生態環境潰決」。

〈咳嗽〉一詩則以咳嗽為意象，力斥生態汙染、核爆威脅、物慾橫流，以及政治權勢的高張，詩的末二段說：

　　喔！日夜漂流的你

　　在死滅的土地

　　在污濁的街道

　　在核爆的陰影

　　在權勢的網結

　　在物慾的洪流中

　　日夜漂流的你，終於

　　對著不可測的命運

　　拋出一串串

　　憤怒的咳嗽

　　第一聲是

　　　　牙刷主義

　　第二聲是

　　　　黨國資本主義

　　第三聲是

　　　　他媽的爛主義

　　　　……

——《從聽診器的那端》，頁34～35

　　面對惡質統治權力，以及敗壞的社會，詩人透過一連串憤怒的咳嗽聲，把壓抑已久的不滿與抗議宣洩而出。

　　另外，〈喘息〉一詩直指科技文明的後遺症，詩的末二段說：

> 有時，它從慘烈的戰爭不斷地響起
> 像劇變的氣壓，在混亂的天空中
> 來去無蹤
> 有時，它從美麗的大地不安地響起
> 像一尾無助的祕雕魚，在蒼茫的宇宙裡
> 進退失據
>
> 半夜裡
> 一個聽覺細胞頻頻哀叫──
> 因收聽過量的喘息聲而急速膨脹
> 而窒息

──《從聽診器的那端》，頁51～52

　　內容透過綿綿不絕的喘息聲，譴責戰爭的慘烈以及對美麗大地的汙染。江自得又以〈試管嬰兒〉為意象，諷刺科技文明的發展下，造成人際關係的疏離，詩一開始說：「讓我們把愛種入試管／時常取出來用顯微鏡觀察／愛／是否仍在繼續成長」（《從聽診器的那端》，頁 76），冰冷的試管成為孕育愛情結晶的溫床，表達了至深的感慨。

肆、結語

　　「醫事人員」代表的形象是客觀的、理性的；而「作家」給人的感覺則較為主觀的、情感的；然而，對一位同時擁有這些特點的醫事作家，想當然必有其獨異於眾的特色。醫事作家受過精密的醫學專業訓練，在常年

醫學的生理、藥理、病理與解剖的經驗累積下，對身體疾病以及各個器官瞭若指掌，詩人詹冰、江自得妙用通感，轉化身體的疾病症狀或各個器官的具體形象，給人以鮮明生動、新穎奇特的美的感受，同時，由於具體形象對審美主體產生多種感官刺激，因而更激發讀者豐富的聯想與審美情感。

——選自《笠》第 239 期，2004 年 2 月

探討詩人詹冰的兒童文學世界

◎邱各容[*]

一、緒論

詩人詹冰被尊稱為「藥學詩人」，或稱為「臺灣圖象詩的先驅者」。十餘歲開始寫詩，詩創作成為詩人的終身志業。三十餘歲才擔任教職，四十餘歲成為「笠」詩社發起人之一，五十餘歲從事兒童劇本寫作，六十餘歲出版第一本童詩集，七十餘歲開始習國畫，80 歲起陸續獲得各種獎項。窮其一生，可說是活到老，寫到老，八十多年的歲月，創作出非常豐富的文學資產。

詹冰在 50 歲以後才正式與兒童文學結緣，而且是先從兒童劇本做為與兒童文學接觸的媒體。在 1970 年代先後完成《日月潭的故事》（1973年）、《牛郎織女》（1974 年）、《寶生與仙女》（1978 年）等兒童劇本。與此同時，足以代表詹冰兒童詩觀的〈兒童詩隨想〉發表在《笠》詩刊第 71期，曾引起很大的回響。1970 年代有一項攸關臺灣兒童文學發展的徵獎活動——洪建全兒童文學創作獎的適時舉辦，使得許許多多已成名、剛成名、未成名的作家紛紛投入創作的行列，詹冰則以天命之年加入童詩創作，並以〈遊戲〉一首獲兒童詩組首獎（第五屆），同年也以〈奶奶與我〉獲月光光兒童詩獎，（由林鐘隆主編的《月光光》兒童詩刊舉辦）。

詹冰在耳順之年一過，即出版第一本童詩集——《太陽·蝴蝶·花》，收錄 60 首童詩。在這個年代，詹冰開始擔任各種跟兒童詩相關活動，如研

---

[*]臺灣兒童文學史料工作者，發表文章時為富春文化公司發行人，現為靜宜大學通識教育中心兼任助理教授、中華民國兒童文學學會理事長。

習、創作比賽的講師或評審，講解兒童詩的作法與欣賞。此外，詹冰也在
60 歲以後，又展現他在少年小說創作的才華，且多傾向於科幻之類，像
〈外星人侵襲防禦法〉（1984 年）、〈死亡航路〉、〈颱風〉、〈天使的笑聲〉，
以及《科學少年》（1999 年）等。

　　綜觀詹冰在兒童文學上的表現，無論是兒童劇本、童詩、少年小說都
有相當程度的表現和成就。在欣賞詹冰成人作品的同時，也對詩人在兒童文
學上的成就，表現出詩人的赤子之心。一生堅持文學創作的矢志不移，一生
對兒童文學發表的努力不懈，他的專一和執著，堪為後生晚輩學習的對象。
在今天這樣的文學盛會中，謹對詹冰先生的文學生命寄予無限的感佩與崇
敬。

　　本文就童詩、兒童劇、少年小說三方面來探討詩人詹冰在兒童文學方
面的表現以及詩人內在心靈的世界，進一步了解這位右手成人文學，左手
兒童文學的全方位作家的文學歷程。

二、詩的禮讚

　　詹冰的詩〈插秧〉在 1963 年（43 歲）3 月完成，發表在《新生報・副
刊》，該首詩是詹冰的代表作之一，曾受到臺灣詩壇的重視和嘉許。1989
年更被選入國小國語課本第三冊。1964 年 6 月 15 日「笠」詩社成立，並
出刊第一期。自此而後，詹冰除陸續詩創作外，更以其「實驗」的精神與
樂趣，開始嘗試「對話詩」與「童詩」的創作。在 1981 年以前，詹冰從未
出版過童詩集，《太陽・蝴蝶・花》在 61 歲那年三月出版，也就是，詹冰
在中年後期步入老年之際，才出版他的第一本童詩集，收錄 60 首童詩。

　　在詩創作方面，詹冰不是多產作家，但卻是非常努力經營他的詩心和
詩境。其中以〈插秧〉最為人所熟悉，也是詩評最多的一首「圖象詩」。

　　李魁賢在〈論詹冰的詩〉[1]一文中，從各個角度來形容他。

---

[1]李魁賢，〈論詹冰的詩〉，《臺灣文藝》第 76 期（1982 年 5 月）。

在本質上，詹冰是一位典型的知性詩人。

在方法上，詹冰是一位典型的視覺性詩人。

在精神上，詹冰是一位典型的實驗性詩人。

在生活上，詹冰是一位典型的隱逸性詩人。

　　李魁賢筆下的詩人詹冰，是一位很能營造詩的意境和圖象的詩人。他的「詩藝」，更是早受林亨泰的肯定，而將其列為「笠下影」首先介紹的詩人，並且給予極高的評價。一個人但問耕耘，不問收穫，詹冰一心一意專注於詩的創作，在詩的國度裡，他不是一位多產作家，但卻是一位詩心獨運的寫意作家。他注重的是詩的意境而非情境，他注意的是詩的清新而非瑰麗；同時他更是一位勤於實驗的篤行性詩人，因為他從圖象詩轉向童詩的寫作，無論在技巧上、表現上、題材上，都勤於各種不同層面的實驗。

　　詹冰大約寫了二百多首童詩，而發表的童詩雖然只有 80、90 首，卻讓人發現許多令人難忘的特質和展現各種不同的面貌。在詹冰的童詩作品中，有豐富的「對話詩」和「圖象詩」。

　　茲以〈遊戲〉為例：

「小弟弟，我們來遊戲，

姊姊當老師，

你當學生。」

「姊姊，那麼，小妹妹呢？」

「小妹妹太小了，

她什麼都不會做，

我看——

讓她當校長算了。」

　　在這首以兒童為主角的對話詩中，詩人透過姊弟的對話，洋溢著童稚之心，詩趣真淳、可愛。杜榮琛以為「此詩利用兒童在遊戲中的對話，很有風趣的表現出純真的童心，尤其最後姊姊說的一句話，更把整首詩點活了。」[2]

　　彭瑞金認為這首詩的重點在什麼都不會做的人當校長。在兒童的世界裡，是訴諸直覺得來的印象；在成人的世界裡，則構成嚴厲的反諷，但經驗是可以聯結的。這雖然是詹冰詩的另一個境界，本質上，視詩創作為知性活動的信仰是不變的。[3]

　　由於落筆謹慎之故，詩作產量並不多。詩評家趙天儀說詹冰以綠血球來象徵美的意象，以紅血球來象徵愛的生活。因此，在他的童詩集《太陽‧蝴蝶‧花》也分為兩輯；第一輯「生活篇」，選詩 30 首，以充滿愛的生活為表現的素材。第二輯「動物篇」，也選詩 30 首，以追求美的意象為表現的對象。詹冰在該童詩集中，並非絕對的二分法，在「生活篇」中，有意象的塑造；在「動物篇」中，也有生活的體驗在內。

　　詹冰在〈兒童詩隨想〉中說：「兒童詩必須是詩，不然的話，一概免談。」他的意思是不管成人為兒童寫詩，或者是兒童為兒童寫詩，都必須具有「創造精神」。

　　詹冰另在《太陽‧蝴蝶‧花》一書中提到：「『兒童詩』是什麼？我認為『兒童詩』就是兒童也可以欣賞的詩。無論兒童做的也好，成人做的也好，首先兒童詩必須是詩。兒童詩不是初期階段的詩，也不是降低格調的詩。兒童詩也應該是一篇完美的詩。」

　　趙天儀以為詹冰是一位從事現代詩頗有經驗的詩人來為我們的兒童寫詩，「這是所有從事兒童文學的創作者應有的誠摯的態度」。[4]

---

[2]杜榮琛，〈欣賞《太陽‧蝴蝶‧花》〉，《國語日報‧兒童文學周刊》第 493 期（1981 年 10 月 25 日），3版。

[3]彭瑞金，〈詹冰──用力作詩的詩人〉，《臺灣文學步道》（高雄：高雄縣立文化中心，1998 年 7 月），頁 186。

[4]趙天儀，〈評詹冰兒童詩《太陽‧蝴蝶‧花》〉，《臺灣時報‧副刊》，1982 年 6 月 17 日，12 版。

茲以〈香蕉〉一詩為例：

媽媽買回來一串香蕉
大家圍著笑嘻嘻

哥哥說
香蕉好像黃手套

姊姊說
香蕉好像金手指

弟弟拿一根香蕉說
香蕉好像可愛的小船

妹妹吃著香蕉說
好香啊！好像沾著媽媽的香水

我在想
我們兄弟姊妹是同一串的香蕉

趙天儀覺得這首詩，先以四個明喻來類比香蕉的意象，末了以暗喻來象徵「我們兄弟姊妹是同一串的香蕉」。作者以充滿鄉土味的香蕉來象徵天倫的愛，也就是以充滿了愛的生活為表現的素材，這種創作，委實令人激賞。

再以〈雨〉一詩為例：

雨雨雨雨雨……。
星星們流的淚珠麼
雨雨雨雨雨……。
花兒們沒有帶雨傘
雨雨雨雨雨……。
雨雨雨雨雨……。
我的詩心也淋濕了
雨雨雨雨雨……。

　　作者在這首詩中，一方面把〈雨〉當作雨滴的記號，另一方面連逗點的符號也是雨滴的記號，也就是雨滴般的落著。「花兒們沒有帶雨傘。」、「我的詩心也淋濕了。」這兩句詩前後呼應，「用字精確，意象鮮麗」，趙天儀讚許此詩是在追求一種完美的表現。也就是說，不能增加一字，也不能減少一字。換句話說，就是增一分則太長，減一分則太短，不長不短剛剛好。這也足見詩人創作〈雨〉這首詩的功夫之深。趙天儀更進一步指出：「《太陽·蝴蝶·花》是一本頗具藝術性的兒童詩集。」[5]林政華則認為此詩是年少情意美感的主題表現。首段第二句「星星們流的淚珠嗎」是一種比喻的聯想，富有感情。因為流淚是情感的表露。中段第二句「花兒們沒有帶雨傘」，最富有年少者的真情。其實，花有雨的滋潤會開得更美更好。但是，幼兒的憨厚純情，一經表出，就成了最美的詩句。[6]

　　再以〈插秧〉一詩為例：

水田是鏡子
照映著藍天
照映著白雲
照映著青山
照映著綠樹
農夫在插秧
插在綠樹上
插在青山上
插在白雲上
插在藍天上

　　一般童詩作者主張寫童詩必須降格到兒童的水準，由於這種謬誤的看法，使「童詩缺乏了文學的價值，而程度始終無法提升」，也因為這樣，林清泉更加推崇詹冰是一位具有精闢獨到見解的詩人。

　　他對〈插秧〉一詩的看法：

　　　作者的詩分為前後兩大段，前段「水田是鏡子」是靜態的比喻。用藍
　　天、白雲、青山、綠樹，由上而下，由遠而近，來襯托，畫面很美。後

[5]趙天儀，〈評詹冰兒童詩《太陽·蝴蝶·花》〉，《臺灣時報·副刊》。
[6]林文寶，林政華，〈《詹冰詩選集》中童詩的主題〉，《兒語三百則與理論研究》（臺北：駱駝出版社，1997 年 7 月），頁 60。

段「農夫在插秧」，則利用特寫鏡頭，把水田裡的倒影，由近及遠，由下而上，綠樹、青山、白雲、藍天，很微妙的構成動態的畫面，非常具有層次感。作者將鄉間大自然的美景躍然紙上，呈現在讀者面前。欣賞這首詩，真正體會到「詩中有畫，畫中有詩」的真實意。詹冰的兒童詩作品不多，卻篇篇是值得一讀再讀的佳構。這本詩集不只是孩子喜愛，就是大人讀起來也很有味。[7]

　　大陸詩人古繼堂則認為〈插秧〉這首詩「簡練、優美，以靜制動，繪製出一幅精美的插秧圖」。整首詩只有一個「水」字，就引出一個透明的水中世界。詩人寫水中映照，反射出來的情景，讓讀者從詩人描繪的天上圖景中去想像地上的一切。詩人運用電影手法，由鏡頭帶出畫面，對這首詩古繼堂直稱是「詩意清澈，匠心獨運」。[8]

　　詩人文曉村在《新詩評析一百首》一書中，對詹冰的〈插秧〉也提出他的評析。他覺得這是一首完全用畫境表達情趣的作品。而詩人究竟表現的是什麼？他的解讀是「一幅和平安詳的圖畫」。透過詩中那種「和平安詳的畫面」，自然會帶給人安詳自適的樂趣和滿足。而這種境界則堪與王維「行到水窮處，坐看雲起時」，或是李白「相看兩不厭，獨坐敬亭山」相比擬。詹冰的這首〈插秧〉，不就是自古文人「詩人有畫，畫中有詩」的最佳寫照，也是詩畫相映成趣的意境表現。

　　蔡信德在《掌門詩刊》第 3 期（1979 年 7 月）對〈插秧〉也提出他的欣賞。「插秧這首詩是在寫景，但一點也不落俗套，意境清新剔透。」、「用詩描寫景物，最忌牽強和不知剪裁，而詹冰心領神會，落筆簡潔有致。」換句話說，詩人寫詩，遣詞用字，運用之妙，存乎一心。

　　綜合以上各家對〈插秧〉一詩的評鑑與賞析，足見該詩之所以會被選入國小國語課本，真是其來有自。他雖非「田園詩人」，卻在詩中洋溢出真

[7]林清泉，〈喜讀《太陽・蝴蝶・花》〉，《中國語文》第 54 卷第 1 期（1984 年 1 月），頁 74～75。
[8]古繼堂，《臺灣新詩發展史》（北京：北京人民文學出版社，1989 年 5 月），頁 66。

淳自然的意境。甚至透過詩，表現出人與自然萬物的和諧關係。

《太陽・蝴蝶・花》是詹冰的第二本中文著作，第一本童詩集，距《綠血球》出版，前後達 16 年。該書係許義宗主編《兒童文學創作專輯》第二輯十冊之一，成文出版社於 1981 年 3 月出版。

詹冰真正加入兒童詩歌行列，約在 1975 年左右（55 歲），而《太陽・蝴蝶・花》出版是在 1981 年（61 歲），亦即耳順之年。在耳順之年寫兒童詩──兒童也可以欣賞的詩，莫渝認為：「最佳的技法是透過用心觀察或參與、轉化與融合兒童生活的經驗。」[9]在「生活篇」30 首中，這類詩例很多，像〈遊戲〉、〈早晨的散步〉、〈榕樹〉、〈香蕉〉、〈媽媽的香味〉、〈天門開的時候〉、〈奶奶與我〉、〈蜈蚣〉、〈螢火蟲〉、〈紅蜻蜓〉等，作者透過兒童的心理，透過兒童的語言，扮演各種不同的角色，既饒富趣味變化，又增加內容的繁複性。

莫渝認為：「給兒童欣賞的詩，除了朗朗上口的生活語言，以吸引閱讀外，文詞之間，還要散發愛的芬芳，闡揚詩教的理念。」因此，闡揚詩教的理念顯然是推廣兒童詩的隱性功能。莫渝進一步指出，詹冰《太陽・蝴蝶・花》這一兒童詩集，具有以下四個特點。一、具備詩的質素，二、圖象詩的帶動，三、生活經驗的轉化與融合，四、散發愛的芬芳，闡揚詩教的理念。[10]

將生活入詩，是詹冰兒童詩的特色。茲以〈垃圾車〉一詩為例：

廣播著音樂
垃圾車來了

阿婆提桶跑
小妹拿箱追

---

[9]莫渝，〈《太陽・蝴蝶・花》〉，《國語日報》（2000 年 6 月 4 日），8 版。
[10]莫渝，〈《太陽・蝴蝶・花》〉，《國語日報》（2000 年 6 月 4 日），8 版。

　　各家的垃圾

　　堆滿在車上

　　快樂地唱歌

　　垃圾車去了

　　這首詩，本身就像是一首音樂，節奏明快緊湊。垃圾車帶走骯髒與汙穢，留下整潔和快樂。〈垃圾車〉這樣非常生活化的體裁，經詩人精確的捕捉和裁剪，形成精巧可愛的詩作。詩人芝華認為它不僅充滿聲音，更充滿動作。讀之，宛如欣賞一幕幕生動有趣的電影畫面。[11]總而言之，〈垃圾車〉是一首充滿十足的音樂性和動感十足的畫面，也是詹冰將生活入詩的最佳寫照。

　　另以〈美麗的大樹〉一詩為例：

　　星期天，爸爸帶我去爬山

　　山中有棵美麗的大樹

　　健壯的樹幹

　　好像黑色的鋼骨

　　茂盛的樹葉

　　好像綠色的火焰

　　滿樹的鷺鷥

　　好像白色的花朵

　　回家的時候，我再三回頭

　　看那棵美麗的大樹

---

[11]芝華，〈〈垃圾車〉賞析〉，摘自《認識詹冰‧羅浪》（苗栗：苗栗縣文化局，1993 年 6 月），頁81。

　　詩人對周遭的觀察入微，爬山見樹，回家時卻頻頻回首看那一棵美麗的大樹。整首詩的重點在中段的描述，「黑色的鋼骨」，形容樹幹的粗壯厚實。「綠色的火焰」，形容茂密的嫩葉，「白色的花朵」，形容亂飛的鷺鷥。人本來自大自然，走回自然，乃是天經地義之事。詩人寧靜安祥的情懷，在這首詩中表露無遺。

　　詹冰在第二本童詩集──《銀髮與童心》有一首〈彈弓〉，很能表現童稚之心。

　　彈弓射出去
　　小麻雀就落下來了
　　我的心跳得好厲害──

　　小麻雀閉著眼睛
　　嘴角流著像人一樣的紅血
　　我怎麼辦才好呢──

　　我悄悄地把彈弓丟在河裡──

　　生活在鄉間的小孩，或許有過製作彈弓射小麻雀的經驗。詩分三段，第一段描寫彈弓射中雀鳥的心理反應，「我的心跳得好厲害」，是一份射中後的驚喜。第二段情緒急轉而下，因為小麻雀受了傷，「嘴角流著像人一樣的紅血」，一時亂了方寸，不知如何是好？將孩子的焦慮和不安，描繪得淋漓盡致。第三段，也是這首詩的重點所在，「悄悄地將彈弓丟在河裡」，因為一時興起，卻讓小麻雀受傷落地，惻隱之心，油然而生，將小孩和小麻雀的互動關係，詮釋得很生動。

三、兒童劇的演出

詹冰在兒童文學上的成就，除了童詩，就是兒童劇本的寫作。他從小就喜歡看民間劇藝如布袋戲、子弟戲、歌仔戲。留日期間則看新戲及歌舞伎。戰後又看平劇、話劇及電視劇。因為有這樣的因緣，使詹冰也醉心於劇本的寫作，是個標準的「戲癡」。

1973 年在中學任教期間，編寫一齣四幕五場的兒童劇本〈日月潭的故事〉，入選臺灣省教育廳主辦中小學教（職）員兒童劇本徵文獎。遂因此被徵調前往板橋教師研習會參加第 154 期舉辦的「兒童戲劇班」，同期受訓學員共 35 人。結業後，該〈日月潭的故事〉被編入中國戲劇藝術中心出版的《中國兒童戲劇集》。

〈日月潭的故事〉曾在 1977 年 4 月臺北市教育局主辦的「第一屆兒童劇展」中由南港及雙蓮國小演出，其後在第四屆由景美國小、第九屆由忠孝國小相繼演出。此外，該劇也曾在高雄公演。2000 年被編入劇評家曾西霸主編的《粉墨人生——兒童文學戲劇選集》一書中，由幼獅文化公司出版。

曾西霸對此劇有如下的評斷：

> 整體看來，1950、1960 年代的兒童劇，都比較注重「教化」的功能，神話色彩頗佳的〈日月潭的故事〉亦復如此。作者利用原為地名的大尖、水社，將之改造成為劇中人物，經歷了阿里山取寶、大潭屠龍、讓人類重獲太陽和月亮，最後演變成大尖、水社兩座大山護住「日月潭」的始末，想像力發揮得曲折有致，不失為良好的鄉土教材。[12]

---

[12] 曾西霸，〈優質兒童戲劇的風貌〉，《兒童戲劇編寫散論》（臺北：富春文化公司，2002 年 9 月），頁 70～71。

曾西霸也對此劇提出看法：

> 唯此劇尚有若干缺失可再求全，如二幕一場後段的空間處理頗有問題；
> 如文字（即為劇中人所撰的臺詞）過於拗口，歌舞場面的讚歌不押韻；
> 再如強調不拜神會受罰，意識形態待商榷；劇除白蛇能夠成功全靠山神
> 托夢，也降低了劇中人意志力的可貴……等，都是為兒童寫舞臺劇需要
> 留神的細處。[13]

1974 年（54 歲）完成兒童歌劇《牛郎織女》（四場獨幕劇）。該劇於
1981 年獲中國兒童歌曲創作首獎（郭芝苑作曲），1983 年在臺中市中興堂
公演。1986 年更遠赴法國巴黎公演，演出地點在巴黎夏隆東歌劇院，郭聯
昌國際管弦樂團伴奏，李瑞媛導演（曾執教於淡大法文系）。演出相當成功
而轟動一時。因為「這是中國歌劇作品首次在國外演出，動員參與及演出
人數近百人，籌備時間長達兩個多月，所有演員、工作人員乃至樂團指揮
及成員，全由華人擔任」。[14]

安克強在該文中提到，《牛郎織女》在法國巴黎公演後，「隔年六月，
《牛郎織女》再度於臺中中興堂演出」。若參照詹冰年表，「1983 年，63
歲，4 月，《牛郎織女》在臺中中興堂（曉明女中）演出。1986 年 4 月，在
法國巴黎公演，獲得好評」。顯然安先生所述的時間是有出入的。[15]

除此之外，詹冰還完成下列兒童劇本。分別是 1975 年七幕 20 場的
《許仙與白娘娘》（郭芝苑作曲），該劇於 1999 年在臺北市社教館公演。
1977 年五幕七場的《寶生與仙女》（或稱為《孝子寶生》），該劇於 1999 年

---

[13] 曾西霸，〈優質兒童戲劇的風貌〉，《兒童戲劇編寫散論》（臺北：富春文化公司，2002 年 9 月），頁 70～71。

[14] 安克強，〈一房書，兩隻筆，走漫漫文藝長路——專訪詹冰先生〉，收進《詹冰詩全集（三）研究資料彙編》（苗栗：苗栗縣文化局，2001 年 12 月），頁 59～60。

[15] 安克強，〈一房書，兩隻筆，走漫漫文藝長路——專訪詹冰先生〉，《詹冰詩全集（三）研究資料彙編》，頁 25。

6 月收錄在《科學少年》一書中。

　詹冰和郭芝苑先後合作多次，除歌劇外，亦有歌曲發表。如兒童詩〈雨〉、〈插秧〉，由臺視播出。歌詞〈媽媽這裡是臺北〉則入選中視金曲獎。

四、少年小說的創作

　在小說方面，詹冰的創作量較少，雖然他被稱為是「跨越語言的一代」，雖然他在駕馭長篇小說方面較感吃力。不過，閱讀文藝小說，卻是他自中學時代就培養出的嗜好和習慣，尤其是德國作家哥德、俄國作家托爾斯泰、杜思妥也夫斯基等的作品，為他拓展了欣賞世界文學名著的視域和空間，也使得他視寫小說為自我與理想的表現。其所發表的小說，大都為科幻小說。

　詹冰在《科學少年》的〈自序〉中首先提到「從中學時代，我就對文學創作有濃厚的興趣」。、「《科學少年》是少年小說，在臺灣，科技時代要來臨，所以現在的急務是要養成科學家的蛋，就是科學少年。以前我當國中的理化科教師，有科學、理化實驗等的教學經驗」。他進一步表示，「學生在學習科學知識以外，也要學習詩、音樂、美術、愛心等的教養才好」。也就是德、智、體、群、美五育並重的現代少年。該書包括〈科學少年〉、〈仁愛的外星人〉、〈外星人侵襲防禦法〉三篇，後兩篇屬科幻少年小說。第一篇是少年教育小說。此外，他還發表過〈颱風〉、〈天使的笑聲〉、〈死亡航路〉等科幻小說。

五、結語

　詩人詹冰在詩創作之餘，還兼及兒童文學領域，是一位橫跨成人文學與兒童文學的作家。他既是詩人，也是兒童文學家、劇作家。難能可貴的是他在中年後期，才開始兒童文學的創作，以赤子之心，為兒童創作出若干膾炙人口的童詩作品和編寫出充滿神話色彩的兒童劇本，不但被編入小學國語課本，甚至還在國內外公演。如今，雖然年屆耆耋之年，卻依然在

為兒童寫書。手握一筆,活到老,寫到老,這份對文學生命的執著,的確堪為我輩學習的典範。

參考書目:

・《臺灣文藝》第 76 期(1982 年 5 月)。

・詹冰,《太陽・蝴蝶・花》(臺北:成文出版社,1984 年 3 月)。

・趙天儀,《臺灣現代詩鑑賞》(臺中:臺中市立文化中心,1998 年 5 月)。

・詹冰,《銀髮與童心》(臺中:臺中市立文化中心,1998 年 5 月)。

・詹冰,《科學少年》(臺中:臺中市立文化中心,1999 年 6 月)。

・莫渝,《笠下的一群——笠詩人作品選讀》(臺北:河童出版社,1999 年 6 月)。

・莫渝主編,《詹冰詩全集(二)兒童新詩》(苗栗:苗栗縣文化局,2001 年 12 月)。

・莫渝主編,《詹冰詩全集(三)研究資料彙編》(苗栗:苗栗縣文化局,2001 年 12 月)。

・曾西霸,《兒童戲劇編寫散論》(臺北:富春文化公司,2002 年 9 月)。

——本文發表於「福爾摩莎文學——詹冰詩作學術研討會」

真理大學臺灣文學系主辦,2003 年 11 月 8 日

易懂的好詩

◎吳瀛濤*

「有一天，在天空上，
飄浮著五色的雲彩，
吹奏著美妙的樂音，
燦爛地天門會開了。」
在我的童年，
母親這樣地對我講——。

「那時候，我們要跪拜在地上，
祈求我們最大的願望。
那麼什麼願望都會實現的。
可是只有好人才能看見它，
所以我們要做個好人哪。」
母親這樣地對我講——。

「好孩子，你的年紀這麼小，
我教你最好的願望吧——，
『財，子，壽』就是了。
天門打開的時候，
你要馬上說出這個願望吧。」
母親這樣地對我講——。

*吳瀛濤（1916～1971），臺北人，詩人、臺灣民俗學家。發表文章時為臺灣省菸酒公賣局職員。

啊，有一天，天門會開了。

現在我長大可了解「財，子，壽」

可是我有更迫切的願望。

有一天，天門開了，

我要馬上說出我的願望：

「還給我永別的母親吧！」

—— 〈天門開的時候〉

詹冰的詩集《綠血球》是題獻給他的已故的摯友劉慶瑞君之靈的。書中悼念亡友的一首〈悲美的距離〉是一篇難得的輓詩，令人不禁為之感動其與故人離別的悲哀。

關於〈悲美的距離〉一詩，在此不談，筆者想在這裡，欣賞他的另一首詩〈天門開的時候〉。

記得今年四月間的一個晚上，在國立藝術館的一個「音樂小集」的演奏會中，此詩曾被演唱，使聽眾留有深刻的印象。

論此詩，我無條件地願推舉此詩為好詩。在這一首詩裡面，我們時常提起的「真、善、美」都很完整地表現出來。當我們看這一首詩，我們會回到天真的童年，也會回到慈愛的母親的懷抱。詩裡，母親講給孩子的故事是那麼地親切溫暖，使得母親說故事的每一句話也都迴繞於讀者的心奧。

母親講的故事是這樣的：「有一天，天門會開，而那時候，我們要跪拜在地上，祈求我們最大的願望，那麼什麼願望都會實現的；可是只有好人才能看見它，所以我們要做個好人哪。」這是流傳於中國的一個很古老的故事，而且是很好很有意義的故事。當母親講這故事給小孩的時候，母親是幸福的，小孩也是幸福的，這是一幅充滿著愛，充滿著夢的母子圖。母子愛是最崇高的人類愛，而天門更象徵了人類神聖的夢。

現在孩子長大了，可了解財子壽，可是孩子的他卻有更迫切的願望。

當有一天，天門開的時候，他要說出他的願望：「請還給我永別的母親吧！」——作者以母親講的故事的重述為全詩的內容，而於最後一行吐露了赤子懷念永別的母親的真情，幾乎會使讀者也與作者同樣想喊出這心奧的呼喚。

　　以淺易的表現能給人美好的感動，如以今日氾濫的「雜詩」比之，實有雲泥之差。除以此舉為「易懂的好詩」（請參閱《笠》第 21 期筆者〈略談難懂的詩〉一文）之一例，我並願在此熱烈地呼籲詩人更該重視兒童詩、兒童畫、童話之類的「童年的世界」。關於這一點，當於日後另稿再談吧。

——選自《笠》第 22 期，1967 年 12 月

〈Affair〉賞析

◎陳千武[*]

1 男女 2 男女 3 男女 4 男女 5 男女 6 男女 7 男女

──1943 年 9 月

　　這首詩收錄在詹冰的第一本詩集《綠血球》，是屬於直接投訴於視覺性的詩。經過視覺感受詩的意義，亦是現代詩的一種方法。不過，這一首〈affair〉（事件）的構成形式，顯與一般的詩型不同。全首詩僅用七個數字和女、男二個字組成。令人覺得寫法奇妙，但有其奇妙的好處。簡潔而清爽，且主題奧妙，有始有終。可以說是一篇用字最短最簡單的詩劇。

　　詹冰的為人，一向保持著溫和和緘默的性格。但他的緘默不但絲毫無陰鬱的感覺，卻含蓄著富於「機智」而明朗的氣氛。這種「機智」明朗的感性，幾乎成為詹冰詩的重要要素。

　　在這一首詩裡，作者提出一則事件告訴讀者，仍以緘默的方式極簡潔地表現了男女之間的感情動態。雖然，對於男女之間的 trouble，那些煩悶、懊惱、波瀾、葛藤、或愛情的作為，未用語言詳細敘述，或予形容，或予比喻，但利用文字本身持有的特徵，以有效的排字法，表現了其奧妙的狀態，令人感到清爽可愛。這種緘默的方式有如人正陷入戀愛的時候，誰也會經驗對情人的眼神特別敏感，在許多場面，情人們不必說話，可以

*陳千武（1922～2012），本名陳武雄，南投名間人，詩人、評論家，《笠》詩刊發起人之一。發表文章時為林務局大甲林區管理處人事行政科員。

僅用眼神互相傳神示意那樣，是極為微妙有趣的方法。

這一首詩的另一個特徵，便在以科學性計算而組成的詩的構造。顯然是作者用科學的方法，分析過男女的情緒，計算過其感情變化的狀況始予構成的。

且看詩裡事件的演變吧。下面是筆者僅憑個人的感受，所得到的一種簡單的詩的內容。當然，這種感受會依據讀者的體驗各有差異，並與作者詩作當時的情形不一定相同。

1.男女相對，表示相遇而一見傾心。或夫妻互視對坐著。此時男女的感情如何，地點是否在火車站或咖啡館或在房子裡？任由讀者自己去聯想吧。

2.表示男人追女人。但女人在逃避男人，這種逃避是否女人的真意？嗯！不是吧。也許她很害羞，也許女人故意撒嬌，裝著不理他的樣子，也許……。

3.女人仍然不依男人，男人有點生氣了。因此回頭站過來，想不理她。雖然越想越氣，但她是那麼可愛！

4.不管如何，愛就愛到底，繼續追求她吧。但女人仍不想回過頭來，女人竟如此耐性、堅定、固執。怎麼不鬆弛她那慣性。愛是痛苦的，真是，真是無可奈何！

5.男人真的生氣了。若真不容許這顆誠心的愛，也好，他反臉，不理她了。世界上女人多得很。哼！

6.哎！不對啊，男人的性格多麼躁急的喲。只是開開玩笑他就生氣了。咦！回來麼。你該知道我是愛你的。女人反過來追求男人了。男人愛她的時候她假裝不要，男人不要她的時候，她反而怕喪失了愛。女人的毛病往往是如此。

7.還好，能把愛挽回了。面對著他，她笑了。他也笑了。男女相親相愛。

幕垂下。下面演變如何，仍任讀者自己去聯想吧。

　　這是一首利用我國文字特殊的形象寫出，極為成功而有趣的詩。不是嗎。詹冰說，這是 25 年前，民國 32 年 9 月 6 日所寫的作品。好的詩，不會因時間而被淘汰的。

──選自莫渝編《認識詹冰‧羅浪》

苗栗：苗栗縣立文化中心，1993 年 6 月

詹冰兩首散文詩〈思慕〉、〈春信〉

◎莫渝

我倆那麼渺小，佇立在廟中。神的呼息撫搖著薰香的紫煙。神燈照紅了神像的尊顏。妳粉紅色的旗袍的長影映在神桌上。懇摯地妳合上手掌，如蝴蝶合上彩翅。是為了我即將乘船過海。

我倆的裸腳踢開陽光，徘徊於曠野。綠草上點綴著黑岩般的水牛。妳說：到相思樹林中去。而花季的樹林被黃金色的晚霞燦耀著。妳那閃金色的淚珠隨著金黃的花粒滴落。是在我將過海離別的前一天。

這兒是東京。今天我又用紅的鉛筆繪畫神廟。我又用黃的鉛筆繪畫樹林。之後，想再畫上妳的倩影。——啊啊，畫面又被我的眼淚溶解了。

——詹冰，〈思慕〉，1943 年 9 月

我倆並肩散步在曠野的小路。山岡反射著春的表情。草木振動著春的聲帶。綠野是為了我倆的水面。我倆是浮游在水面的水禽。我深深地呼吸著幸福的氣氛。雖然我的呼吸甚為不規則，然而那是快樂的一種變調。徐徐地在增加著愛的加速度。我是男子。偷偷地把情愛滲進野花裡，喜悅地放在妳的黑髮上。花朵降落，發出現實的回聲。啊啊，我簡直拋忘了，妳我之間還有東海的廣大空間——。

——詹冰，〈春信〉，1944 年 6 月

詹冰，原名詹益川，臺灣苗栗縣人，1921 年 7 月 8 日出生，臺中一中畢業後，考入東京明治藥專（1942 年），1944 年畢業後，返臺。先後開設藥局，擔任理化教師。在東京時期，即開始用日文創作詩歌，著有詩集

《綠血球》（1965 年，原作為日文，作者自譯成中文）、《太陽‧蝴蝶‧花》（1981 年，兒童詩集）、《實驗室》（1986 年）、《詹冰詩選集》（1993 年，附英日譯）、合集《變》（1993 年）。

　　詩集《綠血球》內，詹冰寫了三首散文詩，形式互不相同。〈春信〉僅一段，〈思慕〉分三段，〈追憶之歌〉則屬於敘事性較濃、篇幅較長的組織。

　　同〈春信〉一樣，〈思慕〉這首詩是柔美的情詩，卻帶有相思的酸澀味。〈思慕〉原有思念與愛慕之意，本詩中，前者含意較濃些。全詩分三段，前二段，作者回憶兩人離別時，在廟中祈神保平安（或在神前信誓），和在林間流連徘徊的情景；第三段，落回現實情境，作者已遠離家鄉，置身異地東京（讀書？），思念之情，油然而生，執筆描繪當初離別的二景：神廟和樹林，再添上對方的倩影，至此，濃濃的相思，化作湋湋情淚。

　　值得注意的是，作者在本詩中，使用大量的色彩語言，如紫煙、粉紅色的旗袍、彩翅、黑岩般的水牛、金黃色的晚霞、閃金色的淚珠、金黃的花粒、紅黃的筆……，這麼多的顏色，使本詩在相思苦味中，沾上亮麗的期許和青春的特有氣息。

　　初戀中的少男少女，並肩在小路散步，兩人含情羞澀，欲語還休。山岡有著春的表情，暗示青春的容貌，綠野是他倆的鏡子；直覺中，兩人不是走在曠野，而是鑲進大自然的畫框中，我們看得出那是一幅柔美的風景畫，畫裡有對依偎的純情少年男女。

　　唯恐打散和諧的恬靜，兩人話語不多，但男的感受到幸福的氛圍，因而呼吸緊促，且「增加著愛的加速度」，以動作代替語言，摘下一朵滲入愛的花朵，喜悅地簪在女伴的黑髮上。這是一首洋溢柔情的浪漫詩篇。詩題〈春信〉，當有春天的信約、青春的信守或訊息之意。

——選自莫渝《閱讀臺灣散文詩》
苗栗：苗栗縣立文化中心，1997 年 12 月

從詹冰編的「臺灣詩集」看日據時期臺灣新詩壇

◎陳千武

　　詩人詹冰，生於民國 10 年。就學臺中一中時，與筆者同年同學。筆者於民國 28 年開始，在《臺灣新民報》學藝欄發表詩的時候，詹冰卻默默寫著日文短歌與俳句。就詹冰的文學氣質來說，他不太適合於寫短歌，而長於俳句的創作，與筆者相反。筆者初寫短歌，再轉入寫詩，詹冰也不滿足於俳句的形式，於民國 30 年 2 月 14 日寫了第一首詩〈鶯〉，翌 32 年即有〈五月〉、〈在滬民村〉、〈思慕〉等詩，得日本名詩人堀口大學賞識，被推薦在日本文學雜誌發表，極受好評。詹冰的詩集《綠血球》，大都收集當時的日文作品，自翻譯成中文，於民國 54 年出版，其具新鮮的現代感覺且意象極為顯明，迄今仍然散放著不滅的光彩，令人感到驚異。

　　詹冰自編有一本私藏的日文「臺灣詩集」，係就有關臺灣的詩，不分日籍、臺籍詩人，手抄其作品，作品採自「日本詩」、《臺灣藝術》、《文藝臺灣》、《臺灣文學》以及個人的詩集等，內容不僅屬於詹冰所偏愛的風格的作品，也有浪漫、唯美、寫實、抒情的詩，可以窺視臺灣光復當時的詩人們，及其作品的概況。

　　這一本詩集一翻開，就看到名歌謠詩人北原白秋的〈臺南旅情〉和〈蕃童〉二首白秋獨白的歌謠式的詩。雖題為〈臺南旅情〉，而文中摘出臺灣的「老酒、瓜子、鳥秋、赤崁樓」等固有名詞，但其內容毫無臺灣鄉愁的意味，唯有頹廢的抒情，不能算是具詩質的新詩。也許因此，詹冰在北原白秋的名字下，註著「似乎沒來過臺灣」幾個字，可見是虛有其名的明

星詩人，拈弄詩的墮落作風。

　　詩集裡的第二位日籍詩人西川滿，是日方雜誌《文藝臺灣》的主編，著有《媽祖祭》、《鴉片》、《華麗島頌歌》等詩集。由於他站在日籍文藝家的領導地位，在其作品出現的許多事象，能很巧妙地採用臺灣原語編綴，例如天上聖母、卜卦、金亭、犧牲的白豚、正鐵羅漢、茉莉花、洞房花燭、笒、樂社、銅鑼、九天玄女娘娘、急急如律令等等，以鄉土色彩濃厚的名詞，意圖表現本土習俗的特色情緒，但實質上詩並無具象的內容，只屬玄虛的頹廢，感傷性的唯美詩篇，不耐欣賞。

　　收在本詩集的日籍詩人除了上述白秋與西川之外，尚有北川原幸朋的詩〈查媒〉、〈斷崖〉，以散文的形式寫出淡淡的，非傷感的哀愁表現臺灣女人的愛的感觸，引人共鳴。北川原自十歲到卅歲住於臺北，著有《冰河》詩集。

　　還有中山省三郎的〈在華麗島〉四行詩，懷念逝世的纏足的母親的歌。野上煌的〈土豆園〉，溪比左子的〈相思樹之歌〉。北原政吉的「喜愛的臺灣之歌」有〈臺灣〉、〈五月〉、〈佛桑花〉、〈阿里山秩道〉、〈草山〉（今陽明山）、〈苑〉、〈家鴨〉、〈一日〉等。小說家長崎浩的〈島〉，高橋比呂美的〈臺灣山脈〉、〈徬徨之季〉，中山侑的〈思白鹿——水社風景〉，萬波亞衛的〈公路車〉、〈村〉，新垣宏一的〈聖歌〉，橋本茂兵衛的〈臺車〉，住谷藤江的〈荔枝〉，村田義清的〈大稻埕黃昏〉，鶴田黃楊子的〈春之午後〉，竹內實次的〈春之葬刑〉，石田道雄的〈一日〉，池田健一的〈臺灣的院子〉。

　　收在這本詩集最後的日籍詩人作品是臺北帝國大學教授，著有詩集《幻想集》的學者詩人矢野峰人的〈樹木禮讚〉，其詩如下：

　　由於安靜

　　才要祈禱

　　風吹來的時候

就邊搖著樹木會唱

樹木會唱
雖是孤獨。

矢野峰人是日本詩壇與學界，站在較高地位的詩人。臺灣光復前，任教於臺大，以超然的態度，接觸臺灣文壇，也是不分臺籍、日籍文藝家們所敬重的學者詩人。其詩所暗示的含意十分深刻，且使人容易領會與喜愛。

上列 19 名日籍詩人之中，北原政吉是一隻候鳥，現年 72 歲。光復前住在艋舺的龍口町，因此十分懷念臺灣。他的「喜愛臺灣之歌」，第一章〈臺灣〉如此寫著：

淚和汗　由於悔悟和憧憬而煩悶
啄著回憶
像鳥飢餓的心
臺灣還像故鄉那麼懷念

孤獨的候鳥北原政吉，現在仍常飛旋於臺灣和日本之間，作為文化交流的橋樑。他參加笠詩社為同仁，主編《臺灣現代詩集》在日本出版，並把該詩集贈給他的舊友美國總統卡特，要美國總統對臺灣多加關心。他的詩和畫的題材，大都是屬於臺灣的；他是那麼喜愛臺灣，與我們那麼親近。

這本詩集收錄的臺籍詩人亦有 19 名。最早期寫新詩的楊雲萍，出版有一本日文詩集《山河》，詹冰從《山河》詩集選出〈市場〉、〈月夜〉二首詩。〈市場〉用文言，〈月夜〉用口語寫的，這兩首詩似乎在《山河》集 24 首詩中最叫人起共鳴。

不知經過幾年，我來到這個市場

歲月去矣

肉店沒肉，魚店沒魚

蕭然瑟縮

蔬菜店還有白蔥、有青胡瓜

乾菜店有些鹽魚和乾魚

攤子賣著紅龜粿

歲月去矣

我買些胡蘿蔔和青芋

叫人思慕的

少年的日子、已無法尋覓了

——〈市場〉

　　楊雲萍表現戰時缺乏物質的市場情況，以冷靜的知性，十分寫實。

　　龍瑛宗是位名小說家，但也常有詩作。詹冰選他的〈蟬〉、〈插話〉二首詩，是以散文形式寫成的淡泊的抒情詩。

　　吳新榮與郭水潭，同為鹽分地帶的詩人。吳新榮在本詩集的〈心的盜賊〉，40 行詩，是具戲劇性的情志與論理融合得完整，令人共鳴的好詩。

　　上述龍瑛宗的〈蟬〉、吳新榮的〈心的盜賊〉曾經筆者翻譯在《笠》詩刊介紹過，請予參閱。

　　吳若雲有一首〈黎明〉，是懷念逝去的年輕朋友，以散文形式寫成的詩。鐘清雲的〈村莊〉是表現送葬的行列，走在田畔哀慟的情景。許氏月霞的〈稻江寧〉，表現繁華的街巷、酒樓、女人們的哀愁。

　　邱炳南係目前留日的金融經濟專家邱永漢的筆名，收錄〈米街〉、〈門扉〉二首詩。

夜啊！不要推我胸脯

沾濕新月的羽翼、畫著細圈飛去。

飛高一層　再高

擴張　擴張　飛向晨空

緊緊地伏身

就聽得見沾濕的翼動

從腳下　草叢下

又從黑黑的門扉節孔

飛高一層　再高

擴張　擴張　飛向晨空

——〈門扉〉

以門扉為題的這首詩，表現有如沾濕新月的羽翼般一種嶄新的意志，顯然就是作者的意志，作者伏身從腳下、草叢下、又從門扉的節孔，痛感那意志的翼動，在擴張而飛向晨空。這是明朗的象徵性心象的詩，表現的手法雖較單純，但啟示的效果十分成功。

詹冰編的私藏本「臺灣詩集」，臺籍詩人尚有林精鏐的〈早晨院子裡的樹〉，陳遜仁的〈我的故鄉〉、〈斷章〉、〈漂流日〉、〈墓碑〉、〈橫笛〉等，大都具抒情與知性適當平衡的作品。此外，也許由於光復之前文壇趨向皇民化，致收集資料不易，僅在集後列舉名單，有意將來選錄其作品者，計有陳千武、吳瀛濤、巫永福、曾石火、詹冰、邱淳洸、羅浪、林亨泰、錦連、張彥勳等。

幸好這十人名單中除曾石火一名外、其他均於光復後尚有作品發表，屬於跨越語言的一代，主要在《笠》詩刊或其他詩選集可以看到他們作品的風格。

　　詹冰編的這本「臺灣詩集」可以說是日據時期臺灣新詩較完整的一本
資料。

——選自《民眾日報》，1980 年 10 月 25 日，第 12 版

《詹冰詩全集》編輯出版意義探析

◎汪淑珍[*]

前言

作家全集的出版，對現代作家作品的傳播和現代文學研究的開展，提供了很大的方便。現代文學研究者大多從中受益匪淺。透過閱讀作家全集，讀者／研究者得以更完整掌握作家寫作的風格演變，更可探詢作家作品與時代互動的關係。

史料和文獻在學術研究上，是相當重要的物件，尤其作為文學研究直接物件的作家作品，更是重要的資料。編輯作家全集的重要性，不僅在於為當前的研究者提供了作家作品的原始資料，更在於其文化收藏的重要意義。誠如陸耀東所言：

> 史料是學術研究的基礎，現代作家作品作為現代文學研究的物件，是從事這項研究工作的必要前提和依據。進行中國現代文學研究的一個基本環節，就是重新審讀研究物件的全部資料，包括作家的全部文學創作。所以，蒐集和編輯作家全集就是整個研究工作中的一項非常重要和很有價值的工作。[1]

被臺灣詩壇推崇的元老級詩人——詹冰。詹冰本名詹益川，1921 年 7

[*]發表文章時為亞太創意技術學院通識教育中心助理教授，現為靜宜大學中國文學系副教授。
[1]陸耀東，〈現代作家全集的編輯與文學史料學問題〉，《河北學刊》第 26 卷第 6 期（2006 年 11 月），頁 117。

月 8 日生於苗栗縣卓蘭鎮，擔任過卓蘭中學的理化老師，退休後定居臺中。詹冰也是《笠》詩刊的創始成員之一。他的創作文類包括詩、兒歌、散文、小說及劇本，曾獲教育廳兒童劇本獎、教育部兒童文學獎、散文獎及臺灣新文學貢獻獎等十多項獎項。出版多本詩集，如《綠血球》、《實驗室》、《詹冰詩選集》、《銀髮與童心》；詩文集《變》；歌劇劇本《許仙與白娘娘》、《牛郎織女》等。

更榮獲許多重要獎項，如：「苗栗縣傑出藝文工作者獎」、「臺中市資深優秀文藝作家獎」、「臺灣新文學貢獻獎」、「大墩文學貢獻獎」、「資深臺灣作家獎」、「榮後臺灣詩人獎」、「綠川個人史文學獎」、「臺灣文學家牛津獎」等。詹冰最重要的創作當然是詩，不過，除此之外，他也寫小說、散文、歌詞和戲劇，其中劇本《日月潭的故事》，這部戲在臺北、臺中、高雄等，很多學校公演過。而後，他又與臺灣名作曲家郭芝苑合作了輕歌劇《牛郎織女》、《許仙與白娘娘》。詹冰亦寫過多首歌詞。本文將以《詹冰詩全集》做為考察對象，探尋《詹冰詩全集》編輯出版所代表的意義為何？

一、外在環境反映政府單位對作家全集編輯出版的支持

自 1960 年代起，臺灣開始陸續出版作家全集，但大多為對文學領域有著文化使命感、或基於與作家的情誼所出版的作家全集。如《覃子豪全集》（覃子豪全集出版委員會，1965 年 6 月、1968 年 6 月、1974 年 10 月）、《古丁全集》（秋水詩社，1983 年 6 月）、《楊喚全集》（洪範出版社，1985 年 5 月）。然而在臺灣經濟日漸富裕，人們更加追求精神領域上的充實，中央政府也體認到本土文化紮根的重要性，而地方單位也開始重視建構文化主體，因此政府單位主動參與不少文學重建重整、史料蒐集、庋藏的工作。透過由上而下的推動，加上各界的合作，將許多文化資產轉變成具體可見的公用財。其中當然包括了支持作家全集的出版。

1996 年 1 月成立的財團法人國家文化藝術基金會，由行政院文化建設委員會依據「國家文化藝術基金會設置條例」捐助新臺幣 60 億元做為本

金，另外透過民間捐助，加強推動各項業務。積極輔導、推動，獎勵文化藝術事業。因此作家全集的編輯出版，部分也得力於國家文化藝術基金會的資助如《李榮春全集》，由晨星出版社出版，彭瑞金擔任主編，李鏡明負責資料的蒐集和整理，國家文化藝術基金會補助出版。《葉榮鐘全集》，龐大工程，歷時二十餘年，除動員不少專家學者協助外，更得力於國家文化藝術基金會的補助，補助款更高達 250 萬元。

　　在國立臺灣文學館未成立前，由地方文化局、文化中心陸續出版了許多作家全集。如《林亨泰全集》（彰化縣立文化中心，1998 年 9 月）、《鍾肇政全集》（桃園縣文化局，1999 年 6 月至 2004 年 11 月）、《陳秀喜全集》（新竹市立文化中心，1997 年 5 月）、《洪醒夫全集》（彰化縣文化局，2001 年 6 月）、《張文環全集》（臺中縣立文化中心，2002 年 3 月）、《王昶雄全集》（臺北縣文化局，2002 年 10 月）、《葉石濤全集》（高雄市文化局，2008 年 4 月）、《新版鍾理和全集》（高雄縣政府文化局，2009 年 3 月）、《劉吶鷗全集》（臺南縣文化局，2001 年 3 月）等。

　　其中也開始集合眾方之力，各界相互協助，使編輯更臻完善，如《王昶雄全集》即由臺北縣文化局，委託臺灣師大許俊雅教授擔任主編，聘請鄭清文、李魁賢、黃武忠、杜文靖、張恆豪五人為編輯委員；又聘請日文編譯群：陳藻香、張良澤、葉笛、黃玉燕等 12 位，全面展開蒐集、翻譯、整理的工作。因為地方政府單位的熱心投入，使臺灣自 1990 年代後，作家全集密集陸續出版，也成為出版界特殊的景觀。

　　國立臺灣文學館 2003 年開館，待 2007 年國立臺灣文學館正式定名後，除常態性的各項展覽主題之策畫及執行、各項推廣教育活動，與國內外館際合作外，對於臺灣文學藏品極盡管理、應用、保存、維護及修護之工作，也盡力進行文學圖書資源蒐集、管理及其他有關研究典藏事項。此外對於臺灣文學史料與作家文物之蒐集、編輯及出版，更是不遺餘力。當然，更積極主導許多作家全集的出版工作，尤其是經費的大量挹注，甚而組織成一編輯小組，進行作家全集的編輯出版，如《葉笛全集》（2007 年 5

月）、《趙天儀全集》（2010 年 9 月）、《錦連全集》（2010 年 10 月）、《楊雲萍全集》（2011 年 2 月）等。有了國立臺灣文學館的推動，使臺灣出版的作家全集更加有系統，編輯上也更加嚴謹，相對能動用的資源也更多。正如陳長房所言：

> 整體而言，作家全集的出版，需要為數不少的學者專家長時間的投入，進行詳盡的版本校對校勘，周全的文本注譯，評析性的總論與各單一作品的導論等，恐怕以市場考量優先的一般出版社，無法承擔此一重要的文學志業。[2]

因為編輯作家全集，耗人力、時間長、成本高、利潤薄，並不是一般出版社足以負擔。也只有官方能夠組織大量人力和物力，完成卷帙浩繁的工程。因此作家全集的出版工作，納入政府的出版體系，由政府出面協助完成此重要文獻典藏之工作，真是再貼切不過了！政府機構的協助，使臺灣出版史上，也多了許多部重要的作家全集。

正因為政府的支持，許多地方機構也開始加強對「文學」的推廣。苗栗縣政府一向對「文學」推廣不遺餘力，無論是為文壇上辛勤耕耘多年，成績斐然的老作家出版作品集如《謝霜天散文集》、《羅浪詩文集》、《江上小說集》；鼓勵縣籍熱衷寫作者出版文集——作家作品集；持續獎勵創作者的「夢花文學獎」、舉辦多年的「苗栗縣暑期文學營」、出版《苗栗縣文學史》等；更出版了作家全集。作家全集的出版，除表示政府對作家的敬重外，更顯示出政府對文學資產的重視。誠如當年苗栗縣縣長傅學鵬所言：

> 翻開《苗栗縣文學史》，戰後文學的早期人物中，詹冰名列前茅。第二次世界大戰末期，東京留學期間的 1943、1944 年，詹冰即發表日文詩篇於

---

[2]陳長房，〈饜足知性的好奇——試論英美作家全集的纂輯〉，《文訊》第 155 期（1998 年 9 月），頁 44。

日本詩誌《若草》，他是少數從日治時代末期用日文書寫，跨越語言後，浴火重生，受到臺灣詩壇普遍推崇的元老級詩人之一。[3]

　　詹冰在臺灣光復前後，在臺灣的詩壇上，皆占有一席之地。苗栗縣文化局局長周錦宏說：

> 作家的文學出版品是他的思維結晶，當初的問市，有市場考量，有紀念意義，有讀者反應，時隔五年、十年，也許不在書店架上了，有心的讀者和研究者不知向何處覓尋。對曾經出現的這些文字紀錄，任由歲月的沖蝕，而消失殆盡，殊為遺憾、可惜。能夠趁早處理，散佚流失的機會相對地減低。更進一步的，加以統籌管理，重新出版，不失為保留方式之一。
>
> 基於此，繼《李喬短篇小說全集》之後，本局推出《詹冰詩全集》，雖然受到景氣與財力受限的影響，僅有三冊，仍表現出我們對文學家的尊重，同時，也豐富了本縣的文化資產。[4]

　　當然，縣府的出面，較能以公權力整合各界資源，共同完成作家全集。更重要的是藉這些全集的出版，孕育更多文學閱讀人口。

二、文學發展上呈現對日據時期作家的重視

　　綜觀作家全集的出版，可發現日據時期作家出版全集者相當多[5]，因為日據時代資料長期被禁，散佚過多，是該及早搶救。且隨著時空的物換星移，政治的開放，許多過去的禁忌、包袱也逐漸被人們所接受、了解，因

---

[3] 傅學鵬，〈縣長序——向前輩文學家致敬〉，《詹冰詩全集》（苗栗：苗栗縣立文化中心，2001 年 12 月），頁 1。

[4] 周錦宏，〈局長序——豐富文化資產〉，《詹冰詩全集》，頁 3〜4。

[5] 《王詩琅全集》1979 年、《賴和先生全集》1979 年、《吳新榮全集》1981 年、《楊逵全集》1998 年、《詹冰詩全集》2001 年、《呂赫若小說全集》1995 年等。

此許多文學重要資料也可趁機出土甚而彙整完成，如《鍾理和全集》最早由張良澤先生於 1976 年整理編輯完成，由遠行出版社出版，在當時嚴峻的政治環境，為避免出書後被列為禁書，編輯時張良澤主動先將部分篇章抽出，造成《鍾理和全集》名為「全集」實乃「不全」的情況。有感於舊版並無完整收錄鍾理和著作全貌，故於 1997 年由當時的高雄縣立文化中心，增收過去因政治因素而無法順利出版的部分，在 2009 年再度重新修訂《鍾理和全集》，出版了《新版鍾理和全集》，讓此「全集」實至名歸。

　　《劉吶鷗全集》中，除了在文學史、電影史、文藝傳播史上有其意義之外，在對於日治時期，臺灣人的跨域文化活動方面的認識，也提供許多珍貴的文獻資料。張我軍有著「言他人所不敢言」的凜然正氣，不畏權勢、勇往直前的行事風格。他對社會重大的問題、殖民政策之不公不義，常有坦率的批評。《張我軍全集》其中有許多絕跡多年的詩文。且《張我軍全集》中，許多文章，都是臺灣新文學運動開創史的鐵證。

　　《張深切全集》除了收錄其重要作品外，還包括他在文學以外的作品，如哲學、戲劇，而卷 11（北京日記・書信・雜錄）則收納其散佚作品，甚至處女作小說，及其一生中最重要的兩個時期——「臺灣文藝聯盟」時期與「中國文藝」時期，所發表的重要言論文章，呈現他的文藝思想。《楊雲萍全集》收錄楊雲萍自 1925 年與友人江夢筆合辦《人人》雜誌以來，公開以及未發表之文學、歷史相關作品，另有影像、書信、年表等資料。《詹冰詩全集》，也是日據時期作家的一例。莫渝在《詹冰詩全集・編後記》中，提到整理出版《詹冰詩全集》的意義：

　　一、對長期文藝工作者的尊敬。二、替元老詩人整理全集，避免「寂寞身後事」的抱憾，給長輩銘感人間的溫情，讓詩人在晚年有「作品齊聚一堂」的最大欣慰。三、將散佚的作品以新的全集方式問世，供青年學子和社會人士目睹寫作全貌，有利於閱讀欣賞研究之便利。四、由同鄉

晚輩整理，表現「薪火相傳」的真意。[6]

詹冰屬於跨語言的一代，早年用日文寫作，活躍於 1940 年代的臺灣文壇。但面臨了時代交迭，日文發表場域縮減，改以國語文為主，他重新學習國語文，歷經不算短的時間學習後，他克服了語言障礙，再度寫就諸多佳篇，且成功拓展了臺灣兒童詩的類型。

為了編印全集，並不是將作者現有的著作，彙集排比，編印成書，即算盡了責任。對於作者的傳記、書信、評介，以及有關的紀念文字與圖片等資料，尤應全力蒐求彙集。在《詹冰詩全集》中，非常難得是日記的收入。在網路不發達的年代，作家大多有寫日記的習慣。實際上，筆記、日記、書信等，是作家文學活動重要的組成部分。作家的日記，是當事人親筆寫下的原始實錄，有著大量真實的史實。將日記集合看，即可發現作家平實、自然的一面，有日常生活、人事往來、文學活動、生平經歷、思想感情，甚至文壇事件、社會歷史的線索。日記不失為認識作家的重要依據。

日記更能反映作家自身內心的想法、對某些事件的看法，甚至與部分作家的交往進展。在第一集《詹冰詩全集（一）新詩》中，收錄一篇〈我的詩歷〉，此文中，將詹冰留學時的日記六篇收錄，在日記中可看到詹冰為走文學之路，與為達父親期望，糾葛的心路歷程。〈新詩與我〉則是詹冰59 歲時所書，由此兩篇，不僅可看出詹冰對於詩歌此一領域的個人想法，與創作風格轉變之心路歷程，亦可窺見臺灣兒童詩文類的變化：

> 因為在詩誌和詩集上有太多無法看懂的詩篇，使我開始創作比較平易而容易了解的兒童詩。我認為「兒童詩」就是兒童也可以欣賞的詩。無論兒童做的也好，成人做的也好，首先兒童詩必須是詩。……我試作兒童詩已有四、五年的時間了。到今年才有一點小成就。[7]

---

[6]莫渝，〈編後記〉，《詹冰詩全集》，頁 277。
[7]詹冰，〈我的詩歷〉，《詹冰詩全集（一）新詩》，頁 19。

　　由上文可知，詹冰想創作出易懂的詩歌，乃因當時的詩壇流行晦澀難懂的詩歌，詹冰正是想扭轉此，他認為不正常的歪風，因此提倡簡易詩風的兒童詩。

三、編輯形態改以單一文類合集之編法

　　鑑於為一作家編輯全集的觀點和態度，將影響全集的價值。所以編者的觀點、態度對於全集的成敗，實居重要的地位。編者的觀點正確與否？審閱態度嚴謹與否？不但可以決定全集的價值，同時更可確立作者的形象。

　　有些出版單位即以單一文類為範疇，進行收納，但仍美其名為「全集」。有些出版原因，乃是考量該作家雖以詩人、小說家或散文家著稱，然而其他文類表現平平，因此只出版某一文類為主的全集，這些全集可稱之為選本性質的作家全集。如《李喬短篇小說全集》、《鄭清文短篇小說全集》、《陳千武詩全集》、《呂赫若小說全集》、《林芳年小說全集》、《席慕蓉詩全集》、《商禽詩全集》。本文所討論之《詹冰詩全集》即屬此類。

　　雖然詹冰 45 歲時，才出版第一本詩集《綠血球》。然而對於詩歌此一領域，詹冰創作卻持續不懈，超過半個世紀。直至 2004 年 3 月 25 日，過世前仍持續詩的創作。詹冰曾說：「『詩』，對我來說，最重要、最喜愛的一個字。」[8]這也是苗栗縣政府文化局在資金有限的情況下，想先出版詹冰的詩集。因為「詩」是詹冰用心最多，創作最持久的文類，相對也最能代表其在文壇上的成就。

　　編者須具有編輯出版全集的素質和條件。《詹冰詩全集》的編者──莫渝，出生於苗栗縣竹南鎮，1960 年代開始寫詩發表作品。1999 至 2004 年擔任出版社文學主編。也曾經主編《笠》詩刊（2005 年 9 月起）。莫渝在1993 年 6 月，即為苗栗縣立文化中心編《認識詹冰‧羅浪》一書。此書是

---

[8]詹冰，〈快樂的詩路〉，《第二屆綠川個人史文學獎入選作品集》（臺中：財團法人鄭順娘文教公益基金會，2001 年 5 月），頁 134。

第一本將詹冰相關之研究，彙集成書的作品，書中詹冰的部分有 149 頁。此書共分三輯：「第一輯：資料」此部分有詹冰小傳、詹冰詩集簡介，也收入了詹冰暢談自己創作詩歌的〈詩觀〉及〈兒童詩隨想〉，加上廖莫白及莊金國之訪問稿，和詹冰自出生到 70 歲的年表。

「第二輯：作品與欣賞」介紹詹冰作品與賞析，共 22 篇，其中多首詩歌如〈五月〉、〈扶桑花〉、〈思慕〉、〈春信〉等，在《詹冰詩全集》中，再度收入。「第三輯：評介」收入十篇，大部分是針對詹冰個人在詩歌領域的表現，給予評論。莫渝對於詹冰的資料在《認識詹冰・羅浪》一書中，已經進行初步整理，在 2001 年，再度擔負編輯詹冰詩集的重任，實為最佳人選。其實《認識詹冰・羅浪》一書，就是《詹冰詩全集》的雛形，《詹冰詩全集》的體例，就是沿襲《認識詹冰・羅浪》一書。

在為苗栗縣政府編輯完成《詹冰詩全集》後，2008 年 12 月，莫渝更為國立臺灣文學館編《臺灣詩人選集 5 詹冰集》，內文不僅有詩人小傳，詩人影像，更選錄了詹冰的詩篇，也加上了對該詩的解說，引領讀者對該詩的認識。更製作了詩人重要的寫作生平簡表、閱讀進階指引、詹冰已出版詩集要目。這些皆是建基在《詹冰詩全集》的基礎上。所以全集所能帶來的後續研究效益，是無可限量的，這也是全集在文學研究上不容忽視的原因之一。

各主編者，由於處在各自的視角，採用的編法有所不同。《詹冰詩全集》的編者莫渝，第一級先採分類的編法，第二級再以編年方式處理。

《詹冰詩全集》共分三本，第一本副標題為「新詩」，第二本副標題為「兒童新詩」，第三本副標題為「研究資料彙編」。由此可見，莫渝是以詩的屬性進行分類，分為——詩、兒童詩。在第一集《詹冰詩全集（一）新詩》中，有〈詩前——詩歷、詩觀〉此部分收納〈我的詩歷〉、〈新詩與我〉、〈圖象詩與我〉、〈十字詩論〉四篇，此四篇能夠幫助讀者了解詹冰的人生歷程與詩觀的形成。〈我的詩歷〉，暢談詹冰的人生際遇，學習寫作的因緣與過程，此部分對於讀者認識詹冰幫助頗大。

　　臺灣現代詩人，最早嘗試圖象詩試驗的是詹冰，1943 年詹冰利用中國文字的形象特性，寫了一首〈Affair〉（事件），全詩只有七個數和男女兩字。〈Affair〉是屬於視覺性的詩，除欣賞詩意外，也觀賞了詩所形成的有意義圖象。詹冰自己說：「我的詩作可以說是一種知性的活動。簡言之，我的詩法是『計算』。」[9]另外一首〈雨〉此首詩中，利用中文字型與排列的特性，把一對男女之間的戀愛故事，用簡單的字序表達出來。詹冰將特殊的「圖象詩」引入兒童詩的領域中，增加兒童詩的展現方式，豐富了兒童詩的創作手法。

　　詹冰在圖象詩此一領域赫赫有名，但他創作圖象詩的動機，在此文中即有了詳細的說明，對於他創作兒童詩的起念動心也有了交代。詹冰說：

> 因為詩是不能界說的，所以我曾嘗試「圖象詩」。我認為圖象詩是詩和圖畫的相互結合與融合，而且可提高詩效果的一種詩的形式。當然要為圖象詩，必須具有適於圖象詩的詩材。我國的文字大部分是象形文字。最適於做圖象詩的工具。這一點對於寫圖象詩的我國詩人，比起外國詩人是有利而幸運的。我想中國圖象詩的前途是無可限量的。我對自作的圖象詩，比較喜歡〈Affair〉、〈雨〉、〈插秧〉、〈自畫像〉、〈水牛圖〉等。……因為在詩誌和詩集上有太多無法看懂的詩篇，開始創作比較平易而容易了解的兒童詩。[10]

　　詹冰在晚年的時候，受日本俳句的影響，創作了「十字詩」。用十個字來表現詩意、詩感、詩境。詹冰認為一首詩若能濃縮為十個字左右，將更可達到簡潔，又不失詩的魅力。在〈十字詩論〉一文中，詹冰陳述他創作十字詩的理念：

---

[9]詹冰，〈圖象詩與我〉，《詹冰詩全集（一）新詩》，頁 21。
[10]詹冰，〈我的詩歷〉，《詹冰詩全集（一）新詩》，頁 19。

> 我提倡「十字詩」的創作，並不是說，所有的詩都用十個字來表現。我
> 只想，有適於寫「十字詩」的題材，那麼盡用「十字詩」的形式來
> 為。……我想，只用十個字來寫詩是一種高超的「絕招」。[11]

　　「十字詩」的簡潔俐落，正符合詹冰對於語文的要求──簡單。在第
一集《詹冰詩全集（一）新詩》中，第一輯為「綠血球」、第二輯為「實驗
室」、第三輯為「旅遊詩集」、第四輯為「十字詩輯」。

　　為新編者省時、省力，乃以作家過去曾出版過的作品集為基礎，進行
全集的編制。這種方式是最節省功夫，也是目前相當多的全集所採取的編
法。如《七等生小說全集》、《洪醒夫全集》。張光正把他在 1985 年編輯出
版《張我軍選集》修補充實後重新出版，編成了《張我軍全集》，2002 年
由人間出版社出版。

　　《詹冰全集（一）新詩》第一輯「綠血球」此部分收錄詹冰的第一本詩
集《綠血球》[12]一書中的作品。而第二輯「實驗室」是收錄詹冰第三本詩集
《實驗室》[13]一書內的作品，這樣的結果，較缺乏編輯特色與材料重整的意
義。第三輯是「旅遊詩集」，此部分改採編年體的體例，以時間為經，以作品
為緯，這樣的好處是作品按時間先後順序排列，有利於讀者對該作家的思想
演變、創作手法有循序漸進的認識。第三輯「旅遊詩集」中，蒐羅詹冰有關
旅遊議題方面的詩作，如 1980 年代的〈清晨的散步〉、〈美西加旅遊〉，1990
年代的〈加拿大的乖孫〉、〈亞洲的詩心〉等。第四輯是「十字詩輯」收入詹
冰的十字詩創作如〈十字詩百首〉、〈四季雜詠〉、〈十字詩九十首〉等。

　　由《詹冰詩全集（一）新詩》內的編輯方式亦可發現仍循類別進行編
輯，因此有第三輯是「旅遊詩集」與第四輯「十字詩輯」。因為《詹冰詩全
集》於 2001 年 12 月出版，因此，《詹冰詩全集》收錄了詹冰已經出版的詩

---

[11]詹冰，〈十字詩論〉，《詹冰詩全集（一）新詩》，頁 37。
[12]《綠血球》是詹冰 1943～1946 年創作的四百首詩篇中，選出 50 首詩集結而成。此詩集本來以日
　　文書寫，後譯成中文。
[13]《實驗室》為詹冰第三本詩集，1986 年 2 月由笠詩社出版。

集部分作品——《綠血球》[14]、《實驗室》[15]、《變》[16]、《詹冰詩選集》[17]、《科學少年》[18]。

　　《詹冰詩全集（二）兒童新詩》共收 160 首兒童詩。還收入詹冰之〈兒童詩隨想〉、〈談兒童詩〉，並在詩後編入十篇評論篇章。所謂資料彙編是指「根據既定要求，有針對性地摘錄資料片段或彙編全文，按專題或學科分類編排，以供參考檢索的工具書」[19]作家全集內容，除已出版的作品外，尚有已發表未結集成冊者，或未發表作品及散佚之作品等。一般作家全集，除正集外，多編有別集、別冊，或名為「資料彙編」，內容不外年表、作品目錄、照片、作品評論等。這些資料，既有利考證，亦能補足史闕。如《鄭清文短篇小說全集》別卷收錄鄭清文自序〈偶然與必然——文學的形成〉及其文學短論和雜憶、評論選錄、小說評論索引、寫作年表、著作年表、1 至 6 卷目次總覽。《鍾肇政全集》第 33 冊別卷（一）和第 34 冊別卷（二），分別是收錄年表、補遺、照片、手稿，還有鍾肇政的書法作品。

　　而《詹冰詩全集（三）研究資料彙編》書中分三大部分：第一部分是詹冰的小傳、年表、評論資料索引。第二部分：有訪談、紀錄與隨筆共十篇。第三部分是評介：小評、綜論、詩集評、單篇作品賞析等共計 31 篇。此部分提供研究者相當豐富的文獻史料。即如封德屏所言：

> 有關作家研究或評論資料彙編：這是編纂作家全集的另一重要目的。藉作家全集之編纂，不僅盡收作品，有關作家傳記、訪問、評論文章之整理，正是加強了解該作家的重要依據。[20]

---

[14]詹冰，《綠血球》（臺中：笠詩社，1965 年 10 月）。

[15]詹冰，《實驗室》（臺北：笠詩刊社，1986 年 2 月）。

[16]詹冰，《變》（臺中：臺中市立文化中心，1993 年 6 月）。

[17]詹冰，《詹冰詩選集》（臺北：笠詩刊社，1993 年 6 月）。

[18]詹冰，《科學少年》（臺中：臺中市立文化中心，1999 年 6 月）。

[19]釋自衍，〈二次文獻的編輯——專訪張錦郎老師談書目索引的編製〉，《佛教圖書館館刊》第 41 期（2005 年 6 月），頁 68。

[20]封德屏，〈臺灣現代作家全集的回顧與前瞻〉，《2005 臺灣文學年鑑》（臺南：國家臺灣文學館籌備處，2006 年 10 月），頁 31。

　　有了資料彙編後，作家全集便集學術性、資料性和工具性於一身。

結語

　　本文藉由《詹冰詩全集》的編輯出版，反映出臺灣社會上對於全集這類作品的編輯出版態度，是政府單位從昔日的漠不關心，到今日的願意大力支持；而在文學過程中，可看出許多有心人士想藉作家全集的編制，挽救即將在歷史洪流中被沖失的日據作家相關史料，也可看出全集編制上，以日據作家占多數。而在編輯形態上，則可發現實際的「全集」，應該是將作家全部創作的作品蒐集齊全，加上與作家創作生涯相關的附件，如生活照、手蹟、著作目錄、年表、後人評論目錄等。然而，如此浩大的工程，需花費的時間相當漫長，因此，以作家某一文類為主之全集即應運而生，本文之例《詹冰詩全集》即是。

參考書目：

期刊論文

・陳長房，〈饜足知性的好奇——試論英美作家全集的纂輯〉，《文訊》第 155 期（1998 年 9 月），頁 44。

・張高評，〈古代編纂別集全集的體例和意義〉，《文訊》第 155 期（1998 年 9 月），頁 38。

・釋自衍，〈二次文獻的編輯——專訪張錦郎老師談書目索引的編製〉，《佛教圖書館館刊》第 41 期（2005 年 6 月），頁 68。

・陸耀東，〈現代作家全集的編輯與文學史料學問題〉，《河北學刊》第 26 卷第 6 期（2006 年 11 月），頁 117。

專書

・七等生，《情與思》（臺北：遠行出版社，1977 年 9 月）。

・何金蘭，《文學社會學》（臺北：桂冠圖書公司，1989 年 8 月）。

・詹冰，《詹冰詩全集》（苗栗：苗栗縣立文化中心，2001 年 12 月）。

· 余敏主編，《出版學》（北京：中國書籍出版社，2002 年 5 月）。

· 國家臺灣文學館籌備處編，《2005 臺灣文學年鑑》（臺南：國家臺灣文學館籌備處，2006 年 10 月）。

報紙

· 本報訊，〈編譯楊逵全集總動員〉，《民生報》，1997 年 5 月 8 日，34 版。

· 江中明，〈張深切作品全集出版〉，《聯合報》，1998 年 2 月 12 日，18 版。

· 賴素鈴，〈楊逵全集十四卷完成〉，《民生報》2001 年 12 月 12 日，A10 版。

· 陳芳明，〈重新認識楊逵〉，《聯合報》，2001 年 12 月 13 日，37 版。

——選自《育達科大學報》第 32 期，2012 年 9 月

輯五◎
研究評論資料目錄

作家生平、作品評論專書與學位論文

專書

1. 莫渝編　　認識詹冰・羅浪　苗栗　苗栗縣立文化中心　1993 年 6 月　149 頁

本書內含詹冰及羅浪兩位作家專輯。詹冰又分 3 部分：1.資料，收錄訪談紀錄、年表及評論引得；2.作品與欣賞，收錄詹冰 22 首新詩作品，並於其後附各家賞析；3.評介，收錄林亨泰、林錫嘉、林煥彰、桓夫、趙天儀、李敏勇、李魁賢、杜榮琛的評論文章。

2. 莫渝主編　　詹冰詩全集・研究資料彙編　苗栗　苗栗縣文化局　2001 年 12 月　　278 頁

本書為早期至 1990 年代有關詹冰的重要相關研究合集。全書分 3 輯，1.「資料」：收錄〈生活集錦、著作封面書影、手蹟〉、〈詹冰小傳〉、〈詹冰年表〉、〈詹冰評論專著與評論資料索引〉，共 4 篇；2.「訪談、記錄與隨記」：廖莫白〈繆思的實驗室——詹冰訪問記〉、莊金國〈未完成的訪問〉、安克強〈一房書，兩支筆，走漫漫文藝長路——專訪詹冰先生〉、莊紫蓉〈詩畫人生——專訪詹冰〉、曾麗壎〈詹冰——藥學詩人〉、林文聰〈快樂的藥學詩人〉、葉志雲〈詹冰創作「十字詩畫」〉、劉美蓮〈紅薔薇〉、莫渝〈詹冰〉、〈莊紫蓉——幸福人生〉，共 10 篇；3.「評介——小評、綜論、詩集評、單篇作品賞析」：莫渝輯〈小評六則〉、林亨泰〈笠下影——詹冰〉、林亨泰〈詹冰的詩〉、林錫嘉，林煥彰〈詹冰所使用的詩的語言〉、李魁賢〈論詹冰的詩〉、趙天儀〈認真誠摯的詩人——詹冰〉、趙天儀〈新意象的實驗者——論詹冰的詩〉、彭瑞金〈詹冰——用力作詩的詩人〉、舒蘭〈詹冰〉、古繼堂〈詹冰論〉、翁奕波〈新意象的實驗者——詹冰〉、劉登翰〈透明的血管游著綠色的血球〉、丁旭輝〈詹冰圖象詩研究〉、桓夫〈評《綠血球》〉、趙天儀〈評《綠血球》〉、陳千武〈視覺性的詩〉、羅青〈詹冰的〈水牛圖〉〉、翁光宇〈詹冰的〈水牛圖〉〉、趙天儀〈欣賞詹冰兩首詩〉、林亨泰〈詹冰的〈五月〉〉、吳瀛濤〈易懂的好詩〉、杜榮琛〈詹冰的〈櫻花〉〉、李魁賢〈詹冰的〈足音〉〉、芝華〈詹冰詩欣賞（三首）〉、洗睿，柯巍〈詹冰的〈五月〉〉、袁泉〈詹冰的〈液體的早晨〉〉、黃梁〈金屬性的雨〉、姚玉光〈詹冰五首詩欣賞〉、莫渝〈詹冰詩欣賞（十一首）〉、莫渝〈簡樸與清純〉，共 31 篇。

3. 真理大學臺灣文學系編　　福爾摩莎文學──詹冰詩作學術研討會論文集　臺
　　北　真理大學臺灣文學系　2003 年 11 月　120 頁

本論文集收錄「詹冰詩作學術研討會」發表之論文。正文前有林亨泰作，林巾力譯
〈初識詹冰──銀鈴會中令人雙眼為之一亮的存在〉。全書共 6 篇：1.趙天儀〈《綠
血球》與《紅血球》的交流──評論詹冰的詩〉；2.郭楓〈嘰鳴上下、在星和花之間
──詹冰論〉；3.簡文志〈詹冰《綠血球》自然書寫的視域與美學〉；4.蔡秀菊〈知
性與感性的詩心──淺論詹冰的詩風格〉；5.湛敏佐〈詹冰與兒童戲劇〉；6.邱各容
〈探討詩人詹冰的兒童文學世界〉。

學位論文

4. 林秀蓉　　日治時期臺灣醫事作家及其作品研究──以蔣渭水、賴和、吳新
　　榮、王昶雄、詹冰為主　高雄師範大學國文學系　博士論文　龔顯
　　宗教授指導　2002 年 6 月　459 頁

本論文以賴和、吳新榮、王昶雄、蔣渭水和詹冰這 5 位日治時期臺灣醫事作家作為
論述對象，探討其醫學教育、社會參與、文學歷程以及作品主題與藝術成就，繼而
勾勒出日治時期以來，臺灣醫事作家的社會關懷與文學面貌。全文共 8 章：1.緒論；
2.日治時期臺灣醫事作家的醫學教育及社會參與；3.作家的文學歷程；4.作品的抗日
主題；5.作品的醫事主題；6.作品的藝術成就；7.社會參與及主題表現的傳承；8.結
論。正文後附錄〈日治時期臺灣醫事作家之作品評論引得〉。

5. 李秋蓉　　詹冰及其兒童詩研究　雲林科技大學漢學資料整理研究所　碩士論
　　文　鄭定國教授指導　2003 年 6 月　204 頁

本論文應用文本分析、文獻考察、訪談及美學詮釋等研究方法，探討詹冰及其兒童
詩的特色；並歸納兒童詩的主題內涵，包括生活情趣的捕捉、科學知識的啟迪、自
然生態的描繪、奇幻世界的構築、真善美愛的營造等。全文共 6 章：1.緒論；2.詹冰
的生平與文學活動；3.詹冰的文學創作歷程；4.詹冰兒童詩的主題內涵；5.詹冰兒童
詩的藝術特色；6.結論。正文後附錄〈詹冰生平年表及作品繫年〉、〈詹冰作品發表
園地一覽表〉、〈詹冰作品評論專著與資料索引〉、〈詹冰得獎記錄一覽表〉。

6. 湛敏佐　　詹冰與兒童詩　臺東大學兒童文學研究所　碩士論文　林文寶教授
　　指導　2004 年　371 頁

本論文以莫渝所編《詹冰詩全集（二）──兒童新詩》共 160 首兒童詩為研究範
圍，採資料蒐集、人物訪談及文獻分析法，了解其生平及文壇創作之路、整理其作

品特色。全文共 6 章：1.緒論；2.詹冰與兒童詩；3.詹冰兒童詩題材分析；4.詹冰兒童詩主題分析；5.詹冰兒童詩表現手法；6.結論。

7. 吳君釵　　詹冰新詩研究　臺北教育大學語文與創作學系語文教學碩士班　碩士論文　林于弘教授指導　2012 年 9 月　221 頁

本論文運用文本細讀、內容分析與文獻分析等研究方法，探究詹冰文學創作歷程、新詩的內容意涵與表現技巧，最後總結其新詩特色、成就與影響。全文共 5 章：1.緒論；2.詹冰文學創作歷程詹冰新詩的內容意涵；4.詹冰新詩的表現技巧；5.結論。正文後附錄〈詹冰評論資料索引〉。

8. 郭志清　　詹冰兒童詩語言風格研究　臺中教育大學語文教育學系　碩士論文　周碧香教授指導　2013 年 6 月　472 頁

本論文以語言風格學的角度重新整理文獻，以分析、描寫、詮釋的步驟，歸納、比較、統計所得的資料，並從音韻、詞彙、句法層面，重新闡釋詹冰兒童詩的風格特色，以語言應用的角度切入，獲得更深入與全面的研究。全文共 6 章：1.研究背景與設計；2.相關研究分析；3.音韻風格；4.詞彙風格；5.句法風格；6.結論。正文後附錄〈詹冰訪談紀錄一覽表〉、〈詹冰生平重大事件一覽表表（依年代排序）〉、〈詹冰單篇論述整理表（依年代排序）〉。

作家生平資料篇目

自述

9. 詹　冰　　我的詩歷　笠　第 2 期　1964 年 8 月　頁 15—19

10. 詹　冰　　我的詩歷　變　臺中　臺中市立文化中心　1993 年 6 月　頁 100—106

11. 詹　冰　　我的詩歷　詹冰詩全集‧新詩　苗栗　苗栗縣文化局　2001 年 12 月　頁 7—14

12. 詹　冰　　《綠血球》後記　綠血球　臺北　笠詩刊社　1965 年 10 月　頁 92—94

13. 詹　冰　　《綠血球》後記　詹冰詩全集‧新詩　苗栗　苗栗縣文化局　2001 年 12 月　頁 125—127

14. 詹　冰　　藥與詩　笠　第 19 期　1967 年 6 月　頁 3

15. 詹　冰　　藥與詩──代序　實驗室　臺北　笠詩刊社　1986 年 2 月　頁 4

16. 詹　冰　　詩的問答──詹冰　笠　第 21 期　1967 年 10 月　頁 33

17. 詹　冰　　圖象詩與我　笠　第 87 期　1978 年 10 月　頁 58—62

18. 詹　冰　　圖象詩與我　變　臺中　臺中市立文化中心　1993 年 6 月　頁 113
　　　　　　　—124

19. 詹　冰　　圖象詩與我　詹冰詩全集·新詩　苗栗　苗栗縣文化局　2001 年
　　　　　　　12 月　頁 21—32

20. 詹　冰　　詩歷·詩觀　美麗島詩集　臺北　笠詩社　1979 年 6 月　頁 220

21. 詹　冰　　新詩與我　笠　第 92 期　1979 年 8 月　頁 30—32

22. 詹　冰　　新詩與我　變　臺中　臺中市立文化中心　1993 年 6 月　頁 107—
　　　　　　　112

23. 詹　冰　　新詩與我　詹冰詩全集·新詩　苗栗　苗栗縣文化局　2001 年 12
　　　　　　　月　頁 15—20

24. 詹　冰　　作者的話　太陽、蝴蝶、花　臺北　成文出版社　1981 年 3 月
　　　　　　　〔1〕頁

25. 詹　冰　　作者的話　太陽、蝴蝶、花　臺北　水牛圖書公司　1993 年 10 月
　　　　　　　頁 3—4

26. 詹　冰　　綠毛線衣的少女　少男心事　高雄　敦理出版社　1985 年 5 月　頁
　　　　　　　165—168

27. 詹　冰　　詩想札記　笠　第 129 期　1985 年 10 月　頁 8

28. 詹　冰　　《實驗室》後記　實驗室　臺北　笠詩刊社　1986 年 2 月　頁 88

29. 詹　冰　　《實驗室》後記　詹冰詩全集·新詩　苗栗　苗栗縣文化局　2001
　　　　　　　年 12 月　頁 211

30. 詹　冰　　寫作是一條快樂之路　文訊雜誌　第 36 期　1988 年 6 月　頁 218
　　　　　　　—222

31. 詹　冰　　寫作是一條快樂之路　變　臺中　臺中市立文化中心　1993 年 6 月
　　　　　　　頁 93—99

32. 詹　冰　寫作是一條快樂之路　文學好因緣　臺北　文訊雜誌社　2008 年 7 月　頁 113—120

33. 詹　冰　兒童劇與我　文學界　第 28 期　1989 年 2 月　頁 232—235

34. 詹　冰　《變》自序　變　臺中　臺中市立文化中心　1993 年 6 月　頁 5

35. 詹　冰　詹冰詩觀　認識詹冰・羅浪　苗栗　苗栗縣立文化中心　1993 年 6 月　頁 11—13

36. 詹　冰　臺灣新文學特別貢獻獎得主——詹冰：我的創作心聲　自立晚報　1994 年 8 月 11 日　19 版

37. 詹　冰　銀鈴會的回憶　臺灣詩史「銀鈴會」論文集　彰化　磺溪文化學會　1995 年 6 月　頁 116—117

38. 詹　冰　自序　銀髮與童心　臺中　臺中市立文化中心　1998 年 5 月　頁 5—6

39. 詹　冰　《科學少年》自序　科學少年　臺中　臺中市立文化中心　1999 年 6 月　頁 5—6

40. 詹　冰　快樂的詩路　第二屆「綠川」個人史文學獎入選作品集　臺中　財團法人鄭順娘文教公益基金會　2001 年 5 月　頁 134—203

41. 詹　冰　得獎感言　第二屆「綠川」個人史文學獎入選作品集　臺中　財團法人鄭順娘文教公益基金會　2001 年 5 月　頁 203—204

42. 詹　冰　自序　銀髮詩集　高雄　春暉出版社　2003 年 10 月　頁 1—2

他述

43. 舒　蘭　中國新詩史話——詹冰[1]　新文藝　第 294 期　1980 年 9 月　頁 94—97

44. 舒　蘭　日據時期的臺灣詩壇——詹冰　中國新詩史話（三）　臺北　渤海堂文化公司　1998 年 10 月　頁 80—82

45. 舒　蘭　詹冰　詹冰全集・研究資料彙編　苗栗　苗栗縣文化局　2001 年 12 月　頁 163—165

---

[1]本文後改篇名為〈日據時期的臺灣詩壇——詹冰〉。

46. 林煥彰　　寫在「隱藏的群星」作品展之後──一點感想〔詹冰部分〕　臺灣時報　1981 年 11 月 30 日　12 版

47. 〔笠〕　　臺灣的詩人──詹冰　笠　第 129 期　1985 年 10 月　〔1〕頁

48. 翁奕波　　臺灣鄉土派《笠》詩人談片──新意象的實驗者──詹冰　華文文學　1989 年第 3 期　頁 46─48

49. 翁奕波　　新意象的實驗者──詹冰　詹冰全集・研究資料彙編　苗栗　苗栗縣文化局　2001 年 12 月　頁 173─177

50. 詹順裕　　跨代詩人──詹冰、桓夫、白萩　臺灣日報　1990 年 5 月 28 日　15 版

51. 陳子君，梁燕主編　　詹冰　兒童文學辭典　成都　四川少年兒童出版社　1991 年 6 月　頁 590

52. 王晉民　　詹冰小傳　臺灣文學家辭典　南寧　廣西教育出版社　1991 年 7 月　頁 624─625

53. 〔杜榮琛編〕　　詹冰作品　好日子　苗栗　苗栗縣立文化中心　1992 年 6 月　頁 27

54. 趙天儀　　詹冰小傳　混聲合唱──笠詩選　高雄　春暉出版社　1992 年 9 月　頁 48

55. 〔莫渝編〕　　詹冰小傳　認識詹冰・羅浪　苗栗　苗栗縣立文化中心　1993 年 6 月　頁 6─7

56. 莫渝主編　　詹冰小傳　詹冰全集・研究資料彙編　苗栗　苗栗縣文化局　2001 年 12 月　頁 17─18

57. 葉志雲　　七旬詩人・痴迷恐龍詹冰創作「十字詩畫」童趣盎然・轟動加拿大　中國時報　1994 年 4 月 13 日　15 版

58. 葉志雲　　詹冰創作「十字詩畫」　詹冰全集・研究資料彙編　苗栗　苗栗縣文化局　2001 年 12 月　頁 87─88

59. 趙天儀　　認真誠摯的詩人──詹冰　自立晚報　1994 年 8 月 11 日　19 版

60. 趙天儀　　認真誠摯的詩人──詹冰　銀髮與童心　臺中　臺中市立文化中心

1998 年 5 月　頁 241—247

61. 趙天儀　　認真誠摯的詩人——詹冰　風雨樓再筆——臺灣文化的漣漪　臺中　臺中市文化局　2000 年 11 月　頁 149—154

62. 趙天儀　　認真誠摯的詩人——詹冰　詹冰全集・研究資料彙編　苗栗　苗栗縣文化局　2001 年 12 月　頁 145—150

63. 〔岩上主編〕　詹冰（1921—）　笠下影——1997 笠詩社同仁著譯書目集　臺北　笠詩社　1997 年 8 月　頁 16

64. 李魁賢　　步道上的詩碑——詹冰　笠　第 203 期　1998 年 2 月　頁 194—195

65. 李魁賢　　步道上的詩碑——詹冰　李魁賢文集 8　臺北　行政院文建會　2002 年 10 月　頁 89—90

66. 黃恆秋　　客家文學的類型——詹冰　臺灣客家文學史概論　臺北　客家臺灣文史工作室　1998 年 6 月　頁 145—148

67. 彭瑞金　　詹冰——用力作詩的詩人　臺灣文學步道　高雄　高雄縣立文化中心　1998 年 7 月　頁 182—186

68. 彭瑞金　　詹冰——用力作詩的詩人　臺灣新聞報　1998 年 10 月 12 日　13 版

69. 彭瑞金　　詹冰——用力作詩的詩人　詹冰全集・研究資料彙編　苗栗　苗栗縣文化局　2001 年 12 月　頁 159—162

70. 〔姜耕玉選編〕　詹冰　20 世紀漢語詩選（三）　上海　上海教育出版社　1999 年 12 月　頁 449

71. 陳于嬀　　老詩人詹冰・聽到溫暖的歌聲　聯合報・臺中市　2000 年 4 月 30 日　18 版

72. 莊紫蓉　　幸福人生——詹冰印象　臺灣新聞報　2001 年 2 月 6 日　23 版

73. 莊紫蓉　　幸福人生——詹冰印象　詹冰全集・研究資料彙編　苗栗　苗栗縣文化局　2001 年 12 月　頁 97—102

74. 杜　子　　作家素描——詹冰　大墩文化　第 18 期　2001 年 11 月　頁 35—37

75. 林文聰　　快樂的藥學詩人　詹冰全集・研究資料彙編　苗栗　苗栗縣文化局　2001 年 12 月　頁 85—86

76. 劉美蓮　　紅薔薇　詹冰全集・研究資料彙編　苗栗　苗栗縣文化局　2001 年 12 月　頁 89—91

77. 莫　渝　　詹冰　詹冰全集・研究資料彙編　苗栗　苗栗縣文化局　2001 年 12 月　頁 93—95

78. 〔蕭蕭，白靈主編〕　詹冰簡介　臺灣現代文學教程——新詩讀本　臺北　二魚文化公司　2002 年 8 月　頁 89

79. 林政華　　關懷成人以至兒童，視文學如命的詩人——詹冰　臺灣新聞報　2002 年 11 月 11 日　11 版

80. 林政華　　關懷成人以至兒童，視文學如命的詩人——詹冰　臺灣古今文學名家　桃園　開南管理學院通識教育中心　2003 年 3 月　頁 55

81. 張惟智　　戰後初期其他臺灣文學作家及其相關活動——銀鈴會同仁——詹冰（綠炎）　戰後初期（1945—1949）臺灣文學活動研究——以楊逵為論述主軸　靜宜大學中國文學系　碩士論文　趙天儀教授指導　2003 年 7 月　頁 54

82. 趙天儀等[2]　詹冰的詩人形象——收集評語，可雕塑詹冰的詩人形象　笠　第 236 期　2003 年 8 月　頁 90—91

83. 〔莫渝編〕　作者簡介　愛情小詩選讀　臺北　鷹漢文化公司　2003 年 11 月　頁 47

84. 石德華　　詹冰——生活中有美有愛有詩　文訊雜誌　第 220 期　2004 年 2 月　頁 65—66

85. 楊　翠　　詩人素顏——敬悼詹冰先生　臺灣日報　2004 年 4 月 20 日　17 版

86. 〔笠〕　　懷念詩人詹冰　笠　第 240 期　2004 年 4 月　頁 1

87. 莫　渝　　送別——送詩人詹冰　笠　第 240 期　2004 年 4 月　頁 8

---

[2]合評者：趙天儀、傅學鵬、陳千武、廖莫白、林亨泰、李魁賢、陳明台、古繼堂、莫渝、丁旭輝、陳幸蕙、羅浪。

88. 洪士惠　　前輩詩人詹冰與世長辭　文訊雜誌　第 223 期　2004 年 5 月　頁
　　　　　　　119—120

89. 陳憲仁　　詹冰的詩人形象長留讀者心中　文訊雜誌　第 224 期　2004 年 6 月
　　　　　　　頁 71

90. 林淑惠　　懷念作家——詹冰　2004 臺灣文學年鑑　臺南　國家臺灣文學館
　　　　　　　2005 年 7 月　頁 136

91. 趙天儀　　懷念詹冰先生　歲月是隱藏的魔術師　臺北　富春文化公司　2006
　　　　　　　年 12 月　頁 185—190

92. 莊紫蓉　　詹冰　面對作家——臺灣文學家訪談錄（二）　臺北　財團法人吳
　　　　　　　三連臺灣史料基金會　2007 年 4 月　頁 117—119

93. 〔鹽分地帶文學〕　　前輩作家寫真簿——詹冰：透明的血管中綠血球在游泳
　　　　　　　著　鹽分地帶文學　第 11 期　2007 年 8 月　頁 14

94. 〔封德屏主編〕　　詹冰　2007 臺灣作家作品目錄　臺南　國立臺灣文學館
　　　　　　　2008 年 7 月　頁 1151

95. 〔編輯部〕　　詹冰簡介　誰在黑板上寫ㄅㄆㄇ　臺北　民生報事業處　2008
　　　　　　　年 12 月　頁 76

96. 詹前烈　　父親詹冰的藏書　誰在黑板上寫ㄅㄆㄇ　臺北　民生報事業處
　　　　　　　2008 年 12 月　頁 80

97. 胡萩枒　　戰後跨語一代詩人生平——藥學詩人——詹冰（1921—2004）　戰
　　　　　　　後跨語一代詩人作品之標點符號研究　屏東教育大學中國語文學系
　　　　　　　碩士論文　余昭玟教授指導　2012 年 6 月　頁 33—35

98. 趙天儀　　詩與思想隨筆——詹冰　笠　第 301 期　2014 年 6 月　頁 86—87

訪談、對談

99. 詹冰等[3]　　同仁作品合評　笠　第 18 期　1967 年 4 月　頁 35—37

100. 廖莫白　　繆思的實驗室——詹冰訪問記　詩人季刊　第 8 期　1977 年 7 月
　　　　　　　頁 38—40

---

[3]與會者：詹冰、桓夫、林亨泰、錦連、羅浪、杜潘芳格、鄭炯明；紀錄：張彥勳。

101. 廖莫白　繆思的實驗室——詹冰訪問記　認識詹冰‧羅浪　苗栗　苗栗縣
　　　立文化中心　1993 年 6 月　頁 17—24

102. 廖莫白　繆思的實驗室——詹冰訪問記　詹冰全集‧研究資料彙編　苗栗
　　　苗栗縣文化局　2001 年 12 月　頁 37—45

103. 詹冰等[4]　「銀鈴會」回顧座談會　笠　第 127 期　1985 年 6 月　頁 32—38

104. 莊金國　未完成的訪問　笠　第 129 期　1985 年 10 月　頁 9

105. 莊金國　未完成的訪問　認識詹冰‧羅浪　苗栗　苗栗縣立文化中心
　　　1993 年 6 月　頁 25

106. 莊金國　未完成的訪問　詹冰全集‧研究資料彙編　苗栗　苗栗縣文化局
　　　2001 年 12 月　頁 47—51

107. 莊金國　莊金國訪詹冰　笠　第 129 期　1985 年 10 月　頁 11—15

108. 莊金國　莊金國訪詹冰　認識詹冰‧羅浪　苗栗　苗栗縣立文化中心
　　　1993 年 6 月　頁 26—29

109. 詹冰等[5]　論臺灣新詩的獨特性　詩與臺灣現實　臺北　笠詩刊社　1991 年
　　　1 月　頁 10—12

110. 安克強　一房書，兩隻筆，走漫漫文藝長路——專訪詹冰先生　文訊雜誌
　　　第 84 期　1992 年 10 月　頁 99—104

111. 安克強　一房書，兩支筆，走漫漫文藝長路——專訪詹冰先生　詹冰全
　　　集‧研究資料彙編　苗栗　苗栗縣文化局　2001 年 12 月　頁 53
　　　—62

112. 莊紫蓉　詩畫人生——詹冰專訪　臺灣文藝　第 174 期　2001 年 2 月　頁
　　　47—55

113. 莊紫蓉　詩畫人生——專訪詹冰　詹冰全集‧研究資料彙編　苗栗　苗栗
　　　縣文化局　2001 年 12 月　頁 63—78

114. 莊紫蓉　詩畫人生　面對作家——臺灣文學家訪談錄（二）　臺北　財團

---

[4]與會者：詹冰、林亨泰、蕭翔文、許育誠、張彥勳。
[5]與會者：詹冰、林亨泰、趙天儀、白萩、金尚鎬、李篤恭、蔡榮勇、黃恆秋、洪中周、陳亮、蕭
　秀芳、張信吉；主持人：陳千武；紀錄：張信吉。

法人吳三連臺灣史料基金會　2007 年 4 月　頁 120—138

115. 陳思嫻　　五月的綠血球——詩人詹冰訪談記　臺灣文學館通訊　第 3 期
2004 年 3 月　頁 54—57

116. 冰　子　　與快樂相約，與詩仙相遇——詹冰專訪　苗栗縣第九屆夢花文學
獎得獎作品專輯　苗栗　苗栗縣文化局　2006 年 10 月　頁 323—
364

年表

117. 詹　冰　　詹冰年譜　實驗室　臺北　笠詩刊社　1986 年 2 月　頁 89—95

118. 〔莫渝編〕　　詹冰年表　認識詹冰‧羅浪　苗栗　苗栗縣立文化中心
1993 年 6 月　頁 30—36

119. 〔編輯部〕　　寫作年表　詹冰詩選集　臺北　笠詩刊社　1993 年 6 月　頁
125

120. 詹　冰　　詹冰寫作年表　變　臺中　臺中市立文化中心　1993 年 6 月　頁
235—243

121. 詹　冰　　詹冰寫作年表　銀髮與童心　臺中　臺中市立文化中心　1998 年
5 月　頁 254—265

122. 詹　冰　　詹冰寫作年表　科學少年　臺中　臺中市立文化中心　1999 年 6
月　頁 177—188

123. 莫渝主編　　詹冰年表　詹冰全集‧研究資料彙編　苗栗　苗栗縣文化局
2001 年 12 月　頁 19—27

124. 李秋蓉　　詹冰生平年表及作品繫年　詹冰及其兒童詩研究　雲林科技大學
漢學資料整理研究所　碩士論文　鄭定國教授指導　2003 年 6 月
頁 155—182

125. 邱各容　　作家兒童文學年表　臺灣兒童文學作家及作品論　臺北　富春文
化公司　2008 年 8 月　頁 41—50

126. 〔莫渝編〕　　詹冰寫作生平簡表　詹冰集　臺南　國立臺灣文學館　2008
年 12 月　頁 128—131

127. 〔編輯部〕　　詹冰寫作年表　誰在黑板上寫ㄅㄆㄇ　臺北　民生報事業處　2008 年 12 月　頁 78—79

128. 郭志清　　詹冰生平重大事件一覽表表（依年代排序）　詹冰兒童詩語言風格研究　臺中教育大學語文教育學系　碩士論文　周碧香教授指導　2013 年 6 月　頁 433—443

其他

129. 〔人間福報〕　　寫過〈綠血球〉、〈實驗室〉‧詩人詹冰獲文學貢獻獎　人間福報　2000 年 4 月 28 日　3 版

130. 尹　　詹冰榮獲文學貢獻獎　國語日報　2000 年 4 月 29 日　2 版

131. 陳憲仁　　詹冰得大墩文學貢獻獎　文訊雜誌　第 174 期　2000 年 4 月　頁 60

132. 〔民眾日報〕　　詹冰獲第十屆臺灣詩獎　民眾日報　2000 年 10 月 22 日　17 版

133. 〔臺灣時報〕　　詹冰獲第十屆臺灣詩獎　臺灣時報　2000 年 10 月 25 日　29 版

134. 〔自由時報〕　　詹冰獲第十屆臺灣詩獎　自由時報　2000 年 10 月 28 日　39 版

135. 陳宛蓉　　詹冰獲第 10 屆臺灣詩獎　文訊雜誌　第 182 期　2000 年 12 月　頁 101

136. 游登茂　　八旬老詩人‧致力用臺語創作‧詹冰‧獲第十屆榮後臺灣詩人獎　聯合報‧雲嘉南　2001 年 2 月 1 日　20 版

137. 〔人間福報〕　　詹冰‧獲榮後臺灣詩人獎　人間福報　2001 年 2 月 2 日　5 版

138. 丁文玲　　老詩人詹冰出版全集　中國時報　2002 年 4 月 14 日　21 版

139. 李秋蓉　　詹冰得獎紀錄一覽表　詹冰及其兒童詩研究　雲林科技大學漢學資料整理研究所　碩士論文　鄭定國教授指導　2003 年 6 月　頁 204

作品評論篇目

綜論

153. 林錫嘉，林煥彰　　詹冰所使用的詩的語言　詹冰全集・研究資料彙編　苗
栗　苗栗縣文化局　2001 年 12 月　頁 115—118

154. 趙天儀　第一次全省詩展（上）〔詹冰部分〕　臺灣文藝　第 32 期　1971
年 7 月　頁 80—81

155. 趙天儀　第一次全省詩展〔詹冰部分〕　裸體的國王　臺北　香草山出版
社　1976 年 6 月　頁 44

156. 趙天儀　戰後臺灣新詩初探〔詹冰部分〕　臺灣文學的週邊　臺北　富春
文化公司　1980 年 3 月　頁 30—55

157. 李魁賢　論詹冰的詩[6]　臺灣文藝　第 76 期　1982 年 5 月　頁 53—69

158. 李魁賢　論詹冰的詩　臺灣詩人作品論　臺北　名流出版社　1987 年 1 月
頁 55—71

159. 李魁賢　論詹冰的詩　變　臺中　臺中市立文化中心　1993 年 6 月　頁
216—234

160. 李魁賢　論詹冰的詩　認識詹冰・羅浪　苗栗　苗栗縣立文化中心　1993
年 6 月　頁 121—139

161. 李魁賢　論詹冰的詩　詹冰全集・研究資料彙編　苗栗　苗栗縣文化局
2001 年 12 月　頁 125—143

162. 李魁賢　論詹冰的詩　李魁賢文集 4　臺北　行政院文建會　2002 年 10 月
頁 56—74

163. 張彥勳　詩人的形象——靜穆的熱情——談綠炎、微醺　笠　第 127 期
1985 年 6 月　頁 38—40

164. 陳千武　光復前後臺灣新詩的演變〔詹冰部分〕　笠　第 130 期　1985 年
12 月　頁 15—16

165. 〔山城週刊〕　臺灣詩人詹冰——詹益川　山城週刊　第 368 期　1986 年
12 月 22 日　4 版

166. 趙天儀　新意象的實驗者——論詹冰的詩　笠　第 143 期　1988 年 2 月

---

[6]本文評論詹冰詩的風格與形式。

頁 88—92

167. 趙天儀　　新意象的實驗者——論詹冰的詩　牛聲・評論卷　苗栗　苗栗縣
　　　　　立文化中心　1992 年 6 月　頁 27—34

168. 趙天儀　　新意象的實驗者——論詹冰的詩　臺灣現代詩鑑賞　臺中　臺中
　　　　　市文化局　1998 年 5 月　頁 63—72

169. 趙天儀　　新意象的實驗者——論詹冰的詩　詹冰全集・研究資料彙編　苗
　　　　　栗　苗栗縣文化局　2001 年 12 月　頁 151—158

170. 鄭明娳　　中國新詩概說〔詹冰部分〕　當代文學氣象　臺北　光復書局
　　　　　1988 年 4 月　頁 176

171. 古繼堂　　詹冰　臺灣新詩發展史　臺北　文史哲出版社　1989 年 7 月　頁
　　　　　72—76

172. 古繼堂　　詹冰論　詹冰全集・研究資料彙編　苗栗　苗栗縣文化局　2001
　　　　　年 12 月　頁 167—171

173. 林煥彰　　詹冰——冷靜的思考者　東師語文學刊　第 4 期　1991 年 2 月
　　　　　頁 269—271

174. 彭瑞金　　埋頭深耕的年代（1960—1969）——臺灣詩的現代化與本土化
　　　　　〔詹冰部分〕　臺灣新文學運動 40 年　臺北　自立晚報社　1991
　　　　　年 3 月　頁 143—144

175. 朱雙一　　臺灣新文學運動的重挫——時代困囿下的不滅詩魂〔詹冰部分〕
　　　　　臺灣文學史（上）　福州　海峽文藝出版社　1991 年 6 月　頁
　　　　　601—602

176. 劉登翰　　現實主義詩潮的勃興——林亨泰、白萩、陳千武與「笠」詩人群
　　　　　〔詹冰部分〕　臺灣文學史（下）　福州　海峽文藝出版社
　　　　　1993 年 1 月　頁 368—370

177. 陳千武等[7]　小評五則　認識詹冰・羅浪　苗栗　苗栗縣立文化中心　1993
　　　　　年 6 月　頁 99

---

[7]本文輯錄陳千武、趙天儀、李魁賢、陳明台、黃恆秋對詹冰詩作的綜評。

178. 張超主編　　詹冰　臺港澳及海外華人作家辭典　江蘇　南京大學出版社　1994 年 12 月　頁 644—645

179. 陳明台　　清音依舊繚繞——解散後銀鈴會同人的走向〔詹冰部分〕　笠　第 186 期　1995 年 4 月　頁 89—91

180. 陳明台　　清音依舊繚繞——解散後銀鈴會同人的走向〔詹冰部分〕　臺灣詩史「銀鈴會」論文集　彰化　礦溪文化學會　1995 年 6 月　頁 102—103

181. 林亨泰　　銀鈴會文學觀點的探討〔詹冰部分〕　臺灣詩史「銀鈴會」論文集　彰化　礦溪文化學會　1995 年 6 月　頁 46—48

182. 莫　渝　　六〇年代臺灣的鄉土詩〔詹冰部分〕　臺灣現代詩史論——臺灣現代詩史研討會實錄　臺北　文訊雜誌社　1996 年 3 月　頁 204—205

183. 劉登翰，朱雙一　　透明的血管游著綠色的血球——詹冰論　彼岸的繆斯——臺灣詩歌論　南昌　百花洲文藝出版社　1996 年 12 月　頁 160—165

184. 劉登翰　　透明血管游著綠色的血球——詹冰論　詹冰全集・研究資料彙編　苗栗　苗栗縣文化局　2001 年 12 月　頁 179—185

185. 阮美慧　　純淨意象的追求者——詹冰　笠詩社跨越語言一代詩人研究　東海大學中國文學系　碩士論文　陳鴻森教授指導　1997 年 5 月　頁 164—183

186. 莫　渝　　簡樸與清純——詹冰論　笠　第 204 期　1998 年 4 月　頁 99—106

187. 莫　渝　　詹冰——簡樸與清純　苗栗縣文學史　苗栗　苗栗縣立文化中心　2000 年 1 月　頁 294—301

188. 莫　渝　　簡樸與清純——詹冰論　臺灣新詩筆記　臺北　桂冠圖書公司　2000 年 11 月　頁 199—209

189. 莫　渝　　簡樸與清純——詹冰論　詹冰全集・研究資料彙編　苗栗　苗栗

縣文化局　2001 年 12 月　頁 265—275

190. 舒　蘭　　六○年代詩人詩作——詹冰　中國新詩史話（四）　臺北　渤海
　　　　　　　堂文化公司　1998 年 10 月　頁 162—164

191. 陳明台　　戰後初期臺中市的作家與作品——詹冰　臺中市文學史初編　臺
　　　　　　　中　臺中市立文化中心　1999 年 6 月　頁 103—105

192. 陳明台　　五十年代的作家和作品——詹冰　臺中市文學史初編　臺中　臺
　　　　　　　中市立文化中心　1999 年 6 月　頁 118—121

193. 莫　渝　　兒童文學——詹冰　苗栗縣文學史　苗栗　苗栗縣立文化中心
　　　　　　　2000 年 1 月　頁 492—493

194. 莫　渝　　從詹冰到蔡豐全——苗栗新詩概述　臺灣新詩筆記　臺北　桂冠
　　　　　　　圖書公司　2000 年 11 月　頁 111—115

195. 丁旭輝　　詹冰圖象詩研究　臺灣詩學　第 33 期　2000 年 12 月　頁 108—
　　　　　　　116

196. 丁旭輝　　詹冰圖象詩研究　詹冰全集‧研究資料彙編　苗栗　苗栗縣文化
　　　　　　　局　2001 年 12 月　頁 187—202

197. 林政華　　《詹冰詩選集》中童詩的主題　詹冰詩全集‧兒童新詩　苗栗
　　　　　　　苗栗縣文化局　2001 年 12 月　頁 219—224

198. 曾麗壎　　詹冰——藥學詩人　詹冰全集‧研究資料彙編　苗栗　苗栗縣文
　　　　　　　化局　2001 年 12 月　頁 79—83

199. 陳千武等著；莫渝輯[8]　　小評六則　詹冰全集‧研究資料彙編　苗栗　苗栗
　　　　　　　縣文化局　2001 年 12 月　頁 105

200. 鄭邦鎮，葉笛，呂興昌　　詹冰詩的現代性與本土性　葉石濤及其同時代作
　　　　　　　家國際學術研討會　高雄　行政院文建會主辦　2001 年 12 月 8—
　　　　　　　9 日

201. 呂興昌　　知性與計算——詹冰詩評析　越浪前行的一代——葉石濤及其同
　　　　　　　時代作家文學國際學術研討會論文集　高雄　春暉出版社　2002

---

[8] 合評者：陳千武、趙天儀、李魁賢、陳明台、黃恆秋、莫渝。

年 2 月　頁 257—278

202. 呂興昌　知性與計算——詹冰詩評析　中華現代文學大系（貳）‧臺灣一
　　　九八九—二〇〇三評論卷（一）　臺北　九歌出版社　2003 年 10
　　　月　頁 177—200

203. 應鳳凰　詹冰的圖象詩　國語日報　2002 年 3 月 2 日　5 版

204. 羅任玲　百花的姿影——評二月份「臺灣日日詩」（下）〔詹冰部分〕
　　　臺灣日報　2002 年 3 月 15 日　25 版

205. 丁旭輝　童心詩心論詹冰　左岸詩話　臺北　爾雅出版社　2002 年 11 月
　　　頁 75—82

206. 岩　上　詩的實存共鳴——讀十二月份的「臺灣日日詩」〔詹冰部分〕
　　　臺灣日報　2003 年 1 月 21 日　25 版

207. 古繼堂　臺灣新文學的重建——跨語言一代作家的創作〔詹冰部分〕　簡
　　　明臺灣文學史　北京　時事出版社　2003 年 7 月　頁 205—206

208. 王正良　詹冰的圖像詩作[9]　第一屆苗栗縣文學——野地繁花研討會　苗栗
　　　苗栗縣政府主辦　2003 年 7 月 29—30 日

209. 王正良　詹冰圖象詩的啟示　笠　第 238 期　2003 年 12 月　頁 13—28

210. 謝淑麗　愛的世界——論詹冰童詩的風格　兒童文學資深作家陳千武及其
　　　同輩作家作品研討會論文集　臺北　中華民國兒童文學學會
　　　2003 年 11 月　頁 126—145

211. 湛敏佐　詹冰兒童詩淺析　兒童文學資深作家陳千武及其同輩作家作品研
　　　討會論文集　臺北　中華民國兒童文學學會　2003 年 11 月　頁
　　　146—175

212. 林亨泰著；林巾力譯　　初識詹冰——銀鈴會中令人雙眼為之一亮的存在
　　　福爾摩莎文學——詹冰詩作學術研討會論文集　臺北　真理大學
　　　臺灣文學系　2003 年 11 月　頁 1—12

213. 林亨泰著；林巾力譯　　初識詹冰——銀鈴會中令人雙眼為之一亮的存在

---

[9]本文後改篇名為〈詹冰圖象詩的啟示〉。

臺灣文學評論 第 4 卷第 1 期 2004 年 1 月 頁 252—263

214. 林亨泰著；林巾力譯 初識詹冰——銀鈴會中令人雙眼為之一亮的存在
笠 第 240 期 2004 年 4 月 頁 9—21

215. 趙天儀 綠血球與紅血球的交流——評論詹冰的詩 福爾摩莎文學——詹
冰詩作學術研討會論文集 臺北 真理大學臺灣文學系 2003 年
11 月 頁 13—24

216. 趙天儀 綠血球與紅血球的交流——評論詹冰的詩 笠 第 240 期 2004
年 4 月 頁 22—30

217. 郭 楓 嘤鳴上下、在星和花之間——詹冰論 福爾摩莎文學——詹冰詩
作學術研討會論文集 臺北 真理大學臺灣文學系 2003 年 11 月
頁 25—48

218. 郭 楓 嘤鳴上下、在星和花之間——詹冰論 笠 第 240 期 2004 年 4
月 頁 31—54

219. 蔡秀菊 知性與感性的詩心——淺論詹冰的詩風格 福爾摩莎文學——詹
冰詩作學術研討會論文集 臺北 真理大學臺灣文學系 2003 年
11 月 頁 69—77

220. 蔡秀菊 知性與感性的詩心——淺論詹冰的詩風格 笠 第 240 期 2004
年 4 月 頁 76—83

221. 湛敏佐 詹冰與兒童戲劇 福爾摩莎文學——詹冰詩作學術研討會論文集
臺北 真理大學臺灣文學系 2003 年 11 月 頁 81—106

222. 邱各容 探討詩人詹冰的兒童文學世界 福爾摩莎文學——詹冰詩作學術
研討會論文集 臺北 真理大學臺灣文學系 2003 年 11 月 頁
107—119

223. 林秀蓉 醫事詩人醫學專名的意象運用——以詹冰、江自得為例 笠 第
239 期 2004 年 2 月 頁 94—101

224. 林秀蓉 醫事詩人醫學語言的運用——以詹冰、江自得為例 從蔣渭水到
侯文詠——臺灣醫事作家的現實關懷 高雄 春暉出版社 2011

　　　　　　　　年 10 月　頁 140—156

225. 李敏勇　　詩人的墓誌銘　臺灣日報　2004 年 4 月 16 日　17 版

226. 李敏勇　　詩人的墓誌銘　笠　第 240 期　2004 年 4 月　頁 4—6

227. 李敏勇　　詩人的墓誌銘　詩之志——李敏勇隨筆集　高雄　春暉出版社

　　　　　　　　2012 年 3 月　頁 175—179

228. 陳美美　　現代主義文學作品——現代詩：林亨泰、詹冰與「銀鈴會」、

　　　　　　　　「現代派」、「創世紀」及「笠詩社」　臺灣現代主義文學的萌

　　　　　　　　芽與再起　佛光人文社會學院文學研究所　碩士論文　馬森教授

　　　　　　　　指導　2004 年 6 月　頁 85—90

229. 陳思嫻　　臺灣現代圖象詩的起源——以詹冰和林亨泰為例　臺灣現代圖象

　　　　　　　　詩研究　南華大學文學研究所　碩士論文　李正治教授指導

　　　　　　　　2004 年 6 月　頁 34—57

230. 劉志宏　　簡樸的力道——詹冰的詩城堡[10]　第二屆苗栗文學燿日明月研討會

　　　　　　　　苗栗　苗栗縣文化局，中興大學主辦　2004 年 7 月 29—30 日

231. 劉志宏　　以銀光歌唱，以金毛呼吸——詹冰詩作的時空觀　第二屆苗栗縣

　　　　　　　　文學燿日明月研討會論文集　苗栗　苗栗縣文化局，財團法人苗

　　　　　　　　栗縣文化基金會　2004 年 12 月　頁 130—142

232. 陳明台　　論戰後臺灣現代詩所受日本前衛詩潮的影響——以跨越語言一代

　　　　　　　　的詩人為中心來探討〔詹冰部分〕[11]　第三屆現代詩學術會議論文

　　　　　　　　集　彰化　彰化師範大學國文學系　1997 年 5 月　頁 99—122

233. 陳明台　　論戰後臺灣現代詩所受日本前衛詩潮的影響——以跨越語言一代

　　　　　　　　的詩人為中心來探討〔詹冰部分〕　笠　第 200 期　1997 年 8 月

---

[10]本文以詹冰四首建築與視覺特性的詩作作分析，探討其時空觀、寫作特色與思想。全文共 4 小節：1.從簡樸之力道說起；2.時間具象化——〈五月〉及〈液體的早晨〉；3.空間歷史化——〈水牛圖〉和〈插秧〉；4.回到簡樸／力道。後改篇名為〈以銀光歌唱，以金毛呼吸——詹冰詩作的時空觀〉。

[11]本文探討戰後臺灣現代詩發展與日本前衛詩潮的關連，以詹冰、陳千武、林亨泰、蕭翔文、錦連 5 位 1920 年代出生的詩人作品為討論對象。全文共 6 小節：1.前言；2.共同背景的探索；3.「現代派」和日本前衛詩潮；4.「笠」和日本前衛詩潮；5.試鍊和變革——以跨語言一代的詩人為例；6.結語。

---

[12]本文以詹冰、陳千武、林亨泰、蕭翔文、錦連詩作為例，論述戰後外來詩與詩潮對臺灣詩壇的影
響，探討日本前衛詩對臺灣詩的發展帶來的影響。全文共 6 小節：1.序論；2.共同背景的探索；3.
「現代派」和日本前衛詩潮；4.「笠」和日本前衛詩潮；5.試鍊和變革——以跨越語言一代的詩
人為例；6.結語。

245. 李詮林　日據時段的臺灣現代日語文學——楊熾昌、張彥勳、郭水潭、王白淵、陳奇雲等日語詩人——張彥勳等銀鈴會詩人〔詹冰部分〕臺灣現代文學史稿　福州　海峽文藝出版社　2007年12月　頁286—287

246. 劉正偉　《本省籍作家作品選集10——新詩集》與苗栗縣籍入選詩人詩作探討〔詹冰部分〕　苗栗縣文學・多元共生・研討會論文集・第五屆　苗栗　苗栗縣國際文化觀光局　2007年12月　頁151—156

247. 簡素琤　前衛與歷史創傷：詹冰詩中的旅人觀視與地方感　苗栗縣文學・多元共生・研討會論文集・第五屆　苗栗　苗栗縣國際文化觀光局　2007年12月　頁207—221

248. 李桂媚　詹冰圖象詩的文本性訊息　臺灣文學評論　第8卷第3期　2008年7月　頁14—27

249. 邱各容　詹冰——詩人的兒童文學世界　臺灣兒童文學作家及作品論　臺北　富春文化公司　2008年8月　頁12—37

250. 莫　渝　解說　詹冰集　臺南　國立臺灣文學館　2008年12月　頁112—127

251. 林　良　享受讀詩和讀書的雙重喜悅　誰在黑板上寫ㄅㄆㄇ　臺北　民生報事業處　2008年12月　頁2

252. 林煥彰　計算精準的詩　誰在黑板上寫ㄅㄆㄇ　臺北　民生報事業處　2008年12月　頁2

253. 陳木城　經典和風範　誰在黑板上寫ㄅㄆㄇ　臺北　民生報事業處　2008年12月　頁3

254. 蕭　蕭　十足的童心童趣　誰在黑板上寫ㄅㄆㄇ　臺北　民生報事業處　2008年12月　頁3

255. 林煥彰　我讀詹冰童詩——愛心與智慧的經典表現　國語日報　2009年3月15日　5版

256. 洪子誠，劉登翰　現代主義詩潮的勃興和詩歌藝術的多元並立——笠詩社
　　　詩人群〔詹冰部分〕　中國當代新詩史　北京　北京大學出版社
　　　2010 年 5 月　頁 413—414

257. 陳芳明　臺灣鄉土文學運動的覺醒與再出發——挖掘政治潛意識〔詹冰部
　　　分〕　臺灣新文學史　臺北　聯經出版公司　2011 年 10 月　頁
　　　507—508

258. 宋雅文　誰來寫童詩？以戰後跨語詩人詹冰之童詩作品為研究對象　2012
　　　年成興研究生學術研討會　臺南　成功大學臺灣文學系主辦
　　　2012 年 6 月 2 日

259. 吳俊賢　五月的繆思　笠　第 289 期　2012 年 6 月　頁 127—134

260. 陳政彥　現代詩運動轉折期（1964—1970）——詩人群像——詹冰　跨越
　　　時代的青春之歌——五、六〇年代臺灣現代詩運動　臺南　國立
　　　臺灣文學館　2012 年 10 月　頁 199—203

261. 余昭玟　多元視角——《笠》詩刊的實驗精神——跨語一代詩人——詩風
　　　多變的詩人詹冰　從邊緣發聲——臺灣五、六〇年代崛起的省籍
　　　作家群　臺南　國立臺灣文學館　2012 年 10 月　頁 262—267

262. 陳允元　尋找「缺席」的超現實主義者——日治時期臺灣超現實主義詩系
　　　譜的追尋與文學史再現——典律的空缺與填補：發現／尋回楊熾
　　　昌〔詹冰部分〕　臺灣文學研究學報　第 16 期　2013 年 4 月　頁
　　　34—29

263. 陳允元　尋找「缺席」的超現實主義者——日治時期臺灣超現實主義詩系
　　　譜的追索與文學史再現——典律的空缺與填補：發現／尋回楊熾
　　　昌〔詹冰部分〕　臺南作家評論選集‧臺南作家作品集 24（第四
　　　輯）　臺南　臺南市文化局　2015 年 3 月　頁 102—104

264. 郭　楓　紀弦論：詩活動家〈狼之獨步〉與現代詩興滅——跨越語言一代
　　　的現代派哥兒們——詹冰在星和花之間嘎鳴上下　新地文學　第
　　　24 期　2013 年 6 月　頁 40—45

265. 邱容各　四〇年代的臺灣兒童文學：承先啟後——傳承者身影——詹冰：
　　　　　兒童文學界的詩人　臺灣近代兒童文學史　臺北　秀威資訊科技
　　　　　公司　2013 年 9 月　頁 351—356

266. 邱各容　從史料學觀點審視客家兒少文學在臺灣兒童文學的歷史定位〔詹
　　　　　冰部分〕　2013 當代客家文學　臺北　臺灣客家筆會　2013 年 11
　　　　　月　頁 16

267. 李敏勇　詹冰——綠血球，紅血球　聽，臺灣在吟唱——詩的禮物 1　臺北
　　　　　圓神出版公司　2014 年 7 月　頁 9—28

268. 李敏勇　水的詩人：詹冰　笠　第 304 期　2014 年 12 月　頁 4—8

269. 木　容　客家兒少文學在臺灣兒童文學歷史定位初探——戰後時期——詩
　　　　　人詹冰的兒童文學世界　火金姑：中華民國兒童文學學會會訊
　　　　　第 31 卷第 1 期　2015 年 5 月　頁 63—64

◆單行本作品

詩

《綠血球》

270. 桓　夫　《綠血球》序[13]　綠血球　臺北　笠詩刊社　1965 年 10 月　頁 1
　　　　　—4

271. 桓　夫　評《綠血球》　認識詹冰・羅浪　苗栗　苗栗縣立文化中心
　　　　　1993 年 6 月　頁 110—113

272. 桓　夫　評《綠血球》　詹冰全集・研究資料彙編　苗栗　苗栗縣文化局
　　　　　2001 年 12 月　頁 203—206

273. 柳文哲〔趙天儀〕　詩壇散步——《綠血球》　笠　第 13 期　1966 年 6 月
　　　　　頁 65—66

274. 趙天儀　詹冰《綠血球》　裸體的國王　臺北　香草山出版公司　1976 年
　　　　　6 月　頁 237—239

275. 趙天儀　評《綠血球》　認識詹冰・羅浪　苗栗　苗栗縣立文化中心

---

[13]本文後改篇名為〈評《綠血球》〉。

　　　　　　　1993 年 6 月　頁 114—115

276. 趙天儀　　評《綠血球》　詹冰全集・研究資料彙編　苗栗　苗栗縣文化局
　　　　　　　2001 年 12 月　頁 207—208

277. 李敏勇　　善美與人間愛　認識詹冰・羅浪　苗栗　苗栗縣立文化中心
　　　　　　　1993 年 6 月　頁 116—120

278. 李敏勇　　善美與人間愛　詹冰全集・研究資料彙編　苗栗　苗栗縣文化局
　　　　　　　2001 年 12 月　頁 119—123

279.〔莫渝主編〕　　《綠血球》　詹冰詩全集・新詩　苗栗　苗栗縣文化局
　　　　　　　2001 年 12 月　頁 41—42

280. 簡文志　　詹冰《綠血球》自然書寫的視域與美學　福爾摩莎文學——詹冰
　　　　　　　詩作學術研討會論文集　臺北　真理大學臺灣文學系　2003 年 11
　　　　　　　月　頁 49—66

281. 簡文志　　詹冰《綠血球》自然書寫的視域與美學　笠　第 240 期　2004 年
　　　　　　　4 月　頁 55—73

《小河唱歌》

282. 趙天儀　　詹冰等著《小河唱歌》讀後　文壇　第 191 期　1976 年 5 月　頁
　　　　　　　32—35

283. 趙天儀　　評詹冰等著《小河唱歌》　兒童詩初探　臺北　富春文化公司
　　　　　　　1992 年 6 月　頁 161—166

《實驗室》

284.〔文訊雜誌〕　　文苑短波——詹冰十年有成出版《實驗室》　文訊雜誌
　　　　　　　第 5 期　1983 年 11 月　頁 162

285.〔莫渝主編〕　　《實驗室》　詹冰詩全集・新詩　苗栗　苗栗縣文化局
　　　　　　　2001 年 12 月　頁 131

286. 應鳳凰　　詹冰的《實驗室》　臺灣文學花園　臺北　玉山社出版公司
　　　　　　　2003 年 1 月　頁 211—216

《詹冰詩全集》

287. 葉蒼秀　　《詹冰詩全集》出版　文訊雜誌　第 200 期　2002 年 6 月　頁 84

288. 張惟智　　《詹冰詩全集》面世　2002 臺灣文學年鑑　臺北　行政院文建會
　　　　　　　　2003 年 9 月　頁 177—178

289. 莫　渝　　《詹冰詩全集》編後記　螢光與花束　臺北　臺北縣文化局　2004
　　　　　　　　年 12 月　頁 40—41

290. 莫　渝　　《詹冰詩全集》編後記　莫渝詩文集・前言後語集　苗栗　苗栗
　　　　　　　　縣文化局　2005 年 4 月　頁 301—302

291. 汪淑珍　　《詹冰詩全集》編輯出版意義探析　育達科大學報　第 32 期
　　　　　　　　2012 年 9 月　頁 65—78

兒童文學

《太陽・蝴蝶・花》

292. 趙天儀　　評詹冰兒童詩集《太陽・蝴蝶・花》　臺灣時報　1982 年 6 月 17
　　　　　　　　日　12 版

293. 趙天儀　　評《太陽・蝴蝶・花》　認識詹冰・羅浪　苗栗　苗栗縣立文化
　　　　　　　　中心　1993 年 6 月　頁 144—149

294. 趙天儀　　評《太陽・蝴蝶・花》　詹冰詩全集・兒童新詩　苗栗　苗栗縣
　　　　　　　　文化局　2001 年 12 月　頁 205—210

295. 林煥彰　　《太陽・蝴蝶・花》　臺灣兒童文學 100（1945—1998）　臺北
　　　　　　　　行政院文建會　2000 年 3 月　頁 144—145

296. 莫　渝　　《太陽・蝴蝶・花》[14]　國語日報　2000 年 6 月 4 日　8 版

297. 莫　渝　　和暖的太陽　新詩隨筆　臺北　臺北縣文化局　2001 年 12 月　頁
　　　　　　　　52—55

298. 莫　渝　　《太陽・蝴蝶・花》　詹冰詩全集・兒童新詩　苗栗　苗栗縣文
　　　　　　　　化局　2001 年 12 月　頁 215—217

---

[14]本文後改篇名為〈和暖的太陽〉。

◆多部作品

《綠血球》、《太陽・蝴蝶・花》、《實驗室》

299. 莫　渝　　詩集 3 冊簡介　認識詹冰・羅浪　苗栗　苗栗縣立文化中心
　　　　1993 年 6 月　頁 8—10

《綠血球》、《實驗室》

300. 〔編輯委員會〕　　詩集介紹——《綠血球》、《實驗室》　臺港澳暨海外
　　　　華文新詩大辭典　瀋陽　瀋陽出版社　1994 年 5 月　頁 345，398

單篇作品

301. 吳瀛濤等[15]　　作品合評——詹冰作品〔〈透視法〉〕　笠　第 4 期　1964
　　　　年 12 月　頁 23—24

302. 石　湫　　詩與文字的表現能力〔〈雨〉部分〕　笠　第 5 期　1965 年 2 月
　　　　頁 12

303. 鄭烱明　　具象詩在臺灣〔〈雨〉部分〕　聯合報　1968 年 7 月 24 日　9 版

304. 趙天儀　　現代詩的鑑賞與批評〔雨〕部分〕　美學與批評　臺北　有志圖
　　　　書出版公司　1972 年 3 月　頁 320—321

305. 蕭　蕭　　〈雨〉賞析[16]　現代詩導讀（導讀篇一）　臺北　故鄉出版社
　　　　1979 年 11 月　頁 42—45

306. 蕭　蕭　　〈雨〉鑑賞與寫作指導　中學生現代詩手冊　臺南　翰林出版公
　　　　司　1999 年 9 月　頁 94—96

307. 趙天儀　　〈雨〉——氣候變化的詩　快樂兒童　第 7 期　1983 年 3 月 20 日
　　　　7 版

308. 〔陶本一，王宇鴻主編〕　　〈雨〉　臺灣新詩鑑賞辭典　太原　北岳文藝
　　　　出版社　1991 年 12 月　頁 98—99

309. 李敏勇　　〈雨〉　詹冰詩選集　臺北　笠詩刊社　1993 年 6 月　頁 8

---

[15] 合評者：吳瀛濤、吳宏一、杜國清、白荻、王憲陽、趙天儀。
[16] 本文後改篇名為〈〈雨〉鑑賞與寫作指導〉。

310. 洛夫等[17]　　作品合評〔〈蠶之歌〉部分〕　笠　第 7 期　1965 年 6 月　頁
　　　75—76

311. 林亨泰等[18]　　作品合評——詹冰〈蠶之歌〉〔節錄〕　林亨泰全集・文學論
　　　述卷 6　彰化　彰化縣立文化中心　1998 年 9 月　頁 71—73

312. 李佩洵等[19]　　以小見大〔〈蠶之歌〉〕　笠　第 150 期　1989 年 4 月　頁
　　　122—124

313. 趙天儀等[20]　　作品合評〔〈那首歌〉部分〕　笠　第 8 期　1965 年 8 月
　　　頁 67—68

314. 陳明台　　根源的回歸與尋覓——臺灣現代詩人的鄉愁〔〈那首歌〉部分〕
　　　笠　第 111 期　1982 年 10 月　頁 23—24

315. 林亨泰等[21]　　作品合評——詹冰〈那首歌〉　林亨泰全集・文學論述卷 6
　　　彰化　彰化縣立文化中心　1998 年 9 月　頁 91—93

316. 桓夫，趙天儀，吳瀛濤　　詹冰作品——〈淚珠的〉　笠　第 11 期　1966 年
　　　2 月　頁 44—45

317. 蕭　蕭　　圖象詩：多種交疊的文類——臺灣圖象詩的裝置藝術——複疊字
　　　形〔〈淚珠的〉部分〕　現代新詩美學　臺北　爾雅出版社
　　　2007 年 7 月　頁 334—335

318. 趙天儀　　詩的預演感想錄——〈黃昏的記錄〉　笠　第 18 期　1967 年 4 月
　　　頁 33

319. 葉　笛　　作品的感想——〈黃昏的記錄〉　笠　第 18 期　1967 年 4 月　頁
　　　34

320. 趙天儀，葉笛　　〈黃昏的記錄〉　詹冰詩選集　臺北　笠詩刊社　1993 年

---

[17]合評者：洛夫、李篤恭、葉泥、李子士、杜國清、趙天儀、彭捷、張效愚、林亨泰、錦連、林亨
清、王耀鋙、桓夫、郭文圻、畢加、楊志芳、張默。
[18]合評者：林亨泰、張效愚、彭捷、王耀鋙、桓夫。
[19]合評者：李佩洵、蔡浩志、林宗慶、賴旻瑄、陳明秀、劉毓璿、陳冠樺、林怡君。
[20]合評者：趙天儀、林郊、吳瀛濤、李篤恭、林亨泰、張效愚、桓夫、錦連、張默、郭文圻、楊志
芳、景翔。
[21]合評者：林亨泰、張效愚、桓夫、錦連。

6 月　頁 68

321. 鄭烱明，莊金國，白萩　　作品合評——詹冰〈二十支的試管〉　笠　第 20 期　1967 年 8 月　頁 15

322. 葉　笛　　作品欣賞——〈二十支的試管〉　笠　第 20 期　1967 年 8 月　頁 16

323. 吳瀛濤　　易懂的好詩〔〈天門開的時候〉〕　笠　第 22 期　1967 年 12 月　頁 43—44

324. 吳瀛濤　　易懂的好詩〔〈天門開的時候〉〕　牛聲・評論卷　苗栗　苗栗縣立文化中心　1992 年 6 月　頁 23—26

325. 吳瀛濤　　〈天門開的時候〉　詹冰詩選集　臺北　笠詩刊社　1993 年 6 月　頁 27

326. 吳瀛濤　　易懂的好詩〔〈天門開的時候〉〕　詹冰全集・研究資料彙編　苗栗　苗栗縣文化局　2001 年 12 月　頁 231—232

327. 吳瀛濤，趙天儀，芝華　　〈天門開的時候〉賞析　認識詹冰・羅浪　苗栗　苗栗縣立文化中心　1993 年 6 月　頁 46—49

328. 莫　渝　　文學選讀——五家詩選註——〈天門開的時候〉[22]　笠　第 201 期　1997 年 10 月　頁 119—120

329. 莫　渝　　還給我至愛的母親〔〈天門開的時候〉〕　國語日報　1997 年 12 月 11 日　5 版

330. 莫　渝　　〈天門開的時候〉　土地的戀歌　苗栗　苗栗縣立文化中心　1997 年 12 月　頁 51—54

331. 莫　渝　　〈天門開的時候〉　笠下的一群　臺北　河童出版社　1999 年 6 月　頁 113—114

332. 李敏勇　　〈天門開的時候〉作品導讀　青少年臺灣文庫 2——新詩讀本 3：天門開的時候　臺北　國立編譯館　2008 年 12 月　頁 3

---

[22]本文後改篇名為〈還給我至愛的母親〉、〈〈天門開的時候〉〉。

333. 陳千武　　視覺性的詩〔〈Affair〉〕[23]　笠　第 24 期　1968 年 4 月　頁 61
　　　　　　　—62

334. 陳千武　　視覺性的詩〔〈Affair〉〕　從深淵出發　臺中　普天出版社
　　　　　　　1972 年 1 月　頁 113—116

335. 陳千武　　〈Affair〉　詹冰詩選集　臺北　笠詩刊社　1993 年 6 月　頁 15
　　　　　　　—17

336. 陳千武　　〈Affair〉賞析　認識詹冰・羅浪　苗栗　苗栗縣立文化中心
　　　　　　　1993 年 6 月　頁 54—56

337. 陳千武　　視覺性的詩〔〈Affair〉〕　詹冰全集・研究資料彙編　苗栗　苗
　　　　　　　栗縣文化局　2001 年 12 月　頁 209—211

338. 孟　樊　　臺灣後現代詩的理論與實際〔〈Affair〉部分〕　世紀末偏航——
　　　　　　　八〇年代臺灣文學論　臺北　時報文化出版公司　1990 年 12 月
　　　　　　　頁 149—150

339. 蕭　蕭　　圖象詩：多種交疊的文類——臺灣圖象詩的基本類型——象形圖
　　　　　　　象詩〔〈Affair〉部分〕　現代新詩美學　臺北　爾雅出版社
　　　　　　　2007 年 7 月　頁 304

340. 郭亞天　　《笠》37 期作品讀後感——詹冰〈戀情〉　笠　第 39 期　1970
　　　　　　　年 10 月　頁 33

341. 李　溟　　詹冰的〈綠血球〉　青溪　第 81 期　1974 年 3 月　頁 106—109

342. 羅　青　　詹冰的〈水牛圖〉——圖像詩研究　明道文藝　第 28 期　1978 年
　　　　　　　7 月　頁 4—7

343. 羅　青　　詹冰的〈水牛圖〉　從徐志摩到余光中　臺北　爾雅出版公司
　　　　　　　1984 年 8 月 2 日　頁 265—272

344. 羅　青　　詹冰的〈水牛圖〉　詹冰全集・研究資料彙編　苗栗　苗栗縣文
　　　　　　　化局　2001 年 12 月　頁 213—220

345. 羅　青　　詹冰的〈水牛圖〉　從徐志摩到余光中　臺北　爾雅出版公司

[23]本文後改篇名為〈〈Affair〉賞析〉。

2003 年 3 月　頁 265—272

346. 李魁賢　　水牛〔〈水牛圖〉〕　布穀鳥　第 4 期　1981 年 1 月　頁 49—54

347. 李魁賢　　〈水牛圖〉　詹冰詩選集　臺北　笠詩刊社　1993 年 6 月　頁 62
—66

348. 李魁賢　　水牛〔〈水牛圖〉〕　李魁賢文集 1　臺北　行政院文建會　2002
年 10 月　頁 283—288

349. 李佩洵等[24]　　以小見大〔〈水牛圖〉〕　笠　第 152 期　1989 年 8 月　頁
108—110

350. 〔陶本一，王宇鴻主編〕　〈水牛圖〉　臺灣新詩鑑賞辭典　太原　北岳
文藝出版社　1991 年 12 月　頁 102—103

351. 〔張默，蕭蕭主編〕　〈水牛圖〉鑑評　新詩三百首（上）　臺北　九歌
出版社　1995 年 9 月　頁 326—329

352. 丁旭輝　　現代詩標點符號之圖象效果研究〔〈水牛圖〉部分〕　中國現代
文學理論季刊　第 20 期　2000 年 12 月　頁 554—555

353. 阮美慧　　《笠》與現代主義：笠詩社成立史的一個側面——《笠》與現代
主義的對應與表現〔〈水牛圖〉部分〕　笠　第 225 期　2001 年
10 月　頁 111—113

354. 丁旭輝　　標點符號在現代詩中的圖象與情意暗示〔〈水牛圖〉部分〕　國
文天地　第 198 期　2001 年 11 月　頁 71

355. 翁光宇　　詹冰的〈水牛圖〉　詹冰全集・研究資料彙編　苗栗　苗栗縣文
化局　2001 年 12 月　頁 221—225

356. 阮美慧　　現代主義的推移與本土派文學勢力的茁壯——《笠》對現代主義
的轉向與詩真摯性的追求〔〈水牛圖〉部分〕　臺灣精神的回歸
——六、七〇年代臺灣現代詩風的轉折　成功大學中國文學系
博士論文　呂興昌教授指導　2002 年 6 月　頁 145—147

---

[24] 合評者：李佩洵、王振州、蔡浩志、陳冠樺、賴旻瑄、林宗慶、劉毓璿、蘇聖怡、吳佩珊、洪嘉
蓮。

357.〔仇小屏主編〕　欣賞新詩的幾個角度〔〈水牛圖〉部分〕　放歌星輝下
　　　　——中學生新詩閱讀指引　臺北　三民書局　2002 年 8 月　頁 38

358. 李敏勇　〈水牛圖〉解說　啊，福爾摩沙！　臺北　本土文化公司　2004
　　　　年 1 月　頁 6—9

359. 古添洪　臺灣現代詩的「外來影響」面向——歐美現代詩潮的接受／挪用
　　　　／與本土化〔〈水牛圖〉部分〕　不廢中西萬古流——中西抒情
　　　　詩類及影響研究　臺北　臺灣學生書局　2005 年 4 月　頁 310

360. 金尚浩　戰後現代詩人的臺灣想像與現實〔〈水牛圖〉部分〕　第四屆臺
　　　　灣文化國際學術研討會論文集——臺灣思想與臺灣主體性　臺北
　　　　臺灣師範大學臺灣文化及語言文學研究所　2005 年 10 月　頁 272
　　　　—273

361. 曾琮琇　詩的戲法／法則的遊戲〔〈水牛圖〉部分〕　嬉遊記——八〇年
　　　　代以降臺灣「遊戲」詩論　成功大學中國文學系　碩士論文　陳
　　　　昌明教授指導　2006 年 7 月　頁 85

362. 曾琮琇　詩的戲法／法則的遊戲〔〈水牛圖〉部分〕　臺灣當代遊戲詩論
　　　　臺北　爾雅出版社　2009 年 1 月　頁 76—77

363. 古遠清　當代臺灣新詩小史四之二——一九六〇年代：現代主義居主流地
　　　　位〔〈水牛圖〉部分〕　葡萄園　第 174 期　2007 年 5 月　頁 46

364. 蕭　蕭　圖象詩：多種交疊的文類——臺灣圖象詩的基本類型——象形圖
　　　　象詩〔〈水牛圖〉部分〕　現代新詩美學　臺北　爾雅出版社
　　　　2007 年 7 月　頁 296—302

365. 黃心儀　臺灣圖象詩——讓文字越界〔〈水牛圖〉部分〕　漢學研究通訊
　　　　第 133 期　2015 年 2 月　頁 24

366. 蔡信德　詹冰〈插秧〉　掌門詩刊　第 3 期　1979 年 7 月　頁 30—32

367. 文曉村　〈插秧〉評析　寫給青少年的新詩評析一百首（上）　臺北　布
　　　　穀出版社　1980 年 4 月　頁 200

368. 文曉村　〈插秧〉評析　新詩評析一百首（上）　臺北　黎明文化公司

1981 年 3 月　頁 219—220

369. 文曉村　　評析〈插秧〉　詹冰詩全集・兒童新詩　苗栗　苗栗縣文化局
2001 年 12 月　頁 231

370. 趙天儀　　〈插秧〉——表現田園的美　快樂兒童　第 9 期　1983 年 5 月 15
日　7 版

371. 〔陶本一，王宇鴻主編〕　　〈插秧〉　臺灣新詩鑑賞辭典　太原　北岳文
藝出版社　1991 年 12 月　頁 104—105

372. 李魁賢　　〈插秧〉　詹冰詩選集　臺北　笠詩刊社　1993 年 6 月　頁 5—6

373. 姚玉光，文曉村，蔡信德　　〈插秧〉賞析　認識詹冰・羅浪　苗栗　苗栗
縣立文化中心　1993 年 6 月　頁 68—72

374. 李漢偉　　臺灣新詩的「土地」之愛〔〈插秧〉部分〕　臺灣新詩的三種關
懷　臺北　駱駝出版社　1997 年 10 月　頁 103

375. 洪志明　　句式・音韻・節奏・斷句，談一首詩的經營〔〈插殃〉〕　國語
日報　2000 年 3 月 19 日　13 版

376. 夏婉雲　　時間的擾動——從意向性與時間性分析兩首童詩〔〈插秧〉部
分〕　臺灣詩學　學刊 7 號　2006 年 5 月　頁 31—55

377. 向　陽　　〈插秧〉作品導讀　青少年臺灣文庫 2——新詩讀本 2：太平洋的
風　臺北　國立編譯館　2008 年 12 月　頁 29

378. 蔡信德　　欣賞〈插秧〉　詹冰詩全集・兒童新詩　苗栗　苗栗縣文化局
2001 年 12 月　頁 233—234

379. 林亨泰　　詹冰的〈五月〉——意象論批評集（二）　笠　第 93 期　1979 年
10 月　頁 42—43

380. 林亨泰　　意象論批評集——詹冰的〈五月〉　林亨泰全集・文學論述卷 3
彰化　彰化縣立文化中心　1998 年 9 月　頁 152—155

381. 林亨泰　　詹冰的〈五月〉　詹冰全集・研究資料彙編　苗栗　苗栗縣文化
局　2001 年 12 月　頁 229—230

382. 張漢良　　〈五月〉賞析　現代詩導讀（導讀篇一）　臺北　故鄉出版社

1979 年 11 月　頁 46

383. 宋冬陽〔陳芳明〕　　日據時期臺灣新詩遺產的重估——「銀鈴會」的承先
　　　啟後〔〈五月〉部分〕　臺灣文藝　第 83 期　1983 年 7 月　頁
　　　26—27

384. 宋冬陽　日據時期臺灣新詩遺產的重估——「銀鈴會」的承先啟後〔〈五
　　　月〕部分〕　臺灣文學的過去與未來　臺北　臺灣文藝雜誌社
　　　1985 年 3 月　頁 132—133

385. 宋冬陽　家國風霜五十年——日據時期臺灣新詩遺產的重估——「銀鈴
　　　會」的承先啟後〔〈五月〕部分〕　放膽文章拼命酒　臺北　林
　　　白出版社　1988 年 1 月　頁 90—91

386. 陳芳明　日據時期臺灣新詩遺產的重估——「銀鈴會」的承先啟後〔〈五
　　　月〕部分〕　左翼臺灣——殖民地文學運動史論　臺北　麥田出
　　　版公司　1998 年 10 月　頁 168

387. 張　默　詹冰／〈五月〉　小詩選讀　臺北　爾雅出版社　1987 年 5 月
　　　頁 14—17

388. 〔陶本一，王宇鴻主編〕　　〈五月〉　臺灣新詩鑑賞辭典　太原　北岳文
　　　藝出版社　1991 年 12 月　頁 100—101

389. 洗睿，柯巍　　〈五月〉　世界華人詩歌鑑賞大辭典　太原　書海出版社
　　　1993 年 3 月　頁 58—59

390. 洗睿，柯巍　　詹冰的〈五月〉　詹冰全集·研究資料彙編　苗栗　苗栗縣
　　　文化局　2001 年 12 月　頁 241—242

391. 林亨泰，姚玉光，陶梁　　〈五月〉賞析　認識詹冰·羅浪　苗栗　苗栗縣
　　　立文化中心　1993 年 6 月　頁 42—45

392. 古繼堂　詹冰的〈五月〉　臺港澳暨海外華文新詩大辭典　遼寧　瀋陽出
　　　版社　1994 年 5 月　頁 490—491

393. 李敏勇　綠血球在游泳〔〈五月〉〕　臺灣詩閱讀——探觸五十位臺灣詩
　　　人的心　臺北　玉山社出版公司　2000 年 9 月　頁 13—16

394. 莫　渝　　〈五月〉　臺灣新詩筆記　臺北　桂冠圖書公司　2000 年 11 月
　　　　　　　頁 355—356

395. 仇小屏　　詹冰〈五月〉　世紀新詩選讀　臺北　萬卷樓圖書公司　2003 年
　　　　　　　8 月　頁 200—201

396. 簡文志　　詹冰〈五月〉　跨國界詩想——世華新詩評析　臺北　唐山出版
　　　　　　　社　2003 年 12 月　頁 19—23

397. 向　陽　　〈五月〉作品導讀　青少年臺灣文庫 2——新詩讀本 1：春天在我
　　　　　　　的血管裡歌唱　臺北　國立編譯館　2008 年 12 月　頁 22

398. 岩　上　　詩的矛盾存在〔〈五月〉部分　臺灣現代詩　第 32 期　2012 年
　　　　　　　12 月　頁 59

399. 林亨泰等[25]　詩與人生座談〔〈我殺死了蝴蝶〉部分〕　笠　第 101 期
　　　　　　　1981 年 2 月　頁 59

400. 林亨泰等　　詩與人生座談——詹冰作品：〈我殺死了蝴蝶〉　林亨泰全
　　　　　　　集・文學論述卷 6　彰化　彰化縣立文化中心　1998 年 9 月　頁
　　　　　　　153—154

401. 杜榮琛　　欣賞〈太陽・蝴蝶・花〉　國語日報　1981 年 10 月 25 日　3 版

402. 杜榮琛　　欣賞〈太陽・蝴蝶・花〉　牛聲・評論卷　苗栗　苗栗縣立文化
　　　　　　　中心　1992 年 6 月　頁 35—38

403. 杜榮琛　　〈太陽・蝴蝶・花〉　認識詹冰・羅浪　苗栗　苗栗縣立文化中
　　　　　　　心　1993 年 6 月　頁 140—143

404. 杜榮琛　　欣賞〈太陽・蝴蝶・花〉　詹冰詩全集・兒童新詩　苗栗　苗栗
　　　　　　　縣文化局　2001 年 12 月　頁 201—204

405. 林清泉　　喜讀〈太陽・蝴蝶・花〉　中國語文　第 54 卷第 1 期　1984 年 1
　　　　　　　月　頁 74—75

406. 林清泉　　喜讀〈太陽・蝴蝶・花〉　詹冰詩全集・兒童新詩　苗栗　苗栗
　　　　　　　縣文化局　2001 年 12 月　頁 211—213

[25]合評者：林亨泰、牧尹、蔡榮勇、錦連、白萩、楊傑美、桓夫、廖莫白、李默默、蕭文煌。

407. 趙天儀　〈遊戲〉　快樂兒童　第 8 期　1983 年 4 月 3 日　7 版

408. 蔡榮勇，芝華　〈遊戲〉賞析　認識詹冰・羅浪　苗栗　苗栗縣立文化中心　1993 年 6 月　頁 90—92

409. 蔡榮勇　喜讀詹冰的〈遊戲〉　詹冰詩全集・兒童新詩　苗栗　苗栗縣文化局　2001 年 12 月　頁 235—236

410. 杜榮琛　詹冰的〈櫻花〉　笠　第 119 期　1984 年 2 月　頁 70

411. 杜榮琛　〈櫻花〉　詹冰詩選集　臺北　笠詩刊社　1993 年 6 月　頁 14

412. 杜榮琛　詹冰的〈櫻花〉　詹冰全集・研究資料彙編　苗栗　苗栗縣文化局　2001 年 12 月　頁 233—234

413. 莫　渝　〈櫻花〉賞析[26]　認識詹冰・羅浪　苗栗　苗栗縣立文化中心　1993 年 6 月　頁 61—63

414. 莫　渝　詹冰〈櫻花〉解讀　扁擔專家　苗栗　苗栗縣文化局　2000 年 10 月　頁 76—78

415. 莫　渝　〈櫻花〉賞讀簡析　愛情小詩選讀　臺北　鷹漢文化公司　2003 年 11 月　頁 47

416. 仇小屏　詹冰〈櫻花〉賞析　放歌星輝下——中學生新詩閱讀指引　臺北　三民書局　2002 年 8 月　頁 66—67

417. 林央敏　有缺陷的文學貴獨創論〔〈自畫像〉部分〕　兩岸詩刊　第 3 期　1987 年 10 月　頁 38—39

418. 李敏勇　星、花、淚〔〈自畫像〉〕　聯合報　2010 年 12 月 21 日　D3 版

419. 羅　青　〈自畫像〉　詹冰詩選集　臺北　笠詩刊社　1993 年 6 月　頁 20

420. 李長青　詩與自述〔〈自畫像〉部分〕　笠　第 289 期　2012 年 6 月　頁 92—93

421. 李魁賢　臺灣詩人的反抗精神（上）〔〈足音〉部分〕　臺灣文藝　第 112 期　1988 年 8 月　頁 16—19

422. 李魁賢　臺灣詩人的反抗精神〔〈足音〉部分〕　詩的反抗　臺北　新地

---

[26]本文後改篇名為〈詹冰〈櫻花〉解讀〉、〈〈櫻花〉賞讀簡析〉。

文學出版社　1992 年 6 月　頁 152—156

423. 李魁賢　　臺灣詩人的反抗精神〔〈足音〉部分〕　李魁賢文集 10　臺北
　　　　　　　行政院文建會　2002 年 10 月　頁 123—126

424. 李魁賢，芝華　　〈足音〉賞析　認識詹冰・羅浪　苗栗　苗栗縣立文化中
　　　　　　　心　1993 年 6 月　頁 74—75

425. 李魁賢　　詹冰的〈足音〉　詹冰全集・研究資料彙編　苗栗　苗栗縣文化
　　　　　　　局　2001 年 12 月　頁 235—236

426. 陳千武　　臺灣新詩的演變〔〈七彩的時間〉部分〕　臺灣精神的崛起──
　　　　　　　《笠》詩論選集　高雄　文學界雜誌　1989 年 12 月　頁 123—
　　　　　　　124

427. 〔陶本一，王宇鴻主編〕　　〈詩法〉　臺灣新詩鑑賞辭典　太原　北岳文
　　　　　　　藝出版社　1991 年 12 月　頁 106—108

428. 李敏勇　　〈人〉　詹冰詩選集　臺北　笠詩刊社　1993 年 6 月　頁 30

429. 莫　渝　　〈在澀民村〉賞析　認識詹冰・羅浪　苗栗　苗栗縣立文化中心
　　　　　　　1993 年 6 月　頁 50—51

430. 莫　渝　　〈扶桑花〉賞析　認識詹冰・羅浪　苗栗　苗栗縣立文化中心
　　　　　　　1993 年 6 月　頁 52—53

431. 莫　渝　　〈思慕〉賞析　認識詹冰・羅浪　苗栗　苗栗縣立文化中心
　　　　　　　1993 年 6 月　頁 57—58

432. 莫　渝　　〈春信〉賞析　認識詹冰・羅浪　苗栗　苗栗縣立文化中心
　　　　　　　1993 年 6 月　頁 59—60

433. 莫　渝　　〈戰史〉賞析　認識詹冰・羅浪　苗栗　苗栗縣立文化中心
　　　　　　　1993 年 6 月　頁 64—65

434. 莫　渝　　〈不要逃避苦惱〉賞析　認識詹冰・羅浪　苗栗　苗栗縣立文化
　　　　　　　中心　1993 年 6 月　頁 66—67

435. 莫　渝　　〈詩人〉賞析　認識詹冰・羅浪　苗栗　苗栗縣立文化中心
　　　　　　　1993 年 6 月　頁 76—77

436. 芝　華　〈握住妳的手心〉賞析　認識詹冰‧羅浪　苗栗　苗栗縣立文化
中心　1993 年 6 月　頁 78—79

437. 芝　華　〈垃圾車〉賞析　認識詹冰‧羅浪　苗栗　苗栗縣立文化中心
1993 年 6 月　頁 80—81

438. 芝　華　〈美麗的大樹〉賞析　認識詹冰‧羅浪　苗栗　苗栗縣立文化中
心　1993 年 6 月　頁 82—83

439. 芝　華　〈連日大雨〉賞析　認識詹冰‧羅浪　苗栗　苗栗縣立文化中心
1993 年 6 月　頁 84—85

440. 芝　華　〈花鹿〉賞析　認識詹冰‧羅浪　苗栗　苗栗縣立文化中心
1993 年 6 月　頁 86—87

441. 芝　華　〈紅蜻蜓〉賞析　認識詹冰‧羅浪　苗栗　苗栗縣立文化中心
1993 年 6 月　頁 88—89

442. 莫渝，芝華　〈我不要看！——參觀長崎「原爆資料館」〉　認識詹冰‧
羅浪　苗栗　苗栗縣立文化中心　1993 年 6 月　頁 95—97

443. 羅　青　詹冰的〈三角形〉　詩的照明彈　臺北　爾雅出版社　1994 年 8
月　頁 249—254

444. 韋茂斌　神秘、神聖、神奇的三角詩——對詹冰〈三角形〉詩的形式解讀
與改造兼談藝術的再創作　南寧師範高等專科學校學報　第 24 卷
第 2 期　2007 年 6 月　頁 65—67

445. 李敏勇　〈三角形〉解說　笠　第 293 期　2013 年 2 月　頁 24—25

446. 黃　粱　新詩點評（六）——〈金屬性的雨〉　國文天地　第 134 期
1996 年 7 月　頁 96—97

447. 黃　粱　金屬性的雨　詹冰全集‧研究資料彙編　苗栗　苗栗縣文化局
2001 年 12 月　頁 245—248

448. 張　默　〈變〉解析　天下詩選 1——1923—1999 臺灣　臺北　天下遠見
出版公司　1999 年 9 月　頁 17—20

449. 莫　渝　〈和暖的陽光〉　國語日報　2000 年 6 月 4 日　8 版

450. 陳芳明　臺灣新文學史——二二八事件後的文學認同與論戰〔〈自言自語〉部分〕　聯合文學　第 198 期　2001 年 4 月　頁 169

451. 陳芳明　二二八事件後的臺灣文學認同與論戰——戰後第一代作家的誕生〔詹冰部分〕　臺灣新文學史　臺北　聯經出版公司　2011 年 10 月　頁 250—251

452. 袁　泉　詹冰的〈液體的早晨〉　詹冰全集・研究資料彙編　苗栗　苗栗縣文化局　2001 年 12 月　頁 243—244

453. 張雙英　回歸、失落、奮鬥（1945—1955）——新詩的唯一社團——銀鈴會——詹冰〔〈液體的早晨〉部分〕　二十世紀臺灣新詩史　臺北　五南圖書出版公司　2006 年 8 月　頁 120—122

454. 向　明　多元豐富，詩人靈視——讀六月「臺灣日日詩」〔〈沒有詩的日子〉部分〕　臺灣日報　2002 年 7 月 15 日　19 版

455. 向　陽　對鏡的心情——解讀《臺灣日報》副刊七月份「臺灣日日詩」〔〈銀髮族〉部分〕　臺灣日報　2002 年 8 月 19—20 日　19，25 版

456. 向　陽　對鏡的心情——解讀《臺灣日報》副刊七月份「臺灣日日詩」〔〈銀髮族〉部分〕　浮世星空新故鄉——臺灣文學傳播議題析論　臺北　三民書局　2004 年 1 月　頁 188

457. 羅任玲　暗夜裡的光澤——評五月「臺灣日日詩」（上）〔〈「母」字〉部分〕　臺灣日報　2003 年 6 月 23 日　23 版

458. 李若鶯　十月秋實詩探路〔〈大宇宙〉〕　臺灣日報　2003 年 11 月 24 日　13 版

459. 莫　渝　臺灣新詩之美——詹冰的〈椪柑〉，表現夫妻之摯　臺灣詩人群像　臺北　秀威資訊科技公司　2007 年 5 月　頁 323—324

460. 陳沛淇　〈燒香行〉隨詩去旅遊　走入歷史的身影——讀新詩遊臺灣（人文篇）　臺北　幼獅文化公司　2007 年 6 月　頁 72—74

461. 李敏勇　〈墓誌銘〉作品導讀　青少年臺灣文庫 2——新詩讀本 3：天門開

的時候　臺北　國立編譯館　2008 年 12 月　頁 64

462. 余昭玟　多元視角——《笠》詩刊的實驗精神——《笠》的創刊〔〈笠〉
　　　部分〕　從邊緣發聲——臺灣五、六〇年代崛起的省籍作家群
　　　臺南　國立臺灣文學館　2012 年 10 月　頁 229—230

463. 蔡明諺　戰後初期臺灣新詩的重構——以銀鈴會和《潮流》為考察——夢
　　　與現實〔〈私・私・私〉部分〕　臺灣文學研究學報　第 20 期
　　　2015 年 4 月　頁 54

多篇作品

464. 小海勇二等[27]；吳瀛濤譯　轉載日本對詹冰作品的合評〔〈美麗的時間〉、
　　　〈液體的早晨〉、〈透視法〉〕　笠　第 8 期　1965 年 8 月　頁
　　　69—71

465. 李魁賢　現代詩的欣賞〔〈春〉、〈金屬的雨〉部分〕　現代學苑　第 46
　　　期　1968 年 1 月　頁 22

466. 李魁賢　現代詩的欣賞〔〈春〉、〈金屬的雨〉部分〕　李魁賢文集 3　臺
　　　北　行政院文建會　2002 年 10 月　頁 139—142，145—147

467. 張彥勳　探討「銀鈴會」時代的重要詩人及其創作路線——作品及創作路
　　　線——詹冰（綠炎）〔〈液體的早晨〉、〈思慕〉〕　笠　第 111
　　　期　1982 年 10 月　頁 36—37

468. 陳明台　臺灣現代詩人的故鄉憧憬與歷史意識〔〈船載著墓地航行〉、
　　　〈那首歌〉、〈鹿港遊〉部分〕　臺灣精神的崛起　高雄　春暉
　　　出版社　1989 年 12 月　頁 25—28

469. 陳明台　鄉愁論——臺灣現代詩人的故鄉憧憬與歷史意識〔〈船載著墓地
　　　航行〉、〈那首歌〉、〈鹿港遊〉部分〕　臺灣精神的崛起——
　　　《笠》詩論選集　高雄　文學界雜誌　1989 年 12 月　頁 25—29

470. 陳明台　鄉愁論——臺灣現代詩人的故鄉憧憬與歷史意識〔〈船載著墓地
　　　航行〉、〈那首歌〉、〈鹿港遊〉部分〕　笠文論選 II：風格的

---

[27] 合評者：小海勇二、諏訪優、高野喜久雄、嵯峨信。

建構　高雄　春暉出版社　2014 年 5 月　頁 85—87

471. 陳明台　綿延不絕的詩脈——笠詩人的精神風貌〔〈雨〉、〈領空〉部分〕　笠　第 170 期　1992 年 8 月　頁 129—132

472. 王志健　瀛臺詩人與播種者——詹冰〔〈詩法〉、〈春〉、〈插秧〉〕中國新詩淵藪（中）　臺北　正中書局　1993 年 7 月　頁 1371—1374

473. 劉　屏　新穎有趣的圖像詩——臺灣早期現代詩人詹冰詩二首〔〈雨〉、〈山路上的螞蟻〉〕　閱讀與寫作　1994 年第 8 期　1994 年　頁 12—13

474. 賴為政　靜宜大學學生詩展——詩賞析——詹冰的詩〈蝸牛〉、〈椪柑〉笠　第 188 期　1995 年 8 月　頁 131—132

475. 莫　渝　〈思慕〉、〈春信〉　閱讀臺灣散文詩　苗栗　苗栗縣立文化中心　1997 年 12 月　頁 152—153

476. 蔡榮勇　嘗試為童詩教育開闢大道路〔〈空氣的實驗〉、〈化石〉〕　銀髮與童心　臺中　臺中市立文化中心　1998 年 5 月　頁 248—253

477. 蔡榮勇　嘗試為童詩教育開闢大道路〔〈空氣的實驗〉、〈化石〉〕　詹冰詩全集・兒童新詩　苗栗　苗栗縣文化局　2001 年 12 月　頁 238—242

478. 芝　華　詹冰兒童詩七首欣賞〔〈握住妳的手心〉、〈垃圾車〉、〈美麗的大樹〉、〈連日大雨〉、〈花鹿〉、〈紅蜻蜓〉、〈遊戲〉〕詹冰詩全集・兒童新詩　苗栗　苗栗縣文化局　2001 年 12 月　頁 225—230

479. 趙天儀　欣賞詹冰兩首詩〔〈天門開的時候〉、〈椪柑〉〕　詹冰全集・研究資料彙編　苗栗　苗栗縣文化局　2001 年 12 月　頁 227—228

480. 芝　華　詹冰三首詩欣賞〔〈天門開的時候〉、〈足音〉、〈我不要看〉〕　詹冰全集・研究資料彙編　苗栗　苗栗縣文化局　2001

年 12 月　頁 237—239

481. 姚玉光　詹冰五首詩欣賞〔〈雨〉、〈五月〉、〈水牛圖〉、〈插秧〉、〈詩法〉〕　詹冰全集・研究資料彙編　苗栗　苗栗縣文化局　2001 年 12 月　頁 249—256

482. 莫　渝　詹冰詩欣賞（十一首）〔〈五月〉、〈天門開的時候〉、〈在澀民村〉、〈扶桑花〉、〈思慕〉、〈春信〉、〈櫻花〉、〈戰史〉、〈不要逃避苦惱〉、〈詩人〉、〈我不要看〉〕　詹冰全集・研究資料彙編　苗栗　苗栗縣文化局　2001 年 12 月　頁 257—264

483. 蕭　蕭　四月殘酷是因為時間流逝〔〈舊相片〉、〈八十二歲的希望〉部分〕　臺灣日報　2002 年 5 月 28 日　25 版

484. 陳幸蕙　〈插秧〉、〈遊戲〉芬多精小棧　小詩森林——現代小詩選 1　臺北　幼獅文化公司　2003 年 11 月　頁 47

485. 葉　笛　論《笠》前行代的詩人們——跨越語言的前行代詩人們〔〈五月〉、〈雨〉、〈思慕〉部分〕　笠詩社四十週年國際學術研討會論文集　臺南　國家臺灣文學館籌備處　2004 年 11 月　頁 46—49

486. 〔林瑞明選編〕　〈五月〉、〈液體的早晨〉、〈遊戲〉賞析　國民文選・現代詩卷 1　臺北　玉山社出版公司　2005 年 2 月　頁 207

487. 向　陽　〈五月〉、〈液體的早晨〉賞析　臺灣現代文選・新詩卷　臺北　三民書局　2005 年 6 月　頁 24—26

488. 陳幸蕙　〈我的桃花源〉、〈三角形〉向星輝斑斕處漫溯　小詩星河——現代小詩選 2　臺北　幼獅文化公司　2007 年 1 月　頁 208

489. 李敏勇　〈蠶之歌〉、〈水牛圖〉作品導讀　青少年臺灣文庫 2——新詩讀本 4：我有一個夢　臺北　國立編譯館　2008 年 12 月　頁 77，79

作品評論目錄、索引

490. 〔莫渝編〕　評論引得　認識詹冰・羅浪　苗栗　苗栗縣立文化中心

1993 年 6 月　頁 37—38

491. 莫　渝　　詹冰評論專著與評論資料索引　詹冰全集‧研究資料彙編　苗栗　苗栗縣文化局　2001 年 12 月　頁 29—34

492. 〔張默主編〕　作品評論引得　現代百家詩選　臺北　爾雅出版社　2003 年 6 月　頁 57

493. 李秋蓉　詹冰作品評論專著與資料索引　詹冰及其兒童詩研究　雲林科技大學漢學資料整理研究所　碩士論文　鄭定國教授指導　2003 年 6 月　頁 195—200

494. 邱各容　重要評論資料　臺灣兒童文學作家及作品論　臺北　富春文化公司　2008 年 8 月　頁 40

495. 〔莫渝編〕　閱讀進階指引　詹冰集　臺南　國立臺灣文學館　2008 年 12 月　頁 132—133

496. 〔封德屏主編〕　詹冰　臺灣現當代作家評論資料目錄（六）　臺南　國立臺灣文學館　2010 年 11 月　頁 3882—3901

497. 吳君釵　詹冰評論資料索引　詹冰新詩研究　臺北教育大學語文與創作學系語文教學碩士班　碩士論文　林于弘教授指導　2012 年 9 月　頁 197—202

498. 郭志清　詹冰單篇論述整理表（依年代排序）　詹冰兒童詩語言風格研究　臺中教育大學語文教育學系　碩士論文　周碧香教授指導　2013 年 6 月　頁 448—454

499. 郭志清　詹冰訪談紀錄一覽表　詹冰兒童詩語言風格研究　臺中教育大學語文教育學系　碩士論文　周碧香教授指導　2013 年 6 月　頁 432

其他

500. 陳千武　從詹冰編的「臺灣詩集」看日據時期臺灣新詩壇[28]　民眾日報　1980 年 10 月 25 日　12 版

---

[28]本文後改篇名為〈看詹冰編的「日治時期臺灣詩集」〉。

501. 陳千武　　看詹冰編的「日治時期臺灣詩集」　陳千武全集・陳千武詩走廊
　　　　　　　散步　臺中　臺中市立文化局　2003 年 8 月　頁 88—94
502. 李敏勇　　〈雁聲〉解說　笠　第 295 期　2013 年 6 月　頁 16—17

國家圖書館出版品預行編目資料

臺灣現當代作家研究資料彙編. 65, 詹冰 /莫渝編選. --
初版. -- 臺南市：臺灣文學館, 2015.12
　面；　公分
ISBN 978-986-04-6388-0 (平裝)

1.詹冰 2.傳記 3.文學評論

863.4　　　　　　　　　　　　104022624

【臺灣現當代作家研究資料彙編】65

詹冰

發 行 人　陳益源
指導單位　文化部
出版單位　國立臺灣文學館
　　　　　地　　址／70041 臺南市中西區中正路 1 號
　　　　　電　　話／06-2217201　　　　傳　　真／06-2218952
　　　　　網　　址／www.nmtl.gov.tw　　　電子信箱／pba@nmtl.gov.tw

總 策 畫　封德屏
顧　　問　林淇瀁　張恆豪　許俊雅　陳信元　陳義芝　須文蔚　應鳳凰
工作小組　白心瀞　呂欣茹　陳欣怡　陳映潔　陳鈺翔　莊淑婉　張傳欣
編　　選　莫　渝
責任編輯　呂欣茹　莊雅晴
校　　對　呂欣茹　林沛潔　莊雅晴　陳欣怡　張傳欣
計畫團隊　財團法人台灣文學發展基金會
美術設計　翁國鈞・不倒翁視覺創意
印　　刷　松霖彩色印刷事業有限公司

著作財產權人　國立臺灣文學館
　　　本書保留所有權利。欲利用本書全部或部分內容者，須徵求著作財產權人
　　　同意或書面授權。請洽國立臺灣文學館研究典藏組（電話：06-2217201）

經銷展售　國家書店松江門市（02-25180207）
　　　　　國立臺灣文學館—雪芙瑞文學咖啡坊（06-2214632）
　　　　　三民書局（02-23617511）　　　五南文化廣場（04-22260330）
　　　　　台灣的店（02-23625799）　　　府城舊冊店（06-2763093）
　　　　　南天書局（02-23620190）　　　唐山出版社（02-23633072）
　　　　　草祭二手書店（06-2216872）

初版一刷　2015 年 12 月
定　　價　新臺幣 350 元整
　　　　　第一階段 15 冊新臺幣 5500 元整　第二階段 12 冊新臺幣 4500 元整
　　　　　第三階段 23 冊新臺幣 8500 元整　第四階段 14 冊新臺幣 5000 元整
　　　　　第五階段 16 冊新臺幣 6000 元整
　　　　　全套 80 冊新臺幣 24000 元整

GPN　1010402153（單本）　ISBN　978-986-04-6388-0（單本）
　　　1010000407（套）　　　　　　978-986-02-7266-6（套）

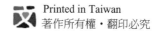

Printed in Taiwan
著作所有權・翻印必究